1781

Michael Göring

# Der Seiltänzer

Roman

| Hoffmann und Campe |

2. Auflage 2011

Satz: atelier eilenberger, Leipzig
Gesetzt aus der Albertina
Druck und Bindung: Friedrich Pustet, Regensburg
Printed in Germany
ISBN 978-3-455-40099-1

HOFFMANN
UND CAMPE

*Ein Unternehmen der*
GANSKE VERLAGSGRUPPE

# 1

Es hatte zu regnen begonnen. Ein gleichmäßiger Landregen mit großen Tropfen, wie er diesen Teil Westfalens immer wieder heimsucht. Entgegenkommende Wagen, die das Licht eingeschaltet hatten, blendeten ihn. Die Scheibenwischer schlugen gleichmäßig im Takt. Langsame Herzfrequenz.

Andreas hatte Langenheim bereits hinter sich gelassen, als im Autoradio noch die 17-Uhr-Nachrichten liefen. Ein Journalist des WDR beendete seinen ausführlichen Kommentar über die Wahl des neuen und den überraschenden Abgang des alten Bundespräsidenten mit der ironischen Floskel: »Ich bin dann mal weg.« Als ob das so einfach wäre. Viel Zeit für den Besuch bei seinem Vater würde Andreas nicht bleiben, schon am Vormittag musste er zur Beerdigung von Maria Strate zurück in Waldenburg sein, in den Diensten seiner Gemeinde St. Laurentius. Er stellte das Radio ab, lauschte dem Takt der Scheibenwischer und beschleunigte den Wagen. »Ich bin dann mal weg«, dachte er und sah vor seinem inneren Auge den Sarg von Frau Strate in der Friedhofskapelle, die Trauergemeinde in den Bankreihen, doch sein Platz am Altar war leer. Da schlurfte die alte Strate mit ihrem Rollator nach vorn, reckte ein Holzkreuz in die Höhe und rief: »Wo ist er denn, unser Herr Pfarrer, wo versteckt er sich denn?« Andreas lachte über sein Phantasiebild. Endlich konnte er sich einmal seinen Tagträumereien hingeben, jetzt, wo er sich dazu entschlossen hatte, mit seinem Vater zu reden. Er hätte dem Achtzigjährigen die Aufregung und sich selbst all die unschönen Erklärungen gern erspart. Aber wen konnte er sonst um Rat fragen? Diese verrückten Vorwürfe der Frau Wahnmut! Und er musste ihm von Thomas berichten. Gleich nach seinem Besuch in der Uniklinik in Münster, das Bild des Freundes im Krankenbett auf der Intensivstation noch vor Augen, hatte er den Entschluss gefasst, direkt zum See zu fahren, um seinen Vater zu besuchen, statt den Abend allein in seinem Pfarrhaus in Waldenburg zu verbringen. Allein mit diesen Krankenhausbildern und diesen Ängsten. Thomas war gerade erst fünfzig geworden, und er hatte auch sonst im Leben nicht nur Glück gehabt. Ausgerechnet er musste nun so früh einen Infarkt bekommen.

Doch zuerst hatte Andreas mit Lisa gesprochen. Sie war überrascht, ihn so unerwartet an ihrem Arbeitsplatz in der Jugendpsychologie in Brilon am Telefon zu haben, und sie war leider nicht allein in ihrem Dienstzimmer, sodass sie sich nur schnell, ohne große Erklärungen, für 18.30 Uhr am Höhleneingang der Warsteiner Tropfsteinhöhle verabredeten. Das lag auf dem Weg zu seinem Vater, der mit Regine ins Sauerland gezogen war, nachdem er seine Praxis in Langenheim aufgegeben hatte. Das Haus seines Vaters, das »Haus mit Seeblick«, wie Regine immer wieder betonte, lag am Hennesee. Es war nur ein schlichter Stausee, aber immerhin ein See mit Segelbooten, einer bescheidenen Anmutung von Eleganz in dieser doch eher spröden Region Deutschlands. Zehn Jahre lebte sein Vater mit Regine nun schon dort, gut siebzig Kilometer von Andreas entfernt.

»Ist was nicht in Ordnung? Bist du krank?«, hatte er gefragt, als Andreas seinen überraschenden Besuch ankündigte. Andreas war im letzten Jahr selten dort gewesen und kein einziges Mal über Nacht geblieben, weil sich Regines fortschreitende Demenz kaum länger als einen halben Tag ertragen ließ. Sein Vater hatte einen Fehler gemacht, damals mit ihr an den Hennesee zu ziehen, doch es war Regines sehnlichster Wunsch gewesen. In Langenheim hätten sie sehr viel mehr Abwechslung gehabt. Jetzt war es nur eine Frage der Zeit, bis Regine nicht mehr zu Hause gepflegt werden konnte.

»Ich komme gerade aus dem Krankenhaus, Vater. Thomas hatte einen Herzinfarkt. Die Ärzte sind zuversichtlich, aber er sieht schlimm aus!«

»Einen Herzinfarkt! Thomas? Das ist ja furchtbar! Kann ich etwas tun? Weißt du, wie schlimm es ist? Ich werde gleich morgen versuchen, den behandelnden Arzt zu erreichen«, sagte er in alter Entschiedenheit, obwohl er ja schon lange nicht mehr praktizierte.

»Er ist in Münster in der Uniklinik, Vater, die wissen dort, was sie tun«, sagte Andreas und hoffte, dass er seinen Vater damit von einem Anruf würde abhalten können.

»Ihr seid doch noch so jung, viel zu jung für einen Herzinfarkt. Hatte Thomas beruflich zu viel Stress?«

»Glaub' ich nicht, Vater, er hatte sich längst mit der Fachhochschule arrangiert, er hat an einer größeren Publikation gearbeitet.«

»Hatte er vorher schon Beschwerden?«

»Nicht dass ich wüsste, Vater, der Infarkt kam wohl völlig überraschend.«

Insgeheim wartete sein Vater seit Monaten auf ein Signal von ihm, ein Signal, ob er zu ihm nach Waldenburg ziehen könne, sobald sich Regines Zustand verschlechtern würde. Andreas hatte sich bisher vor einer Entscheidung gedrückt, und Annette hatte es gleich abgelehnt, ihren Vater bei sich aufzunehmen. Als Andreas kurz nach Ostern bei ihr in München war und sie über Vaters Zukunft sprachen, sagte sie nur: »Wir haben gar nicht den Platz.« Das war nur die halbe Wahrheit. Annette hatte seit Mutters Tod und erst recht seit Vaters Hochzeit mit Regine kein inniges Verhältnis mehr zu ihm gefunden.

Andreas überholte einen Bierlastzug. Er drückte das Gaspedal ganz durch. Der Laster war länger als gedacht, sein Golf eher brav motorisiert. Vor ihm lag die erste längere Steigung. Der erste Höhenzug des Sauerlandes zwang die Bundesstraße jetzt zu einigen Windungen. Immer wieder gab es Überholverbote und Geschwindigkeitsbegrenzungen. Die parallel laufende Bahnstrecke trennte sich vom Straßenverlauf, nahm größere Kurven, längere Anläufe, um von 75 auf gut 400 Höhenmeter zu gelangen. Mehrfach würde die Bahnstrecke die Bundesstraße kreuzen. Vor dreißig Jahren hatte er Silke mit seinen Überholmanövern auf dieser Straße oft erschreckt. Der rote Käfer, den er damals fuhr, hatte kaum Reserven, aber die Lastwagen waren auch um einiges langsamer und kürzer. Für einen Moment stellte er sich vor, er würde seinen fünfzigsten Geburtstag in zwei Wochen mit Silke an seiner Seite feiern, auf der Terrasse eines kleinen bescheidenen Reihenhauses und umgeben von ihren drei oder vier Kindern, statt im großen Garten des Pfarrhauses in Waldenburg mit dem Pfarrgemeinderat und den treuen Mitgliedern der Laurentiuskirche. Vielleicht würde es aber gar keine Geburtstagsfeier geben, wenn diese verrückten Missbrauchsvorwürfe der Wahnmut erst einmal in die Welt getragen wären.

Thomas und er waren für kommenden Mittwoch verabredet gewesen, um die Vorwürfe in Ruhe durchzugehen und Strategien zu entwickeln. Jetzt würde Thomas nicht einmal zu seinem Geburtstag kommen können, er würde in zwei Wochen sicher noch im Krankenhaus liegen oder bestenfalls gerade eine erste Rehamaßnahme beginnen. Als Ratgeber waren ihm nur sein Vater und Lisa geblieben, die er beide nur ungern belästigte. Doch die Gespräche waren dringlich, nachdem vor einigen Tagen auch noch diese unseligen Fotos aus dem Jungencamp aufgetaucht waren. Alles völlig harmlos, aber was galt in dieser aufgepeitschten Atmosphäre schon als harmlos?

Silke hatte er zu seinem Geburtstag nicht eingeladen. Genauso wenig wie Lisa, mit ihr würde er etwas später allein feiern, in einem Hotelzimmer, wie immer. Aber warum hatte er nicht an Silke gedacht? Der Fünfzigste war doch eine wunderbare Gelegenheit für solche Treffen. Und eine alte Freundin, eine Schulkameradin einzuladen, galt auch beim Geburtstag eines katholischen Priesters als unverfänglich. Sie hatten sich seit zehn Jahren nicht mehr gesehen, aber Jahr für Jahr Weihnachtskarten ausgetauscht, denen Silke immer eine Seite mit knappen Familiennachrichten beigefügt hatte.

Thomas und er waren achtzehn und bereiteten sich auf das Abitur vor, als sie Silke eines Abends im Chassis kennenlernten, der wichtigsten Disco der Stadt. Andreas wollte gerade gehen, als Thomas das auffallend blonde Mädchen auf der Tanzfläche ansprach. Thomas und Silke tanzten dann wie zwei Derwische aus Tausendundeiner Nacht noch eine Stunde lang, und er sah ihnen dabei zu. In den kommenden Monaten trafen sie sich oft zu dritt, im Café, im Chassis, im Kino.

Als sie das Abitur in der Tasche hatten und Andreas kurz vor Beginn seines Zivildienstes stand, machten Silke und er eine große Radtour. Fünf Tage fuhren sie durch Schleswig-Holstein. Thomas wollte eigentlich mitkommen, hatte sich aber zwei Tage vorher den Fuß verstaucht. Silke entschied, dass sie dennoch fahren würden, und ihre Eltern hatten nichts dagegen, obwohl sie noch keine achtzehn war. Sie fuhren mit dem Zug nach Plön und übernachteten in der Jugendherberge. Gleich am nächsten Tag, ihrem ersten Radeltag, überraschte ihn Silke mit einem weiten weißen Rock. Die blaue Latzhose, die sie sonst immer trug, war im Gepäck geblieben. Für Regentage. Andreas ließ sie vorfahren. Silke hatte ihre halblangen blonden Haare für die Radtour zu einem Zopf gebunden, der ihr großartig stand. Ein hellgolden leuchtender Zopf, ein blaues T-Shirt und ein weiter weißer Rock! Als er hinter ihr herradelte, spürte er eine große Sehnsucht: Mit dieser Frau würde alles leicht werden. Da war es doch, dieses große Gefühl zu einer Frau, das er oft vermisst hatte und das doch alles ändern konnte. Er hatte sich geirrt! Hier, vor ihm, fuhr das Leben. Es gab keinen Zweifel!

In Heiligenhafen gingen sie nicht in die Jugendherberge, sondern in eine kleine Pension. Die Wirtsleute wollten Silkes Personalausweis gar nicht erst sehen. Am nächsten Tag schrieb Andreas eine Postkarte an Thomas. »Gestern Nacht war es so weit« war alles, was auf der Karte stand.

Silke hatte ihm zu Weihnachten geschrieben, dass ihre Älteste nun im Staatsexamen stand, der Junge machte ein Auslandsjahr in Australien. Sie hatte einen Mathematiker geheiratet und lebte seit zwanzig Jahren in München, gar nicht weit von seiner Schwester Annette entfernt. Ein gutes Jahr nach der Radtour, kurz bevor er den Zivildienst beendete, hatte er ihr gesagt, es hätte keinen Sinn, es ginge doch nicht, es habe keine Perspektive, es würde ihm alles zu eng. Auch nach diesem fürchterlichen Gespräch mit ihr war er diese Strecke gefahren, die Bundesstraße von Langenheim Richtung Süden, allein, an einem dunklen Herbsttag. Auch damals hatten ihn entgegenkommende Autos geblendet, aber nicht, weil es regnete, sondern weil er heulte. Silke hatte es nicht verstanden, hatte es nicht glauben können: »Das kann doch nicht sein, das glaube ich dir einfach nicht!«

Ich bin dann mal weg. Weg! Vielleicht wäre es ja doch gut gegangen. Das hatte er sich schon damals gesagt, in seinem Käfer, auf der Straße. Er hatte das Gaspedal immer wieder bis zum Anschlag durchgetreten, und wenn der weiße Bulli damals nicht in letzter Sekunde ausgewichen wäre, wer weiß. Ich bin dann mal weg.

Als er heute bei Thomas in der Universitätsklinik war, hätte er zu gern mit ihm gesprochen. Vor allem natürlich über diese zermürbenden Vorwürfe der Wahnmut und über die Schwierigkeiten, in die er seit seiner kritischen Predigt über die Kirche und deren Notwendigkeit zu grundlegenden Reformen gekommen war. Aber vielleicht auch über die Vergangenheit, nicht so sehr über den großen Streit damals, über ihr Zerwürfnis nach der Radtour. Thomas hatte ihn als hinterhältigen Verräter beschimpft und ihm die Freundschaft gekündigt. Erst drei Monate später hatten sie sich wieder getroffen und noch später erst wieder versöhnt. Als er ihn heute in der Klinik im Krankenbett liegen sah, kam es ihm so vor, als wäre auch sein eigenes Leben bedroht. Thomas, mit Schläuchen in der Nase, ließ ihn mit den Augen, mit leichtem Nicken und mit Wimpernschlägen wissen, dass er ihn erkannte und verstand.

Als der Arzt das Zimmer betrat, sah er, dass Andreas Tränen in den Augen hatte. »Er ist ein guter Freund von mir«, sagte Andreas, »mein wichtigster Freund seit vierzig Jahren.«

»Er wird es schaffen, Herr Pfarrer«, sagte der Arzt, »ganz bestimmt. Wir tun alles, was wir können!«

Andreas hatte dem Arzt seine Mobilnummer gegeben, sodass er immer zu erreichen wäre. Dann war Merle in die Klinik zurückgekehrt, und sie verabredeten, dass er morgen am Nachmittag wieder nach Münster kommen würde. Heute, so hatte der Arzt gesagt, würde Thomas nur noch schlafen. Als sich Andreas am Krankenbett von Merle verabschiedete, schaute er noch einmal auf Thomas. »Herrgott, hilf ihm, dass er den Infarkt gut und schnell übersteht, lass ihn bitte wieder gesund werden!« Er hatte wie ein Kind gebetet.

Ein entgegenkommender Lkw blendete zweimal auf. Andreas war versehentlich zu weit auf die linke Spur gekommen. Jetzt fiel ihm auf, dass er in den letzten Minuten ganz automatisch gefahren war, ohne jede Sorgfalt. Es stürmten so viele Gedanken, Erinnerungen und Bilder gleichzeitig auf ihn ein. Der Lastwagenfahrer hupte, zeigte ihm einen Vogel. Andreas scherte auf die rechte Fahrspur zurück, bremste kurz darauf hinter einem Sattelschlepper, der sehr langsam vor ihm die nächste Anhöhe nahm, und suchte nach einem Taschentuch; er würde nur ein klein wenig loslassen müssen, um den Tränen freien Lauf zu lassen. Er stellte das Radio wieder an. Er wollte nicht loslassen. Noch knapp dreißig Kilometer, dann würde er Lisa treffen und zwei Stunden später bei seinem Vater am Hennesee sein.

# 2

»Du fährst mir ja den Arsch ab, du Fuzzi«, sagte der Große im gelben T-Shirt, den Thomas zwar schon auf dem Schulhof gesehen, aber nie kennengelernt hatte. Er stellte sich einfach vor ihn hin und rüttelte den Lenker seines Rollers. Thomas war wie gelähmt. »Erst mir den Arsch abfahren und dann einfach abhaun, was, du Fuzzi?«

»Ich, nein, ich, ich muss zur Schule.« Thomas war froh, dass ihm ein ganzer Satz gelungen war. Aber dieser Erfolg blieb ohne Wirkung. Der große Junge kniff ihn in die Handrücken, während Thomas die Griffe des Lenkers fest umklammert hielt. Es tat lausig weh. Dann spuckte der Große ihm auf die Haare. »Verpiss dich, Kleiner, mach schon, und lass dich bloß nicht mehr blicken.« Er drehte sich um und stapfte Richtung Schule davon. Thomas rollte los, schnell an dem Großen vorbei, wischte sich den klebrigen Rotz aus seinem dichten schwarzen Haar und konnte es doch nicht verhindern: Er weinte. An der Schule angekommen, stellte er seinen Roller ab und wischte sich hastig mit dem Taschentuch die Tränen aus dem Gesicht; da schellte es schon, und er rannte in den Klassenraum der 2b. Mit irgendjemandem aus der Klasse über den scheußlichen Morgen zu reden, traute er sich nicht.

Auch zu Hause sprach er nicht über den Großen und seine Angst vor ihm und das Kneifen und den Rotz im Haar. Seine Mutter war ja immer so ängstlich. Im Kindergarten durften die anderen morgens bereits allein mit dem Tretroller kommen, während ihn seine Mutter brachte, auch noch, als er schon sechs war. Dabei gab es in der Neubausiedlung doch kaum Verkehr, und es waren nur zwei kleine Nebenstraßen zu überqueren, um von zu Hause in den evangelischen Martin-Luther-Kindergarten zu gelangen. Als er dann 1966 in die Schule kam, bettelte er so lange, bis seine Mutter ihn endlich allein gehen ließ.

Doch jetzt, wo der Große plötzlich da war, jetzt am Ende der zweiten Klasse, als er schon bald acht war, da hätte er seine Mutter am liebsten gebeten, ihn wieder zu begleiten. Aber das kam natürlich nicht in Frage.

Am nächsten Tag, als er von der Schule nach Hause rollte, sah er, dass der Große in seinem gelben T-Shirt hinter einem Baum neben dem Gehweg lauerte. Er stockte. Sollte er umkehren? Er spürte sein Herz schlagen. Nein, einfach weiterfahren, schnell noch Anschluss finden an die anderen Kinder, die nicht weit vor ihm fuhren. Doch es war zu spät. Geübt sprang der Große hinter dem Baum hervor, stellte sich vor den Roller und griff Thomas in den Lenker. »Willst wohl die Biege machen, was, Kleiner?« Und schon wieder begann er mit der schmerzhaften Kneiferei. Jetzt hatte er noch seinen linken Fuß mit dem dicken Turnschuh auf Thomas' rechten Fuß gesetzt. Die dünne Sandale bot keinen Schutz, als der Große kräftig drückte. Thomas weinte. »Lass das, lass mich, ich sag das meiner …«

»Du sagst deinen Alten gar nichts, ich mach dich sonst fertig, richtig fertig, verstanden, du Fuzzi?« Und damit spuckte er ihm wieder auf den Kopf, ließ ihn los und stapfte davon.

Auch von dieser Begegnung mit dem Großen erzählte Thomas zu Hause nichts. Seine Eltern diskutierten über den Vietnamkrieg und die Studenten in Frankfurt und Berlin. Vater mochte offenbar keine Studenten. »Es ist 1968, gerade einmal dreiundzwanzig Jahre nach dem Krieg, und die haben nichts Besseres zu tun, als gegen die Amerikaner zu demonstrieren. Diese Studenten wären doch ohne Carepakete gar nicht groß geworden«, sagte er. Mutter war anderer Meinung. »Recht haben sie«, rief sie, »die Amis müssen raus aus Vietnam!« Dass sein rechter Fußrücken ganz blau war und er etwas humpelte, war ihnen nicht aufgefallen.

Am Tag darauf schloss er sich auf dem Schulweg einer Gruppe

von Kindern seines Alters an, die er sonst mit dem Roller einfach überholt hatte. Heute hielt er an und schob den Roller im Gleichschritt mit den anderen Kindern. Der Große kam hinter einem Baum hervor und nestelte an seinem Hosenschlitz, er hatte wohl gerade gepinkelt. Er schaute Thomas an, formte mit den Lippen »Verpiss dich, Fuzzi« und ließ ihn und sein Grüppchen passieren. Das Wochenende verbrachte er trotzdem voller Angst. Was würde der Große nächste Woche tun? Als er am Sonntag in Gedanken an den Schulweg im Bett lag, sah er ihn vor sich, hörte, wie er den Rotz im Mund zusammenzog, um ihn dann auf seinen Kopf zu spucken, diesen ekligen, schmierigen Rotz.

Doch am Montag geschah nichts. Auch am Dienstag rollte Thomas unbehelligt zur Schule und nach Hause. Vielleicht hat er mich schon vergessen, vielleicht ist alles wieder wie früher, dachte er, atmete erleichtert auf und fühlte, wie langsam, ganz langsam die Angst zurückwich. Am Mittwoch sah er den Großen wieder. Er trug ein rotes Fußballhemd von Bayern München. Vor ihm stand ein Junge aus seiner Parallelklasse mit einem schönen blauen Fahrrad. Thomas hatte diesen Jungen schon ein paarmal auf dem Schulhof gesehen, sich seinen Namen aber nicht gemerkt. Er erinnerte sich nur daran, dass der Junge zur Gruppe der katholischen Kinder gehörte, die jeden Dienstag eine Extrastunde Religion zur Vorbereitung auf die Erste Heilige Kommunion hatten. Die evangelischen Kinder schauten dann immer schadenfroh auf das Häuflein Katholiken, das sich dienstags pflichtschuldig in den Religionsraum begab.

Jetzt stand dieser Junge mit weit aufgerissenen Augen da, während der Große auf ihn einredete und ihn dabei immer wieder in die nackten Oberarme kniff. Es war ihm, als würde er selbst das Kneifen in seinen Armen spüren. Thomas bemerkte, wie der Junge zu ihm herübersah, ängstlich und beschämt zugleich. Er hätte da jetzt eigentlich hingehen müssen, gemeinsam hätten sie den Großen vielleicht verhauen, ihn wegjagen können, aber der war ja vierzehn oder fünfzehn, viel größer als sie und viel stärker. Dann sah er, wie der Große seinen Kopf nach hinten warf, all seinen Rotz dabei zusammenzog, um ihn auf den Kopf des Jungen zu schleudern. Danach ließ er von ihm ab und ging weiter.

Thomas ging auf den Jungen zu. Er sah, dass er weinte.

»Ich hab ihm doch gar nichts getan«, sagte er.

»Mit mir hat er das auch schon gemacht«, sagte Thomas und holte ein Tempotaschentuch aus seiner Hosentasche. »Hier«, sagte er, »für die Spucke.«

Der Junge begann zu schluchzen. Mühsam wischte er den Rotz aus seinem blonden Haar. Thomas sah, dass der Junge einen großen braunen Fleck am Hals hatte, ein Muttermal. »Wie heißt du eigentlich?«, fragte er.

»Andreas, Andreas Wingert«, sagt er.

»Ich bin Thomas.«

Sie fuhren nebeneinander zur Schule, Thomas auf seinem weißen Roller und Andreas mit den roten Kneifspuren am Oberarm auf seinem blauen Knabenfahrrad.

In der Pause spielten die Kinder einer Klasse in der Regel nur untereinander und mischten sich kaum, nicht einmal mit den Kindern der Parallelklasse. Die galten als blöd oder komisch. Auf dem Schulhof hatten die Kinder der zweiten Klasse sogar Areale mit Schulkreide abgezeichnet, die kein Kind einer anderen Klasse betreten durfte.

An diesem Tag war das anders. Andreas kam gleich in der ersten Pause auf Thomas zu: »Sieht man noch was von der Spucke?«, fragte er.

Dann überboten sie sich mit schrecklichen Dingen, die sie dem Großen gern antun würden. Am Ende sagte Andreas: »Wir sollten es Herrn Böge erzählen!«

Herr Böge war der Rektor der Schule, ein großgewachsener, hagerer Mittfünfziger, den alle Kinder sehr respektierten. Zuerst war es nur ein Satz. Dann begannen die beiden Jungen sich auszumalen, wie sie es sagen, was sie erzählen würden und was Herr Böge wohl antworten würde. Vielleicht würde er den Großen ja von der Schule werfen, vielleicht aber auch auf sie herabblicken und sagen: »Stellt euch doch nicht so an!«

In der zweiten Pause hatten sie den Vorsatz gefasst. Thomas sollte derjenige sein, der sprach. Er kannte Herrn Böge vom Abschlusskonzert des Sommerfestes, das vor zwei Wochen stattgefunden hatte. Thomas war der Bräutigam in der Vogelhochzeit gewesen. Er und seine Braut Reinhild hatten am Ende des Musikstückes von Herrn Böge jeweils eine Tafel Vollmilchschokolade bekommen. »Du hast eine schöne Stimme, weiter so«, hatte Herr Böge gesagt.

Nach der fünften Stunde gingen sie die Treppen hoch zum Rektoratszimmer. Beiden klopfte das Herz. Vor der Tür stand eine ältere Lehrerin. »Was wollt ihr denn hier?«, fragte sie erstaunt.

»Wir wollen zu Herrn Böge«, antwortete Thomas.

»Na, dann muss es ja was Wichtiges sein!«, sagte die Lehrerin mit einem Lächeln und öffnete die Tür.

»Werner, du hast Besuch!« Sie ging gleich mit hinein.

»Sprich du«, zischte Thomas.

»Nein, du, du wolltest doch ...«

»Ich kann nicht«, sagte Thomas.

Herr Böge ging auf die beiden zu.

»Du bist doch der Thomas Johannmeyer mit der schönen Stimme. Was habt ihr denn auf dem Herzen?«

Thomas gab Andreas einen kleinen Stoß mit dem rechten Unterarm, und Andreas legte los. Erst verhaspelte er sich ein wenig, doch dann wurde er immer klarer. Auch Thomas fasste Mut und berichtete. Wie gut es tat, die Demütigungen zu erzählen!

Frau Walther kannte den Jungen, um den es ging. Es war ein fünfzehnjähriger Achtklässler, der die Schule in zwei Wochen mit Ende des Schuljahres verlassen würde. Sie würde mit ihm und seinen Eltern sprechen. Herr Böge empfahl Andreas und Thomas, ab sofort nur zusammen den Schulweg anzutreten. Zusammen seien sie stark, da würde der Große sie nicht angreifen, da bräuchte keiner von ihnen Angst zu haben. Also, von nun an zu zweit! Dieser Aufforderung hätten die beiden kaum bedurft. Am Dienstag wartete Thomas, bis Andreas den Kommunionunterricht beendet hatte. Nach zwei Wochen begannen die Ferien. Thomas bekam zum Geburtstag, der mit dem Schuljahresende zusammenfiel, ein Fahrrad, so wie er es sich gewünscht hatte. Ein blaues Knabenrad. Den weißen Roller gab er an seinen kleinen Bruder weiter.

# 3

Andreas hatte eine alte hellgrüne Tischdecke mit einem breiten weißen Streifen in der Mitte seines Zimmers deponiert. Die Decke benutzte seine Mutter schon seit Jahren nicht mehr. Wenn sie nachmittags zum Tennis fuhr, holte er manchmal die alte, hohe Porzellanschale aus dem Vasenschrank, nahm eine steif gestärkte Serviette aus dem Serviettenvorrat im Esszimmer und machte seinen Schreibtisch oben in seinem Zimmer zu einem Altar. Er legte die grüne Tischdecke um seine Schultern, achtete genau darauf, dass der Streifen in der Mitte der Tischdecke auch in der Mitte seines Rückens lag und begann mit einem tiefen Kniefall vor seinem Schreibtisch den Gottesdienst. Vor ihm auf dem Tisch lag das Gesangbuch, die Porzellanschale hatte er mit der Serviette bedeckt. Nachdem er von einer alten Großtante zur Vorbereitung auf seine erste Heilige Kommunion eine Marien-Ikone und ein gut zwanzig Zentimeter hohes Holzkreuz mit Corpus bekommen hatte, das auf einem schweren Standfuß aufgesteckt war, verzierten auch diese beiden Gegenstände seinen Schreibtisch. Die Tür schloss er ab. Waren sowohl seine Mutter wie auch seine Schwester Annette nicht zu Hause, holte er Mozarts Requiem aus dem Plattenschrank seines Vaters. Er hatte vor einem Jahr zum neunten Geburtstag einen eigenen kleinen Plattenspieler mit eingebautem Lautsprecher bekommen. Der Rausch des Gottesdienstes war vollkommen, wenn Karl Richters Münchner Bach-Chor mit Auszügen des berühmten Mozart-Requiems aus einem völlig überforderten kleinen Philips-Lautsprecher erklang und er, ein neunjähriger Junge, der mit einer kurzen Lederhose unter einem hellgrünen, viel zu langen Umhang nahezu gänzlich verschwand, langsam die Porzellanschale anhob. Andreas segnete die unter der weißen Serviette liegenden Brauseplättchen, die als Ersatz für die Hostien dienten, kniete und erhob sich wieder, wie er es in den Messen in St. Barbara so oft beobachtet hatte. Er betete laut, sang »Ite missa est« und gab der Gemeinde am Ende feierlich seinen Segen: »Gehet hin in Frieden!« Dann schob er schnell den Arm des Plattenspielers nach rechts, damit der Plattenteller sich drehte, senkte die Nadel sachte auf die Stelle nieder, an der das »Agnus Dei« erklingen würde, schaute wohlwollend auf seine imaginäre Gemeinde und lauschte dem Münchner Bach-Chor bis zur letzten Silbe des »Dona nobis pacem«.

Andreas achtete peinlich darauf, dass nach seinem Gottesdienst wieder alle Utensilien gut versteckt waren. Seine Mutter sollte nichts von seinen Spielen erfahren. Nicht einmal Thomas gegenüber hatte er eine Andeutung gemacht. Thomas war ja evangelisch und ging nur zu Weihnachten in die Kirche. Wenn er nachmittags zum Spielen kam, überzeugte sich Andreas vorher genau, dass das Kreuz und die Ikone weit hinten in der Schublade verstaut waren.

Mutter schien nichts zu ahnen. Sie war nie besonders interessiert an seinen Erzählungen aus dem Kommunionunterricht, und er hatte schnell bemerkt, dass sie eher widerwillig mit zu den Sonntagsmessen ging. Wenn eben möglich, hatte sie ihn allein mit Annette gehen lassen. Annette war zwei Jahre älter, bereits auf dem Gymnasium und hatte keine große Lust mehr auf den Gottesdienst. Vor allem wollte sie nicht neben ihrem kleinen Bruder sitzen.

Bei der Kommunionfeier an einem sonnigen Maisonntag hatte Mutter allerdings gestrahlt. Sie trug ein neues Kleid, ganz weiß, mit Spitzen an den Armen, und einen neuen Hut, passend zum weißen Kleid. Er war groß, von einem zarten weißen Schleier umgeben. Andreas sah, dass sich die Eltern der anderen Kinder nach ihr umsahen. Sie war die schönste Frau auf der Feier.

Andreas spürte, dass sie zu schön war, als dass er sie nun bei der Feier fragen konnte, was ihm schon seit drei Tagen auf der Seele lag. Am Donnerstag vor dem Kommunionsonntag hatten alle Kommunionkinder zur Beichte gehen müssen. Der Pastor hatte ihnen gesagt, danach seien sie völlig rein, von aller Schuld befreit. Und wenn sie sterben würden, kämen sie direkt in den Himmel. Unschuldig. Ohne Fegefeuer.

Andreas hatte Thomas von der bevorstehenden Beichte erzählt. »Und was heißt rein und ohne Schuld? Was ist denn deine Schuld?«, hatte Thomas gefragt. »Musst du da wirklich alles erzählen, was du an Mist gebaut hast?«

»Nur die Sünden, wenn ich gelogen habe oder dass ich Annette das Mars weggenommen habe und so was.«

»Auch dass du für mich den Aufsatz geschrieben hast? Vielleicht erzählt der Pfarrer es der Schule weiter?«

»Weiß nicht, dann erzähle ich das lieber nicht.«

Als er zur Beichte kam, entschied er sich für den Beichtstuhl des jungen Kaplans statt für den des alten Pastors. Der Kaplan würde ihn gar nicht kennen, das würde sicher schnell gehen.

Seine Mutter hatte ihm noch geraten, einfach ein paar Dinge zu sagen, dass er manchmal vergessen hätte zu beten oder schadenfroh gewesen sei.

Genau diese Sätze hatte er sich gemerkt und sagte sie nun vor dem Gitter im Beichtstuhl kniend auf. Doch der Kaplan stellte Fragen. Wollte wissen, wie alt er sei, ob er Geschwister hätte, ob er manchmal unkeusche Gedanken habe. Andreas schaute durch das Gitter auf den jungen Mann. Er hatte einen Kurzhaarschnitt, wache blaue Augen, und eine reich verzierte Schärpe lag über seinen Schultern. Der Kaplan wiederholte seine Frage, ob er unkeusch gewesen sei.

»Was ist das?«, flüsterte Andreas.

»Na, wenn du mit dem da unten spielst und dann an Mädchen denkst. Oder wenn du auf Mädchen guckst und dir denkst, sie seien nackt. Oder wenn du mit einem Freund zusammen bist und ihr euch da unten gegenseitig am Pimmel anfasst. Das ist Sünde! Tust du das?«

»Nein«, sagte Andreas laut, »nein, das tun wir nicht!«

Andreas hätte gern seine Mutter dazu befragt. Warum es Sünde sei, wenn man sich da anfasste. Man konnte doch gar nicht Pipi machen, ohne sein Glied anzufassen. Und was das mit den nackten Mädchen wohl bedeutete? Vielleicht hatte Annette ihm deshalb erst kürzlich untersagt, ins Badezimmer zu kommen, wenn sie in der Badewanne lag? Sie war ja jetzt zwölf. Ihm machte es nichts aus, wenn sie reinkam und er badete. Müsste er jetzt immer so pinkeln wie Annette, im Sitzen auf der Kloschüssel? Aber sein Vater pinkelte doch auch im Stehen. Und was meinte der Kaplan mit dem Freund?

Seine Mutter konnte er jetzt nicht fragen. Sie war so schön und strahlte. Auch Vater lachte, schaute zu Mutter hinüber und gab ihr mit den Augenlidern kleine Zeichen.

Zwei Wochen vor der Ersten Heiligen Kommunion hatte Andreas seinen Eltern erzählt, dass er gern Messdiener werden würde. Er hatte solche Lust, diese weißen oder weiß-roten Gewänder anzuziehen und vorn am Altar zu stehen. Dann würde er auch manchmal, bei besonders festlichen Messen, auf Latein antworten müssen: »Et cum spiritu tuo.« Das hatte er schon gelernt, für zu Hause, hinter der verschlossenen Tür: »Dominus vobiscum – et cum spiritu tuo!« Aber seine Mutter war dagegen.

»So dicke brauchen wir ja nicht aufzutragen, dass wir katholisch sind. Hinterher gehen die evangelischen Patienten alle zu Dr. Trempel, so weit kommt es noch.« Dr. Trempel war der andere Orthopäde in der Stadt, dessen Praxis, wie die seines Vaters, als besonders gut gehend bekannt war.

Andreas war enttäuscht. Er hätte so gern den Kelch angefasst und den Wein mit Wasser gemischt. Aber dann war er auch erleichtert. Er hätte nicht gern mit dem Kaplan die Messe gefeiert, weil der so komische Fragen stellte. Und er hätte ungern einen Nachmittag in der Woche und jeden zweiten Samstag für die Messdienerstunden abgegeben. Jetzt, wo er sich manchmal drei- oder viermal in der Woche mit Thomas traf und sie gemeinsam im Knabenchor der städtischen Philharmonie sangen, der sie zweimal in der Woche nachmittags zu langen Chorproben heranzog.

Nun würde er also ab August auf dem Magister-Justinus-Gymnasium Latein lernen, mehr als nur »Dominus vobiscum« und »Ite missa est«. Das würde auch seinen geheimen Gottesdienst bereichern.

# 4

Vielleicht lag das Schreiben des Staatsanwalts schon im Briefkasten des Pfarrhauses. Was würde er der Gemeinde sagen? Würde seiner so offen progressiven Predigt im April nun eine weinerliche Verteidigungspredigt folgen müssen? »Glaubt mir doch bitte, Brüder und Schwestern, dass diese Vorwürfe völlig haltlos sind!« Eine schreckliche Vorstellung.

Andreas sah, dass der Tanklastzug hinter ihm aufblendete. Der Tacho des Golfs zeigte knapp siebzig Stundenkilometer, obwohl die Straße vor ihm frei war. Andreas hob die rechte Hand, um sich bei dem Lkw-Fahrer zu entschuldigen, und beschleunigte wieder.

Er hatte doch wirklich nichts getan, was diese Vorwürfe rechtfertigen konnte. Gut, er hatte sich zu ihm hin gebeugt, der weinende Marcel tat ihm leid, ja, vielleicht hatte sein Mund dabei sogar seine Stirn berührt, ganz zufällig, aber es war sicher kein Kuss gewesen, höchstens eine flüchtige, leichte Berührung. Würde man Marcel befragen? Er hatte ihn nur trösten wollen, nachdem der Junge ihm von der bevorstehenden Scheidung seiner Eltern erzählt hatte. Einen Dreizehnjährigen, der seit Jahren Messdiener bei ihm war, der Vertrauen zu ihm hatte! Was würde der Junge einem Polizeibeamten sagen? Aber da war ja nie etwas gewesen, er konnte also gar nichts Belastendes sagen. Und jetzt waren noch diese Fotos aufgetaucht! Lächerlich, absolut lächerlich. Fotos von einem Zeltlager, auf denen zwei oder drei nackte Jungs zu sehen waren. Lächerlich! Aber wenn jemand sie an das *Waldenburger Tagblatt* schickte? Die würden das nicht drucken. Aber sie würden die Fotos vielleicht an die Staatsanwaltschaft weiterleiten. Oder direkt nach Paderborn zum Erzbischof? Sollte die Wahnmut diese Fotos bekommen, musste er mit dem Schlimmsten rechnen. Möglicherweise würde sie sogar so weit gehen, die Fotos ins Internet zu stellen, unter der Überschrift: »Pfarrer Wingerts heimliche Spiele mit seinen Messdienern«.

Andreas hatte Schweiß auf der Stirn. Wie hatte er in so eine Situation kommen können, wie konnte sein Leben, dieses mit kleinen Einschränkungen wohlgeordnete Pfarrersleben, solch eine Wendung nehmen, dass er jetzt Angst vor der Staatsanwaltschaft haben musste, Angst vor falschen Vorwürfen, Angst vor seiner eigenen Gemeinde? Gut, er hatte schon manchmal Sorge gehabt, jemand könnte seine Liaison mit Lisa oder davor mit Simone entdecken und ihn denunzieren, aber es war immer gut gegangen, diese Befürchtungen waren nichts im Vergleich mit der tiefen Unsicherheit, die er jetzt verspürte.

Vor ihm fuhr einer der cremefarbenen Busse der regionalen Verkehrsgesellschaft. Ein kleines Mädchen, vielleicht acht Jahre alt, hatte sich entgegen der Fahrtrichtung auf die Rückbank gekniet und winkte ihm aus dem Rückfenster entgegen. Andreas verzog den Mund zu einem kleinen Lächeln. Das Mädchen reagierte sofort. Es lächelte zurück, breit, mit dieser für Kinder so typischen Offenheit. Er hob den rechten Arm und winkte.

Andreas musste an den letzten Samstag denken, als er morgens nach Langenheim ins Hallenbad gefahren war. In der Umkleide und im Duschraum waren vier oder fünf Väter, alle einige Jahre jünger als er, alle mit ein oder zwei Kindern. Wieder hatte er diesen Stich verspürt. Wie liebevoll die Väter zu ihren Kindern waren, selbst wenn das Geschrei beim Duschen und Haarewaschen manchmal groß war. Wie sich ein ganz kleines Mädchen an das Bein des kräftigen Vaters schmiegte, ein anderes plötzlich seinen Vater umarmte und ein Junge im Kindergartenalter unaufhörlich plapperte, um seinem Vater alle Details vom Schwimmkurs zu berichten. Mit wie viel Geduld die Väter ihren Kindern beim Auskleiden halfen, wie lange es dauerte, bis ein Sechsjähriger endlich die Badehose ausgezogen, sich abgetrocknet und angezogen hatte. Kleine Stiche, und ein nagendes Gefühl, etwas ganz Wichtiges versäumt zu haben. Seit über fünfundzwanzig Jahren kannte er dieses Gefühl. Im Umkleideraum hatte er sich an Rupert erinnert, diesen zwei Meter großen Mann im Priesterseminar, der eines Nachmittags, nur zwei Wochen vor seiner Weihe, in sein Zimmer gekommen war. »Ich werde gehen, Andreas, ich schaffe es nicht. Gestern habe ich mit Britta telefoniert, wir werden heiraten und eine Familie gründen.« Am Tag darauf herrschte helle Aufregung im Seminar. Die beiden geistlichen Begleiter von Rupert, der Regens und der Spiritual, verbrachten Stunde um Stunde mit dem abtrünnigen Kandidaten. Dass so kurz vor der Weihe ein Seminarist absprang, war heikel, es würde Ärger mit dem Bischof geben. Doch Rupert hatte sich entschieden und verließ das Priesterseminar. Andreas hatte in den Tagen danach mit einigen Seminaristen über Ruperts Weggang gesprochen. Die meisten aber wollten nicht lange darüber nachdenken; Rupert war nun wahrlich nicht der Erste gewesen, der das Handtuch geworfen hatte. Es kam ja so häufig vor. Dennoch war Andreas überrascht, als keiner seiner Kollegen über das Familienargument von Rupert reden wollte und sie auf seinen Hinweis, dass ihnen später eigene Kinder sehr fehlen könnten, eher gleichgültig reagierten. Jetzt in der Umkleide im Langenheimer Hallenbad gab es keine Gleichgültigkeit, der Stolz der jungen Väter auf ihre Leos und Benedikts war kaum auszuhalten. Andreas beeilte sich mit dem Umziehen und war froh, als er das Hallenbad verlassen konnte.

Wieder winkte das Mädchen aus dem Busfenster, sah ihn mit großen Augen an, und einmal mehr winkte Andreas zurück. Simone hatte ihm vor einigen Jahren vorgeschlagen, ein Kind zu bekommen. Alles andere würde bleiben, wie es war. Er hatte seinen Ohren nicht getraut. Solch ein Unsinn! Nichts würde bleiben, wie es war. Es gäbe doch viele Priester, die heimlich ein Kind hätten, hatte sie hinzugefügt. Sie wisse genau, dass er insgeheim auch ein Kind wolle. Das stimmte zwar, aber es war dennoch Quatsch. Kurze Zeit später waren sie auseinander. Er hatte Simone noch ein paarmal wiedergesehen. Sie hatten nie wieder darüber gesprochen. Simone war kinderlos geblieben. Wie er.

Der Bus vor ihm verlangsamte das Tempo und fuhr rechts in eine Haltebucht. Das rothaarige Mädchen auf der Rückbank winkte. Andreas fuhr links an dem Bus vorbei und beschleunigte den Golf.

# 5

Thomas wäre es viel lieber gewesen, sie hätten an diesem heißen Junitag 1972, seinem zwölften Geburtstag, irgendwo draußen feiern können, so wie bei Andreas, wo sie im letzten Jahr Federball, Völkerball, sogar Verstecken gespielt hatten. Blöd, dass sie keinen Garten hatten, nur eine Wohnung mit einem kleinen Balkon, auf dem gerade einmal drei Personen Platz fanden. Er hätte für seine Geburtstagsfeier gern ein richtig großes Haus mit Garten gehabt, so ein Haus wie die Wingerts. Wenn Mutter nur nicht so stur wäre, hätte er mit seinen Klassenkameraden auch einfach draußen spielen können, die Straße vor der Tür war eine Sackgasse, da gab es kaum Verkehr.

»Kommt, jetzt singen wir das Geburtstagslied ›Viel Glück und viel Segen‹.« Seine Mutter klatschte in die Hände. Sie war eine große Frau mit dunkelbraunem Haar und dunkelbraunen, sehr warmen Augen, die jetzt auf Thomas blickten. Die fünf Jungen, die Thomas neben Andreas eingeladen hatte, stellten sich im Kreis um ihn. Mutter bestand darauf, dass auch die beiden Zwillinge Wolfgang und Uschi mitsangen. »Müssen die Kleinen unbedingt dabei sein? Die sind doch erst neun!«, maulte Thomas. Aber Mutter nickte ihm energisch zu.

»Ich kann nur ›Happy Birthday‹«, sagte Martin.

»Ich auch«, stimmte Peter ein.

Thomas wusste, dass seine Mutter auch hier nicht nachgeben würde. Sie sagte den Text vor: »Viel Glück und viel Segen / Auf all deinen Wegen, / Gesundheit und Frohsinn / Sei auch mit dabei«. Zweimal, ganz langsam wiederholte sie das Lied und stimmte dann mit kräftiger Stimme die Melodie dazu an. Sie sangen zuerst zweimal einstimmig, dann im Kanon. Bei Andreas, der einen knappen Monat später, im Juli, zwölf werden würde, überschlug sich beim zweiten »Glück« seine Stimme, Peter lachte laut auf, und Thomas sah, wie Andreas rot wurde. Er schämte sich. Orgel-Müller, der Chorleiter an der Schule und Musikdirektor der Städtischen Philharmonie von Langenheim, hatte schon in der letzten Chorprobe zu ihnen gesagt, er wisse nicht, wie lange Andreas noch mitsingen könne. Da rieche man ja schon den Stimmbruch.

»Und jetzt gibt's endlich Kuchen!«, rief Martin in die Gruppe. Der Wohnzimmertisch war festlich gedeckt. An jedem Platz lag eine mit roten Punkten bedruckte Papierserviette. Thomas war froh, dass keiner der Jungen lachte, als seine Mutter den Kuchen aus der Küche brachte. Er war mit farbigem Zuckerguss garniert. In ihm steckten eine blaue Eins und eine rote Zwei aus Plastik und zwölf Kerzen. Er hatte Angst, die Klassenkameraden könnten den bunt geschmückten Kuchen zu kindlich für einen Zwölfjährigen finden. Stattdessen forderten sie ihn dazu auf, sich beim Auspusten der Kerzen etwas zu wünschen. Seine Mutter zündete die kleinen Lichter an, die Thomas, wie erhofft, mit einem einzigen lauten Atemzug und mit aller Kraft pustend wieder ausblies. Was er sich dabei gewünscht hatte, blieb sein Geheimnis.

Martin schaufelte sich, ohne auf die anderen zu warten, gleich zwei Kuchenstücke auf den Teller. Drei Jungen saßen auf dem grüngepolsterten Sofa, über dem eine breitgerahmte Heidelandschaft hing. Seine Mutter hatte genügend Kissen besorgt, sodass sie auf Tischhöhe sitzen konnten. Die anderen Jungen und die beiden Kleinen saßen auf Stühlen, eng um den runden Tisch gedrängt. Thomas hatte Andreas gebeten, sich neben ihn zu setzen. Von Andreas hatte er einen Kompass geschenkt bekommen, den er gleich durch die ganze Wohnung getragen hatte. Die Nadel zitterte, wann immer sie die Position veränderten, und nahm dann schnell wieder Kurs auf Norden. Jetzt stand der Kompass vor seinem Kuchenteller auf dem Tisch und zeigte stur nach rechts auf Peter.

Thomas freute sich, dass so viele seiner Freunde gekommen waren. Er hatte in der letzten Zeit vor allem mit Andreas und nur wenig mit den anderen Jungen gespielt. Da war er sich nicht sicher gewesen, wie viele Klassenkameraden seiner Einladung tatsächlich folgen würden. Er war froh, als von den insgesamt sieben Jungen, die er eingeladen hatte, sechs zusagten. Dass Andreas kommen würde, stand nie in Frage.

Seit dem Wechsel auf das Gymnasium vor zwei Jahren waren Andreas und er nun in derselben Klasse, der a-Klasse, die mit Latein anfing. Thomas sollte eigentlich in den neusprachlichen Zweig, aber Andreas hatte ihm eingeredet, er müsse unbedingt mit ihm auf den Lateinzweig. Unbedingt!

Doch seine Eltern waren nicht begeistert gewesen. Der Lateinzweig galt als der schwierigste. Es war nicht einmal klar, ob sein Zeugnis ausreichen würde, ob das Gymnasium ihn für die a-Klasse zuließ. Erst nachdem seine Mutter erfahren hatte, dass die a-Klasse auch mehr Musik- und Kunstunterricht haben würde, war sie auf der Seite von Thomas und Andreas. Als das Gymnasium bei ihr anrief und Zweifel anmeldete, weil das Abgangszeugnis der vierten Klasse von Thomas zwar gut, aber nicht sehr gut war, überschlug sie sich geradezu vor Lob für seine musischen Begabungen. Thomas hörte in seinem Zimmer, wie sie seinen Beitrag im Knabenchor der Städtischen Philharmonie beschrieb, wie sie sein Flötenspiel hervorhob und immer wieder betonte, dass ein so musischer Junge sicherlich die beste Voraussetzung für das Erlernen alter Sprachen habe. Thomas schämte sich, dass seine Mutter ihn derart anpries.

Doch offenbar war es ihr gelungen, die Sekretärin des Oberstudiendirektors zu überzeugen. Einige Tage später kam der Brief des Gymnasiums. Andreas jubelte, als Thomas noch am gleichen Nachmittag zu ihm fuhr und ihm von dem Brief berichtete. Von nun an würden sie beide in die gleiche Klasse gehen!

Thomas kam an den Nachmittagen nun noch häufiger zu Andreas. Sie fragten sich dann gegenseitig die Lateinvokabeln ab, und auch die meisten Mathematikaufgaben lösten sie gemeinsam. Andreas hatte ein großes schönes Zimmer im ersten Stock des geräumigen Einfamilienhauses, das sein Vater kurz nach Eröffnung seiner Praxis hatte bauen lassen. Inzwischen war es umgebaut und vergrößert worden. Seine Mutter nannte es gern »unsere Villa«. Und auch Thomas mochte dieses Haus. Welch ein Unterschied zu ihrer kleinen Vierzimmerwohnung in der Siedlung, die gehörigen Abstand zum Perlenkranz dieser eleganten Einfamilienhäuser mit ihren großen Gärten hielt.

Auch genoss Thomas die Ruhe im Haus der Wingerts. Seine Geschwister, die Zwillinge Uschi und Wolfgang, spielten am liebsten stundenlang »Hoppe, hoppe Reiter« und jagten nur so durch die kleine Wohnung. Thomas konnte sie auch dann nicht stoppen, wenn Andreas ausnahmsweise einmal zu ihm gekommen war und sie sich gerade in seinem kleinen Zimmer die o-Deklination oder die e-Konjugation aufsagten, Dame, Mühle, Stadt–Land–Fluss oder Schiffe-Versenken spielten.

Bei Andreas im Haus gab es keine kleinen Kinder, nur Annette, seine ältere Schwester, die ein ausgesprochen ruhiges Mädchen war. Im Gästezimmer oben unter dem Dach stand eine elektrische Fleischmann-Bahn, die Andreas mit zehn Jahren von seinem Vater zu Weihnachten bekommen hatte. Die beiden Jungen liebten es, an der Bahn herumzubasteln. Gemeinsam klebten sie die Faller-Häuser zusammen, veränderten den Gleisplan, fügten Weichen ein, entwarfen einen Straßenplan für das Dorf, um das herum die kleine Dampflok mit ihren drei Waggons und der rote Schienenbus beständig ihre Fahrten machten. Das Gästezimmer unter dem Dach, das nur selten von einem Gast bewohnt wurde, war ihr Lieblingsplatz und verstärkte Thomas Wunsch, möglichst viele Nachmittage bei Andreas zu verbringen.

Waren Andreas und er allein, sangen sie manchmal auch ihre Partien für die nächste Choraufführung. In der Bibliothek des Hauses, einem kleineren Zimmer zwischen dem großen Wohnzimmer und dem Esszimmer, stand ein weißer Stutzflügel. Andreas hatte schon am Ende der Grundschulzeit mit dem Klavierunterricht begonnen. Wenn sie gemeinsam probten, spielte Andreas zunächst einzeln die Sopran- und die Altstimme auf dem Klavier, die sie so lange nachsangen, bis sie beide sicher waren. Als sie vor zwei Jahren auf das Gymnasium gekommen waren, probte Orgel-Müller gerade mit dem Knabenchor der Schule die Sopran- und Altstimmen für die geplante große Aufführung von Heinrich Schütz' »Exequien«. Andreas sang Sopran, Thomas Alt. Schon nach einigen Wochen in der fünften Klasse, der Sexta, hatte der Chorleiter Thomas die ersten Solostellen übertragen. Thomas hatte zudem auf Wunsch seiner Mutter in der fünften Klasse die Flöte gegen die Klarinette eingetauscht und ging nun einmal die Woche zum Klarinettenunterricht. Die Nachbarn im Mietshaus der Johannmeyers hatten seiner Mutter ganz offen gesagt, wie glücklich sie seien, wenn Thomas zum Üben zu Andreas ginge. War Frau Wingert zu Hause, fragte Thomas stets höflich an, ob er sie auch nicht mit seinem Proben störe. »Mach nur, ich muss ohnehin noch in die Stadt«, war zumeist ihre Antwort. Andreas' Schwester Annette machte deutlich, dass ihr alles egal war, was die beiden Jungen taten. Sie war ja schließlich zwei Jahre älter und bestand nur darauf, in ihrem Zimmer im ersten Stock in Ruhe gelassen zu werden.

Andreas ließ Thomas oft allein in der Bibliothek üben. Wenn Thomas dort die Klarinette ansetzte, schweifte sein Blick über die weißen Regale. Er wanderte an den Buchrücken entlang, und er stellte sich vor, er würde das alles einmal lesen, das wären alles einmal seine Bücher. Dr. Wingert und seine Frau schienen besonders gern große, dicke Kunstbände zu kaufen. Einige lagen aufgeschlagen auf einem kleinen weißen Tischchen, das vor dem geschwungenen Erkerfenster stand. Manchmal wanderte Thomas mit der Klarinette durch den Raum, spielte die Tonleitern über zwei oder drei Oktaven in allen Tonarten und schaute dabei auf die großformatigen Seiten mit den Bildern von Rubens und Rembrandt, von Cranach und Schmidt-Rottluff. Er sah auf den Fensterbänken der drei Fenster, was Frau Wingert dort in Porzellanvasen sorgsam aufgestellt hatte, meist waren es Orchideen oder Hortensien, immer in den gleichen Farben oder farblich aufeinander abgestimmt. Mutter holte dagegen immer bunte Sommer- oder Herbststräuße, wenn sie überhaupt einmal Geld für Blumen ausgab.

Erst vor wenigen Tagen war es aus Thomas herausgeplatzt. Ganz plötzlich, als sie wieder einmal beide in der Bibliothek übten und sein Blick auf zwei neue rote Keramikschalen auf dem Erkertisch gefallen war, sagte er bewundernd zu Andreas: »Deine Mutter hat einfach einen super Geschmack, Andy, alles ist immer so wahnsinnig gepflegt bei euch!«

Andreas schaute Thomas mit großen Augen an. »Kann schon sein! Mir geht es ziemlich auf den Geist, alles ist immer so arrangiert, und wehe, man verrückt etwas. Stellst du die Vase von der linken Fensterbank weg auf den Tisch, ist Mutter völlig fertig.«

Thomas haderte zwar mit sich selbst und tat alles, damit seine Eltern nichts davon merkten, doch tief in seinem Innern beneidete er Andreas um all den Platz und all die Eleganz im Wingert'schen Haus. Nie hätte er seinen Eltern davon erzählt, aber er spürte deutlich, wie sehr er sich solch ein Haus, solche Möbel, so viele wunderbare Bücher, solch edle Bilder an den Wänden, solche Großzügigkeit wünschte.

Kurz vor seinem zwölften Geburtstag fiel allerdings auf, dass Andreas' Mutter häufig nicht zu Hause war, wenn sie sich trafen. »Sie hat eine neue Tennispartnerin, die sie sehr fordert«, erklärte Andreas, als Thomas nach ihr fragte.

Thomas hatte seit seinem Soloeinsatz bei Schütz' »Exequien«

eine besondere Stellung im Knabenchor. Wenn Orgel-Müller ihn vor den anderen Jungen lobte, war es ihm zwar auch ein wenig peinlich, doch gleichzeitig genoss er seinen Erfolg. Er wusste, wie wichtig seine Proben mit Andreas für ihn waren. Ohne sie wäre er nie zum Solo-Alt aufgestiegen, denn er hatte zwar ein gutes, aber kein absolutes Gehör. Durch den Zweiklang mit dem Sopran von Andreas wurde er melodiesicher, sodass Orgel-Müller sich in seinen Proben mit ihm auf Ausdruck, Dynamik und Phrasierung konzentrieren konnte. Die Solisten nahm Orgel-Müller besonders hart ran. Da setzte es auch schon einmal Ohrfeigen. Ab dem Frühjahr, wenn die Jungen wieder in ihren kurzen Lederhosen zu den Proben erschienen, konnte die Strafe für falsche Einsätze in den Proben auch darin bestehen, dass Herr Müller in seiner Wut zu dem zu strafenden Solisten lief, ihn mit dem Rücken vor sich stellte und mit seiner flachen Hand scharf und schnell mehrfach auf dessen hintere Oberschenkel schlug, was sehr wehtat. Thomas hatte das schon drei Mal erlebt und jedes Mal Angst gehabt, seine Mutter würde ihn zu Hause fragen, warum seine Beine hinten plötzlich so rot seien. »Weißt du noch, die rotgekniffenen Handrücken von dem Großen aus der Hauptschule?«, erinnerte ihn Andreas, als Thomas einmal mit hochroten Oberschenkeln nach der Probe aufs Fahrrad stieg. Doch es war klar, über die Schläge von Orgel-Müller würden die Jungen mit niemandem sprechen. Mit keinem Rektor, keiner Lehrerin und auch nicht mit ihren Eltern.

Orgel-Müller hatte gelegentlich ja auch einige Tafeln Sarotti-Schokolade im Gepäck. Die gab es immer dann, wenn ein Solist oder einzelne Stimmgruppen besonders gute Leistungen erbrachten. Thomas strahlte jedes Mal vor Freude, wenn er wieder einmal eine Tafel Schokolade mit nach Hause bringen konnte, seine Mutter die Tafel hochhielt, ihn an sich drückte und sagte: »Du wirst noch mal ein großer Künstler.«

Auch heute beim Geburtstagsfest war sie sichtlich stolz auf ihn. Sie versuchte, nach dem Kuchenessen die Jungen noch zu ein oder zwei Spielen in der Wohnung zu animieren, bot die »Reise nach Jerusalem« oder das Pantomime-Erraten an, doch sie weigerten sich. Das Wohnzimmer war für so viele spielende Kinder einfach zu klein und zu stickig an diesem warmen Nachmittag.

Erst als sie auf die Straße durften und Völkerball spielten, stieg die Stimmung unter den Jungen. Thomas war in glänzender Form. Er parierte jeden Ball. Andreas hingegen war oft schon sehr schnell wieder aus dem Spiel, weil ihn wieder einmal einer der sechs Jungen mühelos mit dem Ball getroffen hatte. Thomas sah, dass Andreas litt. Er achtete nun darauf, ihn nicht abzuwerfen, und zielte vor allem auf andere Kameraden. Die jedoch schonten Andreas nicht.

Wenige Tage nach dem Geburtstagsfest hatte sich Thomas mit Andreas im Schwimmbad verabredet. Er hoffte sehr, dass an diesem Nachmittag der Dreimeterturm geöffnet würde. Er liebte die Kopfsprünge vom Dreimeterbrett, den Moment, wenn er mit dem Kopf voran eintauchte und tief hinunter, fast bis zum Grund des blaugefliesten Beckens kam. Andreas war ihm erst ein einziges Mal auf das Dreimeterbrett gefolgt, hatte aber keinen Kopfsprung gewagt. Ein paar Jungen aus seiner Klasse hatten ihn dabei beobachtet und ihn für seine Mutlosigkeit gehänselt, aber es schien ihm nichts auszumachen.

Thomas konnte es kaum erwarten, endlich loszuradeln, und wartete ungeduldig auf seine Mutter, die ihn gebeten hatte, auf die Zwillinge aufzupassen, bis sie von einem Arzttermin zurück sein würde. Es war mindestens achtundzwanzig Grad heiß, die Zwillinge planschten nackt in einer großen Plastikwanne auf dem Balkon, die seine Mutter schon am Vormittag mit Wasser gefüllt hatte.

Endlich sah er vom Balkon aus den Bus am Ende der Straße halten und erblickte seine Mutter, wie sie langsam die Straße herunterkam. Sie trug ein rotes Sommerkleid und ging auffallend langsam, ganz anders als sonst, wo sie stets forsch auftrat und eher schnelle Schritte machte. Thomas ahnte schon in diesem Moment, dass etwas nicht stimmte.

Als sie die Treppe zur Wohnung heraufkam, sah er, dass sie sehr bedrückt war. Sie erkundigte sich nach den Zwillingen, nahm ein Glas Wasser, ging ins Schlafzimmer und schloss die Tür. Thomas war wie gelähmt. Mutter ging nie nachmittags allein ins Schlafzimmer. Er öffnete die Tür. Mutter saß auf ihrem Bett und hielt ein Taschentuch an ihre Augen.

»Mama, was ist?«, sagte Thomas.

Mutter schaute ihn an. »Setz dich zu mir«, sagte sie. Und Thomas hörte, dass sie beim Frauenarzt gewesen sei, schon am Tag nach seinem Geburtstagsfest, und da sei etwas in ihrem Unterleib, das sei nicht in Ordnung. Heute habe sie erfahren, dass sie ganz schnell operiert werden müsse, weil dieses Etwas ganz fies sei und sich ausbreite. Im Krankenhaus müsse man ihr dieses Organ entfernen. Das sei nicht schlimm, er solle sich keine Sorgen machen, aber sie sei eben doch traurig, weil sie von der Familie weg und ins Krankenhaus müsse. Schon in drei Tagen würde sie ins Krankenhaus gehen. Oma würde kommen. Dann weinte sie, und Thomas konnte nicht glauben, dass es nicht schlimm sei. Wenig später kam sein Vater nach Hause, viel früher als sonst. Mutter hatte ihn nach dem Arztbesuch im Finanzamt angerufen. Vater sprach lange allein mit ihr im Schlafzimmer. Dann kam er heraus. »Wir werden das schon schaffen«, sagte er, doch Thomas konnte nicht überhören, wie wenig überzeugend das klang.

Er fuhr an diesem Tag nicht mehr ins Freibad. Als Andreas am nächsten Morgen zu ihm kam, um ihn zu fragen, warum er denn gestern nicht ins Schwimmbad gekommen sei, verriet ihm sein Gesicht schon in der Tür, dass etwas Trauriges geschehen sein musste. Thomas erzählte ihm von der Krankheit seiner Mutter und dem bevorstehenden Krankenhausaufenthalt. Die Großmutter aus Neumünster würde kommen, sie würde sein kleines Zimmer benutzen, er müsste für die zwei oder drei Wochen mit ins Zimmer der Zwillinge ziehen. Thomas drehte sich um und fing an zu weinen. »Nicht, weil ich zu den Zwillingen muss, sondern wegen Mama«, sagte er. Andreas stellte sich hinter ihn, drehte ihn zu sich und nahm ihn in den Arm. Thomas schluchzte laut, und es lösten sich alle Schleusen.

Am Nachmittag kam Andreas erneut zu Thomas. Andreas hatte mit seiner Mutter gesprochen. Sie hatte zugestimmt. Thomas würde für die Zeit des Krankenhausaufenthalts zu ihnen kommen und im Gästezimmer wohnen können. Was Andreas Thomas nicht erzählte, war, dass seine Mutter gleich mit seinem Vater telefoniert hatte. Vater hatte schon eine Viertelstunde später aus der Praxis zurückgerufen. Andreas' Mutter sprach dann mehrfach von Totaloperation, was für Andreas schrecklich klang. Er spürte, dass er dieses Wort gegenüber Thomas besser nicht erwähnen sollte.

Thomas hörte das Wort Totaloperation erst, als Mutter schon auf dem Weg in die Klinik war. Er zog tatsächlich an dem Tag, an dem Großmutter kam, zu den Wingerts in die Villa. Seinem Vater kam dies recht gelegen, so konnte Großmutter das Zimmer von Thomas beziehen, und das ohnehin nicht gerade geräumige Zimmer der Zwillinge blieb unverändert. Die Zwillinge waren traurig, dass nun neben der Mutter auch noch Thomas weggehen würde, aber Thomas versprach, jeden Tag vorbeizuschauen. Sein Vater brachte ihn zu den Wingerts. Es war das erste Mal, dass er für längere Zeit von zu Hause fort sein würde. Zuvor war er erst ein einziges Mal allein für eine Woche bei Großmutter in Neumünster gewesen und hatte sich nichts sehnlicher herbeigewünscht als den Tag, an dem er wieder abgeholt würde. Aber jetzt wäre da Andreas, sein Freund. Doch als er mit seinem Vater vor dem großen, vornehmen Haus der Wingerts stand, das er ja seit drei Jahren gut kannte und das er so sehr mochte, spürte er doch einen dicken Kloß im Hals und konnte nicht sprechen. Sein Vater bedankte sich sehr herzlich bei Frau Wingert und übergab ihr eine Pralinenschachtel. Andreas' Mutter reichte ihm einen Briefumschlag und einen Blumenstrauß. »Für Ihre Frau«, sagte sie, »wir denken an sie.«

Dann nahm sein Vater ihn lange in den Arm. »Wir werden das schaffen, Tom«, murmelte er, »wir werden uns täglich sehen, und telefonieren tun wir ja sowieso. Benimm dich gut!« Thomas sah, dass auch sein Vater Tränen in den Augen hatte.

Es war noch eine Woche bis zum Ende der Sommerferien, die in diesem Jahr sehr früh begonnen hatten. Thomas ging mit Andreas nach oben, packte seinen Rucksack aus und legte die Kleidungsstücke in den kleinen Schrank im Gästezimmer. Die Fleischmann-Eisenbahn stand spielbereit aufgebockt auf den drei Hockern. Doch weder Thomas noch Andreas hatten Lust, mit der Modelleisenbahn zu spielen. »Ich habe Angst, dass meine Mutter stirbt«, sagte Thomas.

»Himmlischer Vater, hilf Thomas' Mutter«, sagte Andreas laut, »lass sie die Operation überleben.«

»Glaubst du, dass Beten hilft?«, fragte Thomas.

»Ja, ganz bestimmt. Der liebe Gott lässt deine Mutter nicht sterben!«

»Ich weiß nicht, ob der liebe Gott das wirklich kann. Gestern hörte ich, wie Papa zu Großmutter sagte, es sei eindeutig Krebs, und man müsse alles wegschneiden!« Thomas biss die Lippen zusammen. »Und heute Morgen sagte unsere Nachbarin, es sei eine Totaloperation. Was heißt das, Andy? Totaloperation?« Thomas drehte sich weg.

»Ich frage Vater, was das bedeutet«, antwortete Andreas und ließ Thomas allein im Zimmer.

Am Abend erklärte Herr Wingert den beiden, was ein Gynäkologe unter Totaloperation verstand und dass dies keineswegs ein Todesurteil sei. Im Gegenteil, sie sollten guter Hoffnung sein. Solche Operationen gäbe es sehr oft, und sie gingen in aller Regel gut aus. Die Krankheit sei dann ganz und gar besiegt, deshalb Totaloperation, und Thomas' Mutter könne danach uralt werden.

»Vielen Dank, Herr Wingert«, sagte Thomas und war in der Tat ein wenig erleichtert. Andreas' Vater hatte sehr sicher geklungen, und er war ja Arzt, er würde es ganz sicher wissen. Doch als Thomas abends um halb zehn im Gästezimmer allein in seinem Bett lag, überfiel ihn ein großer, ein unendlich großer Schmerz. Er konnte nicht aufhören zu weinen. Andreas' Mutter hatte das offenbar vermutet. Sie klopfte an der Tür, Thomas versuchte sich noch schnell die Augen zu trocknen und schnäuzte sich, da setzte sie sich schon zu ihm ans Bett und bot ihm an, die Nacht auf der Couch im Zimmer von Andreas zu verbringen. Die Couch sei schnell zurechtgemacht, und dann sei er nicht allein. Thomas nickte. Morgen würde Mutter operiert. Morgen würde sich entscheiden, ob die Totaloperation gelingen würde, ob man all den Krebs würde entfernen können und Mutter dann wieder so sei wie immer. Morgen konnte sie aber auch sterben!

Als Thomas auf der Couch in Andreas' Zimmer lag, fühlte er sich ein wenig besser. Andreas schlief nicht. »Glaubst du wirklich, Andy, dass Beten hilft?«, fragte Thomas.

»Aber ganz sicher.«

»Dann lass uns für meine Mutter beten, wie in der Kirche«, bat Thomas.

»In zwölf Stunden wird sie operiert. Das wird drei Stunden dauern, meinte Vater eben, also lass uns für jede Stunde ein Vaterunser beten. Fünfzehn Vaterunser!«

»Fünfzehn Vaterunser?«, fragte Thomas nach.

»Für jede Stunde von jetzt an eins. Aber warte noch«, warf Andreas ein. Er stieg aus dem Bett und nahm aus einer der unteren Schubladen des Kleiderschrankes ein Kruzifix, eine weiße Kerze auf flachem Chromständer und eine Marien-Ikone heraus. Er stellte alles auf den Schreibtisch. »Wir müssen uns hier zum Gebet hinknien!«, sagte Andreas.

Thomas stieg aus dem Bett. Andreas entzündete die Kerze. Dann knieten beide in ihren Schlafanzügen vor dem Schreibtisch, richteten ihre Blicke auf das Kreuz vor ihnen und beteten halblaut hintereinander fünfzehn Vaterunser. Als sie fertig waren, sagte Andreas: »Wir müssen dem lieben Gott noch etwas versprechen.« Thomas nickte. »Lieber Gott«, sagte Andreas nach ein paar Sekunden, »wenn du Thomas' Mutter wieder gesund werden lässt, werde ich alle deine zehn Gebote halten, immer, das verspreche ich!«

»Lieber Gott, lass Mutter bitte morgen die Operation gut überstehen und lass sie wieder ganz gesund werden. Ich werde immer brav zu ihr und zu meinem Vater sein.« Thomas fragte sich, ob dieses Versprechen vielleicht zu gering war für den lieben Gott, aber er konnte doch nicht das Gleiche versprechen wie Andreas, und etwas Besseres als brav sein wollte ihm so schnell nicht einfallen.

Dann sagten beide Jungen noch ein letztes Vaterunser, löschten die Kerze, legten Kruzifix und Ikone zurück in den Schrank und gingen zu Bett. Andreas betete im Bett still weiter, hörte nach einigen Minuten Thomas' gleichmäßiges Atmen, dann schlief auch er.

Thomas' Mutter überstand die Operation ohne Komplikationen.

Schon drei Tage nach der Operation ging es ihr sichtlich besser. Sie lächelte bereits wieder, als Thomas und Andreas sie besuchten. So fasste auch Thomas Mut, und die Angst wich. Am Wochenende radelte er mit Andreas ins Schwimmbad, und sie tollten zum ersten Mal wieder unbeschwert im Wasser. Auch als die Schule wieder begonnen hatte, besuchte Thomas seine Mutter täglich im Krankenhaus und hielt ebenso sein Versprechen gegenüber den Zwillingen. Oft ging Andreas mit ihm zum Krankenhaus. In der Marienkirche, der zentralen evangelischen Kirche auf dem Marktplatz von Langenheim, opferte jeder fünfzig Pfennig von seinem Taschengeld für eine große Kerze, desgleichen in der Nikolaikirche, der Hauptkirche der katholischen Gemeinde.

»Glaubst du wirklich, Andy, dass unser Beten Mama geholfen hat?«, fragte Thomas, als sie aus der Kirche kamen.

»Ich bin mir ganz sicher, Thomas.«

»Glaubst du, dass Mama gestorben wäre, wenn wir nicht gebetet hätten?«

»Weiß nicht, Thomas, aber ich glaube ganz bestimmt, dass unser Beten geholfen hat.«

»Es wäre so ungerecht, wenn sie gestorben wäre, nur weil wir nicht gebetet hätten. Darauf hatte Mama doch gar keinen Einfluss. Das kann Gott doch gar nicht zulassen!«

Andreas blieb für ein paar Sekunden still. Thomas hatte ja nicht unrecht. »Ich bin trotzdem sicher, es hat ihr geholfen!«

»Ich glaub, es hat auch mir geholfen, Andy. Ich hätte sonst bestimmt nicht schlafen können. Machst du das oft, beten mit dem Kreuz und dem Bild auf deinem Schreibtisch?«

»Nein, nur in besonderen Situationen.« Es war nicht ganz die Wahrheit, aber Andreas hatte keine Lust, Thomas zu erzählen, dass er einfach sehr gern Priester und Messe spielte.

Frau Wingert hatte Thomas nach zwei Nächten angeboten, doch wieder im Gästezimmer zu schlafen, aber die beiden hatten protestiert. So wohnte Thomas die ganzen achtzehn Tage mit Andreas zusammen. Nachdem es seiner Mutter immer besser ging und Farbe in ihre Wangen zurückgekehrt war, entspannte sich Thomas auch bei den gemeinsamen Mittag- und Abendessen mit den Wingerts, die Andreas' Mutter stets mit ganz besonderer Sorgfalt vorbereitete.

Mittags kam Herr Wingert meist gegen Viertel nach eins aus seiner Praxis, wenn auch sie gerade aus der Schule zurück waren. Dann aßen alle zusammen, schweigsam, weil Andreas' Vater sich dabei ja erholen sollte, wie Frau Wingert Thomas anfangs erklärt hatte. Andreas' Mutter hatte den Mittagstisch im Esszimmer immer sehr schön gedeckt. Alle saßen auf diesen modernen Schwingstühlen, die Thomas vorher nur in einem Einrichtungshaus in Langenheims Einkaufsstraße gesehen hatte: Die blitzenden Chromgestelle waren mit weißem Leder bespannt. Frische Blumen standen in einer weißen Porzellanvase auf dem Tisch, für den Salat gab es ein eigenes Besteck. Thomas war zuerst von den zwei Gabeln und zwei Messern vor ihm verwirrt gewesen. Er fürchtete, er würde sich schlecht benehmen und könnte Fehler machen. Bei den ersten Mahlzeiten schielte er stets auf Andreas. Schon zu Hause hatte sein Vater zu ihm gesagt, dass Frau Wingert ganz bestimmt sehr viel Wert auf gutes Benehmen gerade auch bei Tisch legen würde und er sich bitte anstrengen möge! Er solle sie bloß nicht blamieren. Und Thomas strengte sich an. Wenn er dennoch einmal vergessen hatte, die Serviette aus der Serviettentasche zu nehmen und sie sich auf den Schoß zu legen, sagte Andreas' Mutter nur: »Ich glaube, deine Serviette, Thomas, muss frühestens in zwei Tagen in die Wäsche!« Sie ermahnte Annette dagegen sehr viel deutlicher und sagte immer wieder, dass sie doch bitte gerade auf dem Stuhl am Tisch sitzen möge, und sie ließ die Augen blitzen, wenn Andreas einmal den Ellenbogen auf den Tisch aufstützte. Jedes Mittagessen begann und endete mit einem Gebet, in das Frau Wingert in diesen Tagen stets Thomas' Mutter mit einschloss. Thomas fragte sich, wie Andreas wohl ein gemeinsames Mittagessen in seiner Familie erleben würde, in der es nie doppeltes Besteck, selten Servietten und Blumen und auch kein Tischgebet gab, dafür aber oft genug laut streitende Zwillinge. Er beschloss, solche gemeinsamen Essen mit Andreas im Familienkreis bei sich zu Hause möglichst zu vermeiden.

Abends war die Stimmung lockerer. Herr Wingert war nicht immer um halb acht daheim, aber an den Abenden, an denen er gemeinsam mit ihnen aß, wurde es oft richtig lustig. Er erzählte dann Geschichten aus der Praxis, von Simulanten, die nur krankgeschrieben werden wollten, oder auch von Leuten, die ein Hexenschuss in unmögliche Stellungen gebracht hatte, sodass sie manchmal auf allen vieren in das Behandlungszimmer krochen. Andreas' Vater hatte Thomas nach einem Abendessen auch noch einmal in Ruhe erklärt, was man mit seiner Mutter bei der Operation gemacht hatte. Noch einmal bestätigte er, dass Thomas jetzt ganz beruhigt sein könne, weil kein Krebs mehr in ihrem Körper sei. Herr Wingert hatte in den letzten Tagen ein paarmal mit dem Chefarzt im Krankenhaus gesprochen. Beim Abendbrot erzählte er Thomas dann von der beständig fortschreitenden Heilung und hatte zuvor schon auch mit Thomas' Vater im Finanzamt telefoniert, um ihn zu beruhigen.

Manchmal erzählte er von seinem Studium in Würzburg und von der katholischen Studentenverbindung, in die er gleich zu Studienbeginn 1949 eingetreten war. Er zeigte Thomas kleine Schwarz-Weiß-Fotos von den ersten Faschingsbällen, die die Verbindung nach dem Krieg wieder veranstaltete. Thomas lachte mit ihm über die einfachen und doch grellen Masken, die bei den Bällen von den Studenten getragen wurden. Thomas merkte, dass Andreas' Vater ihn mochte, dass er ihm gern etwas erzählte und Dinge erläuterte. »Jetzt geht es ja bald los mit Englisch«, sagte er eines Abends, als im Fernsehen eine Rede des amerikanischen Präsidenten gezeigt wurde. »Da müsst ihr euch jedes Wort merken. Mit Englisch steht euch die Welt offen!«

In der Nacht, bevor Thomas wieder nach Hause sollte, weil seine Mutter aus dem Krankenhaus entlassen werden würde, stellte Andreas noch einmal Kreuz, Kerze und Ikone auf den Schreibtisch. Andreas wollte, dass sie Gott mit einem gemeinsam gesprochenen Vaterunser dankten, aber Thomas scheute sich, murmelte die Worte mehr, als dass er sie sprach, und war sichtlich erleichtert, als Andreas die Utensilien wieder in der Schrankschublade verstaute.

»Wir haben ihm auch etwas versprochen«, sagte Andreas. Thomas blieb still. »Ich glaube, es wird mir nicht so schwerfallen, mein Versprechen zu halten«, bemerkte er nach einiger Zeit.

# 6

Mit fünfundzwanzig Stundenkilometern und im zweiten Gang schlich Andreas hinter einem Traktor her. Die ansteigende Straße machte eine langgezogene Rechtskurve, an Überholen war nicht zu denken. Er hörte die CD mit John Rutters »Requiem«, die Thomas ihm vor einigen Jahren geschenkt hatte. Eine wunderbar helle Knabenstimme sang das »Pie Jesu«. Manche Unisono-Stellen dieses modernen Requiems waren so verführerisch, dass sie ihn in eine Art Rausch versetzten. Er hörte und sah sich selbst und Thomas im Knabenchor der Langenheimer Philharmonie stehen und wehrte sich gegen die Rührung, die ihn jetzt überfiel. Erst als die Oboe zum »The Lord is my shepherd« ansetzte, hatte er den Kopf wieder frei und überlegte, ob er nicht Frau Bokenkamp anrufen sollte. Frau Bokenkamp, die Ehefrau des Küsters, hielt das Pfarrhaus in Ordnung. Sie hatte sicherlich am Mittag, als Andreas schon auf dem Weg nach Münster war, die Post aus dem Briefkasten genommen und würde wissen, ob ein Umschlag von Frau Wahnmut oder gar ein Schreiben von der Staatsanwaltschaft angekommen war. Er würde abwarten, bis das »Lux aeterna« verklungen war, und dann anrufen. Der Knabe setzte gerade den ersten Ton: »Lux aeterna luceat eis, Domine.« Hätte er nicht doch in Münster bleiben sollen? Er hatte Merle gefragt, als sie beide noch bei Thomas waren, doch sie hatte abgewunken. Thomas war wieder eingeschlafen, atmete zwar etwas flach, aber ruhig und gleichmäßig. Er würde jetzt zwölf bis fünfzehn Stunden durchschlafen, hatte der Arzt gesagt. Susanne wollte am frühen Abend in Münster sein. Das würde Merle guttun, denn Susanne war kurz vor dem Abschluss ihres Medizinstudiums, sie würde Merle sicher etwas beruhigen können, und Thomas würde sich freuen, seine älteste Tochter an seinem Krankenbett zu sehen, sobald er aufwachte. Merle hatte Andreas am Abend zuvor in Waldenburg angerufen und erzählt, was passiert war. Sie hatte am Nachmittag auf der Terrasse gesessen und gelesen, während Thomas den Rasen mähte, als der Motor plötzlich stoppte. Sie sei sofort aufgesprungen und zu ihm gelaufen, nachdem er seltsam krumm vor dem Rasenmäher kniete und dann zur Seite kippte. Alles sei ganz schnell gegangen. Zum Glück habe der Notarztwagen nur gut zehn Minuten gebraucht. Das sei seine Rettung gewesen.

Auch der Arzt in der Klinik hatte Andreas bestätigt, dass eine schnelle ärztliche Behandlung nach einem Herzinfarkt die beste Gewähr dafür sei, dass Thomas den Infarkt, den der Arzt als mittelschwer einstufte, meistern werde. Er solle ganz beruhigt sein.

Erst vor acht Tagen hatten sie im Waldhotel bei Münster seinen fünfzigsten Geburtstag gefeiert. Ein großes Fest! Die drei Kinder hatten mit Merle ein beeindruckendes Programm mit Musik, einem Sketch, und einer Powerpoint-Präsentation mit Fotos aus dem Leben von Thomas zusammengestellt. Auch das Foto von ihnen beiden auf dem Bahnhof Wannsee wurde gezeigt, von 1974, als sie mit vierzehn erstmals allein unterwegs und nach Berlin gefahren waren. Andreas hatte auf der Party eine Rede gehalten, er gab ein paar fröhliche Episoden aus der Jugend und Studienzeit von Thomas zum Besten, ließ aber auch prägende und weniger erfreuliche Momente nicht aus.

Neben der engeren Familie waren nicht nur zahlreiche Kollegen aus der Fachhochschule, an der Thomas unterrichtete, mit ihren Frauen oder Männern gekommen, sondern auch eine ganze Reihe von Anglisten und Romanisten aus der Universität. Andreas wusste, wie wichtig das für Thomas war. Gleich zwei Kollegen hielten eine Rede auf ihn. Er stellte Andreas Professor Conzen von der Universität Bonn vor, der ein berühmter Romanist war und mit dem Thomas vor einem Jahr gemeinsam drei Aufsätze über intertextuelle Sinnkonstruktion im modernen europäischen Roman verfasst hatte. Die Aufsätze hatten in der Szene der Literaturwissenschaftler für große Aufmerksamkeit gesorgt und sollten noch in diesem Jahr in einem gemeinsamen Buch der beiden Professoren publiziert werden. In einer Tanzpause griff Conzen zum Mikrophon und sprach ohne jedes Manuskript eine druckreife Lobrede auf den Kollegen Johannmeyer, die Thomas sichtlich bewegte. Andreas war sich sicher, dass Thomas hier im Waldhotel nun endgültig merken musste, wie anerkannt er war, und dass es da niemanden mehr gab, der auf ihn herabschaute, nur weil er ein Fachhochschulprofessor und kein richtiger Ordinarius einer Universität war. Andreas hoffte sehr, dass spätestens nach diesem Fest dieses alte, tiefe Unbehagen nicht länger in Thomas wüten würde.

Kurz vor Mitternacht hatte Thomas dann sein Saxophon herausgeholt und ein paar alte Poptitel mit Susanne am Klavier gespielt. Die Kollegen an der Fachhochschule kannten sein musikalisches Können schon von einigen Fakultätsfeiern. Der Applaus war groß. Eine Stunde später holte er Andreas ans Klavier, und sie spielten »Strangers in the Night«, »Let it be« und »The Long and Winding Road«.

Der fünfzigste Geburtstag wurde ein rauschendes Fest. Erst weit nach zwei Uhr verließen die letzten Gäste das Waldhotel. Andreas fuhr mit Thomas und Merle im Taxi zurück nach Münster. Als sie in der Wohnung angekommen waren, überreichte Andreas Thomas einen Brief, den er am Tag zuvor geschrieben hatte. Er hatte lange überlegt, wie er ihm zu seinem Geburtstag vermitteln konnte, welch große Bedeutung er für ihn hatte. Schließlich entschied er sich für einen Brief, in dem er Thomas in wenigen Sätzen dafür dankte, dass er über vier Jahrzehnte sein wichtigster Begleiter gewesen war, immer ehrlich, immer ansprechbar, ein beständiger, fester Orientierungspunkt seines Lebens. Andreas hatte alles vermieden, was nach großen Gefühlen roch, bloß nichts Schwülstiges, bloß keinen Kitsch. Doch er beendete den Brief mit dem Hinweis, dass er ihn jetzt, in diesen für ihn schwierigen Wochen, wieder einmal ganz dringend brauchen würde.

Thomas hatte die Zeilen schnell überflogen, ihn umarmt und in sein Arbeitszimmer geführt, wo sie alleine waren. Auf seinem Schreibtisch lagen die Fahnen für das Buch mit Conzen und ein hoher Stapel Klausuren aus dem letzten Semester. An der Wand links vom Schreibtisch hing das Schwarz-Weiß-Foto von Thomas mit dem Saxophon, das Andreas wenige Tage vor dessen siebzehnten Geburtstag im Kurhaus von Bad Borndorf aufgenommen hatte. Andreas schaute es lange an, verglich es mit dem Gesicht des Fünfzigjährigen, der neben ihm stand, und gab ihm dann, noch immer schweigend, einen kleinen Stoß mit dem rechten Ellenbogen.

»Was ist passiert, Andy?«

Andreas erzählte ihm von den Vorwürfen, die Frau Wahnmut gegen ihn erhoben hatte, und dass er befürchten müsse, nun selbst in diese grässlichen Missbrauchsgeschichten in der Katholischen Kirche hineingezogen zu werden.

»Plötzlich meine ich überall Misstrauen zu spüren. Vor ein paar Tagen stehe ich bei Folkerts im Buchladen, blättere in dem einen und anderen Buch und sehe diese abschätzigen Blicke bei den Männern und Vätern, sie grüßen kurz, und ich bilde mir ein, sie tun es verächtlich. Ich sehe die Sorgenfalten bei den Müttern. Ich bilde mir ein, sie fragen sich die ganze Zeit: Ist das auch so einer? Ich werde unsicher, schaue auf die Buchtitel, die ich in die Hand nehme, ob da auch kein verfänglicher Titel dabei ist. Ich vermeide jeden körperlichen Kontakt mit meinen Messdienern, Thomas. Du kannst dir das nicht vorstellen, ich gestatte mir nicht einmal mehr ein Rückenklopfen. Bittet ein Kind oder Jugendlicher um ein vertrauliches Beichtgespräch, schlage ich jetzt jedes Mal vor, doch eine dritte Person als Beobachter des Gesprächs außer Hörweite heranzuziehen. Es ist verrückt!«

Thomas spürte erst jetzt, unter welchem Druck Andreas stand. Bei der abendlichen Feier hatte er sich nichts, aber auch gar nichts anmerken lassen. Jetzt aber brach es aus ihm heraus, um drei Uhr morgens, nach einer mehr als siebenstündigen, intensiven Geburtstagsparty. »Ich habe schlichtweg keine Lust mehr, mich bei allem, was ich tue, nur noch zu kontrollieren. Ich habe keine Lust mehr, mich ständig vor mir selbst und anderen für meinen Beruf zu rechtfertigen. Seit der Predigt im Frühjahr ist alles nur noch schlimmer geworden. Das Gespräch mit Monsignore Weckmann hat nichts, gar nichts bewegt.« Andreas war nicht mehr zu stoppen. »Ich weiß, dass die Katholische Kirche mich jetzt genau beobachtet. Ich habe die unsäglichen Vorwürfe der Wahnmut auch brav nach Paderborn gemeldet und alles erklärt. Wahrscheinlich wird Weckmann mich noch einmal zu sich bitten. Das Schreiben des Diözesanbischofs ist vielleicht schon unterwegs. Alles entwickelt sich zu einem fürchterlichen, demütigenden Krampf. Wenn ich Marcel irgendwo sehe, schaue ich weg, damit der Junge bloß keinen Blickkontakt aufnehmen kann, den irgendein anderer falsch interpretieren könnte.« Andreas hatte Tränen in den Augen, und Thomas sah, wie sich seine rechte Hand zur Faust ballte. »Dabei war da gar nichts! Nichts! Ich bin ihm einmal mit der Hand durchs Haar gefahren, ich wollte ihn trösten!«

Diese Vorwürfe seien ja schnell aus der Welt zu schaffen, beruhigte ihn Thomas, dafür sei das alles einfach zu lächerlich. Aber Andreas blieb unsicher. Seine Wut legte sich nur wenig, die Stimme wurde leiser. »Ich habe Angst, Tom. Ich habe Angst vor dem Pranger. Wie naiv ich war: Ich dachte im Mai wirklich, jetzt sei der Zeitpunkt für eine Veränderung gekommen, jetzt würde sich die Katholische Kirche endlich bewegen. Wenn wenigstens eine kleine Gruppe gleichgesinnter Priester da wäre, die gegen den Zölibat, gegen all diese Formen der Unterdrückung aufstünde! Aber die Kollegen sind verängstigt, einige rufen an, sagen mir ein paar zustimmende Sätze, aber bloß keine Aktionen, keine öffentlichen

Bekundungen, nein, wegducken, abwarten, ertragen, alles nach dem Motto: ›Herr, lass diesen Kelch an uns vorübergehen!‹«

Andreas kam noch einmal richtig in Fahrt. Thomas hörte zu, ließ ihn nicht aus seinem Blick und nickte mehrfach.

»Es wird dir jetzt nicht helfen, Andreas, aber wenn ich das höre, stelle ich mir die gleiche Frage, die wir schon damals in Aberystwyth diskutiert haben: Warum bist ausgerechnet du Priester geworden? Ich habe es nie verstanden. Nach dem Gespräch mit dem Monsignore im Mai warst du zwar ziemlich sauer und hast hier kräftig geschimpft, aber du warst dir noch immer ganz entschieden sicher, dass dein Platz in der Kirche sei und dass du langsam, ganz langsam etwas ändern könntest. Jetzt aber wird es brenzlig. Jetzt, Andy, das spüre ich deutlich, muss etwas geschehen.« Thomas ging ins Wohnzimmer und kam mit zwei leicht gefüllten Whiskygläsern zurück. »Andy, es tut mir weh, dich so leiden zu sehen und dich dennoch heute Abend enttäuschen zu müssen. Aber bitte habe Verständnis: Ich kann nach diesem langen Abend, nach all dem Wein nichts Vernünftiges mehr sagen. Ich muss jetzt schlafen. Lass uns gleich nächste Woche treffen. Ich bin mir sicher, du wirst am Ende wieder Morgenrot sehen! Wir werden einen Weg finden, Andy, und wenn es ein radikaler Weg ist, dann sei es drum! Du kannst auf jeden Fall auf mich zählen. Wenn du in deiner Umgebung nichts ändern kannst, musst du selbst deine Situation verändern. Dann kommt das Morgenrot eben von einem Ort außerhalb der Kirche. Es läuft uns heute Nacht jedenfalls nichts davon. Wir werden in Ruhe darüber reden. Auf dein Wohl!«

Schon wenige Stunden später stand Andreas, der im Gästezimmer der Johannmeyers übernachtet hatte, wieder auf. Er zog sich in aller Stille an, trank in der Küche ein Glas Orangensaft, ließ die Wohnungstür ganz leise ins Schloss fallen und fuhr von Münster nach Waldenburg zurück, wo er um zehn Uhr die Messe zelebrieren musste. Thomas rief am Nachmittag an. Sie verabredeten sich für übernächsten Mittwoch in Münster.

Das wäre übermorgen gewesen. Doch nun hatte der Herzinfarkt das Kommando über seine Terminplanung übernommen und das so wichtige Gespräch vereitelt, nein, nur aufgeschoben. Er würde die nächsten Tage, wahrscheinlich die nächsten Wochen mit seinen ungeklärten Fragen alleine bleiben. Ein Herzinfarkt bei einem Fünfzigjährigen, der nie ernsthaft krank gewesen war, konnte kein Todesurteil sein. Daran starb man heute nicht mehr, das hatte der Arzt ihm schließlich bestätigt. Andreas musste sich jetzt nur gedulden, oder allein entscheiden, wie damals vor achtundzwanzig Jahren, als er sich auch ganz allein fürs Priesterseminar entschieden hatte.

»Requiem aeternam dona eis, Domine: et lux perpetua luceat eis«, schallte es aus den Lautsprechern seines Wagens.

Der Traktor blinkte rechts und fuhr an den Straßenrand. Andreas beschleunigte den Golf und hatte endlich wieder freie Fahrt. Ein Stoßgebet fuhr durch die Windschutzscheibe, den Regen und die tiefhängenden Wolken gen Himmel, ein intensives Gebet, ein Flehen! Er bat nicht nur für Thomas, er bat auch für sich selbst.

# 7

»Tor, Tor! Was für 'ne Müller-Bombe. Tor!« Herr Johannmeyer stand vor dem Fernseher, die Arme hochgereckt, die Hände zu Fäusten geballt, und jubelte. Dann drehte er sich um, schnappte sich seinen Ältesten, der neben ihm stand, drückte ihn an sich und führte einen Freudentanz mit ihm auf. »Zwei zu eins, Thomas, das wurde aber auch Zeit!«

Die Zwillinge schrien: »Wir werden Weltmeister, Weltmeister, Weltmeister!«

Und Frau Johannmeyer schenkte sich ein weiteres Glas Wein ein: »Kinder, jetzt schaffen wir die Holländer! Endlich wieder Weltmeister!«

Andreas hatte schon zwei Vorrundenspiele und das Halbfinale mit Thomas gesehen. Sonst waren sie sehr viel häufiger bei Andreas, aber die Fußballspiele machten mit den Johannmeyers einfach mehr Spaß, da ging es viel entspannter zu als bei seinen Eltern.

Als die zweite Halbzeit noch einmal richtig spannend wurde, bot Herr Johannmeyer seinem Sohn und Andreas von seinen Stuyvesant an. Andreas war verblüfft, griff aber gern zu. Thomas und er hatten in den letzten Wochen schon ein paarmal geübt, hinten im letzten Winkel des Wingert'schen Gartens. »Aber Friedrich«, rief Frau Johannmeyer, »die beiden sind doch noch viel zu jung für Zigaretten!« Doch sie musste sich geschlagen geben.

»Heute ist Endspiel, da können die beiden Großen auch mal rauchen.« Er gab ihnen jovial Feuer. »Nur weil heute Endspiel ist«, grummelte er. Auch Wolfgang, einer der beiden Zwillinge, wollte rauchen.

»So weit kommt es noch, ihr seid elf, für euch gibt's Salzstangen«, sagte ihre Mutter.

Andreas fühlte sich mit der Zigarette im Mund auf dem Sofa der Johannmeyers sehr erwachsen, viel älter als zu Hause. Erst vor einigen Tagen hatten sie den Geburtstag von Thomas gefeiert. Auch er würde bald vierzehn sein. Seit ein paar Wochen trug er jetzt eine Brille. Seine Mutter hatte sie ausgesucht, die Gläser waren leicht oval und in einen schmalen Goldrand gefasst. Mit Brille und Zigarette müsste er nun wirklich erwachsen aussehen. Schade, dass er sich jetzt nicht im Spiegel sehen konnte. Sein Vater hätte das Rauchen mit vierzehn nicht gestattet, erst recht nicht seine Mutter. Die Johannmeyers waren eben in allem viel ungezwungener. Das fing schon beim Essen an, bei dem nicht so viel Tamtam gemacht wurde. Servietten gab's nur selten. Und wenn der Ellenbogen mal auf der Tischkante ruhte, war das auch kein Weltuntergang.

Andreas wusste, dass Thomas ein ziemlich entspanntes Verhältnis zu seinem alten Herrn hatte. Der Tanz vor dem Fernseher hatte ihn nicht verwundert. Thomas beklagte lediglich, was Andreas allzu gern einmal selbst von Herrn Johannmeyer gehört hätte: die Operettenarien. Auch heute hatte er ihm wieder einmal sein ganz persönliches Operetten-Dilemma geklagt: »Andy, du glaubst es nicht, mein Alter, gestern hat er den ganzen Abend lang Lieder seines großen Idols Rudolf Schock gesungen: ›Komm Zigan, komm Zigan, spiel mir ein Lied‹, und dann ›Gern hab ich die Frau'n geküsst‹, gefolgt von ›Klänge der Heimat‹, und so ging's weiter, den ganzen Abend lang. Es war nicht zum Aushalten.« Andreas hörte diese Lieder von Herrn Johannmeyer nie, wahrscheinlich weil Thomas seinem Vater eingeschärft hatte, dass er im Beisein von Andreas auf gar keinen Fall singen dürfe.

Zum Fußballspiel hatte Andreas seinen gepackten Koffer mitgebracht. Gleich am nächsten Morgen würde er mit Thomas zu ihrer ersten gemeinsamen Reise aufbrechen, ohne Eltern, ohne einen Onkel oder eine Tante.

Thomas hatte sich eine gemeinsame Reise mit Andreas nach Berlin von seinen Eltern zum vierzehnten Geburtstag gewünscht, und sie hatten schweren Herzens zugestimmt. Mit dieser Nachricht war Andreas dann zu seinen Eltern gegangen. Als er ihnen erzählte, dass sie bei Iris, der in Berlin studierenden Schwester ihres Klassenkameraden Horst, wohnen würden, hatten seine Eltern zugestimmt. Horst war der Sohn des besten Internisten der Stadt, eines Dr. med. habil., den sein Vater sehr bewunderte. Er hatte Andreas mehrfach zu verstehen gegeben, dass er es gern sehen würde, wenn er Horst doch einmal einladen würde, aber Horst kannte nur sein Handball und war ansonsten langweilig.

»Ich werde mit Horsts Vater telefonieren und fragen, ob das auch in Ordnung ist.«

Es war in Ordnung, und sie hatten den Tag nach dem WM-Finale für die Abreise festgelegt. Frau Johannmeyer erkundigte sich beim Passamt, ob den beiden mit ihren Kinder-Reisepässen überhaupt die Durchreise mit dem Zug durch die DDR möglich sein würde, was bestätigt wurde. Trotzdem hatte sie für den jetzt vierzehnjährigen Thomas dann gleich einen richtigen grünen Pass beantragt, der kurz vor der Abreise auch ausgestellt war. Nun saß Andreas mit Thomas hier im Wohnzimmer der Johannmeyers, mit einer Peter Stuyvesant in der Hand: Er war in der Tat erwachsen. Morgen früh würde es losgehen! Ohne Eltern!

»Na denn Prost«, sagte Herr Johannmeyer, »Deutschland ist Weltmeister!«

Am nächsten Morgen brachte er sie mit seinem Ford Taunus zum Bahnhof. Sie waren schon kurz vor 7.00 Uhr dort, obwohl der D-Zug, der direkt von Langenheim nach Berlin ging, erst um 7.35 Uhr abfahren würde. »Besser zu früh als zu spät«, sagte Herr Johannmeyer, während er den Koffer von Andreas aus dem Kofferraum hievte. »Der ist aber schwer, was nimmst du denn alles mit?«, sagte er.

»Weiß nicht«, antwortete Andreas, »meine Mutter hat noch

Sachen zum Wechseln reingelegt, wenn's mal regnet oder kalt wird.«

»Mir soll's egal sein. Ich muss ihn ja nicht tragen.«

Der Koffer war wirklich sehr schwer. Als Andreas ihn die Treppen zum Bahnsteig hochtrug, ärgerte er sich darüber, dass er seine Mutter nicht davon abgehalten hatte, immer noch mehr Kleidungsstücke in den Koffer zu packen. Jetzt hatte er den Ärger. Thomas hingegen hatte nur einen Rucksack mit dem Nötigsten dabei, und dazu gehörte wahrscheinlich noch nicht einmal ein zweites Paar Schuhe.

Auf dem Bahnsteig stellte Andreas seinen Koffer ab. Wenn es nicht so früh am Morgen gewesen wäre, hätte er sich gern eine Zigarette angezündet. Er fühlte sich richtig erwachsen. Dass er jetzt wirklich hier stand und in wenigen Minuten nach Berlin, in die Großstadt Berlin, fahren sollte, konnte er noch immer nicht richtig fassen. Für einen Moment hatte er Angst, seine Mutter könnte ihn in letzter Minute abholen, mit der Begründung, er sei doch noch viel zu jung für eine Reise allein mit Thomas in die Großstadt. Er sei doch nicht einmal vierzehn. Schon gestern Abend hatte er riesige Angst, sie würde alles noch rückgängig machen. Er hatte gesehen, wie seine Mutter schon am Nachmittag Wein getrunken hatte, er wollte gar nicht, dass sie ihn zu den Johannmeyers fuhr, doch sein Koffer war viel zu groß und schwer fürs Fahrrad, sodass er sich mit dem Auto bringen lassen musste. Seine Schwester Annette hatte gemault. »Andreas darf mit Thomas für eine Woche nach Berlin! Ich bin bald sechzehn und darf mit Sylvie nicht einmal für einen Tag allein nach Münster.«

»Andreas ist ein Junge, die dürfen das nun einmal eher«, hatte seine Mutter geantwortet, und Annette maulte weiter.

Auf dem kurzen Weg zu den Johannmeyers gab es dann noch eine Menge Ermahnungen; nicht zu trinken, nicht zu spät ins Bett zu gehen, bei den U-Bahnen sehr vorsichtig zu sein, überhaupt immer gut aufzupassen, die Neue Nationalgalerie auf keinen Fall zu versäumen, sich bloß nicht am Bahnhof Zoo rumzutreiben, sich nicht verführen zu lassen, immer alles zu zweit zu machen und jeden zweiten Tag anzurufen, am besten nach sechs Uhr abends, dann sei es billiger. Andreas versprach alles. Jeder Einwand hätte die Katastrophe des Rückziehers nach sich ziehen können. Er war froh, als sie endlich bei den Johannmeyers angekommen waren. Als seine Mutter ihn vor dem Auto umarmte, war ihm dies nicht nur peinlich, weil Thomas und die Zwillinge mittlerweile an der Tür standen und die Szene beobachteten. Er roch auch deutlich den Alkohol aus dem Mund seiner Mutter, und der Geruch ekelte ihn. Er hatte erst vor drei Wochen unabsichtlich ein Gespräch zwischen seinen Eltern mitgehört, als er spätabends noch einmal aufgestanden und die Treppe hinuntergegangen war, um sich aus dem Medizinschrank im unteren Badezimmer eine Kopfschmerztablette zu holen. Sein Vater hatte eindringliche Worte gegen den Weinkonsum seiner Mutter vorgebracht, worauf sie immer wieder mit den gleichen Sätzen antwortete: Sie sei ja schließlich abends fast immer allein, es ginge ihr nicht gut, sie sei deprimiert, sie sei müde, und da helfe schließlich ab und zu ein Glas Wein.

Sie hatte recht, sie war oft allein. Vater hatte eine gut gehende Praxis, er war *der* Orthopäde in Langenheim. Das Kreiskrankenhaus hatte ihm vor zwei Jahren die Belegarztstelle angeboten, und Vater hatte die Herausforderung nur allzu gern angenommen. Oft kam er jetzt erst gegen einundzwanzig Uhr nach Hause, und nicht selten verschwand er dann mit einigen Fachzeitschriften in seinem Studio über der neu angebauten Doppelgarage. Dort hatte er sich einen Raum als Sprechzimmer für die Fälle eingerichtet, die ihn beim Sonntagsdienst anriefen, oder für Privatpatienten, die nur samstags Zeit hatten. So konnte er sich die Fahrt zur Praxis in der Innenstadt ersparen.

Andreas hatte schon seit einigen Wochen bemerkt, dass die Stimmung im Haus gereizt war. Er nahm sich fest vor, einmal mit seiner Mutter über das Weintrinken zu reden.

Doch jetzt wurde auf dem Bahnsteig des Langenheimer Bahnhofs die Einfahrt des Zuges nach Berlin-Zoo angekündigt. Thomas beobachtete teilnahmslos die Pendler, die gerade aus dem roten Schienenbus stiegen, der Leute aus dem Sauerland in die Kreisstadt Langenheim gebracht hatte. Er hatte sich die schwarzen Haare etwas länger wachsen lassen und würde, wie Andreas, schon bald einen Meter achtzig groß sein. Ja, er war sogar etwas größer als Andreas, sehr schlank und wirkte ein wenig schlaksig. Nur ein knappes Jahr nach Andreas hatte auch ihn der Stimmbruch ereilt, und er war daraufhin schnell gewachsen. Die kurzen Hosen waren in diesem Frühjahr endgültig im Schrank geblieben. Thomas trug die Jeans, die er sich zu seinem Geburtstag gekauft hatte. Andreas beneidete ihn um seine Levis, denn seine Mutter hatte kein Verständnis für »blaue Nietenhosen« und ihm, einen Tag nachdem er eine Jeans-Diskussion mit ihr geführt hatte, eine schicke helle Stoffhose gekauft. Und Thomas hatte zum Geburtstag von Vater Johannmeyer auch bereits einen elektrischen Rasierapparat von Braun geschenkt bekommen. Als Andreas den schwarzen Apparat auf dem kleinen Gabentisch entdeckte, war Thomas das zuerst sogar etwas peinlich. »Mein alter Herr meint, ich würde ihn in diesem Jahr noch brauchen«, hatte er entschuldigend gesagt. Doch dann waren sie beide in das kleine Badezimmer der Johannmeyers gegangen, um den Apparat gemeinsam auszuprobieren. Auch bei Andreas hatte der Rasierapparat einige Härchen gefunden, die ihm vorher kaum aufgefallen waren, da sie noch blonder waren als sein Haupthaar.

Andreas hätte seine Haare auch gern etwas länger wachsen lassen. Er ging jedoch weiterhin jeden Monat zu Friseur Paspik am Nordbahnhof und ließ sich, wie sein Vater, einen Fassonschnitt verpassen. Seine Mutter hatte unmissverständlich erklärt, sie möge keine Männer mit langem Haar. Nur Pianisten und Dirigenten dürften etwas längere Haare haben, und auch wenn Andreas jetzt schon seit mehr als fünf Jahren Klavier spiele, vom Pianisten wäre er doch weit entfernt.

Thomas drehte sich plötzlich zu ihm hin. »Wir beide fahren nach Berlin, Andy! Nach Berlin! Wir beide! Das ist doch stark, echt stark!«, sagte er so laut, dass sich die Leute auf dem Bahnsteig umdrehten. Er hob beide Arme in die Höhe, ließ seine Hände auf die Schultern seines Freundes fallen und schüttelte ihn sacht vor und zurück, als wollte er einen Tanz mit ihm beginnen. Da fuhr der Zug in den Bahnhof ein.

# 8

Andreas hatte die ersten Höhen des Haarstrangs hinter sich. Eine Wolkenfront tauchte die vor ihm liegenden Hügel in ein graues, fahles Licht. Der Regen hatte nachgelassen. Die Scheibenwischer bewegten sich nicht länger im gleichmäßigen Takt, sondern nur mehr sporadisch. Bald würde er sie ganz abstellen können. Die Sonne bahnte sich bereits hier und da einen Weg durch die Wolken. Als er an der Anröchter Kirche vorbeifuhr, hörte er die Turmuhr zweimal schlagen. Es war 17.30 Uhr.

Andreas griff zu seinem Handy und wählte die Nummer von Frau Bokenkamp, die auch gleich am Telefon war. Er sagte ihr, dass er bei seinem Vater übernachten würde, aber rechtzeitig zur Beerdigung von Frau Strate in der Friedhofskapelle sein wolle, ihr Mann möge die Seelenamtsgewänder, die neue schwarze Hose, die Andachtsbücher und Beerdigungsutensilien rechtzeitig dorthin bringen, er würde sich in der Friedhofskapelle umziehen.

Frau Bokenkamp erkundigte sich nach Thomas. »So ein feiner Mann, dieser Professor Johannmeyer. Grüßen Sie ihn lieb von mir. Ich wünsche ihm gute Besserung!«

Frau Bokenkamp war eine mitfühlende Frau und nun schon seit zehn Jahren seine ebenso umsichtige wie tatkräftige Haushälterin. Gemeinsam mit ihrem Mann, dem Küster, und einer jungen Gemeindesekretärin war sie seine wichtigste Stütze bei der Tagesorganisation seiner großen Gemeinde.

»Gab es sonst noch irgendwas?«, fragte Andreas und versuchte, alle Belanglosigkeit der Welt in seine Frage zu legen.

Frau Bokenkamp zögerte, und sein Pulsschlag erhöhte sich prompt.

»Irgendein Anruf oder etwas Wichtiges in der Post?«

»Vielleicht schon«, antwortete Frau Bokenkamp, »in der Post war ein Umschlag vom Generalvikariat, so ein normaler länglicher, nicht der übliche dicke mit dem Hirtenbrief. Er liegt auf Ihrem Schreibtisch.«

Andreas spürte an der ungewöhnlich bedächtigen Sprechweise von Frau Bokenkamp, dass da noch mehr war und sie überlegte, ob sie ihm das auch noch mitteilen sollte oder nicht.

»Da ist doch noch was, Frau Bokenkamp, das höre ich Ihnen doch an!«

»Ja, Herr Wingert, da war heute Mittag ein Anruf von dieser Frau Wahnmut, mit der Sie letzte Woche schon einmal gesprochen haben. Es schien ihr dringend zu sein. Sie habe einen Brief vom Diözesanbischof bekommen. Sie tat ganz wichtig. Darüber wollte sie mit Ihnen sprechen, möglichst bald. Ich sagte ihr, sie müsse später noch einmal anrufen, weil Sie den ganzen Tag über in Münster seien.«

»Okay, Frau Bokenkamp«, sagte Andreas langsam, »da hat sie es bestimmt schon wieder probiert.«

»Und dann war da noch etwas. Heute Nachmittag hat ein Mann nach Ihnen gefragt. Es ginge um Fotos, die er Ihnen zugeschickt hätte.«

»Hat er sich denn vorgestellt?«

»Also, seinen Namen hat er nicht gesagt. Ein ziemlich großer Mann, kein Obdachloser, nein, nein, er trug eine gepflegte Jeans und ein dunkles Poloshirt mit einem goldenen Kettchen. Ich schätze ihn auf Mitte vierzig, vielleicht auch schon etwas älter. Ich meine, ich hätte ihn schon einmal gesehen, aber fragen Sie mich nicht, wo.«

»Haben Sie ihm einen Besuchstermin gegeben?«

»Nein, er wollte Sie heute Abend gegen acht Uhr noch einmal anrufen.«

»Frau Bokenkamp, tun Sie mir den Gefallen, laufen Sie bitte noch einmal ins Pfarrhaus und stellen Sie das Telefon auf Weiterleitung zum Handy. Dann erreicht mich der Anruf von diesem Mann heute Abend noch, und ich kann das alles schnell klären.«

Andreas verabschiedete sich mit knappen Worten von seiner Haushälterin, versprach, seinen Vater zu grüßen, und legte das Handy auf den Beifahrersitz.

Das Generalvikariat hatte also geschrieben, der Brief lag daheim auf seinem Schreibtisch; die Wahnmut hatte auch Post aus Paderborn bekommen und der Typ mit den Fotos sein Gesicht gezeigt. Diese saublöden Fotos!

Andreas überquerte die Kreuzung, von der die Landstraße nach Brilon abging, wo Lisa in der Kreis-Jugendpsychologie und in einem großen Kinderheim arbeitete. Er war erst wenige Male zu ihr nach Brilon gefahren, meistens trafen sie sich nicht dort, sondern in einem Hotel in Kassel oder in Dortmund, in einem großen Haus, wo sie anonym bleiben konnten. Sie buchten immer ein Appartement mit Selbstverpflegung, sodass sie kaum einmal gemeinsam im Hotel gesehen wurden.

Doch anders als sonst beruhigte ihn der Gedanke an Lisa dieses Mal nicht. Es stieg vielmehr eine unheimliche Wut in ihm auf, eine Wut, die gar nichts mit Lisa zu tun hatte, sondern auf all diejenigen zielte, die als Priester oder Mönche in den Internaten so einen Mist angerichtet hatten. Sie hatten nicht nur Kinder und Jugendliche schwer geschädigt. Sie hatten nicht nur die ganze Katholische Kirche in den Dreck gezogen. Sie hatten auch ihn persönlich in eine unglaublich vertrackte Lage gebracht. Da wollten ihn nun gleich zwei Leute fertigmachen, wahrscheinlich noch in der vollen Überzeugung, aus edlen Motiven zu handeln. Doch sie taten es wegen nichts. Und wenn er sich wehren würde, hieß es wahrscheinlich noch, er nehme das Problem der sexuellen Misshandlungen nicht ernst, er sei gar nicht auf der Seite der Opfer, sondern auf der der

Täter. Und jede Gegenwehr würde man ihm als Beweis seiner Schuld auslegen.

Andreas spürte, wie sein Hemd feucht wurde und am Körper zu kleben begann. Warum war er eigentlich jemals Priester geworden? Warum hatte er nicht auf Thomas gehört, der ihn damals in Aberystwyth gewarnt hatte. »Du wirst scheitern«, hatte er zu ihm gesagt. Scheitern.

Andreas setzte zu einem Überholmanöver an, schaltete zurück und drückte das Gaspedal seines Golfs ganz durch. Da läutete das Handy, tatata-taa, tatata-taa, Beethovens Fünfte.

# 9

Der Zug war gut besetzt. Er kam aus dem Ruhrgebiet und hatte in Essen, Bochum, Dortmund und Hamm viele Rentnerehepaare an Bord genommen. Nur in den Abteilen der ersten Klasse saßen einige Geschäftsleute, Männer in dunklen Anzügen und mit schwarzen Advokatenkoffern.

»Andy, wir sind in einem Rentnerexpress gelandet«, sagte Thomas, als sie auf der Suche nach einem möglichst leeren Abteil den Gang entlanggingen. »Die waren alle auf Westbesuch bei ihren Verwandten im Ruhrgebiet und wollen jetzt nach Hause, zurück in die DDR. Guck doch mal, was die alle für dicke Taschen dabeihaben. Bananen, Apfelsinen, Schokolade, Persil, Haribo.«

Sie fanden ein Abteil, in dem lediglich ein älteres Paar saß. Die Frau sprach Andreas sofort an. Wohin sie denn führen, was sie in Berlin vorhätten. Thomas fand ihren Dialekt urkomisch und konnte sich das Lachen kaum verkneifen. Der Frau entging das nicht: »Ja, mein Junge, wir kommen eigentlich aus Sachsen, aus Radebeul bei Dresden, sind aber vor fünf Jahren nach Berlin, in die Hauptstadt, gezogen. Haben da eine schöne neue Zweiraumwohnung bekommen. Dass sie uns die zugeteilt haben, hätt' ich nie geglaubt, aber unsere Tochter, die bei der Bezirksverwaltung ist in Marzahn, die hat eine Freundin bei der Wohnraumverwaltung, und das hilft, jetzt waren wir bei meiner Schwester in Wattenscheid, ich hab mir das ja ganz anders vorgestellt mit dem Ruhrgebiet, ne, viel dreckiger, hab ich gedacht, das ist ja nichts gegen unsere Städte, also, wenn Sie mal von Leipzig aus Richtung Süden fahren …«

Thomas schaute bald ganz angestrengt aus dem Fenster, sodass der Blick der alten Frau sich allein auf Andreas richtete, der höflich blieb, immer wieder nickte und still litt. Andreas war immer so schrecklich zuvorkommend zu anderen Leuten. Wie oft hatte Thomas von seiner Mutter gehört, dass Andreas mit seinem Betragen wirklich vorbildlich sei. Thomas holte eine Tafel Schokolade aus seinem Rucksack und fragte Andreas, ob er nicht ein Stück möge. Die Augen der Rentnerin aus Ostberlin fielen auf die Sarotti-Tafel.

»Was ist das denn für eine Sorte? Also, bei uns ist das ja ganz schlimm mit der Schokolade, wenn man Elbflorenz haben will, nur Bückware, kriegste sonst nicht, aber auch die ist ja nie so gut wie aus'm Westen. Also, wenn uns Helga, meine Schwester aus Wattenscheid, zu Weihnachten ein Paket schickt, immer mit Sprengel Zartbitter und letztes Mal Edle Tropfen in Nuss! Nein, eure Schokolade im Westen, das ist eine andere Klasse!«

Thomas bot ihr und ihrem Mann von der Schokolade an. Die beiden nahmen gern. Thomas nutzte die Essenspause, holte das Sherlock-Holmes-Buch aus dem Rucksack, machte Andreas ein Zeichen, das Gleiche zu tun, und so erwarben sich die beiden mit ihrer Lektüre ein wenig Ruhe vor der Frau, die nun wieder mit ihrem wortkargen Mann vorliebnehmen musste.

Je näher sie Richtung Zonengrenze kamen, desto ruhiger wurde es in ihrem Abteil und im ganzen Waggon. Wo die beiden Jungen aus den Abteilen zuvor noch jede Menge Reiseberichte über die Erfahrungen mit Kaufhäusern in Duisburg, in Castrop-Rauxel, in Gelsenkirchen gehört hatten, über die Besichtigung des Kölner Doms, der Essener Gruga oder der Wildpferde von Dülmen und über unzählige Menüs zu all den Essen, zu denen die Westverwandtschaft sie eingeladen hatte, war es jetzt still geworden. Als sie dann die Grenze erreicht hatten, ließen sich zuerst zwei westdeutsche Grenzpolizisten von Andreas und Thomas die Pässe zeigen, fragten bei Andreas wegen des Kinderpasses nach, ob seine Eltern auch im Zug wären, und gaben sich etwas zögerlich mit der Erklärung zufrieden, sie führen allein nach Berlin. Thomas hatte Horsts Schwester kurzerhand zu »Tante« Iris gemacht, die sie beide eingeladen hätte und zu der sie jetzt unterwegs seien. Der ältere der beiden Beamten fragte sie noch nach Zeitungen oder Zeitschriften. Wenn sie den *Spiegel* dabeihätten oder den *Stern*, sollten sie diese Zeitungen am letzten Westbahnhof in Helmstedt auf dem Bahnsteig entsorgen. Die DDR-Grenzpolizisten könnten sonst unterstellen, sie hätten vor, die Zeitschriften auf dem Staatsgebiet der DDR aus dem Fenster zu werfen, um DDR-Bürger mit BRD-Propaganda zu beeinflussen. Nein, sie hätten keinen *Spiegel* dabei, sagte Thomas, nur ein Buch von Sherlock Holmes und Andreas einen Roman von Böll, »Der Zug war pünktlich«. »Na, das wird wohl gehen«, sagte der Beamte.

Dann stand der Zug einige Zeit im Helmstedter Bahnhof auf dem Gleis Richtung Osten. Stille im ganzen Zug. Nach einer Viertelstunde kamen die Grenzbeamten der DDR. Sie öffneten den Koffer des Ehepaares aus Radebeul. Eine Flasche Chianti, Dr. Oetker-Vanillepudding, zwei Backmischungen, eine Flasche Ketchup – da schaute Thomas weg. Er wollte sich das nicht länger mit ansehen. Was für ein Mangel musste in der DDR herrschen, wenn das alte Ehepaar sogar Ketchup und Backmischungen von Wattenscheid bis nach Radebeul schleppte. Er sah Andreas an, dessen trauriger Blick verriet, dass er dasselbe dachte. Dann waren sie an der Reihe. »Sie wollen nach Westberlin?« Thomas war überrascht, so selbstverständlich mit »Sie« angesprochen zu werden. Es kam ihm nur ein kräftiges »Jawoll« über die Lippen, wie er es aus Filmen kannte, in denen Soldaten auf Fragen ihres Generals antworteten.

»Du bist noch nicht vierzehn«, sagte der Beamte, an Andreas gerichtet.

»Nein, aber in zwei Wochen«, murmelte Andreas.

Sie warfen einen Blick in seinen Koffer und in den Rucksack von Thomas. »Haben Sie Devisen der DDR bei sich?«

Die Jungen schüttelten den Kopf. »Nur D-Mark.« Die beiden Grenzer verschwanden grußlos aus dem Abteil.

Der Zug fuhr nun durch die flache niederdeutsche Landschaft, vorbei an Dörfern und Kleinstädten Richtung Berlin. Andreas bot noch einmal von seiner Schokolade an. »Es ist so schade, dass unser Land getrennt ist«, sagte die alte Frau und schaute aus dem Zugfenster. »Bei euch ist so viel mehr Farbe!«

Plötzlich öffnete sich die Abteiltür. Eine ältere Frau in einem schlichten blauen Kleid betrat das Abteil, schloss die Tür hinter sich und wandte sich dann gleich an Thomas, der erschreckt von seinem Buch aufsah. »Junger Mann«, sagte die Frau, »Sie und Ihr Freund, man sieht ja gleich, dass Sie aus'm Westen sind, wissen Sie.« Unverkennbar in Berliner Dialekt fuhr sie fort: »Es ist so, ich will in Berlin noch was Schönes für mein Enkelkind kaufen, und da wollte ich Sie fragen, ob Sie mir nicht zwanzig D-Mark gegen zwanzig Ost-Mark tauschen könnten. Sie fahren doch sicher auch nach Ostberlin, da können Sie für die zwanzig Ost-Mark viel kaufen, und Sie hätten mir sehr geholfen. Wissen Sie, mein Enkelkind, der Maik, der ist jetzt zwölf und geht demnächst zur Jugendweihe, er wünscht sich doch so sehr so eine Uhr mit Zahlen ohne Zeiger, na, Sie wissen schon, wo man immer die genaue Uhrzeit sieht, also, das würde ich ihm ja zu gern …« Thomas schaute Andreas an. Einer von beiden musste diese Frau in Blau stoppen, die jetzt von Maiks Eltern erzählte, die beide krank seien und sehr wenig Geld hätten. »Wir dürfen nicht tauschen, wir wissen auch noch gar nicht, ob wir Ostberlin besuchen werden«, sagte Thomas.

Die Frau fuhr sich durchs Haar. Es schien, als beginne sie zu weinen. »Der Maik ist so ein lieber Kerl und hat doch jetzt bald Jugendweihe«, begann sie von neuem.

»Was bedeutet Jugendweihe überhaupt?«, fragte Andreas.

»Das ist bei uns statt Religion«, antwortete die Frau, »wir glauben ja alle nicht mehr an Gott, an Jesus und Maria, und deshalb haben wir jetzt Jugendweihe. Einige gehen auch noch zur Kirche, aber das sind nur ganz wenige. Kirche brauchen wir in der DDR nicht mehr.«

»Und warum Weihe?«

»Na, Sie stellen Fragen, das weiß ich doch nicht, aber mit Gott hat das nichts mehr zu tun. Hab ich ja schon gesagt, das haben wir abgeschafft.«

Andreas nahm zehn D-Mark aus seinem Portemonnaie. »Mehr können wir Ihnen nicht geben«, sagte er. »Wir sind Schüler und haben nicht viel Geld dabei.«

Die Frau steckte den Zehnmarkschein schnell ein und gab Andreas zehn Ost-Mark. »Ihr seid doch aus dem Westen«, sagte die Frau, »ihr könnt euch doch alles leisten.« Sie öffnete die Abteiltür und war davon.

»Und was machen wir jetzt mit den zehn Ost-Mark, Andy?«, fragte Thomas.

»Wir fahren einen Tag nach Ostberlin, das hatten wir doch ohnehin vor!«

»Die hat euch aber ganz schön betuppt«, sagte die ältere Frau im Abteil.

Und ihr Mann sekundierte: »Der inoffizielle Umtauschkurs ist eins zu vier, und wenn ihr in Westberlin zur Bank geht, zahlt ihr für hundert Ost-Mark nicht einmal zwanzig D-Mark. Die Alte hat ein gutes Geschäft gemacht!« Andreas blickte beschämt zu Boden. Er würde besser aufpassen müssen. Und er würde seine Eltern fragen, was genau Jugendweihe bedeutete. Ob man damit in Ostdeutschland wirklich die Kirchen ersetzte? Andreas erinnerte sich an das, was sie im letzten Jahr in Geschichte über den Kommunismus gelernt hatten. Der Geschichtslehrer hatte ihnen erklärt, dass der Materialismus keinen Platz für Religion ließe. Aber in der Kirche in Langenheim sammelten sie doch immer wieder für die Katholische Kirche in der Ostzone, in der Diaspora. Wenn es keine Religion und keine Kirche gab, bedeutete das auch, dass die Leute keinen Glauben hatten? Gab es dann keinen Himmel und keine Hölle mehr? »Gibt es eine Hölle, Thomas?«

Thomas sah ihn mit großen Augen an. »Bitte, Andy, lass mich jetzt lesen!« Aber was machten die Menschen in der DDR in Notsituationen? Woraus schöpften sie Mut, wenn sie Angst hatten? Zu wem beteten sie? Worauf hofften sie, wenn sie im Sterben lagen? Aber vielleicht glaubten sie ja sehr wohl, ohne dass sie in die Kirche gingen. Wahrscheinlich konnte man durchaus auch ohne Kirche glauben.

Iris wohnte in Wedding in einer Dreizimmer-Altbauwohnung im dritten Stock. Das Haus lag nicht direkt an der Straße, man musste durch eine breite Hauseinfahrt und dann über einen Innenhof gehen, um zu dem Hinterhaus zu gelangen. Iris wohnte dort mit Arno, ihrem Freund. Thomas und Andreas bekamen das Zimmer von Iris, ein Durchgangszimmer, dessen Wände rot gestrichen waren. An der einen Wand hing ein großes Poster von Che Guevara, an der anderen ein Poster von Fidel Castro. Iris schlief in Arnos Zimmer, dem hinteren, größeren Raum, der von einer breiten Doppelliege beherrscht war. Iris machte nicht viele Worte, zeigte ihnen, wo in der Küche Teller und Gläser waren, erklärte ihnen, dass sie sich ruhig aus dem Kühlschrank bedienen könnten, dann aber auch für Nachschub sorgen sollten. »Überhaupt ist hier alles sehr solidarisch«, sagte sie. »Wenn ihr Bier trinken wollt, bringt ihr es jedoch besser mit, Arno mag keine Lauschepper. Ansonsten sind wir hier wie in der Kommune.« Andreas und Thomas nickten. Kommune kommt von »communis, communis, commune«, dachte Thomas, »gemeinsam«.

Auf dem Klo hing ein großes Foto: Kommune 1, lauter nackte junge Männer und Frauen, die vor einer weißen Wand standen, von hinten fotografiert, am rechten Rand ein kleiner Junge, gleichfalls nackt. Er würde Andreas fragen, vielleicht wusste der mehr über die Kommune 1. Frau Wingert las ja regelmäßig *DIE ZEIT*, vielleicht hatte sie Andreas einmal etwas über die Kommune 1 vorgelesen.

Die Jungen fuhren gleich am ersten Tag noch zum Ku'damm im Westberliner Zentrum. »Fahrt auch mal mit der S-Bahn«, hatte Iris ihnen noch zugerufen, »die gehört dem Volk der DDR, ist ziemlich runtergekommen, dafür aber spottbillig.«

Im Kino am Ku'damm lief »Spiel mir das Lied vom Tod«. Sie hatten schon von einigen Klassenkameraden über diesen Film und seine großartige Musik gehört, sodass sie sich schnell einig waren. Als sie nach gut zwei Stunden das Kino wieder verließen, waren sie zunächst schweigsam. »Ganz schön viel Gewalt«, meinte Thomas, »aber wahnsinnig spannend. Gut, dass der Henry Fonda dran glauben musste, solch ein Schwein!«

»Wie kann man das nur mit einem Kind machen. Stell dir vor, du hast als kleiner Junge deinen Vater auf deinen Schultern, und du weißt, dass er stirbt, sobald du dich bewegst! Grausam«, sagte Andreas. »Es war gut, dass der Vater den Jungen selbst mit dem Fuß fortgestoßen hat.«

»Warum gehen wir eigentlich nicht öfter ins Kino?«, fragte Andreas, als sie vom Ku'damm auf der Suche nach einem preiswerten Lokal für ein Bier in eine Seitenstraße einbogen.

»Ganz einfach: weil's in Langenheim kein gutes Kino gibt, und wenn dann doch mal gute Filme gezeigt werden, laufen die da nur ein paar Tage«, sagte Thomas.

»Aber lass uns drauf achten, dass uns kein guter Film mehr entgeht!«

Sie hatten ein Lokal gefunden, außen mit grellrotem Neonschild »Schultheiß Bier«, im Innern etwas schummrig. Sie setzten sich an einen Tisch am Rand des Gastraums. Nur wenige Gäste waren da. Sie bestellten zwei Bier und sprachen noch über die Schlussszene des Films, als unversehens zwei junge Frauen an ihren kleinen runden Tisch traten.

»Dürfen wir uns zu euch setzen? Ich bin die Mary, das ist Susan!«

Sie betonte den Namen ihrer Freundin auf der zweiten Silbe, Su'san. Die beiden Frauen warteten die Antwort gar nicht erst ab. Thomas sah gerade noch, dass die dunkelhaarige, lang aufgeschossene Mary einen sehr kurzen Lederrock trug und lange schwarze Stiefel, als sie sich schon links neben Andreas setzte. Susan, die etwas gedrungener wirkte und halblange dunkelbraune Haare hatte, einen enganliegenden roten Sommerpullover trug und auffallend kräftig roten Lippenstift, nahm auf dem Stuhl an seiner rechten Seite Platz.

»Wir sind Andreas und Thomas«, sagte Thomas nach einer Schrecksekunde, in der sie beide instinktiv näher aneinandergerückt waren.

»Ihr macht 'ne Reise, wa?«, sagte Mary. »Da könnten wir doch 'nen schönen Abend zusammen haben, wollt ihr uns nicht 'ne Kleinigkeit bestellen?«

Thomas sah Andreas an. »Was wollen Sie denn trinken?«, fragte Andreas.

»Ich nehm 'ne Bloody Mary, passt doch!«, sagte Mary lachend.

»Und ich einen Lufthansa-Cocktail«, sagte Susan mit auffallend tiefer Stimme.

Was ist das denn?, wollte Thomas gerade fragen, würgte die Frage aber noch schnell herunter, wahrscheinlich kannte hier jeder den Lufthansa-Cocktail, nur er und Andreas nicht, weil man in Langenheim keine Cocktails trank. Doch er hätte ohnehin gestockt, etwas zu fragen, weil plötzlich Susans linke Hand über sein rechtes Hosenbein strich und ihre Finger langsam an der Innenseite des Oberschenkels über den Jeansstoff fuhren.

»Wir könnten einen richtig schönen Abend zusammen haben«, wiederholte Susan noch einmal, holte mit ihrer rechten Hand eine Zigarettenschachtel aus einer kleinen offenen Handtasche und nahm eine Zigarette heraus, während ihre linke Hand beständig mit Thomas' Jeans beschäftigt war. Thomas sah, dass auch Marys rechte Hand offenbar an Andreas dran war, und sah in Andreas' Gesicht die gleiche bange Frage.

»Willst du mir nicht Feuer geben, junger Mann?«, sagte Susan mit ihrer tiefen Stimme. »Mein Feuerzeug ist in meiner Handtasche, falls du selbst kein Feuer hast«, sagte sie sehr langsam und deutlich. »Du darfst dir gern auch eine nehmen!«

»Ja, danke«, sagte Thomas und beugte sich über Susan zu ihrer Tasche hin, wobei Susan ihre linke Hand hoch zu Thomas' Schritt führte und dort verweilen ließ. Als er Susan Feuer gab, sah er, dass ihr Gesicht hinter der Schminke recht derbe, fast harte Züge hatte, er meinte sogar im Schein des Feuerzeugs ein paar dunkle Härchen auf der Oberlippe zu entdecken.

Mary rief den Kellner: »'ne Bloody Mary und 'nen Lufthansa, und bring den Jungs auch was Gescheites, damit sie in Fahrt kommen!«

Thomas sah Panik in Andreas' Gesicht.

»Wir wollen gar nichts Gescheites«, sagte Andreas dann mit erstaunlich fester Stimme. »Wir sind zwei Schüler. Wir wollen eigentlich nur ein Bier trinken.«

»Aber wir wollen jeder doch auch ein bisschen Spaß, wa?«, sagte Mary, die ihre schönen großen Augen zunächst auf Andreas und dann intensiv auf Thomas richtete.

Thomas bemerkte, dass Mary ihren Stuhl etwas nach hinten verschoben hatte und nun versuchte, ihr rechtes Knie zwischen die Beine von Andreas zu schieben, während sie das linke Bein etwas abspreizte. Dabei war ihr kurzer Rock ganz weit nach oben gerutscht, Thomas sah deutlich das dunkelrote Spitzenhöschen, das Marys Scham bedeckte und das sich aufregend dehnte, während sie ihr Knie zwischen den Beinen von Andreas auf und ab rieb. Thomas konnte seine Augen nicht von diesem Dreieck aus roter Spitze lassen, das sich jetzt sacht rhythmisch bewegte und durch deren Löcher er Marys schwarzes Schamhaar mehr ahnen als sehen konnte. Er hatte Susan ganz vergessen, zog auch nicht mehr an der Zigarette, die sie ihm angeboten und angezündet hatte. Er sah nur das Dreieck.

Es war unanständig, so gebannt auf diese Mitte im hochgeschobenen Rock der Frau zu starren. Er spürte Susans Hand an seinem Schritt, und er spürte, wie sein Körper reagierte. Aber er konnte den Blick nicht von den Spitzen wenden.

»Was soll das, Mary, was macht ihr hier an diesem Tisch?« Ein kräftiger Mann im blauen T-Shirt mit schulterlangem schwarzem Haar stand vor ihnen und weckte Thomas aus seiner Trance auf. »Stör uns nicht, Robby, wir unterhalten uns mit diesen jungen Herren!«

»Macht, dass ihr hier rauskommt«, sagte der Mann in scharfem Ton. »Ihr seht doch, dass die beiden nicht volljährig sind, die sind doch noch keine achtzehn. Wenn ihr die beiden anmachen wollt, dann nicht in meinem Lokal. Da pfeif ich auf eure Schnäpse. Verpisst euch, aber flott!«

»Schon gut, Robbie«, sagte Susan, »Ciao, Jungs, schade, hätt' so schön werden können!«

»Hol dir keine Genickstarre, wenn wir uns das nächste Mal sehen, wa?«, sagte Mary zu Thomas gewandt, stand auf, zog ihren schwarzen Lederrock nach unten, hakte sich bei Susan unter und ging mit einem »Scheißabend, heute Abend, wa« in Richtung Theke.

»Sorry, Kumpels«, sagte der Mann im blauen T-Shirt, »ich wollt euch nicht den Abend kaputt machen, aber als Wirt kann ich den Mädels das nicht durchgeh'n lassen. Ich krieg' 'nen Heidenärger. Wie alt seid ihr?«

»Sechzehn«, sagte Thomas.

»Hab ich's doch gewusst, die machen sich an alle ran! Wollt ihr noch 'n Bier?«

Andreas und Thomas verneinten. Sie hatten es jetzt eilig, zurück in die Wohnung von Iris in den Wedding zu kommen.

Iris hatte ihnen einen Schlüssel mitgegeben. Als sie kurz vor Mitternacht in der Wohnung ankamen, war alles dunkel. Aus Arnos Zimmer klang Musik, und sie hörten Iris' und Arnos Stimme, manchmal ein Kichern oder Lachen.

Iris hatte ihr Bett Thomas überlassen, auf der Couch an der Zimmerwand gegenüber hatte Andreas seinen neuen Jugendherbergsschlafsack ausgebreitet und eine Wolldecke, die Iris ihm am Nachmittag gegeben hatte, darübergelegt. Als sie fast eingeschlafen waren, ging plötzlich die Tür zu Arnos Zimmer auf, der splitternackt und völlig unbekümmert durch das Zimmer zum Flur und zur Toilette ging. Auch Iris kam heraus. Sie trug einen Bademantel. Am Morgen wiederholte sich die Szene, und als Thomas und Andreas gegen neun Uhr in die Küche kamen, stand Arno nackt vor dem Herd und wartete, bis das Wasser für den Kaffee endlich kochte.

»Ich glaube, du solltest dich anziehen, Arno«, sagte Iris, »wir haben Besuch.«

»Du glaubst doch nicht im Ernst, dass ich mich wegen zwei Grünschnäbeln aus deinem langweiligen, bürgerlichen Langenheim morgens vor dem Frühstück anziehe! Wo sind wir denn?«

Und er drehte sich in ganzer Breite, die bei Arno nicht sehr eindrucksvoll war, den Jungen zu, sagte seinen Spruch von der Kommune und dass sie hier in Berlin im Sommer 1974 nun einmal mit nackten Menschen leben müssten, die endlich das ganze Gerümpel einer prüden, bürgerlichen Existenz abgelegt hätten. »Nein, boys, hier entsteht ein neuer, ein freier Geist. Er wird dieses Land verändern. Wenn euch der Mief eurer Eltern, die Unterdrückung durch die Kirche, der Mief aller Konventionen in den Klamotten hängt, dann zieht sie aus, verbrennt sie, macht ein Happening daraus, aber traut euch endlich, frei zu sein.«

»Ist ja gut, Arno. Setz noch mal Wasser auf. Ich brauch' noch 'nen Kaffee. Die Jungs werden sich schon an unser Leben hier gewöhnen. Aber bei euren Eltern«, und Iris' Stimme wurde etwas leiser, »braucht ihr das nicht an die große Glocke zu hängen.«

»Hab ich's doch gewusst. Da ist sie wieder, die Angst der Tochter aus gehobenem Hause«, sagte Arno, und seine Stimme verriet bereits, wie sehr er sich auf seine kommende Rede freute. »Will das

Fräulein Tochter vielleicht die Wärme ihres katholischen Elternhauses im westfälischen Langenheim nicht durch den Schmutz der Revolution befleckt sehen? Oder könnte der Herr Papa aufgeschreckt werden, wenn er erfährt, dass sein Fräulein Tochter hier von einem Mann gefickt wird, dem all die guten Manieren egal sind, die guten Manieren, die einst die Faschisten an die Macht kommen ließen. Gute Manieren sind selbst faschistisch, sie verbiegen uns. Dann doch lieber ein nackter Arsch in der Küche!«

»Was habt ihr heute vor?«, fragte Iris, ohne weiter auf ihren nackten Freund einzugehen.

»Heute machen wir Westberlin unsicher, und morgen besuchen wir unsere Brüder und Schwestern im Osten«, antwortete Thomas.

Von seinem Vater, der vor einem Jahr einen Orthopädenkongress in Leipzig besucht hatte, wusste Andreas, dass Musiknoten aller Art in Ostdeutschland besonders günstig verkauft wurden. Und da sie beide wieder in ihren alten Chor eintreten wollten, sobald sich die Männerstimmen gefestigt hatten, beschlossen sie, zuerst noch etwas Geld zu wechseln, um die Gunst der Stunde auch nutzen zu können. In einer Filiale der Berliner Sparkasse erhielten sie für siebzehn D-Mark hundert Ost-Mark. »Ich mache Sie darauf aufmerksam«, sagte der Schalterbeamte, »dass es verboten ist, dieses Geld nach Ostberlin oder in die übrige Ostzone einzuführen.«

»Und warum kann man es dann hier eintauschen?«, fragte Andreas.

»Weil wir in einem freien Land leben, junger Mann. Ich habe Sie nur darauf aufmerksam gemacht, dass die Einfuhr verboten ist. Was Sie damit machen, ist immer noch Ihre Sache. Jedenfalls bei uns hier im Westen.«

Als sie auf dem Besucherturm hinter dem Gebäude der Philharmonie standen und auf die Mauer und die dahinterliegende Brache blickten, die einst das Zentrum Berlins war, hatte Andreas die Lösung für die Einfuhr der Ost-Mark. »Ich stecke die Scheine in meine Unterhose und klebe sie mit Tesa fest. So genau werden die uns nicht filzen. Und wenn sie es finden, bin ich ja noch ein Kind, unter vierzehn, da können die doch gar nichts machen.« Keine hundertfünfzig Meter von ihnen entfernt richteten zwei DDR-Grenzer genau in diesem Augenblick ihre Feldstecher direkt auf den Besucherturm.

»Wahrscheinlich haben die uns schon im Visier«, sagte Thomas. »Vielleicht haben sie von deinen Lippen abgelesen, was du gerade erzählt hast. Sie kennen deinen Plan also schon, Andy, und werden uns morgen früh einlochen.«

Frau Wingert hatte von der Gemäldegalerie in Dahlem geschwärmt und den Besuch dringend empfohlen. Doch Thomas und Andreas fanden nicht die Ruhe für Caravaggio, Rubens und Rembrandt. Immer wieder fing einer der beiden davon an, was sie wohl morgen im Ostteil der Stadt erleben würden, ob sie Gleichaltrige auf der Straße ansprechen würden, so wie sie am Morgen vor der Gedächtniskirche immer wieder angesprochen worden waren.

»Stoff wird uns da jedenfalls keiner anbieten «, meinte Thomas, »aber vielleicht wollen die mit uns über Politik, über Willy Brandt und über Kapitalismus diskutieren. Das kannst du dann machen. Da kennst du dich ja gut aus.«

»Zieh dein Hemd aus«, sagte der Mann in Uniform, der einen halben Meter vor ihm auf der anderen Seite des schmalen Tisches stand. »Zieh dein Hemd aus!«

»Aber warum, warum denn das Hemd?«

»Hier wird nicht diskutiert, tu, was ich dir sage. Wir kontrollieren nur, ob du Verbotenes nach Ostberlin einführst.«

»Verbotenes?«

Andreas sah den Mann in grauer Uniform mit großen Augen an. Der Mann hatte sehr kurze Haare und eine breite, flache Nase. Neben ihm stand eine Frau, auch sie in Uniform, nur dass sie einen grauen Rock trug, der bis auf die Knie reichte. Die Frau war dick, hatte braunes lockiges Haar und rötliche Backen.

Als Andreas das Hemd aufknöpfte und auszog, sah er, wie die dicke Frau lächelte.

»Jetzt das Unterhemd«, sagte sie mit ruhiger Altstimme. »Aber dalli, wir haben hier nicht ewig Zeit.«

Thomas zog das Unterhemd über den Kopf. »Umdrehen«, befahl die Frau und stellte fest, »da ist nichts.«

»Zieh deine Hose aus!«, sagte der Soldat, »und keine Faxen.«

»Was soll das denn«, rief Andreas, »meine Hose ausziehen, ich will, dass sofort ein Polizist der Bundesrepublik kommt, ich will nicht hier mit Ihnen allein sein, ich bin noch keine vierzehn Jahre alt, ich bin ein Kind, ich will, dass ein Polizist …«

»Du hältst deinen Mund. Wir wissen, dass du unseren Staat schädigen willst. Wir werden herausfinden, wodurch«, sagte die Dicke und lächelte erneut so blödsinnig wie zuvor.

»Die BRD kennen wir hier nicht, und ein Polizist aus Westberlin kommt nicht über diese Schwelle, das kannst du mir glauben«, sagte der Grenzbeamte und fasste mit der rechten Hand an den Griff seiner Dienstwaffe. »Also, Schuhe aus und Hose runter!«

Andreas kämpfte mit den Tränen. Jetzt ist es aus. Wahrscheinlich würde schon der Angstschweiß dafür sorgen, dass die Tesastreifen sich lockerten, und die hundertzehn Ost-Mark, die er an der Innenseite der Unterhose befestigt hatte, zu Boden segelten. Sie würden ihn einlochen, irgendwo in ein Kellerloch stecken. Und Thomas? Wo war Thomas überhaupt? Vielleicht war er gleich zurückgegangen in den Westen, um Alarm zu schlagen, um die Polizei zu benachrichtigen, den Bundesgrenzschutz, den neuen Bundeskanzler Schmidt, der würde ihn rausholen aus diesem Loch.

»Deine Hose!«

Vorsichtig zog er die Hose herunter.

»Umdrehen«, sagte die Frau.

»Zieh die Unterhose aus«, sagte der Grenzer in gelangweiltem Tonfall.

»Die Unterhose?«, schrie Andreas. In diesem Moment sah er, wie Arno aus einem Nebenzimmer in den Raum kam. Er konnte nicht erkennen, ob Arno nackt war oder etwas anhatte. Er hörte nur, wie er in den Raum rief: »Genossen, macht euch nichts daraus, das ist ein reaktionärer, verklemmter Spießerknabe, das sind alles Spießer in Langenheim, alles Spießer, aber hier, hier ist 1974, hier in Berlin lebt die Zukunft.«

»Deine Unterhose«, sagte die Dicke zu Andreas.

»Nein, nein, nein!«, schrie Andreas.

»Hey, Andy, Andy, was ist denn los? Träumst du schlecht?«

Andreas sah das Gesicht von Thomas vor sich. Es war ganz dicht vor ihm, er spürte den Atem seines Freundes und seine Hand an der linken Schulter, mit der er ihn wach gerüttelt hatte. Im fahlen Licht der Nachttischlampe sah er zu seiner Linken das große Che-Guevara-Poster über der Couch, auf der er lag. »Ein Albtraum. Sie haben mich gefilzt. Ich musste mich ausziehen. Es war grässlich.«

In diesem Moment ging die Tür auf. Arno stand im Türrahmen. Nackt wie immer. »Habe ich da nicht eben 'nen Schrei gehört, Jungs?«, fragte er schlaftrunken.

»Schon gut«, sagte Thomas, »Andreas hat geträumt, die DDR-Grenzsoldaten hätten ihn gefilzt. Ist alles wieder in Ordnung.«

»Na dann, gute Nacht.«

Am nächsten Morgen frühstückten die beiden sehr zeitig und nahezu ungestört in der Küche. Nur einmal kam Arno herein, auf dem Weg vom Klo, ging mit einem fröhlichen »Ich rieche Kaffee« geradewegs auf Andreas zu, nahm einen kräftigen Schluck aus dessen Tasse, »Du gestattest, Genosse«, und verschwand.

»Seine Nacktheit geht mir auf den Wecker«, murmelte Thomas.

»Sag's ihm nicht, sonst kriegen wir wieder eine Lektion über unser verklemmtes Leben in Langenheim.«

Sie nahmen die U-Bahn zur Übergangsstelle Bornholmer Straße. Um kurz vor neun war dort wenig los. Andreas war erleichtert gewesen, als Thomas am Morgen beim Ankleiden ganz selbstverständlich gesagt hatte, die Ost-Mark nähme er mit rüber. Nach seinem Albtraum sei die Gefahr einfach zu groß, dass Andreas bei der Kontrolle an der Grenze nervös werden könnte und auffiele. Thomas hatte die hundertzehn Ost-Mark an der rechten Innenseite seiner Unterhose mit einer Sicherheitsnadel befestigt, einem Tesastreifen wollte er nicht trauen. Die Grenzsoldaten an der Übergangsstelle waren freundlich. Sie ließen sich die Pässe geben, schauten in den Rucksack von Thomas, fragten, was die beiden in der Hauptstadt der DDR vorhätten, ob sie Verwandte besuchen würden und was sie besichtigen wollten. Andreas war erstaunt, wie flüssig Thomas antwortete. Er hatte sich offenbar schon vorher ein paar Antworten zurechtgelegt. Dann mussten sie beide zehn D-Mark in zehn »Mark der DDR« umtauschen, wie der Beamte am Umtauschschalter betonte. »Tauschen außerhalb der dafür vorgesehenen Büros der Staatsbank ist strengstens untersagt. Sie machen sich strafbar, wenn Sie sich nicht daran halten«, fügte er hinzu. Danach konnten sie ihre Pässe mit dem Tagesvisum abholen.

Sie fuhren zum Alexanderplatz. Direkt am S-Bahnhof gingen sie in eine Gaststätte und bestellten sich eine Limonade; Cola gab es nicht. Thomas verschwand auf der Toilette und kam mit der Sicherheitsnadel in der Hand zurück. Sie gingen zum Berliner Dom und wanderten die ganze Straße »Unter den Linden« entlang, bis sie kurz nach der sowjetischen Botschaft vor der Absperrung standen, hinter der allein das Brandenburger Tor den Platz beherrschte. Durch das Tor hindurch und an den beiden Seiten des Tores sahen sie auf die Mauer. Sie gingen schweigend zurück, an der berühmten Humboldt-Universität und an der riesigen Baustelle des Palastes der Republik vorbei. »Es riecht hier anders«, sagte Andreas.

»Das sind die Zweitakter, all die Wartburgs und Trabants«, sagte

Thomas. Am neuen, eleganten Fernsehturm auf dem Alexanderplatz hing die Speisekarte einer HO-Gaststätte »Exquisit«, die oben im Fernsehturm betrieben wurde. Die Preise waren niedrig, und sie hatten schließlich hundertdreißig Ost-Mark in der Tasche. Sie fuhren mit dem Aufzug nach oben. Eine Kellnerin empfing sie an der Tür. »Wir haben leider keinen Tisch mehr frei. Darf ich Sie irgendwo mit dazusetzen?« Das Lokal drehte sich ganz langsam um die Mittelachse des Turmes. Es war mit einem dunkelbraunen Teppichboden ausgelegt, auf dem weißlackierte Holztische standen, an denen jeweils vier oder acht Personen Platz hatten. Die Kellnerin brachte sie zu einem Tisch mit zwei Männern, die zwischen dreißig und vierzig Jahre alt sein mochten. Andreas war es nicht recht, er hätte lieber allein mit Thomas zu Mittag gegessen. Was sollten sie sich jetzt erzählen, wenn zwei DDR-Bürger die ganze Zeit zuhörten?

Sie bekamen die Speisekarte. »Wenn ich euch was empfehlen kann«, sagte der Ältere der beiden Männer, »dann ist es die Soljanka. Die ist hier wirklich sehr gut.«

»Was ist denn Soljanka?«, fragte Andreas.

Der Mann lachte. »Hab ich mir doch gleich gedacht. Zwei Besucher aus dem Westen. Na, dann probiert es einfach mal, Jungs, damit ihr wisst, was es ist. Schmeckt richtig gut.« Das stimmte. Sie bekamen einen kräftigen Eintopf mit Fleisch und Wurst und Gurken und Paprika, aber satt waren sie noch nicht. Die beiden bestellten sich noch ein »Gulasch ungarischer Art«. Inzwischen hatten die beiden Männer am Tisch sie längst in ein Gespräch verwickelt. Sie wollten wissen, woher sie kamen, was sie auf dem Gymnasium lernten, welchen Sport sie liebten, ob sie das Sparwasser-Tor gesehen hätten und was sie sich für diesen Tag in Berlin vorgenommen hätten. Dann fragte der Ältere der beiden Männer, ob sie sich für Politik interessierten, ob Brandt wirklich wegen Guillaume zurückgetreten sei und was man in der BRD von Schmidt hielte, den man in Bonn ja wohl Schmidt-Schnauze nenne.

Andreas versuchte, sich an das zu erinnern, was sein Vater und seine Mutter in den letzten Wochen zu Brandts Rücktritt gesagt hatten und was er dazu im *Langenheimer Anzeiger* gelesen, im Fernsehen gehört und aus Gesprächen aufgeschnappt hatte. Als er einmal nicht weiterwusste, half ihm Thomas mit einer Gegenfrage, die er an den jüngeren Mann richtete: »Wir waren gestern an der Mauer, und eben haben wir sie auch wieder gesehen. Ich finde das fürchter…«, er verbesserte sich, »ganz seltsam. So mitten in der Stadt eine riesige, lange Mauer. Braucht die DDR wirklich diese Mauer?«

Nun überboten sich die beiden Männer mit Erklärungen. Zum ersten Mal hörte Andreas, dass der Westen die Hauptstadt der DDR Anfang der sechziger Jahre hätte angreifen wollen und dadurch der Weltfrieden in höchster Gefahr gewesen sei. Auch das Argument, der Westen habe die DDR ausbluten wollen, indem er alle Fachkräfte für die Bundesrepublik abgeworben hätte, war ihm neu. Immer wieder betonten die Männer, wie sehr die Mauer den Frieden sichere, dass sie einfach notwendig sei, damit die BRD und die DDR nicht gemeinsam in einer Weltkatastrophe enden würden, und die Mauer daher allen, die wirklich demokratisch und sozialistisch dächten, höchst sinnvoll erscheinen müsse.

»Im Zug hat uns eine Frau erklärt, es gäbe keine Kirche mehr in der DDR, ja, es gäbe eigentlich keinen Glauben mehr«, warf Andreas ein.

»Das ist nur bedingt richtig«, antwortete der Jüngere der beiden Berliner. »Wir sind allerdings der Meinung, dass der christliche Glaube zu oft benutzt wurde, um die Menschen still zu halten, sie gefügig zu machen, ihnen mit Strafe oder der Hölle zu drohen, wo sie eigentlich hätten revolutionieren müssen. Der Glaube hat die Menschen immer wieder unterdrückt. Davon haben wir uns befreit.«

»Genosse Wiebker hat ganz recht«, fuhr der Ältere der beiden fort. »Die Pfaffen haben das Volk ständig klein gehalten. Sogar der Luther hat nicht verstanden, warum die Bauern auf die Straße gegangen sind. Heute ist das Volk aufgeklärt, und die Kirche kann uns nichts mehr vormachen. Aber wir pflegen das Erbe der Kirche in der DDR schon. Das könnt ihr ganz in der Nähe am alten Preußen-Dom sehen.«

»Und was geschieht bei der Jugendweihe?«, fragte Andreas weiter.

»Da weihen sich die Mädchen und Jungen der Idee unseres demokratischen, antifaschistischen und Frieden liebenden Staates. Sie verpflichten sich, die Ideale unserer Republik einzuhalten und zu verteidigen.«

Die Jungen verzichteten auf einen Nachtisch. Das Gulasch war zäh und die ungarische Soße recht schwer gewesen. Sie waren pappsatt. Als Thomas für sie beide bezahlte und trotz des reichhaltigen Essens noch etwas mehr als acht Ost-Mark auf den Zwanzigmarkschein zurückerhalten hatte, fragte Andreas die beiden Männer, ob sie einen Notenladen wüssten.

»Ja, nicht weit von hier, da müsst ihr nur ins Nikolaiviertel«, erklärte ihnen der Jüngere.

Das Notengeschäft war eine Fundgrube. All die Peters-Ausgaben, Klavierauszüge und Partituren zu günstigsten Preisen. Obwohl seine Mutter ja einiges an Notenmaterial zu Hause hatte, entdeckte Andreas so manche Klaviersonate, die er sicher in einigen Monaten oder Jahren spielen würde, und kaufte groß ein. Thomas dachte eher an die künftige Chorarbeit, wenn seine Stimme wieder gefestigt wäre und er mit Andreas im Tenor oder im Bass der Städtischen Philharmonie singen würde: Mendelssohns »Elias« und »Paulus«, Verdis Requiem, Bachs »Matthäus-« und »Johannes-Passion«, die »h-Moll Messe«, die Motetten, Haydns »Schöpfung«. Der Rucksack von Thomas, in dem nur ein Regenumhang und seine alte Voigtländer Kamera gesteckt hatten, war jetzt voll. Mehrere hundert Jahre Musikproduktion waren in ihm gelagert, wie Andreas anmerkte, als sie wieder auf der Straße im Schatten der Nikolaikirche standen.

»Und wie bringen wir das über die Grenze?«, fragte Thomas. Erst jetzt fiel ihnen auf, dass sie über diesen Punkt nicht nachgedacht hatten. Offiziell hatten sie zwanzig Ost-Mark für den ganzen Tag zum Ausgeben. Im Rucksack waren jedoch frischgedruckte Noten im Gesamtwert von hundertundzwei Ost-Mark. Was tun?

»Wir können doch die Noten per Post verschicken«, sagte Andreas, »wir machen einfach drei oder vier Päckchen und senden sie nach Langenheim.«

»Dann brauchen wir sie auch nicht mehr durch ganz Berlin zu schleppen«, brummte Thomas sehr zufrieden.

Sie fragten nach einem Laden, wo man Päckchen kaufen könne, und wurden groß angeguckt. Eine Frau gab ihnen den Rat, im großen Konsum am Alexanderplatz nach gebrauchten Pappkartons zu fragen, in denen Ware ausgeliefert worden sei, und sagte ihnen auch, wo sie wohl Packband erhalten könnten. Die ganze Aktion versprach zeitaufwendig zu werden, doch was Andreas und Thomas weit mehr beunruhigte, war, dass ihnen ein junger Mann in dunkler Hose und weißem Hemd folgte.

»Ist vielleicht ein Agent, Andy, von der Stasi.«

»Haben wir beim Mittagessen etwas Falsches gesagt?«, überlegte Andreas. »Vielleicht hat der Verkäufer im Notenladen irgendwas gerochen, weil wir so viel gekauft haben, und er hat den Typ auf uns angesetzt!«

Thomas hatte Schweißperlen auf der Stirn, nicht nur, weil er in der frühen Nachmittagssonne den schweren Rucksack auf dem Rücken trug, sondern weil ihm der Mann Angst machte. Jetzt kam er immer näher, beschleunigte seine Schritte und stand schon hinter ihnen. »Ich habe euch beobachtet«, sagte er mit leiser Stimme. »Lasst uns ganz unauffällig zu dritt weitergehen. Ihr seid doch aus'm Westen, nicht wahr?«

Thomas nickte.

»Was wollen Sie?« Andreas sah den Mann an. Er war höchstens fünfundzwanzig Jahre alt und hatte sich bestimmt seit drei oder vier Tagen nicht mehr rasiert.

»Ich möchte euch um einen Gefallen bitten. An der Ecke Friedrichstraße ist ein neues, großes Hotel. In dem Hotel ist ein Intershop. Da können nur Leute aus'm Westen einkaufen. Versteht ihr? Ich will aber schon so lange so 'n richtig gutes Feuerzeug, so 'n Zippo. Das gibt's da, kostet fünfzehn D-Mark. Ich geb' euch fünfundzwanzig Ost-Mark, wenn ihr mir im Intershop das Zippo kauft. Bitte, bitte! Mein Chef hat das auch. Das ist richtig fetzig, dieses Zippo. Kommt aus Amerika. Kommt schon, Jungs, helft mir.«

Andreas fiel ein Stein vom Herzen. Kein Agent, kein Stasi-Mann, kein Grenzbeamter in Zivil, sondern ein junger Mann, der unbedingt ein West-Feuerzeug haben wollte. »Wir dürfen nicht auf der Straße tauschen«, sagte Thomas. »Wir suchen nur eine Post für Pakete«, sagte Thomas.

»Ich weiß, es ist ja auch kein Tauschen. Ihr kauft, und ich zahle. Und eine Post ist da auch ganz in der Nähe, gleich beim Bahnhof Friedrichstraße!«

Andreas nickte ein leises Okay. Sie kauften das Zippo-Feuerzeug für 15,95 D-Mark, tauschten es unter den Eisenbahnbögen an der Friedrichstraße gegen fünfundzwanzig Ost-Mark, versandten zwei Päckchen mit Noten an Thomas und an Wolfgang und Uschi Johannmeyer sowie zwei weitere Päckchen an Andreas und an Annette Wingert, ohne dass die Postbeamtin nachfragte, besuchten, kurz bevor es geschlossen wurde, das Pergamon-Museum, von dem der alte Hebbe, ihr Lateinlehrer, oft im Unterricht geschwärmt hatte, aßen in einem russischen Speiselokal am Gendarmenmarkt zu Abend, kauften von den restlichen Ost-Mark drei ORWO-Farbfilme, passierten gegen einundzwanzig Uhr ohne Komplikationen den Grenzübergang Friedrichstraße und waren gegen 22.30 Uhr wieder bei Iris und Arno. Iris kannte Ostberlin ganz gut. Sie hatte eine Tante in Marzahn, die sie bereits drei- oder viermal besucht hatte. Arno war noch nie drüben gewesen.

Arno, zur Abwechslung in Jeans und T-Shirt, zeigte sich großzügig. Er schüttete beiden Jungs ein Glas Whisky ein – »Eis haben wir hier nicht, das gibt's nur im dekadenten Nordamerika« – und gab zu, dass die Erklärungen der beiden Männer im Fernsehturm zum Mauerbau wohl etwas sehr eigenwillig gewesen waren.

Thomas und Andreas schliefen nach diesem Tag und dem Whisky tief und fest. Andreas konnte sich am nächsten Morgen an keinen Traum erinnern. Die restlichen Tage vergingen ebenso schnell wie die ersten. Sie besichtigten den alten Reichstag mit der ständigen Ausstellung zur deutschen Geschichte, streiften durch das KaDeWe, liefen durch den Zoo und fuhren einen Nachmittag mit einer alten, klapprigen S-Bahn nach Wannsee. Es war Freitag, ihr letzter Nachmittag in der geteilten Stadt, die sich im Strandbad am Wannsee von ganz unbeschwerter Seite zeigte. Thomas hatte seine Voigtländer auf allen Ausflügen dabeigehabt und viel fotografiert. Auf dem Bahnsteig in Wannsee unter dem altertümlichen Stationsschild in Sütterlinschrift baten sie einen Rentner, ein Foto von ihnen zu machen.

Arno war auch in den restlichen Nächten immer wieder nackt durch ihr Zimmer gelaufen, um ins Badezimmer zu gelangen. Er respektierte auch nicht, wenn Thomas oder Andreas gerade im Badezimmer waren und sich in der Badewanne kniend duschten. Er kam einfach rein, stellte sich vor die Kloschüssel, urinierte und verließ mit einem »Es gibt nichts Privates, Genosse« den Raum. Iris war das unangenehm. Sie entschuldigte sich dafür, dass die Badezimmertür nicht abzuschließen sei, weil Arno schon vor Monaten den Schlüssel aus dem Fenster geworfen hätte.

So sei er nun mal.

Sie versicherten Iris, dass das alles in Ordnung sei, dankten ihr für die Gastfreundschaft mit einer Pralinenschachtel von Lindt, für die Andreas von seinem Vater das Geld bekommen hatte, und kauften Arno zwei Schachteln französische Gauloises, die er als seine Lieblingsmarke bezeichnet hatte. Als sie am Samstagvormittag im Interzonenzug Richtung Ruhrgebiet saßen, betrachtete Thomas sein Gesicht in dem kleinen rechteckigen Spiegel, der im Abteil hing. »Ich glaube, mein Vater hat doch ganz richtig gelegen mit dem Braun-Rasierer. Schau mal hier, Andy, und da und da. Bei dir sieht man es nicht so. Du hast blonde Haare, aber bei mir sind diese Stoppeln alle dunkel. Ich werde morgen mal drüberrasieren.«

Der Vater von Thomas stand mit seinem Ford vor dem Langenheimer Bahnhof. »Dein Koffer ist nicht leichter geworden«, sagte er zu Andreas, als er den Koffer in den Wagen hievte. Auf der Fahrt nach Hause erzählte Thomas von den Dingen, die sie besichtigt und erlebt hatten. Arno ließ er aus, auch die beiden Frauen an ihrem Tisch in der Schultheiß-Kneipe, das Geld in der Unterhose und auch den Whisky am letzten Abend. Andreas würde es bei seinen Eltern genauso machen.

Drei Tage später kamen bei den Familien Wingert und Johannmeyer jeweils zwei Päckchen aus Ostberlin an, musikalische Schätze aus vier Jahrhunderten.

# 10

Das Zehn-Uhr-Hochamt war an diesem Aprilsonntag sehr gut gefüllt. Auch in der kleinen Seitenkapelle, in der Andreas kurz nach seiner Berufung an Waldenburgs Hauptkirche St. Laurentius einen neuen Taufstein aus Anröchter Dolomit aufgestellt hatte, saßen die Gläubigen dichtgedrängt. Die Menschen erwarteten eine Predigt zum Thema. Der Bischof hatte allen Pfarreien einen Brief geschickt, er hatte Vorschläge zu Formulierungen gemacht, die zwischen Vorsicht, Ängstlichkeit, Scham, Trauer und Entschuldigung schwankten. Andreas nahm das Schreiben des Bischofs als Freibrief und wendete sich in der Sonntagspredigt mit seinen eigenen Gedanken an seine Gemeinde:

»Was da in den Schulen und Internaten geschehen ist, schreit zum Himmel. Es sind unentschuldbare Verbrechen begangen worden, und das ausgerechnet an Kindern und Jugendlichen, die in ihrer besonderen Schutzbedürftigkeit in unsere Obhut gegeben worden sind. Dass Männer der Kirche, ein Priester, ein Mönch, Männer, die ihr Leben Christus geweiht haben, der sich selbst für die Menschen geopfert hat, dass ausgerechnet sie heranwachsende Menschen misshandelt haben, erscheint uns unbegreiflich, das können wir nicht verstehen, es macht uns wütend, und es lässt uns zweifeln. Wir Priester schämen uns für das, was am Canisiuskolleg, am Aloisiuskolleg, in Ettal, in St. Blasien und an anderen Orten geschehen ist, und es wird nicht besser dadurch, dass auch weltliche Internate betroffen sind, die Odenwaldschule und ähnliche Häuser.

Vielen erscheint plötzlich die ganze Katholische Kirche als einziges Sodom und Gomorrha, und wir Priester stehen in Verdacht, lüsterne Männer zu sein, die auf Knaben schielen. Manche sagen, sie hätten es ja schon immer gewusst, und zeigen mit dem Finger auf uns. Mehrere Gemeindemitglieder haben mir geschrieben, einige anonym, und sie fanden harte Worte. Viele haben aber auch die wichtigste Frage gestellt: ›Was muss sich ändern, damit so etwas nicht wieder geschehen kann?‹«

In den drei Wochen vor seiner Predigt waren so viele Briefe auf dem Schreibtisch von Andreas gelandet wie noch nie zuvor in seiner Zeit als Gemeindepfarrer. Ein anonymer Schreiber hatte mit großen Druckbuchstaben gefordert: »Man müsste euch Priestern allen den Schwanz abschneiden.« Drei, vier andere beließen es bei »Du Sau«, »Ihr seid alle Schweine« und ähnlichen Sprüchen. Dr. Hegemann, der einzige niedergelassene Neurologe und Psychiater in Waldenburg, hatte ihm einen langen Brief übersandt, in dem er über Sublimation und den Aufbau einer inneren Parallelwelt mit anderen, freieren Gesetzen schrieb, wobei sich das erwachsene Selbst des Täters in den heranwachsenden Jungen zurückversetzen würde. Abschließend bot er ihm ein Gespräch an. Doch Andreas war sich unsicher. Er durfte nicht vergessen, den Brief Lisa zu zeigen und sie zu fragen, was sie als Psychologin davon hielt.

»Viele haben vorgeschlagen, die Katholische Kirche solle den Zölibat aufgeben, solle endlich den Druck von den Priestern nehmen. Der Zölibat verhindere eine normale Priesterschaft, er sei ein Deckmantel auch für diejenigen, die sich vielleicht deshalb für den Priesterberuf entscheiden würden, weil sie mit ihrer Sexualität nicht klarkämen, weil sie Probleme mit sich hätten, weil sie gar Angst vor der Welt verspürten. Ich kann euch versichern, liebe Brüder und Schwestern, die große Mehrheit der Priester hat diesen Beruf bewusst gewählt, wissend, dass der Zölibat eine Herausforderung sein würde, wissend, dass man selbst auch als normaler Arbeitnehmer, als Lehrer, als Arzt, als Beamter seinen Weg hätte gehen können. Ein junger Mann, der sich heute entscheidet, Priester zu werden, muss befürchten, dass seine Umgebung ihn schief anguckt, ihn fragt: Du hast wohl sexuelle Probleme? Das ist eine große Belastung für jeden Mann, der sich für das Priesteramt interessiert, der einen der schönsten Berufe ausüben möchte, die es gibt: Botschafter Gottes zu sein. Glauben Sie mir, besonders heute ist das Priesteramt eine Berufung. Dennoch gibt es psychisch labile Menschen auch unter uns Priestern, so wie man sie in allen Berufen findet. Aber auch Ängste, Unsicherheiten, Labilität dürfen niemanden zum gefühllosen Freibeuter werden lassen, der sich an Kindern vergeht.«

In der dritten Reihe saß Werner Schmitz, der ihm vor ein paar Jahren in einer Beichte gestanden hatte, dass es ihn sexuell verwirre, wenn seine zwölf- und dreizehnjährigen Töchter Freundinnen mit nach Hause brächten, vor allem im Sommer, er habe doch den Swimmingpool im Garten, er könne den Blick dann nicht von den Kindern lassen. Ein Mädchen, das nicht älter sei als seine Barbara, habe sich letzte Woche einfach nackt unter die Gartendusche gestellt, sie habe nicht gewusst, dass er im Haus sei, er habe hinter dem Fenster gestanden und Hand angelegt. Der Wunsch, eines der Mädchen zu berühren, würde immer drängender. Er schäme sich, er könne mit seiner Frau nicht darüber sprechen, mit niemandem, er habe Angst vor den Sommerferien, wenn viele Freundinnen von Barbara und Yvonne im Garten seien. Was er denn tun könne?

So direkt hatte Andreas das Verlangen nach einem Kind noch niemand zuvor gebeichtet. Er hatte Herrn Schmitz dringend ein Gespräch mit einer Psychologin oder einem Psychologen empfohlen, nannte ihm den Namen von Frau Molitor, einer Psychologin in Langenheim, die er von früher kannte, bot ihm an, sich für ihn auch in Münster oder Bielefeld nach Fachkräften umzuhören. Er solle einen Vorwand erfinden, um in diesen größeren Nachbarstädten, wo man ihn nicht kannte, Hilfe zu suchen. Ohne therapeutische Gespräche würde er in eine Katastrophe rennen.

Ein Jahr später war Werner Schmitz wieder im Beichtstuhl gewesen. Der Tipp mit Frau Molitor in Langenheim sei gut gewesen. Sie würde ihm sehr helfen. Sie hätte allerdings auf einem Ehepartner-Gespräch bestanden, vor dem er sich fast hätte umbringen wollen. Doch Frau Molitor habe dann lange auch allein mit seiner Frau gesprochen, und die weiteren gemeinsamen Gespräche hätten ihn mehr und mehr erleichtert und gefestigt. Jetzt, vier Jahre danach, waren Schmitz' Töchter bereits in der Oberstufe, junge Frauen, wie ihre Freundinnen. Werner Schmitz hatte seither nicht wieder bei ihm gebeichtet. Andreas war nichts zu Ohren gekommen.

»Der Zölibat ist eine Belastung, aber eine, die man meistern kann. Dennoch sage ich hier offen, dass ich mir wünschte, Papst Benedikt würde neu über diesen Punkt nachdenken. Wäre er bereit, die Zölibatsregeln zu lockern oder ganz abzuschaffen, so würde er die Katholische Kirche an einem ihrer wundesten Punkte reformieren. Er würde uns katholische Priester aus einer Ecke herausholen, in die wir nicht gehören. Er würde unserer Kirche ganz neue Priestergruppen zuführen, die wir dringend brauchen. Sexualität ist eine Quelle des Glücks, die Gott uns geschenkt hat! Man darf dieses Glück nicht mit Füßen treten.«

Andreas hatte sich von den Notizen, die er sich für die Predigt gemacht hatte, längst gelöst. Er schaute nicht auf den Schreibblock, er schaute in die Gesichter seiner Gemeinde, die bis auf ein paar Kinder ganz still geworden war. Er sah in die großen erstaunten Augen von Notar Rosenberg, der mit seinen drei Söhnen und seiner kleinen hübschen Frau in einer der vorderen Reihen saß. Frau Griesbach, die am Ems-Gymnasium Deutsch und Geschichte unterrichtete, saß hoch aufgerichtet in ihrer Bank.

»Wir brauchen weiß Gott keine morbiden Priester, die sich an Kindern vergehen, wir brauchen Männer der Kirche, die eine selbstbewusste Kirche vertreten, die das Wort Gottes, das Wort der Liebe, des Miteinanders, der Geborgenheit, des Vertrauens repräsentieren und vorleben, die tatsächlich Hirte sein wollen und können. Selbstverständlich kann das ein Priester im Zölibat. Aber ich bin überzeugt, er kann es ebenso gut in der ehelichen und auch in der nicht ehelichen, der partnerschaftlichen Gemeinschaft mit einer Frau, und er kann es auch in einer Gemeinschaft« – und hier zögerte Andreas kurz –, »in einer Gemeinschaft mit einem anderen erwachsenen Partner des gleichen Geschlechts, wenn der Herrgott nun einmal eine gleichgeschlechtliche Orientierung für diesen Mann, für diesen Priester vorgesehen hat. In der Evangelischen Kirche geht das ja auch, und es geht gut. Seit bald fünfhundert Jahren ist man dort verheiratet, und heute kann ein homosexuell veranlagter Mann in der Evangelischen Kirche selbstverständlich Pfarrer werden.

Wir werden allerdings auch durch eine Lockerung des Zölibats einzelne Vergehen wahrscheinlich nicht verhindern können. Aber die Gemeinschaft der katholischen Priester würde sich verändern, sie wäre eine durchmischtere Gemeinschaft, in der labile Kollegen vielleicht besser gestützt würden oder sich selbst besser auffangen könnten. Wir würden sicherlich sehr viel mehr junge Menschen für den Priesterberuf gewinnen, mehr als die gerade einmal hundert jungen Männer, die in diesem Jahr den Weg zum Altar finden werden. Wir würden schlichtweg mehr Normalität in der gesamten katholischen Priesterschaft erleben. Wir könnten dann das Besondere unserer Berufung ganz auf das Evangelium, ganz auf unseren Auftrag konzentrieren, und der heißt: die Liebe Gottes, die größer ist als alles andere auf der Welt, in diese Welt zu tragen. Dafür erbitte ich den Segen Gottes, des Vaters, des Sohnes und des Heiligen Geistes, Amen!«

Andreas machte das Kreuzzeichen. Ein Raunen ging durch die Kirche, dann war die Gemeinde still. Vollkommen still! Sie schaute auf ihren Pastor Andreas Wingert, diesen Mann von fast fünfzig Jahren, groß, schlank, mit kurz geschnittenem, noch immer blondem Haar, einer feinen versilberten Brille, der auch nach dem Kreuzzeichen noch am Predigtpult verharrte.

Andreas blickte auf seinen Block. War er zu weit gegangen? Er sah auf dem Blatt die Stichworte »Vergebung« und »Gebet«.

»Lassen Sie mich abschließend noch eine Bemerkung machen: Wir als Kirche können im Augenblick nur eins tun: diejenigen, die heute erwachsen sind und durch die Hand eines Priesters Schlimmes erlitten haben, um Vergebung bitten und ihnen Hilfe anbieten, damit sie ihr Leid mildern können. Wir sind diesen Opfern in unseren Gebeten nah. Das allein aber hilft ihnen nicht. Wer durch Vergehen eines Priesters vor vielen Jahren heute nicht in der Lage ist, Nähe zuzulassen, zu lieben, wer in Träumen gepeinigt wird, der hat auch das Recht, von der Kirche finanzielle Hilfe zu erhalten, um eine Therapie zu beginnen, um endlich Heilung zu erfahren.

Unser Glaube gebietet es uns aber auch, für diejenigen zu beten, die so unselig gefehlt und ihre Berufung verraten haben. Möge Gott ihnen vergeben. Und in unser Gebet schließen wir all jene mit ein, die für das Wohl unserer Katholischen Kirche arbeiten und für ihre Entwicklung Verantwortung tragen: in Rom wie in unserem Bistum Paderborn. Möge Gott ihre Schritte lenken. Mögen sie erkennen, was jetzt für uns alle gut ist, um aus diesem Tal der Beschuldigungen und der Schande herauszukommen. Amen.«

Andreas drehte sich, ging die wenigen Schritte zum Altar, verbeugte sich, kniete nieder und ging rechts zwischen zwei Messdienern zu seinem Stuhl. Heiner Lüttenkamp, der Organist, begann mit dem Vorspiel des Gemeindeliedes zur Opferbereitung.

Nach dem Gottesdienst klopfte es heftig an der Sakristeitür. »Die Leute wollen Sie noch sprechen«, sagte der Küster. »Es stehen viele Leute vor der Kirche. Auch Professor Johannmeyer mit seiner Frau ist da.«

»Thomas? Professor Johannmeyer?«

»Ich bin mir ganz sicher, Herr Pfarrer, ich habe ihn gesehen.«

Andreas hatte es nun eilig, zur Tür zu kommen. Die Traube der Kirchgänger davor wurde still. Und in der Tat, weiter hinten stand

Thomas mit Merle. Sie kamen ab und zu sonntags von Münster nach Waldenburg, aber immer erst gegen Mittag und nicht zur Messe. Sie gingen dann meist gemeinsam essen und verbrachten den Nachmittag zusammen, aber in der Messe war Thomas seit seiner Primiz höchstens drei oder vier Mal gewesen.

»Eine mutige Predigt, Herr Wingert«, sagte Dr. Rosenberg.

»Das hat gutgetan«, schloss sich seine Frau an. »Sie haben ja so recht: Es muss sich etwas tun!«

»Was wird unser Bischof sagen?«, meinte ein kleiner, älterer Mann im pelzbesetzten Wintermantel. »Sie sind ja mit dem Zölibat mächtig ins Gericht gegangen! Aber schwule Priester? Ich weiß ja nicht.«

»Verheiratet, da hätte ich auch nichts dagegen«, sagte Frau Griesbach, »da würden auch wieder mehr Priester werden, da haben Sie recht, Herr Wingert, aber Männer, die mit Männern? Nein, nicht bei uns in der Kirche.«

»Der Zölibat muss sowieso weg«, sagte eine junge Frau, ihren kleinen vierjährigen Sohn an der Hand.

»Das allein ist es nicht«, warf Andreas ein, »aber wir brauchen auch all jene im Priesteramt, die nicht zölibatär leben können.«

»Sehr richtig, Herr Pfarrer«, warf Herr Münkler ein, der im Pfarrgemeinderat Kassenwart war, »es sind nur leider nicht alle da oben Ihrer Meinung. Denen haben Sie ja kräftig ins Gewissen geredet.«

»Genau das mögen wir an Ihnen, Pfarrer Wingert. Wenn Sie etwas für richtig halten, setzen Sie sich auch dafür ein!«, rief ihm Frau Rosenberg zu und bekräftigte ihr Lob mit einem strahlenden Lächeln, das Andreas guttat.

So ging das Gespräch vor dem Sakristeigebäude trotz des noch kalten Apriltages fast eine Viertelstunde dahin. Thomas und Merle beteiligten sich nicht daran. Sie warteten, bis sich die Gruppe langsam aufgelöst hatte, und kamen dann auf Andreas zu. Andreas umarmte zuerst Thomas, dann Merle.

»Ihr hier?«

»Wir haben uns spontan heute Morgen entschlossen. Anna ist

auch mitgekommen, aber ihr war kalt, sie ist mit Frau Bokenkamp schon vorgelaufen zum Pfarrhaus. Auf den kleinen Andy musst du allerdings verzichten. Der hatte keine Lust. Er ist ja vierzehn und schon so erwachsen!« Thomas lachte.

»Wir wollen mit dir über den fünfzigsten Geburtstag reden, erst über meinen im Juni und dann über deinen einen Monat später.«

»Thomas wünscht sich eine große Feier mit vielen Kollegen aus der Fachhochschule und aus der Uni«, warf Merle ein, »und er möchte, dass du eine Rede hältst! Es ist ihm sehr wichtig.« Sie gingen durch das Tor zum Pfarrhaus.

»Deine Predigt war klasse, Andy, und sehr mutig, bei eurem traditionellen Haufen!«

Frau Bokenkamp, die Frau des Küsters, öffnete die Tür des alten, rotgeklinkerten Pfarrhauses.

»Anna ist im Garten, Herr Wingert. Roulade und Rotkohl sind im Kühlschrank. Das schmeckt auch morgen noch.« Damit verabschiedete sie sich.

»Kannst du Ärger bekommen wegen solch einer Predigt?«, fragte Thomas, als sie gemeinsam mit Merle im großen Wohnzimmer des Pfarrhauses standen und aus dem Fenster auf den Garten schauten, wo Anna auf der Schaukel saß, die Andreas vor einigen Jahren am Kirschbaum aufgehängt hatte.

»Ich glaube nicht. Die sind im Moment so damit beschäftigt, den Laden zusammenzuhalten, da werden sie einem kleinen Pfarrer aus Waldenburg keinen Ärger machen. Aber ich hätte nichts dagegen, im Augenblick ein kleiner Stachel im Fleisch zu sein. Es ist doch nur zu hoffen, dass auch andere Kollegen oder Laien sich trauen und Druck machen. Ich bin es mittlerweile ziemlich leid, Thomas, fast jeden Tag kommen ein oder zwei Austrittsschreiben. Wenn ich mit den Messdienern zusammen bin, habe ich das Gefühl, die älteren begegnen mir mit Misstrauen. Wenn ich die Väter treffe, denke ich manchmal, sie schauen mich schräg an, als hätten sie Angst, ich könnte ihren Jungs an die Wäsche gehen. Ich habe für dieses Jahr alle Wochenendfreizeiten abgesagt, es gibt nur noch Tagesausflüge. Wir müssen endlich wieder zur Ruhe kommen. Manchmal glaube ich, dass ich das nicht mehr lange aushalte, wenn nicht bald Zeichen kommen, dass Rom sich bewegt.«

Thomas und Merle blieben still.

»Überlegt euch doch: Ein Deutscher ist Papst. Fünfhundert Jahre nach Luther hätten wir jetzt die Chance zu einer echten Reform innerhalb der Katholischen Kirche, ohne Abspaltung. Tun wir es nicht, werden wir, jedenfalls in Europa, immer weniger, immer unbedeutender und, wie sich jetzt zeigt, auch immer seltsamer. Die Besten kommen schon lange nicht mehr zu uns, und wer dennoch kommt und sich einigermaßen geschickt anstellt, ist schnell sehr viel mehr Manager als Hirte, leitet einen ganzen Pastoralverbund, rennt von einer Gemeinde zur nächsten und ist vollgestopft mit Organisationsaufgaben. Und bei alldem ist er viel allein, muss alles mit sich selbst ausmachen.«

»Willst du deinen Beruf aufgeben, Andy?«

»So weit ist es nicht, Thomas, noch nicht. Du weißt, wie sehr ich diesen Beruf liebe, auch wenn du nie nachvollziehen konntest, warum ich Priester geworden bin. Ich wünsche mir allerdings, dass sich wirklich etwas verändert und die Kirche aus dieser Krise lernt. Geschieht das nicht, besteht eine echte Gefahr für die Katholische Kirche.«

»Jetzt besprechen wir erst einmal eure Geburtstage«, schlug Merle vor, »und das machen wir am besten bei Dario.«

Dario war ihr Lieblings-Italiener, zwanzig Kilometer von Waldenburg entfernt in der Nachbarstadt, wo nur wenige in Andreas den Hauptpfarrer von St. Laurentius erkannten und er ein Menü am liebsten mit einer Zabaione auf Vanilleeis beschloss. Frau Bokenkamp hatte recht. Die Roulade konnte bis morgen warten.

Nachdem sie die anstehenden Geburtstagsfeierlichkeiten besprochen hatten, bat Thomas Andreas noch zu einem kleinen Spaziergang. Merle blieb mit Anna zurück.

»Andy, es ist nicht nur der Geburtstag, den ich mit dir besprechen wollte. Es ist noch etwas anderes!«

»Hast du etwa Angst, dass ich bei diesen Missbrauchsgeschichten selbst gefährdet bin?« Andreas lachte.

»Ich weiß von dir und Lisa, und ich erinnere mich auch noch an eine Krankenschwester namens Simone, und du hast mir von deinen Fahrten nach Masuren erzählt, von diesem Hotel mit den Massage-Mädchen, doch ich habe nicht vergessen, dass dich dieser Christian damals ziemlich begeistert hat.«

»Christian ist lange tot, Thomas. Ich habe damals Dinge getan, die längst passé sind, und ich habe dabei, wie nur du weißt, Riesenglück gehabt. Ich habe schon lange nichts mehr mit Männern und ganz gewiss nichts mit fünfzehnjährigen Schülern. Da kannst du ganz sicher sein. Das ist längst Vergangenheit. Auch meine Reisebekanntschaften fallen nicht in diese Kategorie, es sind ausnahmslos Frauen, das weißt du doch.« Andreas wurde ärgerlich. Das Herumrühren gerade in dieser Phase seines Lebens war ihm peinlich. Da war weiß Gott nicht alles glatt gelaufen. Warum musste Thomas das jetzt aufwerfen?

»Sorry, Andy, ich hatte plötzlich Sorge, weil gerade so ein Kesseltreiben losgeht. Sei bitte vorsichtig mit dem, was du dir auf deine Festplatte lädst. Wenn du da irgendwas gespeichert hast, was dir einmal Probleme bereiten könnte, weg damit, hol dir eine neue Festplatte oder gleich einen neuen Computer, und kein Surfen auf Sexseiten.«

»Jetzt reicht es aber, Thomas! Sogar mein bester Freund glaubt also, dass wir Priester nur Schweinereien im Kopf, in unseren Regalen und auf unseren Festplatten hätten.«

»Aber nein, Andreas, ich habe nur ein realistisches Bild von uns Männern, und ich würde es fürchterlich finden, wenn du durch irgendeinen Unsinn in Schwierigkeiten kommen würdest. Die Atmosphäre ist vergiftet, die Menschen sind tief verunsichert, da genügt doch schon eine Kleinigkeit für eine Hexenjagd.

Ich weiß durchaus, dass du keinem Schulkind an die Wäsche gehst.«

Andreas war dennoch verärgert. Sogar Thomas hatte also diese Vorstellungen von den enthemmten katholischen Priestern, die sich nicht beherrschen konnten. Ja, Thomas hatte sogar den Verdacht, dass er selbst Unsinn gemacht hatte und Probleme bekommen könnte. Vielleicht nicht gleich den Verdacht, aber doch die Sorge. Die Welt war tatsächlich in Unordnung.

»Wie gehst du eigentlich damit um, Thomas, wenn dich eine junge Studentin an der Hochschule anmacht?«

»Ich gehe ihr aus dem Weg, Andy. Ich versuche, nicht an sie zu denken. Ich bin noch aufmerksamer zu Merle. Ich kompensiere das mit ihr, und das geht auch ganz gut, manchmal tut es allerdings auch weh.«

»Du schläfst dann also am Abend mit Merle und denkst dabei an das Mädchen in deinem Seminar.«

Thomas blieb still.

»Ein Priester kann das so nun einmal nicht kompensieren«, fuhr Andreas fort. »Wir müssen den Druck, das Begehren, den Schmerz, die Trauer anders abfangen. Ich habe dann wenigstens alle drei Wochen still und heimlich meine Lisa. Aber sei unbesorgt, Thomas. Ich leide unter einem Kollektivverdacht, das reicht mir bis hier oben. Individuell kann man mir bei diesen ekligen Missbrauchsgeschichten nichts vorwerfen.«

# 11

»In der Untersekunda muss man mit Cicero umgehen können; man muss den Text beherrschen wie einen Lakaien, da führt kein Weg dran vorbei.« Wenn Dr. Schlüter aufgeregt war oder sich ärgerte, bewegte er den Hals so sehr, dass seine Fliege auf und nieder wippte. Es war nicht angesagt, in solchen Momenten zu lachen.

Thomas tat sich schwer mit Cicero. Wenn er mit Andreas zusammen Hausaufgaben machte, war es nicht ganz so schlimm. Die Zuordnung der einzelnen A.c.I.'s, das Erkennen der Participia coniuncta, das Abwägen, ob ein Nebensatz kausal, konditional oder final gedacht sei, ging immer dann leichter, wenn er den Kern des Satzes, die Hauptaussage, erkannt oder wenn Andreas ihm den Kern genannt hatte. Aber in der Schule konnte ihm Andreas nicht helfen, und als Fliegen-Schlüter in einer Klassenarbeit überraschend einen Absatz aus Ovids »Metamorphosen« zur Übersetzung gestellt hatte, war Thomas völlig verloren.

»Johannmeyer: sechs«, war das Einzige, was Dr. Schlüter eine Woche später bei der Herausgabe der Hefte gesagt hatte. Sogar Andreas hatte ein langes Minuszeichen nach seinem Gut unter der Arbeit vorgefunden. Bei Thomas war nun aber die Versetzung gefährdet. Neben Latein drohte er auch in Mathematik in den Keller zu rutschen. Mit einem satten Gut in Deutsch und Englisch konnte er das nicht ausgleichen. Auch ein Sehr gut in Musik und in Sport würden ihm nicht helfen.

Thomas' Eltern waren im letzten Jahr umgezogen. Aus der engen Vierzimmerwohnung war ein kleines Reihenhaus geworden, und Thomas hatte endlich wieder sein eigenes Zimmer. Die letzten beiden Jahre in der Mietwohnung hatte er das Zimmer mit seinem jüngeren Bruder Wolfgang gemeinsam bewohnt, weil seine Mutter der Meinung war, dass Wolfgang nicht länger das Zimmer mit seiner Zwillingsschwester Uschi teilen dürfe.

Nun stand er kurz vor seinem sechzehnten Geburtstag. In allen Fächern war noch jeweils eine Klassenarbeit zu schreiben. Orgel-Müller hatte ihm gesagt, dass er in der elften Klasse wieder in den Chor kommen solle, er brauche eine gute Tenorstimme, und Thomas sei doch immer so treffsicher gewesen. Der Braun-Rasierapparat kam mittlerweile zweimal in der Woche zum Einsatz. Bald würde auch das nicht mehr reichen. Vater sang noch immer reichlich aus »Zar und Zimmermann«, dem »Zarewitsch«, dem »Bettelstudenten« und vor allem aus dem »Land des Lächelns«.

»Habt ihr das in der HJ auch immer gesungen?«, hatte Thomas ihn an einem Samstagabend unvermittelt gefragt, als sein Vater singend aus der Küche ins Esszimmer gekommen war. »Ich glaub', du willst die ganze beschissene Nazivergangenheit mit diesem Schrott ertränken: Steht ein Soldat am Wol-ga-strand! Ta-tata-taa, tata-ta-ta-ta.«

»Und wenn es so wäre? Warum gönnt ihr uns dieses Vergessen nicht, ihr ewigen Besserwisser?«

»Weil es unehrlich ist, wenn man sich der Vergangenheit nicht stellt und sie einfach wegsingt. Willy Brandt hatte wenigstens Mut, er hat sich hingekniet und die Polen um Vergebung gebeten!«

»Aber Thomas, du weißt doch, wie sehr dein Vater unter den Nazis gelitten hat. Er ist in deinem Alter, mit gerade mal fünfzehn Jahren, bereits Waisenkind geworden«, warf seine Mutter erschrocken ein.

Natürlich wusste er, dass seine Großeltern und die ältere Schwester seines Vaters Anfang August 1943 beim Bombenangriff auf Hamburg umgekommen waren. Sein Vater hatte überlebt, weil er in den Ferien zu einer Tante in den Harz geschickt worden war. Auch wenn sein Vater selbst nie darüber sprach, gehörte das zur

Familiengeschichte, ebenso wie der Umstand, dass Vater dann bei einem sehr strengen, überforderten Onkel in Berlin untergekommen war, der seinerseits im April 1945 im Volkssturm fiel. Den Kampf um die Hauptstadt hatte sein Vater als siebzehnjähriges HJ-Mitglied nur mit großem Glück überlebt. Mit dem Nazi-Thema konnte Thomas schon deshalb nicht punkten. Aber er wollte auch nicht einfach klein beigeben und schweigen. Die Zwillinge am Tisch waren schon ganz still geworden, schauten auf ihre Teller und kauten lange an ihrem Käsebrot.

»Die ganze Verlogenheit der Gesellschaft zeigt sich doch auch jetzt wieder, wo Ulrike Meinhof umgebracht worden ist.«

»Müssen wir schon wieder über dieses Thema diskutieren?«, warf seine Mutter ein, wurde aber schon im laufenden Satz vom Vater unterbrochen.

»Du behauptest etwas, das völliger Unsinn ist. Lernst du so etwas auf dem Gymnasium?« Damit hatte Vater eine Fährte aufgenommen, die verheerend sein konnte.

Thomas antwortete schnell: »Der Staat hat die Meinhof doch dazu getrieben, er hat auf jeden Fall eine Mitschuld an ihrem Tod, auch wenn sie sich tatsächlich selbst erhängt haben sollte.« Das hatte der Schülersprecher in der letzten Sitzung der Schülermitverwaltung genau so gesagt, und der war immerhin achtzehn und musste es wissen.

Es entspann sich eine lange Debatte. Mutter versuchte zu beschwichtigen. Thomas wusste, dass Vater überhaupt kein Verständnis für Terroristen hatte und jemanden wie Ulrike Meinhof geradezu verabscheute, dennoch musste er schließlich den Satz platzieren, den der Schülersprecher am Ende seiner Rede gesagt und der ihm so sehr imponiert hatte: »Auf jeden Fall tut es unserem Land gut, wenn es einmal grundsätzlich über sich nachdenkt und sich grundsätzlich in Frage stellt.«

»Du solltest lieber grundsätzlich an deinem Latein und an deinen Mathematikaufgaben arbeiten. Ohne Andreas wärst du doch längst auf der Realschule. Meinst du, das weiß ich nicht? Große Reden schwingen, aber dann vom Freund abschreiben müssen, weil es sonst nicht weitergeht, das hab ich gern. Selbst keinen Mumm in den Knochen!«

»Den ihr damals in der HJ ja hattet, Mumm, nicht wahr? Hart wie Krupp-Stahl, aber sicher ziemlich soft in der Birne, sonst hättet ihr doch diese Nazischeiße gar nicht erst geglaubt.«

»Thomas! Entschuldige dich sofort bei deinem Vater!«

Mutter schaute ihn böse an, Vater wurde rot im Gesicht. »Du dummer Neunmalkluger hast doch überhaupt keine Ahnung, du bist fünfzehn Jahre nach dem Krieg auf die Welt gekommen, du kennst nur den Wohlstand. Von dir lasse ich mir meine Lieder nicht verderben, das lass dir mal gesagt sein. Du kannst ja ausziehen, wenn es dir nicht passt!«

Damit drehte sich Vater um und verließ wütend das Esszimmer.

»Wie konntest du nur, Thomas«, war Mutters verärgerte Reaktion, »wo Vater sich so angestrengt hat, uns das hier zu ermöglichen, ein eigenes Haus! Du hattest doch früher immer ein gutes Verhältnis zu ihm. Und jetzt, seit ein paar Wochen? Du bist ungerecht.« Und damit ging auch sie aus dem Esszimmer.

Nach solchen Diskussionen, von denen es in den letzten Wochen einige im Hause Johannmeyer gegeben hatte, war Thomas zuerst ganz der Meinung, völlig richtig argumentiert zu haben, ja, es fielen ihm noch zahlreiche weitere Argumente ein, die seine Thesen auf das Vortrefflichste untermauert hätten, wären sie ihm nur zur rechten Zeit in den Kopf gekommen. Doch nach einer Viertelstunde kam der Katzenjammer. Vater hörte er dann schon wieder singen, meist etwas Langsames, Elegisches, das ihn durchaus traf. Es war ja schon richtig, dass Vater weiß Gott nicht freiwillig im Volkssturm mitgemacht hatte. Mutter hatte auch einmal von den Leichen erzählt, die er in Berlin aus den zerstörten Häusern hatte bergen und auftürmen müssen. Vielleicht will man dann einfach nicht über diese Zeit reden. Und das mit dem eigenen

Haus war ja auch richtig. Nur eine weitere Viertelstunde später musste sich Thomas eingestehen, dass er ungerecht gewesen war mit seinen Anschuldigungen. Dann war er auf einmal stolz darauf, dass sein Vater es als »kleiner Finanzbeamter« zu einem eigenen Haus gebracht hatte. Aber diese Anerkennung mitzuteilen kam gar nicht in Frage. Aus dem Wohnzimmer hörte er »Rosemarie, Rosemarie, sie-ieben Jahre mein Herz nach dir schrie«. Das machte es leichter, seinem Vater gegenüber Härte zu zeigen.

Mutter versuchte, politische Themen und Diskussionen schon im Vorfeld abzuwiegeln. Sie arbeitete seit einem Jahr an vier Tagen vormittags wieder als Kindergärtnerin im Martin-Luther-Kindergarten, den er und seine Geschwister selbst besucht hatten. Das Reihenhaus war drei Kilometer von der alten Wohnung entfernt, aber die etwas längere Strecke hielt Thomas nicht davon ab, weiterhin an zwei, manchmal an drei Tagen in der Woche den Nachmittag bei Andreas zu verbringen und mit ihm gemeinsam Hausaufgaben zu machen, Musik zu hören oder abends fernzusehen. Auch mit Herrn Wingert gab es jetzt häufiger Diskussionen über Ulrike Meinhof, über die Baader-Meinhof-Gruppe – das Wort »Bande« war bei ihm in diesem Zusammenhang tabu –, über Deutschlands Nazivergangenheit, über das Verhältnis zu Israel, über den Sozialismus und die Beziehungen zur DDR. Frau Wingert war bei den Diskussionen nur selten dabei.

»Heute kommt ›Im Lauf der Zeit‹ von Wim Wenders im Gloria«, sagte Andreas eines Abends, nachdem sie sich zwei Stunden lang über eine schwierige Passage von Ciceros »De oratore« gebeugt hatten. Thomas war leicht zu überreden und klappte das Lateinbuch nur allzu gern zu. Als er eine Stunde später vor dem Schaukasten des Kinos stand und die Filmfotos betrachtete, wusste er allerdings nicht mehr so recht, worauf er sich da einlassen würde. Es schien ein ziemlich intellektueller Film zu sein. »Mal sehen«, sagte Andreas, »die in der *ZEIT* waren ganz begeistert: ›ein Höhepunkt des deutschen Films‹, hieß es da.«

Es war ein langer Film, der damit begann, dass einer der beiden Protagonisten mit seinem VW geradewegs in die Elbe fuhr und sich anschließend mit dem zweiten Protagonisten auf Deutschland-Tour machte, von Kino zu Kino, und das entlang der deutsch-deutschen Grenze. Als Andreas und Thomas nach zweieinhalb Stunden aus dem Kino kamen, waren sie begeistert. »Ich fand besonders schön, wie die beiden zu Freunden wurden und am Schluss mit dem Motorrad am Rhein entlangfuhren. Das machen wir später auch einmal, Andy!«

»Wer fährt das Motorrad, und wer sitzt im Beiwagen?«

Thomas blieb stehen und schaute Andreas fragend an.

»Was wäre dir lieber, Andy?«

»Ich glaube, ich hätte nichts dagegen, von dir gefahren zu werden!«

Thomas hätte gern noch ausführlicher mit Andreas bei einem Bier über den Film gesprochen, aber Andreas wollte in keine Kneipe mehr. So begleitete Thomas ihn noch ein Stück weit auf dem Heimweg zur Villa der Wingerts. Er war noch voll von dem Kino-Erlebnis, erzählte von dem Michelin-Männchen auf dem Lastwagen, mit dem die Kinos beliefert wurden, vom Sterben der Kinos in den Kleinstädten, von untergehenden Lokalzeitungen und was sonst in dem Film eine so wehmütige Atmosphäre erzeugt hatte, ein Gefühl von Abschied, von Vergangenheit. Andreas jedoch blieb auffallend still und bedrückt. Thomas hatte von seiner Mutter erfahren, dass schon seit Wochen Gerüchte in der Stadt herumgingen. Man erzählte sich, Frau Wingert habe eine Affäre mit ihrem Tennispartner, dem schicken Klaus aus der Rathaus-Boutique. Ende Mai sei sie mit ihm zum Turnier nach Essen gefahren, obwohl sie gar nicht als Spielerin gesetzt war, auch nicht im gemischten Doppel. Die Frau, die tatsächlich im Doppel mit dem schicken Klaus zusammen gespielt hatte, berichtete nach der Rückkehr brühwarm von benutzten und unbenutzten Betten in Essen. Es wurde auch gemunkelt, dass die Affäre zwischen Frau Wingert und Klaus Rosenbach schon viel länger ging, ein Jahr oder gar mehr. Langenheim liebte solche Geschichten. »Weißt du, was die Leute sich erzählen?«, fragte Thomas nun ziemlich abrupt. Andreas nickte bloß.

»Was wird dein Vater tun?«

»Ich weiß nicht, Thomas, es sieht so aus, als wolle er gar nichts tun, aber es ist schrecklich still im Haus. Die reden gar nicht mehr miteinander.«

Dann trennten sich ihre Wege. Thomas schwang sich auf sein Rad und fuhr in das kleine Reihenhaus seiner Eltern zurück.

In den folgenden Wochen waren die beiden jetzt oft ganz allein in der schicken Villa der Wingerts, wenn sie wieder einmal zusammen Latein, Mathe oder Physik paukten. Annette verbrachte viel Zeit bei ihrer besten Freundin, mit der sie sich auf ihr Abitur vorbereitete und bei der sie oft die Nacht verbrachte. Frau Wingert war unterwegs, beim Tennis, in der Stadt oder einkaufen im Modezentrum in Münster. Manchmal verreiste sie auch für ein paar Tage nach Düsseldorf oder Hamburg. Herr Wingert war in seiner Praxis, bei seinen Patienten im Krankenhaus, bei Fortbildungen und Kongressen. Andreas saß meist am Klavier, wenn Thomas kam, oder hatte den Plattenspieler voll aufgedreht. Dann dröhnten die Klavierkonzerte von Rachmaninov, Tschaikowski, Chopin oder Schumann durchs Haus, ganz selten auch einmal The Who, Procol Harum oder eine alte LP der Beatles, die er sich von Annette ausgeliehen hatte.

An den Wochenenden gab es in diesem Frühjahr die ersten richtigen Feten, meist in abgedunkelten Kellerräumen mit Matratzen an den Wänden, um die laute Musik abzudämpfen, und natürlich mit Mädchen, die fast alle vom Katharinenlyzeum kamen, der Oberschule für Mädchen in Langenheim. Der ein oder andere Klassenkamerad hatte Glück und wurde dafür bewundert, dass er es schon bis zum heftigen Knutschen gebracht hatte, zu langen Küssen im dunklen Partykeller. Mehr ließen die Mädchen nicht zu, auch wenn die Jungen häufig so taten, als hätten sie mehr bekommen. Thomas und Andreas machten sich meist gemeinsam zu den Partys auf. Andreas ging allerdings oft schon um zehn Uhr, manchmal sogar noch früher wieder nach Hause, auch wenn sein Vater ihm gestattet hatte, bis elf Uhr zu bleiben. Meistens grummelte er: »Mir ist langweilig, ich gehe lieber nach Hause.« Thomas blieb, solange er durfte, und manchmal auch etwas länger. Es machte ihm einen Riesenspaß, so viel wie möglich zu tanzen. Und die Mädchen tanzten gern mit ihm, diesem großen, schlaksigen Jungen mit dem prächtigen schwarzen Haar, der oft und herzlich lachte. Thomas war es sogar ganz recht, wenn Andreas bereits früher wieder ging. Er fühlte sich dann freier, vor allem, wenn die langsamen Titel aufgelegt wurden und er mit einem Mädchen in seinem Arm zu schwofen begann, Körper an Körper, und sie die ersten Küsse austauschten, auch schon einmal seine Hand unter dem Rock oder in der Jeans des Mädchens verschwand. War Andreas noch da, spürte Thomas eine Schranke, als würde er ihn verraten, wenn er vor seinen Augen mit einem Mädchen schmuste. »Das ist doch Unsinn«, sagte er sich, und dennoch lief erst etwas mit Küssen und Schmusen, wenn Andreas »Tschüss« gesagt hatte. »Willst du nicht auch mal mit 'nem Mädchen tanzen, Andy, die Ulla schaut schon lange zu dir rüber«, hatte er Andreas erst Anfang Mai auf der großen Fete von Martin gefragt, aber nur ein »Vielleicht später« als Antwort erhalten.

Doch auch die besten samstäglichen Partys konnten Thomas nicht vergessen lassen, dass seine Versetzung längst nicht gesichert war. Und Andreas blieb in sich gekehrt und bedrückt, was sich auch auf das gemeinsame Lernen zum Ende des Schuljahres niederschlug. Nicht selten war er mit seinen Gedanken plötzlich ganz weit weg. Hatte er angefangen, Thomas einen komplizierten mathematischen Beweis zu erklären, stockte er auf einmal und wusste nicht weiter.

»Willst du nicht mal mit deiner Mutter reden?«

»Hab ich schon, das kannst du vergessen, die schwebt auf tausend Wolken, trinkt kaum noch Wein, macht viel Gymnastik und rennt ständig zum Friseur. Es ist nicht zu glauben!«

»Wird sie ausziehen?«

»Kann gut sein. Von Abstand und einer kleinen Wohnung hat sie gesprochen. Irgendwo, nicht weit weg von hier.«

»Und wer ist dann hier?«

»Frau Sonnenberg soll dann täglich kommen und viermal in der Woche auch für uns kochen.«

»So weit habt ihr das schon alles besprochen?«

»Ja.«

Andreas drehte sich von ihm weg, doch Thomas hatte Tränen hinter Andreas' Brillengläsern gesehen.

»Was findet deine Mutter nur an dem Rosenbach, Andy?«

»Das weiß ich nicht. Ich weiß nur eins: Papa tut mir wirklich leid. Er arbeitet wie ein Irrer. Er hat da jetzt einen schwierigen Patienten, dessen Fall will er veröffentlichen, mit dem war er schon in Hannover in der Uniklinik, um den Fall anderen Orthopäden vorzustellen. Und Annette ist sauer, weil die Trempel letzte Woche im Theater mit hocherhobenem Kopf an ihr vorbeizogen ist, ohne auf ihr freundliches ›Guten Abend‹ auch nur irgendwie zu reagieren. Mir stinkt's!«

»Das tut mir alles sehr leid, Andy.«

»In vier Wochen beginnen die Ferien. Papa will jetzt allein mit mir nach Umbrien an diesen See fahren, er hat das Haus schon vor einem Jahr gebucht. Annette bleibt bei Silvie. Sie hat sich durchgesetzt, aber mich will er dabeihaben. Ich allein mit ihm. Stell dir das vor! Aber eigentlich will ich auch bei ihm sein. Er kann doch jetzt nicht allein fahren. Der bringt sich noch um. Er liebt Mutter nämlich immer noch.«

Andreas konnte die Tränen nicht mehr zurückhalten. Thomas schaute auf den Cicero-Text vor ihm und presste die Lippen zusammen. Andreas stand auf, ging ans Fenster und sprach in die

Leere der heraufziehenden Abenddämmerung hinein, ohne sich nach Thomas umzusehen. »Tom, ich habe manchmal Angst, es wird mit Mutters Weggang etwas ganz Schreckliches mit uns allen geschehen. Nichts wird mehr bleiben, wie es war. Ich hasse sie.«

Drei Tage später trafen sie sich wieder zum Lateinlernen. Für den nächsten Tag war die Klassenarbeit angesagt, die über die Note von Thomas und seine Versetzung entscheiden würde. Seine Eltern hatten ihm erlaubt, wieder einmal bei den Wingerts zu übernachten, sodass die beiden Jungen bis in den Abend hinein lernen konnten.

Als Andreas und Thomas gegen zweiundzwanzig Uhr endlich das Lateinbuch schlossen, hatte Thomas eine Überraschung für Andreas. Es war ein größerer, dicker Briefumschlag. »Mach ihn auf!«

»Was soll das, Thomas? Ist doch nicht mein Geburtstag; du hast doch übernächste Woche Geburtstag!«

»Mach ihn endlich auf.«

Es kam ein Büchlein zutage, vielleicht achtzig Seiten stark, in einem schlichten Pappeinband: »Babettes heiße Fesseln«.

»Was ist das denn?«

»Ein Porno, Andy. Was sonst? Was würde ich dir sonst einfach so schenken?«

»Ein Porno? Woher hast du den?

»Gestern war ich im Hallenbad. Den Band hat mir einer in meine Kabine geschoben. Unter der Tür durch. Für fünf Mark könne ich das Buch kaufen, flüsterte er mir durch die Tür zu. Ich solle nur schon mal anfangen zu lesen, dann würde ich ja sehen, was ich da Tolles hätte. Ich solle ihn dann schnell in meine Kabine lassen und ihm die fünf Mark geben. Als ich die erste Seite überflogen hatte, hörte ich plötzlich die Stimme des Bademeisters. ›Ist da schon wieder dieser eklige Spanner?‹, schrie er, und der Typ vor meiner Tür heulte auf. Der Bademeister hat ihn so richtig angeschrien, fertiggemacht und rausgeschmissen. Ich ließ das Buch schnell in meinem Rucksack verschwinden und zog mich an. Dann klopfte es an meiner Tür. Es war der Bademeister. Er fragte, ob der Typ mich belästigt hätte. Ich sagte, keine Spur, und fragte, was der Mann denn so tue. Er sei ein ekliger Spanner, würde um die Frauenkabinen herumschleichen und habe gestern einem Badegast Pornofotos verkaufen wollen, ganz eklige Nuttenfotos. Er hole die Polizei, wenn dieses Schwein sich noch mal hier blicken ließe.«

»Und, hast du reingeguckt? Sind da Fotos drin?«

»Nein, keine Fotos, aber die zwei Seiten, die ich gelesen habe, waren ganz schön scharf.«

»Und das bringst du mir mit!«, lachte Andreas. »Ist ja 'ne tolle Geschichte.«

Thomas machte sich auf der Couch sein Bett zurecht. Über der Couch hing das Foto von Berlin-Wannsee, das der Rentner vor zwei Jahren von ihnen aufgenommen hatte. Andreas hatte es vergrößern lassen und in einen Rahmen gesteckt.

»Magst du noch eine Seite vorlesen?«, fragte Andreas, als sie zu Bett gegangen waren.

»Aus dem Porno?«

»Nee, aus dem Cicero natürlich!«

Thomas lachte, nahm das Buch, schlug es wahllos auf und begann: »Ihre zarten kleinen Brüste waren straff gespannt. Rick fuhr mit seiner Zunge zu den Brustwarzen, umkreiste sie erst langsam, dann schneller und immer schneller. Babette stöhnte leise, sie führte Ricks Hand an ihrem Körper entlang ...«

Nach wenigen Minuten, in denen Rick weitere Körperteile von Babette erforscht hatte, stockte Thomas. Andreas stützte sich auf. »Weißt du, dass Robbie gestern erzählt hat, er hätte es mit der Susie aus dem Café gemacht? Sein Schwanz sei mindestens zweiundzwanzig Zentimeter lang, wenn er steif sei, hat er behauptet.«

»Der ist doch nur ein Angeber.«

»Wie lang ist denn deiner, Thomas?«

»Weiß nicht, habe ich nie gemessen.«

»Sollen wir mal messen?«

»Jetzt? Hier?«

»Warum nicht, dann kann keiner von uns lügen.«

Andreas drehte sich in seinem Bett zum Schreibtisch hin und holte ein Lineal aus der Schublade.

»Lies noch einmal eine Seite oder zwei, dann messen wir!«

Thomas las. Babette verfehlte nicht ihre Wirkung. Schon nach ein paar Minuten stoppte er. »Jetzt wollen wir mal sehen. Sechzehn, sechzehneinhalb Zentimeter, knapp siebzehn. Und bei dir, Andy?««

»Siebzehneinhalb, nein, sagen wir mal, knapp achtzehn Zentimeter.«

»Hab' ich dir doch gesagt, der Robbie ist ein Angeber!«

»Thomas, wenn du mal mit einem Mädchen geschlafen hast, sagst du es mir dann oder schreibst es mir?«

»Warum?«

»Ich würd' es gern wissen. Und du musst mir dann erzählen, wie es war. Versprichst du mir, dass du es mir dann sagst?«

»Okay, versprochen, aber das beruht auf Gegenseitigkeit. Ich schreibe es dir, du schreibst es mir! Und wir lügen uns nichts vor.«

»Abgemacht, wir lügen uns nichts vor!«

»Gute Nacht!«

»Thomas? Liest du noch 'ne Seite?«

»Hey, du bist ja ganz scharf auf den Text. Ich weiß nicht, ob dir das guttut.«

Thomas fuhr da fort, wo Babette mit Rick gerade angekommen war. Mittlerweile war noch eine dickbusige Vanessa dazugekommen.

»Thomas, du schaust jetzt bitte nur in das Buch, okay?«

»Okay.«

Nach wenigen Minuten hatte Andreas sein Ziel erreicht.

»Gib mir das Buch, Thomas. Jetzt lese ich weiter!«

Nach weiteren drei oder vier Minuten hörte Andreas, dass er nun ebenfalls das Buch schließen konnte. Er verstaute es unter seinem Bett und löschte das Licht.

»Gute Nacht, Andy.«

»Gute Nacht, Thomas.«

Nach einigen Minuten meldete sich Andreas noch einmal. »Thomas, schläfst du schon?«

»So halb, was ist?«

»Tu das Buch bitte morgen weg. Vernichte es. Es war nicht richtig, was wir gemacht haben. Es war nicht richtig, Thomas!«

»Weiß nicht, Andy, ich glaub', da ist nichts Schlimmes dabei! Lass uns jetzt schlafen!«

»Machst du es dir oft?«

»Manchmal. Gute Nacht.«

»Es war nicht richtig, Thomas, nicht richtig. Lass uns nie wieder darüber sprechen.«

Am nächsten Morgen schrieben sie die Lateinarbeit. Es kam ein Cicero-Text aus »De oratore«. Andreas und Thomas hatten fünf Satzperioden aus genau diesem Text vier Tage vorher in Kleinarbeit auseinandergenommen und analysiert. Andreas schrieb ein glattes Sehr gut, die beste Arbeit der Klasse, und Thomas bekam ein Befriedigend, womit ein Ausreichend in seinem Zeugnis gesichert war. Er schaffte die Versetzung.

Sein Geburtstag fiel mit dem letzten Schultag zusammen. Seine Eltern waren erleichtert. Auch der Mathematiklehrer hatte seine mündlichen Leistungen am Ende so hoch eingeschätzt, dass er ihm als Zeugnisnote ein Ausreichend gab. Seine Mutter hatte eine Flasche »Henkell Trocken« gekauft. Thomas war nun in der gymnasialen Oberstufe angekommen. Sie tranken auf sein Wohl. Sogar die Zwillinge durften mit anstoßen.

Auf dem kleinen Gabentisch, in dessen Mitte seine Mutter den nun nicht mehr farbig garnierten Geburtstagskuchen mit sechzehn Kerzen gestellt hatte, lag ein Briefumschlag. Der Absender war gedruckt und lautete: Dr. Maximilian Wingert, Facharzt für Orthopädie.

## 12

Es regnete. Dicke Tropfen hämmerten an die Windschutzscheibe, während sein Handy die ersten acht Töne von Beethovens »Fünfter Sinfonie« als Klingelton von sich gab. Doch Andreas hatte keine Hand frei, und bis er schließlich die grüne Taste des kleinen Telefons gedrückt hatte, waren Beethovens mahnende Klänge verklungen. Er schaute schnell auf das Display: Es wurde eine lange Münsteraner Nummer angezeigt, die er nicht kannte. Es war also nicht Merle, dann hätte auf dem Display nur »Thomas« gestanden. Vielleicht die Universitätsklinik? Da sollte er besser gleich zurückrufen.

Vor ihm fuhr ein Tanklastzug, der allmählich immer langsamer wurde, die linke Spur war hingegen vollkommen frei. Andreas scherte aus, beschleunigte und erkannte erst jetzt, warum die entgegenkommende Spur ohne Verkehr gewesen und der Lastwagen so langsam gefahren war. Nur zweihundert Meter vor ihm war ein Bahnübergang. Das rote Warnlicht blinkte, die Halbschranken waren bereits heruntergelassen. Für einen Moment dachte Andreas, er könne doch schräg an den Schranken vorbei den Übergang passieren, doch dann war er selbst erschrocken über diesen Gedanken. Er bremste vorsichtig ab, um auf der regennassen Fahrbahn nicht ins Schleudern zu kommen. Schon schob sich die schwere blaue Diesellok in sein Blickfeld. Der Lokführer betätigte das tiefe Horn, als er den Golf auf der falschen, unbeschrankten Spur entdeckte. Doch Andreas stoppte, blinkte rechts und hoffte, dass einer der Lastwagen ihn wieder einscheren lassen würde, ohne dass er den Gegenverkehr lange würde aufhalten müssen. Der Zug, von Süden kommend, transportierte große Kalksteinbrocken aus dem Sauerland zu den Zementwerken zwischen Langenheim und Münster.

Als das Warnsignal erloschen und die Schranken wieder geöffnet waren, winkte der Fahrer eines Sattelschleppers Andreas auf die richtige Fahrbahn zurück. Da ging erneut das Handy. Diesmal erreichte Andreas die grüne Taste schnell genug. Das Krankenhaus?

»Hier ist P. P.« Andreas erkannte die Stimme sofort. Pater Petrus war ein alter Freund seit den ersten Studientagen in Köln, Dominikanerpater, lange Prior einer kleinen, sehr aktiven Mönchsgruppe zwischen Innenstadt und Köln-Lindenthal, habilitiert in Philosophie, Hochschullehrer in Köln und in Rom, seit kurzem Emeritus. Er würde bald seinen siebzigsten Geburtstag feiern.

»Geht es dir gut, Andreas?«

»Warte bitte einen kurzen Moment. Ich bin auf dem Weg zu meinem Vater, aber ich kann gleich hier rechts einbiegen und halten.« Andreas bog von der Bundesstraße auf einen breiten Feldweg ab, stoppte und schaltete den Motor aus. Jetzt konnte er ruhiger sprechen. »P.P., ich mache mir Sorgen um Thomas. Ich habe ihn vorhin in der Klinik in Münster besucht. Er hatte einen Herzinfarkt. Ich dachte schon, der Anruf wäre von seinem Arzt.«

»Das tut mir leid. Aber bei Herzsachen ist die Medizin heute sehr weit fortgeschritten. Die können so viel machen mit Stents und Bypässen. Sei zuversichtlich, Andreas.«

»Ich versuche es!«

»Und bei dir? Hat sich die Wahnmut noch einmal gemeldet? Hast du dem Sekretär geschrieben? Der Bischof braucht Informationen von dir, von dir persönlich und von niemandem sonst.«

»Ja, P. P., ich habe mit dem Sekretär gesprochen. Er hat ein Protokoll von unserem Telefongespräch angefertigt und mir zugeschickt. Ich habe es vor drei Tagen unterschrieben und nach Paderborn zurückgeschickt. Die ganze Scheiße stinkt zum Himmel, P. P., da ist nichts dran.«

»Was steht jetzt in dem Protokoll?«

»Was ich dir schon erzählt habe, nämlich dass die Wahnmut vor knapp drei Wochen Friedrich Senger, meinen Kollegen an St. Antonius, besucht hat, um ihm von ihrer geplanten Anzeige gegen mich zu berichten. Sie habe behauptet, ich gehöre in die Gruppe enthemmter Verführer, wie sie derzeit in der Katholischen Kirche überall entlarvt würden, und dass dieser Sumpf, so Frau Wahnmut, endlich trockengelegt werden müsse. Ich gab zu Protokoll, dass der Kollege Senger mich noch im Beisein von Frau Wahnmut angerufen hat, ich völlig entsetzt über die Vorhaltungen war und sofort um Aufklärung darüber gebeten habe, welche konkreten Vorwürfe denn Anlass zu den ungeheuerlichen Verleumdungen von Frau Wahnmut gegeben hätten. Ich berichtete dem Sekretär, was Frau Wahnmut mir selbst daraufhin am Telefon erklärte: nämlich dass ihr Sohn, der dreizehnjährige Lukas, mein Messdiener, ihr von der Messdiener-Freizeit im Dezember erzählt habe. Er habe dabei gesehen, wie ich immer wieder Marcel in den Arm genommen und gestreichelt hätte. Lukas hätte ihr mit schamrotem Gesicht berichtet, dass ich dem Jungen dabei sehr nahe gekommen sei. Abschließend gab ich zu Protokoll, dass ich alle daraus resultierenden Anschuldigen ganz entschieden zurückweisen würde.«

»Und hast du im Protokoll dann auch richtiggestellt, was da vorgefallen war?«

»Selbstverständlich habe ich ausführlich erklärt, was in der Messdiener-Freizeit tatsächlich vorgefallen war. Marcel ist seit vier Jahren bei mir Messdiener. Ich mag seine freundliche Art. Er ist wach und aufgeweckt, er hilft den anderen. Doch ich hatte oft den Verdacht, er würde unter irgendeiner Sache leiden. Bei der Dezember-Freizeit ließen wir ihn hochleben, denn er war wenige Tage vorher dreizehn geworden. Abends räumte ich noch im Spielzimmer auf. Er kam zu mir, stellte sich neben mich, und plötzlich erzählte er mir, dass seine Eltern die Scheidung eingereicht hätten. Seit drei Jahren gäbe es nur noch Streit zwischen seinem Vater und seiner Mutter. Jetzt ginge es darum, ob er und seine kleine Schwester Nadine beide zur Mutter kämen oder er vielleicht allein zu seinem Vater. Da weinte er natürlich, nicht nur ein paar Tränen, er war verzweifelt, es brach alles aus ihm heraus. Wir setzten uns, ich nahm ihn in den Arm, er lehnte seinen Kopf an meine Schulter, ich streichelte ihm durchs Haar, nahm mein Taschentuch, trocknete ihm die Tränen, beugte mich zu ihm, sagte leise ein paar beruhigende Worte, was man in so einer Situation eben macht. In dem Moment kam Lukas herein, der jüngste Sohn der Wahnmut. Marcel war verlegen. Er wollte Lukas natürlich nicht sagen, warum er weinte, sondern rannte mit rotem Kopf aus dem Spielzimmer hoch in die Schlafräume. Lukas nahm sich daraufhin ein Spiel oder ein Buch, ich sagte noch: ›Marcel geht es nicht so gut‹, und da war Lukas schon aus dem Zimmer. Das war alles! Ich habe am nächsten Tag noch ein- oder zweimal versucht, mit Marcel allein zu sprechen, und hatte schon dabei das Gefühl, dass Lukas uns beobachtete. Aber in was für einer Welt leben wir denn, P. P., wenn man nicht mal mehr einen Dreizehnjährigen trösten kann, der verzweifelt darüber ist, dass seine Eltern sich trennen.«

»Du hast ja recht, Andreas, aber durch deine Predigt bist du angreifbar geworden.«

»Das weiß ich, und das Gespräch mit Monsignore Weckmann vor zwei Monaten hat mir das ja auch deutlich vor Augen geführt. Aber wenn ich einen Messdiener tröste, begehe ich doch noch keinen Missbrauch. Man kann doch nicht immer nur in Deckung gehen, P. P.«

»Wir können hier nicht zur Offensive blasen, ohne dass wir der Kirche noch mehr Schaden zufügen. Gibt es über die Wahnmut-Sache hinaus noch etwas?«

Andreas zögerte einen Moment. Das Handy piepste leise. Irgendjemand hatte gerade versucht, ihn während des Gesprächs mit P. P. zu erreichen.

»Andreas, bitte, ist da noch was?«

»Ach, P.P., noch eine alte Geschichte, völlig absurd. Es ist über zehn Jahre her. Wir waren für eine Woche in einem Sommerferienlager im Harz, in einem einsamen Tal zwischen Hahnenklee und Wildemann. Wir haben dort eine Rallye veranstaltet. Jedes Zelt bekam Punkte. Zur letzten Aufgabe mussten sich alle vor ihren Zelten versammeln. Vor jedem Zelt standen also acht Jungen, alle zwischen zehn und vierzehn Jahre alt. Gewinnen sollte jene Gruppe, die vor ihrem Zelteingang die längste Kleidungsstrecke hinlegen konnte, wobei nur Kleidungsstücke abgelegt werden durften, die momentan von der Gruppe getragen wurden. Das Gejohle war natürlich groß. Hemden, Hosen, Schuhe, Socken, alles landete Stück für Stück fein aufgereiht vor dem Zelt, die Kleidungsschlangen wurden immer länger. Bald standen die Jungen in Unterhose oder Badehose vor den Zelten. Einer unserer drei jungen Erzieher holte seine Fotokamera, machte ein paar Fotos. Bei zwei Zelten war die Schlange der abgelegten Kleidungsstücke gleich lang, da wagten es drei Jungen von Zelt vier, ihre Unterhosen auszuziehen, sodass die Schlange dieses Zeltes durch die drei hintereinandergelegten Unterhosen eindeutig die längste war und Zelt vier gewann. Der Jubel war groß, wieder wurden Fotos gemacht. Alles ganz harmlos! Für das Siegerfoto gab ich jedem der drei nackten Knaben zwei große Ahornblätter, die sie bitte für das Foto vor ihr Geschlecht halten sollten. Danach zogen sich alle wieder an, das Gesamtergebnis der Rallye wurde verkündet, und wir feierten bei Sinalco und belegten Brötchen. Keiner hat sich jemals etwas dabei gedacht. Jetzt sind diese Fotos plötzlich wiederaufgetaucht. Jede Menge Jungen, nur in weißen Unterhosen oder in Badehosen. Dazwischen zwei oder drei Jungen nackt. Auf einem Foto bin ich zu sehen bin, wie ich einem der nackten Jungen zwei große Ahornblätter gebe. Es ist verrückt!«

»Wo sind diese Fotos, wer hat sie?«

»Man hat sie mir zugeschickt. Kopien von Fotos. Vor drei Tagen, anonym, mit einem Zettel, auf dem steht: ›Ist das eine christliche

Jugendfreizeit, Herr Pfarrer, oder ein Perversenfest? Ich weiß jetzt, warum Sie nichts gegen Schwule am Altar haben.‹«

»Das bezieht sich wieder auf deine Predigt.«

»Ja, aber es ist doch völliger Schwachsinn, das hat doch nichts miteinander zu tun.«

»Andreas, darum geht es leider gar nicht mehr. Was hast du mit den Fotos gemacht?«

»Noch gar nichts. Ich habe einige dieser Fotos sogar in meinem eigenen Fotoalbum unter der Überschrift ›Unsere Sommerfreizeit 1999 in Wildemann im Harz‹. Ich denke mir nichts dabei, wenn wir Kleiderschlangen vor Zelten bilden, P. P. Nicht ich bin pervers, sondern diese Gesellschaft. Ich habe nie einen Knaben unsittlich berührt.«

»Ich glaube dir, Andreas, aber solche Fotos sind heute tödlich. Bitte schicke sie mit einem erläuternden Schreiben ans Generalvikariat, am besten in Kopie gleich auch an Monsignore Weckmann, der dich im Mai zu dem Gespräch geladen hatte. Frage in Paderborn, ob du Anzeige erstatten sollst. Du kannst das nicht einfach so weiterlaufen lassen. Du bist der Pfarrer in Waldenburg, Pfarrer der Hauptkirche, ein mutiger Pfarrer, ein streitbarer, einer, der sich erst kürzlich in einer Predigt dafür ausgesprochen hat, es den Protestanten gleichzutun und homosexuell orientierte Pfarrer zuzulassen. Du musst mit allem rechnen, auch dass dieser anonyme Typ die Fotos an den *Stern* oder den *Spiegel* schickt und mit frei erfundenen Vermutungen über dich ergänzt. Im Generalvikariat haben sie Rechtsanwälte, sprich gleich morgen mit denen. Lass dir einen Termin geben.«

»Ich bin morgen zurück. Mittags habe ich eine Beerdigung, danach rufe ich in Paderborn an und bitte um einen Termin.«

»Andreas, ich weiß, dass du mit diesen Missbrauchsvorwürfen nichts am Hut hast. Doch mein Vertrauen, mein Wissen reichen nicht. Die Bevölkerung ist wild auf weitere Attacken gegen katholische Priester und Mönche, die Presse giert nach neuem Material.«

»P. P., mir wird das mittlerweile zu viel. Ich weiß nicht mehr, wie ich mich verhalten soll. Ich bekomme Angst! Manchmal denke ich, ich will nicht mehr!«

»Das geht vorüber, Andreas. Du bist ein guter Pfarrer, das wissen wir alle. Alle guten Pfarrer leiden in dieser Zeit. Ruf mich bitte morgen Abend an, wenn du mit dem Sekretär gesprochen hast. Gott segne dich, mein Bruder!«

»Gott segne dich, Pater Petrus!«

Der Regen hatte nachgelassen. Andreas hielt das Handy noch einige Minuten in der Hand und dachte nach. Warum könnte man ihn schädigen wollen? Wegen seiner Predigt? Wegen seines Interviews im *Tageblatt*? Wegen seines Mitgefühls für ein Scheidungskind? Wegen harmloser Spiele in einem Sommerlager? Wegen seines Berufs als katholischer Priester? Er wusste, es wäre völlig falsch, jetzt panisch zu reagieren. Ging es denn überhaupt um ihn? War nicht der Grund der über Jahre aufgestaute Ärger über die konservative Katholische Kirche? War es nicht die Wut über langjähriges Verschweigen und Vertuschen? Warum sollte er jetzt die nächsten Jahre persönlich für Dinge leiden, die er gar nicht selbst verantworten konnte, für die er gar nichts konnte?

Er hatte das Gefühl, sich in einer immer enger werdenden Spirale zu befinden, die sich immer schneller drehte. Die Missbrauchsgeschichten, seine Predigt, die Rechtfertigung vor dem Monsignore, die Vorwürfe der Wahnmut, die Fotos, alles drehte sich immer schneller. Und jetzt war auch noch Thomas hinzugekommen, der mit einem Herzinfarkt in der Klinik lag. Nach dem Gespräch mit dem Monsignore hatte Thomas ihm vorgeschlagen, auch einen kompletten Neustart in Erwägung zu ziehen, raus aus der Kirche. Aber wirklich raus aus der Kirche? Lisa würde er damit wahrscheinlich eine Freude machen, aber nicht einmal das war sicher, über so etwas sprachen sie nicht. Und für ihn selbst? Ich bin dann mal weg! Neustart? So weit war er nicht. Noch nicht.

Er schaute auf dem Handy nach, wer der Anrufer gewesen war,

der vor einigen Minuten versucht hatte, ihn zu erreichen und drückte auf Rückruf. »Kardiologische Klinik, Yvonne Meister, was kann ich für Sie tun?«

Frau Meister erklärte ihm, dass wahrscheinlich der Oberarzt oder der Chefarzt versucht hatte, ihn zu sprechen. Beide seien aber jetzt nicht greifbar. Was den Zustand des Patienten Thomas Johannmeyer angehe, könne und dürfe sie leider am Telefon gar nichts sagen. Sie wollte aber gern eine Nachricht hinterlassen und vermutete, dass der Oberarzt Dr. Jörgenkuhl ihn noch heute zurückrufen würde. In ungefähr einer Stunde sei er wieder auf der Station. Sie würde ihm alles ausrichten. Mehr könne sie jetzt nicht tun.

In ungefähr einer Stunde! Das wäre so gegen sieben Uhr, da würde er sich gerade mit Lisa treffen. Andreas ließ den Wagen wieder an und fuhr auf die Bundesstraße zurück.

# 13

Italien! Thomas war mit den Eltern zweimal in Cuxhaven-Duhnen und einmal in Hahnenklee im Harz gewesen, im letzten Jahr war der Urlaub wegen des Reihenhauses ausgefallen, und in diesem Frühjahr hatte Vater erklärt, dass erneut nicht an Ferien am Meer oder in den Bergen zu denken sei. Großmutter hatte den Zwillingen versprochen, sie könnten sie in Neumünster besuchen, was bei den beiden Dreizehnjährigen nun auch nicht gerade einen Begeisterungssturm ausgelöst hatte.

Thomas hatte sich schon auf Radtouren daheim, Baggersee und Freibad eingestellt und wollte bei Getränke-Heilmann aushelfen, um sein Taschengeld aufzubessern.

Nun aber Italien! Er gab seinen Eltern den Brief von Herrn Wingert, den er zum Geburtstag von ihm bekommen hatte und in dem er ihn dazu einlud, mit ihm und Andreas zusammen für drei Wochen nach Italien zu reisen. Seine Eltern hatten keine Einwände und freuten sich für ihren Sohn. Sie waren selbst erst ein einziges Mal ins Ausland gereist, als Mutter mit den Zwillingen schwanger war, eine Woche ins Salzburger Land. Südlicher waren sie bisher noch nie gekommen.

Am Tag der Abreise holten Herr Wingert und Andreas Thomas von zu Hause ab. Sie fuhren gut siebenhundert Kilometer bis kurz vor Kufstein, das sie am späten Abend im Dauerregen erreichten. Am nächsten Morgen weckte sie in ihrer kleinen Pension die herrlichste Morgensonne. Als Thomas zum Fenster hinausschaute, wollte er seinen Augen kaum trauen. Die Berge dampften noch vom Regen der Nacht, das Alpenpanorama mit den tief gestaffelten nackten Gipfeln, von denen sich der Morgennebel löste und die in der Morgensonne nun geradezu glühten, war überwältigend.

Am Nachmittag erreichten sie ihr Ferienhaus am Lago Trasimeno. Herr Wingert hatte Spaß an seinem neuen großen BMW und entsprechend kräftig Gas gegeben. Dank der Brenner-Autobahn waren die Alpen kein großes Hindernis. Ab Bozen schien die Julisonne so kräftig, wie Thomas das von Italien erwartet hatte. Einige Stunden später sahen sie von der Autobahn aus die Silhouette von Florenz. »Da, Thomas, Andreas, das ist die Kathedrale Santa Maria del Fiore mit der gewaltigen Kuppel von Brunelleschi, und rechts daneben, seht ihr das? Dieser eckige Turm, das ist der Campanile.« Herr Wingert fuchtelte mit seinem rechten Arm vor der Windschutzscheibe. Thomas, der hinten saß, hatte sich in die Mitte gesetzt. Er wollte nichts verpassen, nichts von all dem, was er sah und worauf Herr Wingert hinwies.

Doch da waren nicht nur Kirchen, sondern auch die ganz alltäglichen Dinge, die Thomas während der Fahrt erblickte und in sich aufnahm, als würde er sie nie wieder sehen. Die vielen schlanken Zypressen und die Kiefern mit ihren weitgespannten Baumkronen, die ersten Olivenhaine südlich von Florenz mit ihren uralten verdrehten, knorrigen Bäumen, die alten Bauernhäuser aus Naturstein mit ihren nur sacht gewölbten Dächern, auf denen helle Schindeln aus Terrakotta, aus gebrannter Erde, lagen, wie Herr Wingert erklärte. Manchmal deckte sich, was er sah, mit den Bildern, die er von Italien kannte, Schwarz-Weiß-Bilder aus alten Merian-Heften oder aus alten Kalendern. Doch war die Wirklichkeit sehr viel bunter. Als sie gemeinsam mit vielen anderen Touristen, die ebenfalls mit ihren Autos Richtung Süden unterwegs waren, endlich einen Parkplatz auf einer überfüllten Raststätte gefunden und sich dann an stinkendem Müll vorbei zu dem Rasthaus begeben hatten, trübte sich der Zauber des Landes. Nachdem Thomas dann fünfzehn Minuten in der Schlange vor der einzigen Toilette gestanden hatte, um sich anschließend vor einem verdreckten Stehklo wiederzufinden, wollte es ihm nicht mehr gelingen, die Gegenwart mit dem vorgefassten romantischen Bild in Einklang zu bringen, das er von diesem Land hatte und das er suchte.

Eine gute Stunde hinter Florenz bogen sie von der Autobahn nach Osten ab Richtung Perugia und erreichten den Lago Trasimeno. Das Ferienhaus lag ein wenig abseits auf einem Hügel in der Nähe von San Feliciano am Ostufer des Lago. Als sie durch Tuoro an der Nordseite fuhren, hupte Herr Wingert zweimal. »Das gilt Hannibal! Bis hierhin ist er mit seinen Elefanten gekommen. Dann war Schluss, und Rom war gerettet!«

»Wingerts ante portas«, rief Andreas.

Thomas mochte das Ferienhaus vom ersten Moment an. Es war mindestens zweihundert Jahre alt, unverputzt, zweigeschossig und sehr geräumig. Thomas und Andreas hatten jeder ein eigenes Zimmer im Obergeschoss, die beide nach Westen gingen und einen herrlichen Blick auf den Lago Trasimeno boten.

Herr Wingert hatte das große Schlafzimmer mit dem riesigen Doppelbett für sich. Er war den ganzen Tag über sehr aufgeräumt gewesen, hatte erzählt, was immer er von den Städten wusste, an denen sie auf dem Weg an den Lago vorbeigekommen waren. Doch als er nun aus dem Schlafzimmer kam, war er sehr schweigsam. Da war er plötzlich wieder, dieser Mehltau, der sich seit Frau Wingerts Liaison mit diesem Klaus innerhalb von Sekunden auf alles legen und die Atmosphäre völlig verändern konnte. Auch Andreas signalisierte deutlich, dass er für niemanden ansprechbar sei. Da fiel auch Thomas, der sonst immer in der Lage war, draufloszureden, schlichtweg nichts mehr ein. Jeder ging in sein Zimmer. Thomas packte seine Sachen aus dem Koffer in den alten Holzschrank, dessen Türen erbärmlich quietschten. Sein Vater hätte jetzt beim Auspacken bestimmt gesungen, vielleicht aus der »Gräfin Mariza« oder aus der »Lustigen Witwe«, »Vilja, oh Vilja, was tust du mir an«. Aber Thomas summte nicht einmal vor sich hin.

Nach einer halben Stunde versammelten sich alle drei im Wohnzimmer, in dessen Mitte ein großer Tisch aus dunklem, fast schwarzem Holz stand, ein Tisch, an dem gut acht Personen Platz fanden.

»Ich fahre jetzt zuerst ins Dorf und kaufe uns ein paar Lebensmittel ein, ihr könnt ja in der Zeit das Terrain erforschen.«

Im Garten hatten die Vermieter einen modernen großen Swimmingpool eingelassen. Das frische Wasser im hellblau gestrichenen Pool war blank wie ein Spiegel.

»Wunderbar, Andy, das ist jetzt genau das Richtige.«

Als Herr Wingert zurückkam, schwammen die beiden immer noch. Thomas schämte sich für einen Moment, dass sie ohne Badehose ins Wasser gesprungen waren.

»Meinetwegen braucht ihr hier keine Badehose zu tragen. In den Garten kann ohnehin niemand hineinsehen«, sagte Herr Wingert, als er bemerkte, dass Thomas die Situation peinlich war. Herr Wingert selbst schwamm in den drei Wochen nie ohne Badehose.

Am nächsten Tag machten sie Ausflugspläne für die erste Woche. »Ich warne dich, Thomas, Vater ist unersättlich. Wenn du genug von seinen Besichtigungstouren hast, sag es ihm bitte.«

In den ersten fünf Tagen waren sie nicht nur auf der Isola Maggiore, in Castiglione und anderen Seeorten gewesen, sondern hatten auch Perugia, Assisi und Orvieto besichtigt. Thomas staunte über Herrn Wingert. Wenn er in der Umbrischen Nationalgalerie von Perugia ausführlich erläuterte, wie sich die Malerei von Perugino über Raffael zu Michelangelo entwickelt hatte, schien er ganz in seinem Element zu sein. Andreas jedoch machte immer wieder kurze Bemerkungen, die lustig sein sollten, aber eher abfällig wirkten. Er wurde zusehends ungeduldiger, als schäme er sich für den klugen, dominierenden Vater, der mit so viel Freude Lehrer spielte. Doch als sie in der Basilika des Heiligen Franziskus in Assisi unter den Giotto-Fresken standen und er hörte, wie interessiert, ja begeistert Thomas nachfragte und wie präzise und freudig sein Vater antwortete, hörte Andreas mit seinen Bemerkungen auf. Thomas fragte ganz offensichtlich nicht aus Mitgefühl.

Vor der reich geschmückten Fassade des Doms von Orvieto stellte Andreas dann erstmals selbst Fragen an seinen Vater. Ein Blick von Thomas sagte ihm, wie sehr er sich über diesen Urlaub freute.

An den Abenden ging es mit achtzehn, zwanzig, zweiundzwanzig, null, grand, solo oft bis Mitternacht. Alle drei waren gleich gute Skatspieler. Meist war es der Wein, der Herrn Wingert am Ende verlieren ließ, und meist war es Andreas, der am Ende mit kleinem Vorsprung gewann. Andreas hatte seinen Kassettenrecorder mitgenommen. Wenn sie mit dem Skatspielen begannen, lief meist im Hintergrund eins der beiden Klavierkonzerte von Brahms oder die Kassette mit den Schubert-Impromptus. Doch wenn der Abend weiter fortgeschritten war, griffen sie zu den beiden Kassetten, die Thomas im Gepäck gehabt hatte, »Let it be« von den Beatles und Bob Dylans »Greatest Hits«.

Doch nicht nur das abendliche Skatspiel, auch der gemeinsame Küchen- und Besendienst im Ferienhaus funktionierte gut. Herr Wingert hatte gleich am ersten Tag ihres Aufenthalts versucht, »etwas«, wie er sagte, »zu brutzeln«, aber zu mehr als Spaghetti al dente hatte er es mit seinen Kochkünsten dann doch nicht gebracht. Die Vermieter, die auf einem kleinen Weingut zehn Kilometer entfernt wohnten, hatten bereits beim Abholen der Schlüssel mehrfach nach der moglie und la mama gefragt. Sie waren der Männergesellschaft gegenüber skeptisch gewesen und kamen am Ende der ersten Woche unangemeldet zum Ferienhaus, angeblich, um zwei Flaschen von ihrem Wein zu übergeben. Thomas hatte gerade Besendienst und war mit seiner Reinigungsrunde durch das Haus soeben fertig geworden, als Signora und Signore Alimonti vor der Tür standen. Thomas bewunderte, wie Herr Wingert mit ein paar Brocken Italienisch, viel Gestikulieren und einigen sehr freien Entlehnungen von lateinischen Worten das Gespräch bestritt. Thomas half mit französischen Vokabeln aus, was sie jedoch selten sehr viel weiter brachte, und Andreas fügte auch noch lateinische Begriffe ein, vor allem solche, die er aus der Notenliteratur kannte. So ging das Gespräch zwischen vino buono, presto, lago molto bello, nouvelle voiture, allegro, tempo caldo und andante dahin, die beiden Flaschen waren schnell geleert und das Vermieterehepaar beruhigt: »Un po' strani, questi tedeschi«, sagten sie, als sie das Haus verließen und zu ihrem Auto zurückgingen, »veramente un po' strani.«

»Von Terontola geht jeden Morgen um kurz nach acht ein Schnellzug nach Florenz. Hättet ihr Lust?«, fragte Herr Wingert, als er die Tür hinter den Alimontis wieder geschlossen hatte.

Thomas wollte nicht als Erster antworten. Natürlich hatte er Lust, und er konnte nur hoffen, dass Andreas auf die Frage seines Vaters »Ja« sagen würde. Er blickte Andreas nicht an.

»Da waren wir zwar schon im letzten Jahr an zwei sehr heißen Tagen, aber ich glaube, Thomas sollte Florenz unbedingt sehen.«

»Und was sagst du, Thomas?«

»Ich fänd's wunderbar!«

Zwei Tage später standen sie um zehn Uhr vor der Kirche San Lorenzo und besichtigten schon kurz darauf die Medici-Gräber. Um elf Uhr schritten sie andächtig hintereinander im inneren Umgang von Brunelleschis berühmter Kuppel im Dom, eine halbe Stunde später kletterten sie auf den Campanile.

»Papa mag dich, Thomas«, sagte Andreas, als sein Vater bereits den Abstieg angetreten hatte, die beiden Jungen aber noch oben standen und den Blick auf die Terrakottadächer der Stadt genossen.

»Er mag deine Neugier. Ich glaube, Annette und ich haben ihn im letzten Jahr ziemlich genervt mit unserem Desinteresse. Es ist wirklich gut, dass du dabei bist. Er kann Mama ein wenig vergessen.«

»Andy, ich sehe hier so viel Neues wie nie zuvor. Und dein Vater kann wirklich gut erklären, auch wenn es dich manchmal nervt. Ich sag es schon, wenn's mir zu viel wird.« Und nach einer Weile fügte er etwas leiser hinzu: »Weißt du, mein Vater und meine Mutter könnten mir nichts über die Renaissance oder italienische

Malerei erzählen. Sie könnten einfach nur sagen, das ist aber schön, oder das ist aber gar nicht schön. Aber sie haben keine Möglichkeit, Dinge einzuordnen, zu bewerten und eine Meinung zu begründen. Da nehme ich wirklich gern mit, was dein Vater sagt.«

Als sie wieder unten angekommen waren, bettelten zwei Zigeunerinnen mit ihren Säuglingen auf dem Arm und in Begleitung von zwei halbwüchsigen Mädchen um ein paar Lire-Scheine. Sie hatten Herrn Wingert ins Visier genommen. Der große Deutsche mit seiner markanten Halbglatze, die in den letzten Tagen eine leicht rosa Tönung angenommen hatte, stand wie ein Fels in der Brandung, umgeben von Frauen und Mädchen, die sich zu ihm hinaufreckten und ihn bedrängten. »No, scusi, non voglio«, rief Herr Wingert, »no, no!« Als die beiden Jungen ihm zu Hilfe geeilt waren, spürte Thomas plötzlich eine Bewegung in seiner rechten Hosentasche. Er griff zur Tasche und fühlte eine schmale Kinderhand. Eines der vielleicht zwölfjährigen Mädchen hatte seine Hand nicht rechtzeitig aus seiner Hosentasche herausziehen können. Thomas war verdutzt. Nun umklammerte er eine kleine, sichtlich ungewaschene Hand, das Mädchen begann zu schreien und zu zerren. Es jammerte und jaulte. Alle schauten zu ihnen. Thomas ließ die Hand los. Da hörte er Herrn Wingert: »Mein Portemonnaie!« Das andere der beiden Mädchen raste zum Ausgang. Andreas hatte sofort geschaltet und hetzte ihr nach, gefolgt von Thomas. Das Mädchen rannte um den Campanile herum Richtung Baptisterium auf eine größere Gruppe von jungen Männern zu. Thomas sah das schwarze Portemonnaie in der Hand des Mädchens. Andreas hatte es fast erreicht. Da stolperte das Kind, fiel zu Boden, das Portemonnaie landete zwei Meter von ihm entfernt. Andreas sprang in voller Fahrt über das Mädchen hinweg, um es nicht zu verletzen. Thomas war gleich hinter ihm und hob das Portemonnaie auf. Aus der Gruppe der Männer kamen drei Kerle von vielleicht zwanzig bis fünfundzwanzig Jahren auf sie zu. Ihr Blick war bedrohlich. Die Hände in den Hosentaschen, Kaugummi kauend, die Augen starr auf sie gehaftet, blieben sie zwei Meter vor ihnen stehen.

»Das Mädchen«, rief Andreas ihnen entgegen, »es hat meinem Vater das Portemonnaie gestohlen, dieses Mädchen hier.« Andreas zeigte nach rechts, dann nach links. Er drehte sich um. Da war kein Mädchen mehr. Wo es gerade noch gelegen hatte, war jetzt nur noch der blanke Stein zu sehen, es schien, als hätte es das Mädchen nie gegeben. »Polizei, polizia!«, rief Andreas.

Die drei Männer kamen noch einen Schritt näher auf Andreas und Thomas zu. »Polizia?«, sagte einer der drei und spuckte. Sein Rotz landete unmittelbar vor Andreas' Sandale.

»Polizia?«, sagte der Nächste und sammelte für alle deutlich hörbar bereits seine Spucke im Mund.

»Andreas! Thomas!« Herrn Wingerts kräftige Stimme schallte zu ihnen hin. Die Männer schauten an den Jungen vorbei auf den großgewachsenen, schlanken Mann, der vom Campanile her auf sie zukam. »Kommt bitte her! Macht keinen Unsinn!«

Thomas war froh, Herrn Wingerts Stimme zu hören. Er drehte sich zusammen mit Andreas um und überließ die drei Männer gern sich selbst. »Ihr Portemonnaie, Herr Wingert. Das Mädchen ist verschwunden.«

»Was für eine Scheiße«, sagte Andreas' Vater, verschluckte aber bereits den Zischlaut des letzten Wortes. Er beruhigte sich schnell. »Was soll's! Besser so als anders! Das hätte nur Ärger gegeben. Ich habe mein Portemonnaie wieder, was wollen wir mehr!«

Sie aßen in einem kleinen Restaurant in einer Nebenstraße zu Mittag. Auch im Schatten waren es jetzt mehr als dreißig Grad. Beim Essen holte Andreas lang aus, was er alles hätte tun können, um das Mädchen an der Flucht zu hindern. Hätte er doch nur Italienisch gekonnt, dann hätte er auch den drei Männern einiges entgegengeschleudert.

»Warum gehen wir nicht zur Polizei und zeigen die ganze Bande an?«

»Weil es eine Bande ist, Andreas. Das Mädchen taucht so schnell nicht wieder auf. Die beiden Mütter sind längst weg. Es gibt keine Beweise, keine Zeugen, nur drei aufgeregte deutsche Touristen. Vergiss es!«

Vor den Uffizien stand eine lange Menschenschlange. Unter einer Stunde Wartezeit war kein Einlass möglich. Thomas stellte sich an. »Ich kann ja für euch mit anstehen.«

»Dann gehe ich in der Zwischenzeit zu den Telefonzellen am Palazzo Pitti und versuche einmal, Annette zu erreichen.«

Nach einer halben Stunde kam Herr Wingert zurück. Er lachte. »Stellt euch vor, Annette will mit Silvie nachkommen. Sie wollen die letzte Woche mit uns gemeinsam am Lago verbringen. Sie werden an deinem sechzehnten Geburtstag dabei sein, Andreas. Freitag nehmen sie den Zug, steigen in München in den Nachtzug um und sind Samstagmorgen um kurz nach neun Uhr in Terontola.«

»Na, das kann ja schön werden«, sagte Andreas. Es klang nicht sehr überzeugt.

Als sie endlich vor den Botticellis, den Raffaels und Michelangelos standen, hatte Andreas überhaupt keine Muße für die berühmten Gemälde. »Du wirst sehen, Thomas, die machen alles kompliziert. Wenn Annette und Silvie hier sind, sind die schönen Tage vorbei!«

Herr Wingert holte seine Tochter und deren Freundin am Samstagmorgen in Terontola am Bahnhof ab. Thomas zog zu Andreas ins Zimmer. Er fegte sein altes Zimmer sorgfältig aus und bezog zusammen mit Andreas das von ihm benutzte Bett neu. Jedes der beiden Zimmer mit Seeblick hatte zwei Einzelbetten, sodass für vier junge Leute genügend Platz im Haus war.

Die Zeit des Nacktbadens im Pool war vorbei; Kehr-, Spül- und Aufräumpflichten wurden für die nächste Woche neu eingeteilt. Annette hatte sich zu ihrem achtzehnten Geburtstag letzten Monat weiße Hotpants gekauft, die Thomas noch nie zuvor an ihr gesehen hatte. Die meiste Zeit im Haus und im Garten trug sie dazu nur ein Bikinioberteil. Die gleichaltrige Silvie war ebenso blond wie Annette, hatte ihr Haar aber im Gegensatz zu ihrer Freundin sehr kurz schneiden lassen. »Das ist sehr praktisch beim Schwimmen«, sagte sie. Sie trug am liebsten eine kurze beige Hose und ein enges blaues oder violettes T-Shirt, das ihre ganz offenbar stattlichen Brüste betonte.

Gleich am Sonntag fuhren alle fünf nach Siena. Als sie vor dem Dom standen, hatte gerade die Elfuhrmesse begonnen. Andreas bat, man möge ihm die Stunde für den Gottesdienst geben. Thomas folgte ihm in den kühlen Kirchenraum, während Herr Wingert mit den Mädchen Richtung Piazza del Campo zog.

Thomas traute seinen Augen nicht. Er hatte nicht geglaubt, dass es nach all den Kirchen, die sie in den letzten beiden Wochen besichtigt hatte, noch eine Steigerung geben würde. »Schau mal, Andreas, der Fußboden, diese Muster im Marmor, die Wände, die Säulen, die Decke, das ist doch unglaublich, alles ist so wahnsinnig kunstvoll geschmückt.«

Es machte ihm nichts, dass der Priester eine Viertelstunde predigte und er kein Wort verstand. Sie waren an vielen Gläubigen vorbei nach vorn Richtung Altar gegangen und standen nun unmittelbar vor der Kanzel, die von feinsten, in Stein gehauenen Verzierungen nur so strotzte. »Welch ein Reichtum, welch ein Luxus«, flüsterte Thomas.

»Und welch eine Frömmigkeit«, fügte Andreas hinzu. Da war sich Thomas nicht so sicher. Zwar fand er das Singen, das Murmeln beim Gebet, das Knien und Wiederaufstehen und die Inbrunst, mit der sich Einzelne vor die Brust schlugen, ganz eindrucksvoll, aber vieles schien ihm doch sehr mechanisch und gewohnheitsmäßig. Er ärgerte sich, dass er kein Gesangbuch im Eingangsbereich entdeckt hatte. Es wäre schön gewesen, in den Gemeindegesang mit einzustimmen, aber wahrscheinlich hätte er sich außer beim Sanctus gar nicht getraut, denn er war keineswegs sicher, was die italienischen Ausspracheregeln anging.

Nach der Kirche fanden die Jungen die drei anderen in einem Café im ersten Stock mit Blick auf den Campo, das Herr Wingert als Treffpunkt bestimmt hatte. Herr Wingert erzählte ihnen von den jährlichen Pferderennen, die traditionsgemäß seit Jahrhunderten auf der Piazza del Campo ausgetragen wurden und bei denen jeder Stadtteil vertreten war. »Allerdings sind die beiden jungen Damen schon etwas müde«, scherzte er nach einiger Zeit. Annette und Silvie hatten zur Pasta je ein Viertel Weißwein getrunken und hingen jetzt gähnend in den Stühlen. Sie gingen deshalb eher zum Auto zurück als ursprünglich geplant. Thomas wäre gern noch geblieben, aber die Mädchen drängten auf die Heimfahrt ins Ferienhaus.

Andreas hatte im BMW vorn neben seinem Vater Platz genommen. Thomas saß hinten auf der Rückbank in der Mitte. Kein sehr bequemer Platz im Auto. Silvie saß rechts neben ihm. Nach zehn Minuten war sie eingeschlafen. Ihr linkes nacktes Knie ruhte an Thomas rechtem Hosenbein, ihren Kopf hatte sie im Schlaf an seine rechte Schulter gelehnt. Er spürte ihren gleichmäßigen Atem und sah, wie sich ihre Brüste unter dem dunkelblauen T-Shirt sacht hoben und wieder senkten. Das Vibrieren des Wagens, der Rhythmus des Motors lösten eine Reaktion in ihm aus, die er seit drei, vier Jahren auch von zahlreichen Fahrten im Ford seines Vaters kannte. Es war ihm unangenehm, aber er wusste, es würde vorbeigehen. Er trug eine bequeme helle Baumwollhose, niemand würde etwas bemerken.

Für die letzte Ferienwoche hatte Andreas zwei Fahrräder für sich und Thomas in San Feliciano besorgt. Er wollte ein paar Dinge allein mit Thomas unternehmen, ohne Vater und erst recht ohne Annette und Silvie. Thomas sah eine Spur Enttäuschung in Herrn Wingerts Gesicht, als sie das erste Mal mit den Rädern allein aufbrachen. Er wäre gern der dritte Radler gewesen.

Andreas hatte auf der Karte am Nordrand des Sees ein Kapuzinerkloster entdeckt und steuerte nun geradewegs darauf zu. Anders als im BMW des Vaters merkten sie jetzt, wie hügelig die Landschaft um den Lago herum war. Das Kloster lag knapp zehn Kilometer nördlich von Passignano auf einer Bergkette, die sie oft dazu zwang, ihre Fahrräder zu schieben. Als sie oben angekommen und vorsichtig durch die offene Gartenpforte in den vollkommen stillen Klosterhof getreten waren, lief Thomas zuerst zum Brunnen, pumpte mit einer altertümlichen Handpumpe Wasser in eine Schale, hob sie über den Kopf und ließ das Wasser langsam über sein verschwitztes Gesicht laufen. Dann hörten sie Gesang. Es waren Männerstimmen, die tief klangen, rauchig, mitunter auch zart, ja gebrechlich, sie antworteten im Wechselgesang aufeinander, bei dem eine Gruppe etwas kräftiger sang, die antwortende Gruppe hingegen brüchiger, murmelnder, die Tonhöhe nicht haltend.

Durch die offen stehende Tür der kleinen Kapelle, aus der ihnen der Gesang entgegenschallte, betraten die beiden Jungen einen kühlen und dunklen Raum. Licht fiel nur durch einige wenige schmale Fenster auf eine Gruppe von zwölf Männern in dunklen Chormänteln. Sie hatten die Kapuzen über den Kopf gezogen und standen sich gegenüber, jeweils sechs gegen sechs, wobei in dem alten Chorgestühl auf jeder Seite mindestens fünfundzwanzig Mönche Platz gefunden hätten.

Nach dem Gesang setzten sie sich, und auch Thomas und Andreas nahmen in einer Kirchenbank unmittelbar vor dem Chorbereich Platz. Während die Mönche beteten, konnte Thomas einzelne Gesichter erkennen. Kaum einer erschien ihm jünger als siebzig, fast alle hatten tiefe Falten, einige trugen lange Bärte, in manchen Gesichtern sah man graue Bartstoppeln. Drehte einer der Mönche ihnen den Kopf kurz, fast verstohlen zu, blickten ihnen müde Augen entgegen.

Sie blieben bis zum Ende der Mittagsvesper. Andreas sprach mit den Mönchen das lateinische Pater Noster. Einer der Mönche, vielleicht der Prior oder Abt, segnete seine Mitbrüder mit dem Kreuzzeichen, schritt dann langsam in den Mittelbereich zwischen dem Chorgestühl, hob den rechten Arm und sprach, den beiden Jungen zugewandt, noch einmal den Segen: »In nomine Patris et Filii et Spiritus Sancti.«

»Amen.«

In schleppendem Gang verließen die Mönche, einer hinter dem anderen, daraufhin durch eine kleine Seitentür die Kapelle. Thomas und Andreas blieben auf ihrer Bank sitzen. Thomas war sich unsicher, was nun zu tun sei, und Andreas wollte offensichtlich nicht gestört werden. Er schaute starr nach vorn auf ein großes Holzkreuz, das von der Decke hing. Sie hörten Schritte. Der alte Mönch, der sie gesegnet hatte, kam zurück und sprach sie auf Italienisch an. Andreas ließ ein paar lateinische Worte fallen, der Mönch, der einen feingeschnittenen Bart hatte, lächelte. Aus »mangiare«, »ad cenam« und »refectorium« konnten sie erahnen, dass er sie zum Essen einladen wollte. Thomas schüttelte schnell den Kopf und sagte: »No, no, grazie.«

Andreas dagegen nickte sofort und sagte fast gleichzeitig: »Si, si, mangiare, refectorium.«

»Komm schon, Thomas, das ist doch etwas Besonderes, lass uns mit ihnen essen. Es wäre unhöflich, jetzt zu gehen.«

Thomas wollte nicht, wollte aber auch Andreas nicht enttäuschen, und so folgten beide dem bärtigen Mönch ins Refektorium. Der Mönch sprach erklärend zu seinen Mitbrüdern, worüber diejenigen, deren Gehör noch gut genug war, laut lachten. Dann gab er Andreas ein Zeichen, und Andreas sagte: »Ego et amicus meus sumus in feriis. Sumus de Germania. Pro nobis maximum gaudium est essere con fratribus, grazie!«

Die Mönche lachten wieder. Den Schwerhörigen wiederholten die besser hörenden Mönche, was Andreas gerade gesagt hatte. Andreas wurde rot. Der bärtige Mönch schlug mit einem kleinen Holzhammer auf den Tisch. Sofort verstummte alles Lachen und

Geschwätz. Die Mönche erhoben sich. Der Bärtige sprach ein Tischgebet. Alle setzten sich. Ein Mönch brachte kleine Schüsseln und Löffel für Thomas und Andreas. Dann holte er aus der Küche eine sehr große Schüssel und servierte mit einer hölzernen Kelle seinen Mitbrüdern und den beiden Gästen einen dampfenden und sehr gut riechenden Bohneneintopf. Alle aßen schweigend. Nach einer Viertelstunde klopfte der Bärtige erneut kurz mit dem Holzhämmerchen auf den Tisch. Alle erhoben sich und sprachen ein kurzes Gebet. Damit war die Tafel aufgehoben.

»Lass uns jetzt bitte gehen«, raunte Thomas Andreas zu, gleich nachdem sie aufgestanden waren.

»Wir müssen uns wenigstens noch bedanken«, antwortete Andreas und schielte dabei auf ein altes Klavier, das er an der Seitenwand des Refektoriums entdeckt hatte. »Ob ich darauf wohl mal spielen könnte?«, flüsterte er Thomas zu.

»Bloß nicht, die machen dich dann noch zu ihrem Organisten, und du bleibst für immer hier«, gab Thomas leise zurück. Doch Andreas war bereits einige Schritte auf das Klavier zugegangen und öffnete die Tastenklappe. Der Bärtige kam gleich auf ihn zu und lud ihn ein zu spielen.

»Thomas, ich habe über zwei Wochen nicht mehr gespielt. Wenn das Klavier nicht ganz verstimmt ist, dann würde ich zu gern ein wenig spielen.«

Das Klavier war leidlich gestimmt. Andreas spielte ein paar Tonleitern und Akkorde.

»Andy, bevor du jetzt richtig loslegst, radle ich schon einmal zurück. Für mich ist das hier nicht so spannend, alles eher düster und bedrückend. Beim Üben muss ich dir ja auch nicht zuhören.«

Andreas stutzte einen Moment, dann nickte er. »Schade, wenn du meinst, dann fahr vor. Stimmt, es ist zwar etwas düster hier, aber ich finde die ganze Atmosphäre einfach einzigartig, wirklich etwas Besonderes.«

Als Thomas den Gang vom Refektorium zum Klostergarten

betrat, hörte er, wie Andreas Schuberts Impromptu in Ges-Dur begann. Die Schubert-Melodien klangen noch in seinem Ohr, während er in der gleißenden Mittagshitze zurückfuhr. Er hatte Andreas enttäuscht, aber er hätte nicht noch länger in dem alten Kloster bleiben können.

Als er das Ferienhaus erreichte, stand der BMW nicht im Hof, doch die Haustür war unverschlossen. Thomas ging die Treppe hinauf ins Badezimmer, zog sein durchschwitztes weißes T-Shirt aus, nahm ein großes Badetuch aus dem Schrank und wollte gerade damit beginnen, seinen Oberkörper trocken zu reiben, als er Stimmen aus dem Garten hörte. Vom Badezimmerfenster aus konnte er Annette und Silvie sehen, die beide im Pool schwammen. Thomas überblickte nur drei Viertel des vielleicht zwanzig Meter langen Pools, sodass immer mal wieder ein Mädchen aus dem Blickfeld entschwand und dann wiederauftauchte. Silvie war etwas größer als Annette, bestimmt 1,75 m groß. Ihr nackter weißer Körper zog langsam seine Bahnen in dem dunkelblauen Wasser. Annette planschte mehr, als dass sie schwamm. Sie machte sich einen Spaß daraus, Silvie bei ihrem ruhigen Bahnenschwimmen zu stören. Jetzt war sie erneut aus dem Blickfeld verschwunden, und er hörte Annette wie ein Kind kreischen. Thomas konnte kaum abwarten, bis er Silvie wiedersah. Er starrte von oben auf diesen weißen Po, diese exakten Grätschbewegungen der Beine. Dann kam wieder die Wende. Silvie schwamm nun auf dem Rücken, bot ihm den freien Blick auf ihren kräftigen, runden Busen, auf das Dreieck aus dunkelbraunem Haar. Wenn doch Annette nicht immer versuchen würde, sie aus dem edlen, gleichmäßigen Rhythmus ihrer Bewegungen zu bringen. Er hätte Lust gehabt, ihr etwas Hässliches zuzurufen. Wie konnte sie Silvie nur stören! Dann kamen wieder die langen Sekunden, die sie außerhalb seines Blickfeldes schwamm. Thomas überzeugte sich noch einmal, dass man von unten höchstens seine Stirn hinter dem Fenster würde entdecken können, aber warum sollten die Mädchen überhaupt zum

Badezimmerfenster hochschauen? Silvie schwamm wieder in sein Blickfeld. Annette hinter ihr her. Da schob Thomas seine blaue kurze Sporthose langsam herunter.

Silvie schwamm weitere drei oder vier Runden. Dann stieg Annette aus dem Pool und nahm sich ein großes orangefarbenes Badetuch. Silvie schwamm zur kleinen Holzleiter und kletterte langsam hinauf. Sie drehte sich. Annette trocknete ihr den Rücken, dann den Po, die Beine. Thomas stellte alle Wimpernschläge ein, er wollte keine einzige Sekunde von diesem Anblick verpassen. Dann drehte sich Silvie zu Annette, und Annette trocknete ihr die Schultern und sehr sacht, sehr zärtlich die Brüste, fuhr mit ihrem Handtuch über Silvies Bauch, über ihre Oberschenkel. Dann richtete sie sich auf, stellte sich auf die Zehenspitzen und gab Silvie einen Kuss. Auf den Mund. Thomas dachte, sein Körper würde bersten. Er sah, wie Silvie lachte und hinter Annette her zu den Liegestühlen ging, die im Schatten eines Ahornbaumes aufgestellt waren.

Eine halbe Stunde später ging unten die Tür.

»Thomas, bist du da?«

»Oben, im Zimmer.«

Andreas lief die Treppe hoch. »Was ist los? Warum bist du nicht im Garten?«

»Ich war müde, hab gerade geduscht und mich jetzt aufs Bett gelegt!«

Andreas erzählte vom Klavierspiel im Kloster und dass der Bärtige, der Prior des Ordens, sie beide wieder eingeladen hätte. Er würde gern morgen wieder hinfahren und spielen.

Danach ging Andreas zum Duschen. Als die beiden einige Minuten später in den Garten kamen, lagen Annette und Silvie, bekleidet mit einem gelben Bikini und im schwarzen Badeanzug, auf den Liegen. Sie nahmen kaum Notiz von den beiden Jungs, lasen in ihren Zeitschriften, hatten ein Glas Cola vor sich, dösten. Sie hatten Andreas' Kassettenrecorder neben ihre Liegen gestellt und wippten mit dem Kopf zu Abbas »Dancing Queen«, eine von vier

Kassetten, die Annette in ihrem Gepäck gehabt hatte. Thomas schob seinen Liegestuhl so, dass er über Salingers »Fänger im Roggen« hinweg Silvie im Blick hatte, ohne dass sie es auch nur ahnen konnte. Der schwarze Badeanzug ließ ihre helle Haut noch etwas zarter erscheinen. Sie hatte eine schöne, keineswegs übertriebene Oberweite, kräftige, gut geformte Schultern, die Thomas sofort an die gleichmäßigen rhythmischen Schwimmstöße erinnerten, die er vor knapp einer Stunde so intensiv beobachtet hatte. Andreas wollte gern ein Gespräch mit ihm beginnen, aber die Radtour, das Kloster, das gemeinsame Mahl im Refektorium waren ganz weit weg für Thomas. Er wollte nicht reden. Er rief den Mädchen zu: »Was macht ihr eigentlich morgen?«, und bemühte sich, so belanglos wie möglich dabei zu klingen.

»Weiß nicht«, sagte Annette. Thomas überlegte, wie er es würde anstellen können, dass er wieder heimlich und still vom Badezimmer aus Silvie im Pool beobachten könnte. Er überlegte den einen oder anderen Vorwand, verwarf alles wieder und verzweifelte darüber, dass ihm kein vernünftiger Trick einfiel, der die Wahrscheinlichkeit des Erfolges in sich trug.

Da hörten sie den BMW in den Hof fahren. Kurz darauf kam Herr Wingert mit einer Rotweinflasche und ein paar Gläsern in der Hand in den Garten. »Übermorgen ist Andys Geburtstag, ich würde gern mit euch allen zur Feier des Tages nach Montepulciano fahren. Wir könnten dort mittags ein schönes Geburtstagsessen machen. Was meint ihr?«

»Prima Idee, Herr Wingert, ich würde mich freuen«, sagte Thomas. Und auch die Mädchen waren einverstanden.

Herr Wingert schenkte jedem ein wenig Rotwein ein. »Unser Aperitif«, sagte er. Thomas hatte dieses Wort noch nie gehört, aber er würde jetzt vor den Mädchen nicht fragen, lieber erst am Abend, wenn er mit Andreas allein im Zimmer wäre. Er sah, wie Silvie mehrfach ganz sachte an ihrem Glas nippte und dabei konzentriert auf den dunklen Rotwein schaute. Annette legte eine Bee-Gees-Kassette in den Rekorder. »Ich habe uns für heute Abend eine ganze Reihe Antipasti mitgebracht«, sagte Herr Wingert. »Ich bring sie in den Garten, wir können heute doch gut hier draußen zu Abend essen.« Thomas überlegte noch immer, wie er es morgen anstellen konnte, Silvie beim Schwimmen zu beobachten. Und obwohl es am Abend spät geworden war und er mehrere Gläser Rotwein getrunken hatte, fand er auch im Bett keine Ruhe.

»Ist was nicht in Ordnung, Thomas? Hast du dich über das Kloster geärgert?«

»Nein, nein, alles okay!«

»Wir müssen da morgen nicht wieder hin, wenn du partout nicht willst. Dann lass ich das mit dem Klavierspielen.«

»Nein, Andy, du kannst dort gern Klavier spielen, aber ich muss ja nicht unbedingt dabei sein.«

Andreas schwieg.

»Hast du Heimweh, Thomas?«

»Und wie, Andy!«

Sie lachten.

»Gute Nacht!«

»Gute Nacht, Andy.«

Wann immer Thomas die Augen schloss, sah er den nackten Körper von Silvie im Pool, mal die gerade, scharf geschnittene Silhouette des Rückens, mal Bauch, Brüste, das dunkle Schamhaardreieck. Wäre er allein im Zimmer gewesen, hätte er sich zu helfen gewusst. Aber Andreas hatte einen leichten Schlaf und war wahrscheinlich selbst noch wach.

Er wälzte sich nach rechts, nach links. Er sah noch einmal, wie Annette Silvie abtrocknete, wie sie ihr einen Kuss gab, nicht einen langen, fordernden, sondern einen kurzen, bestätigenden Kuss.

»Thomas, du kommst ja gar nicht zur Ruhe. Wenn du es dir machen willst, kannst du es ruhig tun, ich schau nicht hin, und es ist sowieso dunkel im Zimmer.«

Thomas dachte einen Moment lang nach.

»Okay, Andy, danke.« Thomas wusste, es würde ihn erleichtern.

Am nächsten Morgen hatte sich Herr Wingert überraschend für einen Garten- und Pooltag entschieden. Es würde also ein Tag in Badekleidung werden.

Nach dem Frühstück setzte sich Thomas zu den Mädchen ans Becken. Sie ließen die Beine im Wasser baumeln. Als Thomas dazukam, verstummte das Gespräch.

»Wollt ihr heute nicht radeln?«, fragte Annette nach ein paar Minuten.

»Nö, glaub' nicht!«

Mehr fiel Thomas nicht ein. Nach weiteren zehn Minuten stieß sich Silvie vom Becken ins Wasser ab. Sie glitt langsam und gleichmäßig dahin, teilte das Wasser. Thomas folgte ihr. Sie sollte sehen, wie schön es sein konnte, wenn jemand neben ihr so ruhig und schön schwamm wie sie selbst. Er trug seine neue schwarze Adidas-Badehose, die er sich von Omas Geburtstagsgeld kurz vor der Abreise noch gekauft hatte. Würde jetzt jemand von oben aus dem Badezimmer auf den Pool schauen, sähe er ein Paar in schwarzer Badebekleidung, das in völligem Gleichklang nebeneinander schwamm, in gleicher Geschwindigkeit elegant die Wenden nahm, gleichmäßig von Brust- zu Rückenschwimmen wechselte.

Silvie müsste doch merken, wie viel schöner es war, mit ihm das Becken zu teilen, als mit der kreischenden Annette, die sich wie ein zehnjähriges Kind benahm.

Doch Silvie schwamm unbeeindruckt neben ihm her und würdigte ihn keines Blickes. Als sie beide aus dem Wasser kamen, wickelte sie sich in ihr weißes Badetuch.

»Übrigens, Thomas, sei mir nicht böse, aber ich schwimme am liebsten allein.«

Damit ging sie an ihm vorbei ins Haus, um sich umzuziehen. Thomas setzte sich wieder an den Beckenrand. Andreas fragte vorsichtig an, ob er mitkomme. Es sei ja nicht ganz so heiß, eigentlich ideal zum Radeln.

Eine Viertelstunde später zogen sie los. Als sie durch Passignano radelten, stoppte Thomas. »Andy, ich weiß, dich zieht es wieder zu den Mönchen und zum Klavier im Kloster. Es ist auch ein verrückt schöner Ort, so verwunschen, so alt, so geheimnisvoll, ich kann dich gut verstehen. Aber lass uns diese Tour einfach mal getrennt machen. Ich würde gern um den ganzen See herumradeln, und du machst deinen Klosterbesuch.«

Andreas sagte nichts, nickte und fuhr los, trat kräftig in die Pedale, um den Anstieg zu meistern, drehte sich nach fünfzig Metern noch einmal um und winkte kurz.

Thomas fuhr die belebte Straße am Nordufer entlang, bog nach Westen ab, erreichte auf Feldwegen dicht am Seeufer Castiglione, schloss sein Rad ans Stankett des Anlegers, holte sich für wenige Lire ein Stück Pizza, lief die alte Burgmauer entlang, setzte sich auf einen Stein ans Wasser, rauchte. Er fühlte Trauer und Sehnsucht, er fühlte die Wärme und das Wasser, er hörte sein Herz schlagen, und wenn er die Augen schloss, sah er Silvie. Es schien ihm, als habe er nie zuvor so viel und so tief gefühlt. Welch eine eigentümliche Mischung von Glück und Trauer zugleich.

Am nächsten Morgen hatten Annette und ihr Vater einen großen Frühstückstisch vorbereitet. Herr Wingert hatte früh am Morgen aus der Bäckerei in San Feliciano noch einen kleinen runden Kuchen besorgt, in den er eine weiße Kerze gesteckt hatte. Daneben lagen die Geschenke, fein eingepackt, und es stand eine Flasche Asti Spumante auf dem Tisch, frisch aus dem Eisfach. Von Annette gab es eine Schallplatte, »Tommy« von The Who, die Andreas sich vor einiger Zeit einmal gewünscht hatte, von Silvie ein Buch, »Demian« von Hermann Hesse. Herr Wingert hatte Andreas ebenfalls eine Schallplatte gekauft, Alfred Brendels Einspielung von Liszts h-Moll-Sonate, und er hatte einen Umschlag dazugelegt. Auch von Frau Wingert lag ein Briefumschlag auf dem Tisch, Thomas kannte ihre Schrift. Er selbst hatte eine Papprolle auf den Tisch gelegt, eingepackt in buntes Geschenkpapier.

Als Andreas die Treppe herunterkam, waren schon alle versammelt, Silvie in einem weißen kurzen Sommerkleid, Annette trug ihre Hotpants. Sie sangen »Happy Birthday«. Herr Wingert umarmte seinen Sohn, dann öffnete er die Flasche Asti. Andreas begann die Geschenke auszupacken. Den Brief seiner Mutter legte er zur Seite. Zuletzt machte er sich an die Papprolle von Thomas. In der Rolle befand sich ein Poster, sechzig mal achtzig Zentimeter groß: August Mackes »Seiltänzer«. Thomas hatte es vor zwei Monaten bei Bücher Bärlinghausen in Langenheim entdeckt und für den Geburtstag von Andreas gekauft. Es hatte dieses Schwebende, Ungewisse, in hellen, leichten Farben. Er war sich sicher, es würde Andreas gefallen. Alle waren still, als Andreas das Poster aufrollte, es glättete und hochhielt.

»Wunderschön«, sagte Silvie, »wunderschön.«

Andreas umarmte Thomas. »Das wird mein Lieblingsbild, Thomas!«

Dann tranken sie alle ein Glas Sekt und begannen mit dem Frühstück. Andreas aber nahm den Brief seiner Mutter, setzte sich etwas abseits auf die Couch im angrenzenden Wohnzimmer und las.

Es wurde still am Tisch. Sie hörten, wie Andreas zu weinen begann. Herr Wingert stand auf und ging zu seinem Sohn. Niemand konnte mehr weiteressen. Andreas schrie: »Ich hasse sie, ich hasse sie!« Er stand auf, lief zum Fenster. »Warum? Warum? Warum rennt sie diesem Arsch hinterher?«

Herr Wingert nahm Andreas in den Arm, tröstete ihn, wie man ein zwölfjähriges Kind tröstet, streichelte durch sein Haar, sprachlos und nicht weit davon entfernt, selbst in Tränen auszubrechen. Andreas löste sich von ihm und ging nach oben auf sein Zimmer.

»Er wird sich beruhigen. So gegen zehn fahren wir dann los nach Montepulciano. Ich habe im Gallo Rosso einen Tisch für uns bestellt.«

Nach einer Viertelstunde ging auch Thomas nach oben, Andreas lag auf seinem Bett. Er weinte nicht mehr. Thomas setzte sich auf die Bettkante.

»Da schickt sie mir einen Brief und hundert Mark und schreibt, sie sei jetzt glücklich, ich solle das doch verstehen. Sie ist endgültig ausgezogen, als wir losgefahren sind, ich wusste schon, dass sie es vorhatte. Dieser Klaus besitzt eine Wohnung in Bad Sodendorf, wo sie schon in den letzten Monaten häufig war und jetzt eingezogen ist. Ich finde es fürchterlich. Ich will das nicht verstehen! Es ist so gemein!«

Thomas reichte ihm eine von seinen Stuyvesants.

»Sie fühlt sich wohl in Bad Sodendorf, in ihrer kleinen Wohnung, schreibt sie. Nur wir, Annette und ich, würden ihr fehlen. Ich glaub ihr kein Wort!« Andreas drückte seine Zigarette aus und blieb dann still.

»Dein Vater würde gern um zehn Uhr nach Montepulciano aufbrechen«, sagte Thomas nach einer Weile. »Wir sollten ihn nicht warten lassen.«

»Okay, und noch mal vielen Dank für den ›Seiltänzer‹, Thomas. Es ist wirklich ein tolles Bild.«

Herr Wingert hatte eine besonders schöne Route für die Fahrt nach Montepulciano ausgewählt. Sie hielten in Pienza und besichtigten den alten Marktplatz mit dem Palazzo der Piccolomini, stoppten kurz in Montalcino und liefen über die Reste der alten Stadtmauer. Im Auto wechselten sie sich mit dem ungeliebten Mittelplatz auf der Rückbank ab.

Kurz vor eins waren sie im Gallo Rosso. Das Essen war vorzüglich. Langsam taute auch Andreas wieder auf. Nie zuvor hatte Thomas Nudeln mit Trüffeln gegessen, dann gab es ein kleines Stück Seeteufel, danach ein wenig gelblichen Safranreis, dann ein großes Stück Kalbfleisch, separat eine Portion Möhren und einen grünen seltsamen Kohl, den man Brokkoli nannte. Silvie kannte ihn schon aus Deutschland.

Da der Wirt im Gallo Rosso wusste, dass sie den Geburtstag von Andreas feierten, brachte er nach dem letzten Gang eine Torte Tiramisu, in der sechzehn Wunderkerzen steckten, die beim Hineintragen alle brannten. Sie teilten die Torte in fünf gleiche Stücke. Doch Thomas musste nach einem Löffel passen. Er war einfach viel zu satt.

Herr Wingert bestellte für alle einen Digestif. Thomas hatte das Wort vorher noch nicht gehört. Der Wirt brachte für jeden ein Glas Fernet Branca, das Thomas mit einem einzigen Schluck leerte.

Auf der Heimfahrt legten sie noch einen Zwischenhalt in Chiusi ein, »um sich die Beine zu vertreten«, wie Herr Wingert sagte. Thomas war sich sicher, dass er etwas zu viel Wein im Gallo Rosso getrunken hatte und eigentlich nicht mehr Auto fahren sollte. Aber Annette hatte noch keinen Führerschein, und Silvies Fahrprüfung war gerade einmal drei Wochen her, da wollte ihr keiner den großen Wagen mit fünf Personen anvertrauen.

Die Rückfahrt von Chiusi nach San Feliciano verlief ohne Zwischenfälle. Nur Thomas, der beim letzten Stück der Fahrt wieder hinten in der Mitte zwischen Annette und Silvie saß und dessen rechtes Bein im beständigen Kontakt mit Silvies kurzem Kleid und ihrem nackten linken Bein stand, hatte mit seinem alten Problem zu kämpfen. Aber niemand merkte etwas.

Vier Tage später erreichten sie am Abend Langenheim. Sie hatten von Samstag auf Sonntag in einer Kleinstadt zwischen München und Ingolstadt übernachtet. Am Sonntag war es in Deutschland sehr heiß, und auf der Autobahn Richtung Norden gab es viel Verkehr. Es war heiß im Auto. Dennoch wollte Thomas nicht die helle Baumwollhose gegen die kurze blaue Sporthose tauschen.

Erst ab Kassel wurde die Autobahn etwas freier und die Temperaturen im Auto angenehmer. Als Thomas vor dem Reihenhaus der Johannmeyers aus dem Auto stieg, waren seine Eltern schon an der Tür. Seine Mutter nahm ihn ausdauernd in den Arm. Nur zwei

Postkarten hatte er geschrieben und einmal von einem öffentlichen Telefon am Bahnhof von Passignano aus angerufen. Aber die Telefon-Jetons waren nur so durchgerauscht, und er hatte kaum drei Sätze sagen können.

Nun war er zurück, das erste Mal, dass er drei Wochen von den Eltern und den Zwillingen getrennt gewesen war. Sein Vater übergab Herrn Wingert, der ebenfalls ausgestiegen war, eine Flasche Wein, sorgfältig in Geschenkpapier eingerollt, und fragte, ob sie sich nicht an den Kosten für Thomas beteiligen könnten. Thomas sah, wie Herr Wingert seinen Vater zur Seite nahm. »Herr Johannmeyer, sie können wirklich stolz auf Ihren Sohn sein. Er ist ein prima Junge. Es war ein Glück für uns, dass er dabei war.«

Thomas verabschiedete sich von Andreas und Herrn Wingert, von Annette und Silvie.

»Tschüss und bis bald«, sagte Silvie und winkte mit der rechten Hand.

# 14

»Die Predigt hat nun doch ein Nachspiel, Thomas. Ein Monsignore des Erzbischofs hat mich zum Gespräch gebeten. Nächste Woche fahre ich nach Paderborn.«

Andreas hörte, wie Thomas am anderen Ende der Leitung lang und vernehmlich ausatmete.

»Die Inquisition ruft, Andy! Pass auf dich auf! Was werfen sie dir genau vor?«

»Das weiß ich noch nicht. Man sei in Sorge, man wolle vertraulich mit mir sprechen. Mehr hat man mir am Telefon nicht gesagt. Thomas, ich habe einen Fehler gemacht. Ich habe dem *Waldenburger Tageblatt* am Montag nach der Predigt ein Interview gegeben, und die haben dann eine dicke Schlagzeile darübergesetzt, die ich natürlich nicht autorisiert hatte: ›Waldenburger Pfarrer fordert: Jetzt ist Schluss mit dem Zölibat!‹ Ich habe nur gesagt, was ich schon in der Predigt geäußert hatte.«

Andreas gab vor sich selbst und auch vor Thomas durchaus zu, dass die Bitte des *Tageblatts* um ein Interview ihm geschmeichelt hatte. Aber schließlich war er auch seit zehn Jahren Pfarrer an Waldenburgs ältester und bedeutendster Kirche, der Redakteur hatte schon recht, Andreas war der wichtigste Vertreter der Katholischen Kirche in Waldenburg, und seine Stimme sollten auch diejenigen hören, die nicht am Sonntag im Hochamt waren. Er war schon mehrmals in der Stadt bei Podiumsdiskussionen aufgetreten, und er hatte hier und da Stellungnahmen zu lokalen Ereignissen und Problemen abgegeben, die das *Tageblatt* dann zitierte. Da war der Wunsch nach einem Interview zu diesem wichtigen Thema doch nicht so außergewöhnlich. Gut, im Anschreiben zum Hirtenbrief hatte es geheißen, jeder Pfarrer möge bei Presseanfragen äußerst zurückhaltend sein und möglichst auf den Diözesansprecher verweisen. Das hatte er missachtet.

Thomas machte Andreas Mut. Er solle nichts zurücknehmen, er habe doch mit allem recht. Vielleicht könne sein Beispiel wirken und andere Pfarrer, die noch zögerten, zu ähnlichen Forderungen und zu Solidarität ermuntern. Er habe doch im Pfarrhaus nach der Predigt selbst davon gesprochen, ein kleiner Stachel im Fleisch sein zu wollen. Das sei jetzt die Gelegenheit dazu. »Es sind sich doch alle einig darin, dass die Katholische Kirche sich endlich bewegen muss, und dazu braucht es immer ›first mover‹, Leute, die entschieden vorangehen. Das bist jetzt du, Herr Pfarrer Wingert!«

Andreas war sich nicht mehr so sicher, ob er tatsächlich zum »first mover« taugte. Es war doch leichter, von der Kanzel der eigenen Kirche zu predigen oder mit dem Redakteur der lokalen Zeitung zu sprechen, als einem Monsignore gegenüberzusitzen und ihm Rede und Antwort zu stehen. Thomas glaubte an ihn und traute ihm viel zu, wahrscheinlich zu viel. Ja, er würde in Paderborn seinen Standpunkt vertreten, auch vor einem Monsignore, einem Ehrenkaplan des Papstes, der den Bereich Kommunikation und Medien im Erzbistum leitete und oft im Radio zu hören war. Er würde sich nicht entschuldigen, sondern erklären, warum er so und nicht anders gepredigt hatte. Er versprach, Thomas gleich nach dem Gespräch anzurufen.

Vier Tage später saß Andreas dann Monsignore Dr. Weckmann und seinem alten Regens, Pater Ludger, im Erzbischöflichen Generalvikariat gegenüber. Andreas war überrascht, seinen früheren Seminarleiter hier wiederzutreffen. Als Pater Ludger ihm zur Begrüßung beide Arme entgegenstreckte, spürte er Rührung. Pater Ludger war alt geworden, seine blauen Augen schauten so milde und väterlich wohlwollend wie damals im Priesterseminar 1985, vor fünfundzwanzig Jahren, als er ihn angelogen hatte, um zu

Christian zu fahren, und dann noch einmal wegen des Tests in der Uniklinik. Warum hatte der Monsignore den alten Pater Ludger dazugebeten?

Monsignore Weckmann ließ Tee bringen. Ein junger Seminarist bediente sie. Den Tee gab es in einem kostbaren ungarischen Porzellanservice, das Andreas an seine Mutter erinnerte. Sie hatte das Herend-Service immer so geliebt und nur dann aufgedeckt, wenn am Sonntagnachmittag Mitglieder des Rotary Clubs oder Ärztekollegen seines Vaters mit ihren Frauen zu Besuch kamen. Das feine Service war allerdings der einzige Luxus im Dienstzimmer des Monsignore, in dem sie in schwarzen Ledersesseln um einen schlichten, modernen Glastisch saßen. Andreas war ein wenig enttäuscht, als er das Zimmer betrat. Er hatte etwas Barockes erwartet, Heilige in Goldrahmen. Stattdessen hingen an den Wänden zwei großformatige Reproduktionen von Rothko-Gemälden, und nur hinter dem breiten Eichenschreibtisch gab es ein Ölbild im schweren schwarzen Holzrahmen eines ihm unbekannten Meisters, eine schon beträchtlich nachgedunkelte Kreuzigungsszene aus dem siebzehnten oder achtzehnten Jahrhundert.

Andreas schätzte Dr. Weckmann auf ungefähr sechzig Jahre. Er hatte ein weiches Gesicht mit ein wenig tief hängenden Wangen. Sein Haar war grau-weiß und voll, nach hinten gekämmt. Er sprach von seinen Sorgen. Es sei schon so viel Schlechtes in den Medien über die Katholische Kirche zu lesen, dass er alle zusätzlichen Diskussionen um den Zölibat und erst recht über Homosexualität am Altar für völlig überflüssig halte. In dieser Situation müsse ein Priester die Gläubigen beruhigen und dürfe auf keinen Fall für neue Verwirrung sorgen. Er freue sich, wenn ein Priester von der Kanzel herunter sage: »Bei uns gibt es keinen Missbrauch. Habt Vertrauen in euren Pfarrer. Bei uns in der Gemeinde ist alles in Ordnung.« Aber bloß keine Schuldzuweisungen, keine persönlichen Forderungen, kein unnützes Gerede, bloß keine Skandale, das sei seit Jahrhunderten die gültige Regel der Kirche, und sie sei gut.

Andreas hielt dagegen. Der Skandal sei doch längst da. Vielleicht gerade deshalb, weil die Kirche das Aufbegehren in den Gemeinden zuvor immer ignoriert habe. Hätte die Kirche das Ohr näher an der Basis, dann hätte sie doch längst mitbekommen müssen, dass Änderungen notwendig seien. Durch rechtzeitige Reformen hätten möglicherweise viele Missbrauchsfälle vermieden werden können. Die Lockerung des Zölibats wäre solch eine überfällige Reform.

Monsignore Weckmann holte weit aus. Pater Ludger habe ihm berichtet, dass Andreas im Seminar immer ein sehr kluger, belesener, interessierter Kirchenhistoriker gewesen sei. Also kenne er doch die Geschichte des Zölibats, fuhr Dr. Weckmann fort, ohne dass es ihn davon abhielt, die Genese und Entwicklung dieser Papstentscheidung vom Konzil zu Nicäa bis zu Papst Innozenz II. noch einmal ausführlich darzulegen. Sogar Augustinus bemühte er, vermutlich, weil er annahm, dass Andreas am ehesten von der intellektuellen Seite her zu beeindrucken sei. »Nichts ist mächtiger, den Geist eines Mannes zu erniedrigen, als die Liebkosungen einer Frau«, zitierte er den alten Kirchenlehrer. Andreas wagte zu lachen. Er parierte mit seiner Kenntnis vom Leben des heiligen Augustinus, der nach vielen sexuellen Erfahrungen zum Verächter der Fleischeslust geworden war. Und wer wolle einen solchen Satz heute noch ernst nehmen? Es sei doch kaum zu leugnen, fuhr Andreas weiter fort, dass der Zölibat seine Entstehung zu großen Teilen auch ganz weltlichen Überlegungen zu verdanken habe. Nur durch die Kinderlosigkeit habe man schließlich vermeiden können, dass Bischofssitze und auch das Papsttum dynastisch von Vater zu Sohn vererbbar wurden. Der Monsignore schüttelte den Kopf und tat das als allzu verkürzte Darstellung ab. Stattdessen verwies er auf die lange kulturelle Tradition der Ehelosigkeit des Priestertums. »Schauen Sie auf die Antike, auf die Vestalinnen bei den Römern: selbstverständlich ehelos! Der Zölibat verleiht eine besondere Aura, gibt dem Priester eine ganz eigene Autorität und Wahrnehmbarkeit.«

»Mit der besonderen Aura wäre ich mir nicht mehr so sicher, Monsignore, auch nicht mit der Autorität.« Andreas hielt es für besser, die kulturgeschichtliche Ebene zu verlassen, und berichtete von dem Kampf, den er und viele seiner Kollegen führten, um dem Gebot des Zölibats gerecht zu werden. Wie viel Energie sie darauf verwendeten und wie viele Priester an dieser Wunde regelrecht litten. Der Monsignore wollte die Zahl, am besten die Namen der leidenden Kollegen hören. Er bestritt, dass es tatsächlich viele seien, die litten, und beschuldigte Andreas, dass er sich selbst zu wichtig nähme und von sich auf andere schließe. Andreas wusste, dass Dr. Weckmann hier einen Punkt für sich verbuchen konnte. Unter Priestern sprach man nicht über die eigenen sexuellen Probleme. Man sprach zwar ganz allgemein darüber, dass die Kirche es einem nicht gerade leicht mache, aber wer erzählte schon offen von seiner Sehnsucht, seinem Verlangen, seiner Qual, wer bekannte sich im Kollegenkreis zu seiner Freundin oder seinem Freund?

Vor einigen Jahren hatte Andreas im Kloster Gerleve zusammen mit zwanzig jüngeren Priestern an einem Seminar teilgenommen. In der gesamten Arbeitswoche war das Thema Sexualität kein einziges Mal aufgekommen. Von einem der anwesenden Kollegen wurde gemunkelt, er habe ganz in der Nähe eine Krankenschwester wohnen, mit der er seit Jahren liiert sei. Von einem anderen hieß es, dass ihm in seiner Gemeinde ein Verhältnis mit dem jungen Organisten seiner Kirche nachgesagt werde. Doch niemand sprach offen über solche Themen. Auch Andreas hatte damals in Gerleve selbst nicht den Mut, den Zölibat zum Thema zu machen. Auch er hatte gekuscht. Nur ein einziges Mal während dieses Seminars offenbarte sich ihm unter Abnahme aller Schwüre der Verschwiegenheit ein gleichaltriger Kollege. Andreas hatte sich schon zweimal mit diesem ihm sehr sympathischen Mann zu längeren Wanderungen rund ums Kloster getroffen, und nun waren sie zum Abschluss des Seminars noch einmal von Gerleve nach Nottuln unterwegs. Der Kollege holte sein Portemonnaie aus der Tasche und zeigte ihm das Foto eines vielleicht zehnjährigen Jungen. »Das ist meiner«, sagte er. »Ich weiß nicht, wie es weitergehen soll. Ich liebe dieses Kind, und ich liebe seine Mutter. Zweimal im Jahr fahren wir in Urlaub. Philipp weiß nicht, dass ich sein Vater bin. Seit er sechs Jahre alt ist, trichtern wir ihm regelmäßig ein, ich sei sein Onkel, ein Vetter seiner Mutter. Einmal, da war Philipp noch recht klein, waren wir auf Korfu, saßen beim Abendbrot auf der Hotelveranda, als plötzlich ein Mitglied meiner Gemeinde aus Dortmund mit seiner Familie das Hotel betrat und mit lautem ›Hallo, Herr Pfarrer, Sie hier?‹ auf mich zukam. Ich habe ihm dann erzählt, Sabine sei meine Halbschwester, die ich mit ihrem Kind im Urlaub begleiten würde. Noch Wochen später hat mich die Angst davor verfolgt, der Mann habe die Lüge gerochen und würde nun daheim Gerüchte streuen. Das ist doch kein Leben, das eigene Kind zu verleugnen, für das die Kirche ganz legal die Alimente zahlt. Zweimal im Jahr ein gemeinsamer Urlaub, jeden Monat ein oder zwei heimliche Treffen mit Sabine, und das seit zwölf Jahren. Das ist doch kein Leben.«

Nicht einmal diesem Kollegen gegenüber hatte Andreas zugegeben, dass er damals schon seit fünf Jahren mit Simone zusammen war. Er hatte es nicht gewagt, von ihr zu sprechen, sich zu bekennen, nicht einmal in dieser Situation. Ein halbes Jahr später hatte der Kollege ihm einen Brief geschrieben. Er sei vom Priesteramt zurückgetreten und würde in wenigen Wochen in einem Altersheim in Bochum als Betreuer anfangen. Er würde dort Vorträge, Musikprogramme, kleine Seminare und Ähnliches für die Senioren zusammenstellen und veranstalten. Sein Gehalt sei klein, aber er könne jetzt Sabine heiraten, und das sei ihm das Wichtigste. Sie hätten Philipp schon erklärt, wer der Onkel wirklich sei. Im Nachsatz schrieb er, er würde seine Gemeinde sehr vermissen.

Ob er diese Geschichte Dr. Weckmann erzählen sollte? War das einer der Fakten und Beweise, die der Monsignore jetzt, an diesem sonnigen Maimorgen, hören wollte?

Weckmann hatte schnell begriffen, dass er mit der Frauenfeindlichkeit von Augustinus bei Andreas falschlag. Er gab auch zu, dass das Zweite Vatikanische Konzil 1965 durchaus festgehalten habe, dass die Ehelosigkeit nicht zwangsläufig vom Wesen des Priestertums gefordert sei. Doch sei der Priesterzölibat nun einmal ein herausragendes Zeichen der Katholischen Kirche, sei die differentia specifica, eine Auszeichnung, geradezu ein Beweis für die Liebe Gottes. Und wer diese Liebe tatsächlich erfahre, der habe kein Problem mit dem Zölibat. Der könne den Verzicht auf Sexualität in besondere seelsorgerische Energie umleiten. Andreas schaffe das doch auch, sicher sei es nicht immer einfach, aber er käme doch selbst mit dem Zölibat zurecht, oder?

Andreas nickte, er log, er blieb stumm. Was sollte er jetzt auch sagen?

# 15

»Ich hab' gehört, du hättest 'ne gute Stimme. Auf dem Schulfest an Ostern hast du ja wohl toll aufgedreht, wie mir Angie erzählt hat. Und Saxophon spielste auch?«

»Eher Klarinette, aber Sax geht auch ganz gut.«

»Kannste morgen in die Grabbestraße zur Probe kommen? Grabbestraße 18 bei Jojo, Joachim Hanemann, seine Eltern haben da 'nen großen Partykeller, da üben wir. Wir brauchen vor allem 'ne gute Männerstimme, aber 'n Sax ist auch klasse. Unser Sänger hatte einen Motorradunfall. Wird bestimmt drei Monate dauern, bis Hermann wieder dabei sein kann. Scheißmotorrad.«

»Muss ja ein schlimmer Unfall gewesen sein.«

»Hermann hatte noch Glück, meinte der Arzt. Wäre er in die Leitplanken geknallt, hätte er den Unfall wohl nicht überlebt. Seine BMW hatte 'nen Kolbenfresser, auf 'ner geraden Strecke, er hat beschleunigt, als das Hinterrad blockierte. An viel mehr kann er sich gar nicht erinnern. Er liegt jetzt hier in Langenheim im Krankenhaus. Sein rechtes Bein musste genagelt werden. Es kann wirklich lange dauern, bis er wieder fit ist, und wir haben für den ganzen Sommer Auftritte geplant. Dabei sollte in diesem Jahr 1977 doch unser Durchbruch kommen! Und jetzt passiert dem Hermann solch ein Mist!«

»Das heißt, dass ihr jemanden für Mai, Juni und Juli braucht?«

»Ich schätze mal, dass Hermann im August und September auch noch nicht wieder mehrere Stunden auf der Bühne durchsteht, Tom.«

»Und was bekommt ihr für die Auftritte, Martina?«

»Nenn' mich bitte nicht Martina, sondern Tanja. Keiner sagt Martina, nur meine Oma und mein Opa. Ja, so vierzig Mark sind für jeden von uns eigentlich immer drin, wenn's über Mitternacht geht, sind es meist fünfzig. Mit Trinkgeld sogar sechzig.«

»Wow. Aber wie soll ich denn bis Samstag euer Repertoire draufhaben? Die paar Songs vom Schulfest, okay. Aber ein Abendprogramm ist das noch lange nicht. Ich singe sonst eigentlich Schütz, Bach und Händel.«

Thomas musste lachen. Tanja blieb ernst. »Ich habe hier zehn Songs aus unserem Standardprogramm. Schau dir die bitte schon mal bis zur Probe morgen an. Ich kann unser Engagement im Kurhotel am Samstagabend nicht platzen lassen, dann sind wir da für immer raus. Und für unseren Aufritt am Sonntagabend im Astoria in Westerschledde hab' ich so lange gekämpft. Bitte, Tom, wir brauchen dich.«

»Okay, ich schau mir die zehn Songs an und werd' mich anstrengen. Versprochen.«

»Wie alt bist du eigentlich, Tom?«

»Siebzehn, fast siebzehn.«

»Ich dachte, dass du achtzehn bist. Wenn wir mal bis nach Mitternacht spielen, und jemand fragt dich, dann bist du achtzehn, klar?«

»Kein Problem, abgemacht.«

Thomas steckte die Noten in die Tasche und fuhr mit dem Rad nach Hause. Tanja hatte ihn nach der sechsten Stunde vor der Schule abgepasst. Sie war die ältere Schwester von Angie, Angelike Schulze-Barenbeck, mit der er zusammen im Tanzkurs gewesen war und die er zum Osterball der elften Klassen des Magister-Justinus-Gymnasiums eingeladen hatte. Die Osterbälle des MJG waren seit einigen Jahren ein Muss für die Oberschüler in Langenheim. In diesem Jahr hatte sich Thomas breitschlagen lassen, mit zwei Klassenkameraden ein paar Songs von Abba und von Simon and Garfunkel einzustudieren.

Für die Tanzpausen hatte er zudem ein paar Lieder von Cat Stevens und Leonard Cohen vorbereitet, bei denen ihn Norbert Petermann aus der 11 c am Keyboard begleitete. Thomas war überrascht, wie sehr die Songs bejubelt wurden. Dass man ihn und Norbert am Ende regelrecht feierte, lag aber vor allem daran, dass um Mitternacht kaum noch einer nüchtern war. Sogar Andreas war bis zum Schluss geblieben, hatte kräftig ins Bierglas geschaut und war immer wieder angekommen mit »You are the best, Tom, simply the best!«.

Kurgäste, die samstagabends tanzen wollten, waren sicher nicht so leicht zu begeistern, auch wenn Tanja gesagt hatte, dass es sich eben nicht um einen Tanztee, sondern um die Kur-Disco im Kurhaus handeln würde. Es kämen vor allem jüngere Leute aus Langenheim, aus Waldenburg und den kleineren Orten in der Umgebung, nicht nur das typische Kurgastpublikum. Die meisten seien zwischen dreißig und vierzig. Auf dem Programm würde nicht Willy Schneider mit »Man müsste noch mal zwanzig sein« stehen, sondern Udo Jürgens und Chris Roberts, James Last, Abba und alte Beatles-Songs, Mireille Mathieu und Vicky Leandros, die Bee Gees und The Mamas and the Papas.

Vierzig Mark pro Abend, wenn sie unter vier Stunden spielen würden, fünfzig und mehr, wenn es länger ginge. Bei zwei Auftritten pro Woche in den nächsten drei Monaten waren das auf jeden Fall am Ende rund tausend Mark, ein gutes Polster für die Griechenlandreise, die er mit Andreas und vier Klassenkameraden für den nächsten Sommer, den letzten vor dem Abitur, locker geplant hatte. Und wenn er den Job bei Heilmann bekäme, dann würde es vielleicht sogar noch für ein gebrauchtes Moped reichen.

Zu Hause sah er die Noten durch. »Theo, wir fahr'n nach Lodz«, »Griechischer Wein«, »Es fährt ein Zug nach Nirgendwo«, »Siebzehn Jahr, blondes Haar«, »Ganz Paris träumt von der Liebe« und an englischen Titeln »California Dreaming«, »Monday, Monday«, »Let it be«, »Hey, Mrs Robinson«, »It never rains in California« und »Dancing Queen«. Manche Lieder waren zum Teil für zwei Stimmen notiert, da würde er gemeinsam mit Tanja singen, bei einigen wenigen sollte noch ein Dritter mit einstimmen. Hermann hatte sich Zeichen gemacht, wo er klatschte oder lange Pausen machte oder wo er ein Gitarrensolo spielen würde.

Hermann war nicht nur seit Beginn der Sänger der Gruppe, sondern teilte sich mit Jojo auch die Gitarrenbegleitung. All das würde Tanja jetzt auf die Schnelle neu arrangieren müssen. Aber das war ihr Problem.

Der Dialog des Königs mit dem Marquis von Posa aus dem dritten Akt, der für die Deutsch-Doppelstunde am nächsten Morgen vorbereitet werden sollte, blieb erst einmal ungelesen. Statt sich in »Don Carlos« zu vertiefen, nahm Thomas sein Saxophon und spielte die Melodien, um sie sicher im Ohr zu haben. Würde er sich vor Publikum als Solosänger über Stunden auf seine Stimme verlassen können? Bei einigen Liedern musste er hoch hinauf, und seine Stimme reichte nicht für die höheren Tenorlagen. Da würde Tanja und die Gruppe transponieren müssen. Ob er wenigstens die wichtigsten Liedtexte so schnell behalten konnte, dass er den Text nicht jedes Mal ablesen musste? Was würden seine Klassenkameraden sagen, wenn sie davon hörten, dass er am Wochenende Schlager sang?

Thomas spielte noch einmal die zehn Titel. Dann rief er Andreas an und fragte ihn, ob er zu ihm kommen könne und Andreas ihn zum Einüben von »Griechischer Wein« und »Theo wir fahr'n nach Lodz« auf dem Klavier begleiten würde. Andreas verstand zuerst gar nicht, was Thomas wollte, lachte dann laut, als er die Geschichte von Tanja hörte, und willigte ein. Eine halbe Stunde später war Thomas mit den Noten und dem Saxophon bei Andreas.

»Wie heißt denn deine neue Band eigentlich?«

»Das ist nicht meine Band, Andy, ich helfe nur aus. Ich glaube, sie heißen ›Die Flippers‹.« Es war wohl das erste Mal, dass auf dem weißen Flügel in der Bibliothek der Wingerts Abba, Christian Anders, die Bee Gees und Udo Jürgens gespielt wurden. Thomas sang die Leadstimme, Andreas begleitete nach den Noten, manchmal improvisierte er auch, um Thomas herauszufordern. »Nicht einmal einen gescheiten Dominantseptakkord bringen die hin«, grummelte Andreas abschätzig am Klavier. »Tonika, Dominante, Subdominante, Dominante, Tonika, oh, wie schön!« Thomas bemühte sich herauszustellen, dass er bei der Band ja nur aushelfen würde, nur für reichlich drei Monate, und dass Andreas unrecht habe, so simpel sei das gar nicht immer, vor allem rhythmisch und für die Stimme gebe es oft sogar recht herausfordernde Sprünge!

Doch Andreas blieb stur. Er war den Popsongs gegenüber nur dann aufgeschlossener, wenn kompositorisches Geschick bei den Arrangements verlangt war. Mit Andreas gelang es Thomas immerhin, auch für »Siebzehn Jahr, blondes Haar« ein freches Solo für das Saxophon zu arrangieren, und beide setzten allen Ehrgeiz daran, für den Abschluss von »Ganz Paris träumt von der Liebe« ein schluchzend romantisches Saxophon-Solo zu erfinden. Sie waren gerade bei den letzten Feinheiten, als Herr Wingert zur Tür hereinkam. »Alles neu macht der Mai, oder was höre ich hier?«

Thomas erklärte Herrn Wingert, wie er zu diesen Songs gekommen war. Herr Wingert lachte und sagte nur: »Du brauchst dich nicht zu entschuldigen. Das ist doch eine tolle Erfahrung!« Mittlerweile war es zwanzig Uhr geworden, und Schillers »Don Carlos« ruhte noch immer in der Schultasche. Herr Wingert machte Brote für das Abendessen. Annette war nicht im Haus, sie hatte die letzte mündliche Prüfung für ihr Abitur glänzend bestanden und war mit Silvie für eine Woche nach Mallorca geflogen. Als sie beim Abendessen saßen, fühlte sich Thomas für die Bandprobe am nächsten Tag schon recht gut vorbereitet. Wenn Andreas nur zugegeben hätte, dass diese Musik eigentlich gar nicht so schlecht war, sobald man sie rhythmisch präzise singen und spielen wollte.

Sicher waren die Melodien oft einfach und gingen leicht ins Ohr, aber für ihn bedeutete es eine große Herausforderung, einen ganzen Abend auf der Bühne stehen und ein Lied nach dem anderen singen zu müssen, fehlerfrei und so, dass es den Gästen Spaß machte, ihm und der Band zuzuhören. Dass Andreas das nicht sah, sondern sich nur über die Einfallslosigkeit der Kompositionen lustig machte, ärgerte Thomas. Aber er wagte es nicht, ihm zu sagen, dass dies nun einmal die Musik war, die von den meisten Leuten gern gehört wurde, und nicht Brahms, Chopin oder Rachmaninov. Das waren doch Namen, die viele gar nicht kannten. Thomas wusste, dass er mit dieser Argumentation nicht sehr weit kommen würde.

Nach dem Abendessen gingen die beiden noch einmal an den Flügel. Herr Wingert folgte ihnen. »Das klingt doch ganz flott, gefällt mir«, sagte Herr Wingert ganz unvermittelt. Thomas und Andreas schauten ihn mit großen Augen an, Thomas voller Dankbarkeit, Andreas mit Entsetzen. »Ich kenne das ja alles aus dem Autoradio. Aber dass einer von euch mal Chris Roberts singen würde, hätte ich nicht gedacht. Bisher habe ich euch nur als Interpreten von Kirchenmusik erlebt.«

Thomas schmunzelte. Er und Andreas hatten mit Beginn des neuen Schuljahres im letzten September bei Orgel-Müller vorgesungen, der den Schulchor und den Chor der Städtischen Philharmonie leitete. Herr Müller hatte beide Jungen gleich nach dem Vorsingen nicht nur in den Schulchor, sondern auch wieder in die Philharmonie aufgenommen. Während Andreas mit sechzehn Jahren ein recht sicherer Bass war, hatte Thomas eine hellere, sehr geschmeidige Baritonstimme, die Herr Müller auch für tiefere bis mittlere Tenorlagen einsetzen konnte. Für Totensonntag hatte er in St. Marien Schütz' »Exequien« und Bachs »Jesu, meine Freude« neben dessen Solokantate »Ich habe genug« auf das Programm gesetzt. Zwei Wochen vor der Aufführung entschied Herr Müller, dass Thomas das kurze Eingangssolo zum ersten Satz der Exequien »Nacket bin ich vom Mutterleibe kommen« bestreiten sollte, in das dann die Schola und anschließend der Hauptchor einstimmten.

Die Eltern von Thomas und Herr Wingert hatten nebeneinander in einer der ersten Reihen der Kirche gesessen. Frau Wingert war nicht gekommen. »Sie ist mit Klaus auf Teneriffa«, hatte Andreas schon in der Generalprobe Thomas erzählt. Er hatte diesen Satz ohne jede Emotion gesagt, nur ein kurzes Achselzucken angehängt. Das Konzert, das traditionelle Totensonntagskonzert in Langenheims Hauptkirche, war seit langem ausverkauft gewesen. Thomas hatte ganz allein im vorderen Bereich des Altars gestanden, nur einen Meter vor der Schola, die aus vier Sängern bestand, dahinter im Halbkreis der Chor, in dessen zweiter Reihe Andreas als Bass auf den Choreinsatz wartete. Herr Müller summte den Ton, er gab Thomas das Zeichen. Thomas schloss für einen kurzen Moment die Augen, summte den Ton in seinem Innern an, atmete noch einmal kurz, öffnete die Augen und setzte dann, ganz allein, ein: »Nacket bin ich vom Mutterleibe kommen.«

Dann waren die vier Solostimmen der Schola hinzu gekommen:

»Nacket werde ich wiederum dahin fahren,
der Herr hat's gegeben,
der Herr hat's genommen,
der Name des Herren sei gelobet!«

Herr Wingert hatte in diesem Moment geweint, und auch Frau Johannmeyer hatte Tränen in den Augen.

Jetzt stand Thomas, das Saxophon in der Hand, mit Herrn Wingert am Flügel in der Wingert'schen Bibliothek. Schütz' »Exequien« waren weit weg, und Andreas pfiff noch einmal den neuen Schluss von »Ganz Paris«.

»Weiß Thomas schon das Neueste?«, fragte Herr Wingert seinen Sohn.

Andreas schüttelte den Kopf und sagte dann mürrisch: »Mutter will wieder hier einziehen, ist das nicht eine tolle Neuigkeit? Im letzten Jahr im Juli ist sie gegangen, und jetzt soll nichts gewesen sein.«

»Wir haben das alles doch schon besprochen, Andreas«, sagte Herr Wingert, »es war für uns alle schwierig, auch für deine Mutter. Ich habe versucht, dir zu erklären, warum ich mich freue, dass Gitte zurückkommt und wir wieder eine Familie sein können. Ich bitte dich, das zu akzeptieren.« Thomas hatte Herrn Wingert selten so bestimmend gehört. Er war sich nicht sicher, ob er besser nach Hause gehen und Andreas mit seinem Vater allein lassen sollte.

»Das Appartement in Bad Sodendorf ist jedenfalls schon gekündigt«, sagte Andreas zu Thomas gewandt.

Andreas hatte gestern und heute in der Schule kein Wort darüber verloren. Gut, sie trafen sich nicht mehr ganz so häufig wie vor einem Jahr, Thomas blieb an den Samstagabenden oft allein auf Partys, während Andreas früh nach Hause ging, und er hatte in den letzten Monaten auch nur noch selten bei Andreas übernachtet. Aber bei dieser Nachricht hätte er nun doch erwartet, dass Andreas ihn anrufen würde.

»Es ist Papas Entscheidung. Mir ist es ganz gut gegangen ohne Mutter.«

»Das stimmt nicht, Andreas«, sagte sein Vater, »du solltest dir endlich einmal eingestehen, dass du sehr unter der Situation gelitten und deine Mutter vermisst hast.«

»Schon lange nicht mehr.« Andreas sprach lauter. »Ich habe gelitten, wenn Mutter mit Kuchen hier auftauchte, um mit Annette und mir Kaffee zu trinken. Ich habe gelitten, wenn sie mich zum Italiener einladen wollte. Ich habe gelitten, wenn sie sagte, ›aber ich bin doch deine Mutter‹. Sie hat sich schließlich für ihren Klaus entschieden, und von mir aus soll sie jetzt auch bei ihrem Klaus bleiben.«

»Du machst es dir zu einfach, Andreas. Gitte wird in den nächsten Tagen wieder hier einziehen, und ich sage noch einmal: Ich hoffe sehr, dass du deine Haltung bis dahin überdenkst.«

»Die ganze Stadt wird den Mund nicht wieder zukriegen, Papa.«

»Aber was interessiert uns denn die ganze Stadt, Andreas? Es geht doch um uns als Familie.«

»Willst du etwa einfach so weitermachen, als sei nichts passiert?«

»Nein, Andreas, da hast du recht, das geht nicht. Für uns alle wird etwas Neues beginnen, und damit das auch gelingen kann, werden wir uns alle darum bemühen müssen, auch du!«

»Mir ist das egal! Ich habe nur noch zwei Jahre bis zum Abitur, und dann sage ich Langenheim sowieso auf immer ade!«

»Na ja«, wagte Thomas einen Einwand, »aber deine Mutter bleibt immer deine Mutter.«

»Danke für den Hinweis, Thomas.«

Andreas schwieg.

Am nächsten Morgen erreichte Thomas die Schule genau mit dem Acht-Uhr-Glockenschlag und raste in die Klasse. Er war erst spät eingeschlafen. Die bevorstehende Probe der Band, die Arrangements, all die auswendig zu lernenden Texte und dann auch noch die Neuigkeiten bei den Wingerts hatten sich in seinem Kopf zu einer zähen Masse verbunden, die er wälzte und wälzte.

»Was glaubt ihr: Warum hat Schiller den zentralen Dialog zwischen dem König und dem Marquis an diese Stelle des Dramas gesetzt?«

Drei, vier Finger reckten sich nach oben.

»Ich würde das gern von Thomas wissen«, sagte Dr. Schubert, den alle immer nur Schubby nannten. Er sah Thomas mit großen, freundlichen Augen an und ignorierte, dass sich gleich mehrere seiner Klassenkameraden gemeldet hatten.

»Ich kann das im Moment nicht beantworten, Dr. Schubert, ich habe mir diese Frage noch nicht gestellt.«

Hoffentlich gibt er sich damit zufrieden.

»Aha«, Schubby war offensichtlich enttäuscht, »nun ja, dann kommen wir später darauf zurück. Aber du kannst uns doch sicher etwas über den Spannungsaufbau in diesem zentralen Dialog sagen, Thomas.«

Nun richteten alle bis auf Andreas ihren Blick auf Thomas. Thomas stand auf. Mit seinen eins fünfundachtzig, die er mittlerweile erreicht hatte, überragte er Dr. Schubert um einen ganzen Kopf.

»Dr. Schubert, es tut mir leid, Ihnen sagen zu müssen, dass ich die Schulaufgaben nicht gemacht habe. Ich bitte um Entschuldigung.« Thomas setzte sich. Für fünf Sekunden war es vollkommen still in der Klasse.

Schubert schaute Thomas mit geöffnetem Mund an. Dann schloss er ihn langsam. »Thomas, wir sprechen uns nach der Stunde.« Damit wandte er sich ab.

»Vielleicht kann Wolfgang uns den Spannungsaufbau erläutern?«

Wolfgang Hense begann seinen Erklärungsversuch.

Nach der Deutschstunde nahm Dr. Schubert Thomas mit auf den Gang. »Was ist denn los, Thomas?«, fragte er überraschend milde. »Du weißt, du gehörst wahrlich nicht zu den Besten in der Klasse, aber bisher konnte ich mich darauf verlassen, dass du deine Aufgaben erledigst.« Sollte er Schubby von den Flippers erzählen? Besser nicht.

»Ich habe mich gestern in ein paar neue Musikstücke verbissen und habe wie ein Irrer geübt; ich habe alles andere darüber vergessen. Ich verspreche, ich hole den Schiller nach. Geben Sie mir bis Dienstag, Dr. Schubert.« Herr Schubert blieb am Treppenaufgang stehen. Thomas ließ ein wenig Abstand zwischen sich und seinem Deutschlehrer, damit Dr. Schubert nicht zu steil zu ihm aufschauen musste. Er wusste, dass kleine Lehrer es hassten, zu lang aufgeschossenen Schülern hochblicken zu müssen.

»So, so, dann hoffe ich mal auf ein besonders schönes Klarinettensolo beim nächsten Schulkonzert. Und am Dienstag hast du den gesamten dritten Aufzug vom Don Carlos im Kopf! Da gibt es kein Vertun!« Herr Schubert ließ Thomas stehen und ging Richtung Lehrerzimmer.

»Vielen Dank, Herr Dr. Schubert«, rief Thomas ihm erleichtert hinterher.

Am Nachmittag klingelte Thomas pünktlich bei Hanemanns in der Grabbestraße 18. Joachim, der vor zwei Jahren auf dem MJG das Abitur abgelegt hatte und nun eine Lehre bei der Sparkasse machte, öffnete die Tür. »Ich bin der Jojo, schön, dass du kommst.«

Tanja saß schon am Keyboard und probierte ein paar Akkordfolgen zu Abbas »Dancing Queen«. Sie hatte ihr langes schwarzes Haar zu einem Zopf gebunden, sodass es sie bei schnellen Bewegungen nicht störte. Ihre dunklen Augen streiften Thomas nur kurz. »Das ist Tom«, sagte sie, ohne das Spielen auf dem Keyboard zu unterbrechen, »Tom Johannmeyer vom MJG, er wird Hermann ersetzen.«

Von Angie hatte Thomas schon in der Tanzstunde erfahren, dass Tanja im zweiten Semester Deutsch und Geschichte an der neugegründeten Universität in Bielefeld studierte. Sie hatte einen alten blauen R4, mit dem sie wegen der Band oft nach Hause nach Langenheim fuhr. Seit dem Unfall von Hermann, ihrem Ex, mit dem sie erst drei Monate zuvor Schluss gemacht hatte, war sie allerdings kaum noch in Bielefeld gewesen, hatte Angie berichtet.

Richard Gruneberg, den alle immer nur Richie oder wegen seiner Haarfarbe Red Richie nannten, kam als Letzter. Er war Lehrling im letzten Lehrjahr bei Mercedes Hahnemüller.

»Müsst ihr wirklich um sechzehn Uhr schon proben? Das ist für mich echt scheiße, da arbeiten im Betrieb doch noch alle, ich weiß nicht, wie Jojo das schafft«, begrüßte er sie. Dann setzte er sich ans Schlagzeug. Er war der Stillste in der Band, aber am Schlagzeug kaum zu bremsen und für die Flippers fast schon zu rockig. Sie spielten zuerst die zehn Titel, auf die Thomas sich vorbereitet hatte, Tanja stoppte hier, stoppte da, wechselte vom Keyboard zur Gitarre, zurück zum Keyboard, Jojo übernahm dann oft den Bass. Tanja und Jojo waren vollkommen still, wenn Thomas zu seinen

Saxophon-Soli ansetzte, zu denen Richie lediglich sehr zurückhaltend auf der kleinen Trommel schrubbte.

»Ich hab doch immer gesagt, wir brauchen 'n Sax«, sagte Jojo. »Das war schon echt stark! Super, Tom.« Jojo drehte sich Thomas zu und reichte ihm die Hand. Thomas war überrascht.

»Gut«, sagte auch Tanja, »aber jetzt kommen die neuen Titel, die du noch nicht kennst.«

Sie probten fast fünf Stunden lang und besonders intensiv die Stücke, bei denen Thomas und Tanja gemeinsam sangen. Tanja trug eine sehr enge Jeans und ein schwarzes T-Shirt. Wenn sie neben ihm stand und sang, wirkte sie sehr verschlossen, sie sang ihren Part und erwartete, dass Thomas sich ganz nach ihren Tempi, ihren Verzögerungen, ihrer Dynamik richtete. Er hätte sich gefreut, wenn sie Blickkontakt zu ihm aufgenommen hätte, so wie sie es tat, wenn sie ihn am Keyboard oder auf der Gitarre begleitete. Doch beim Gesang blieb sie ganz in ihrer Welt. Nach den fünf Stunden war Thomas völlig erschöpft. Zu den fünfzehn neuen Titeln, die sie noch geprobt hatten und von denen Thomas eine ganze Reihe nie zuvor bewusst gehört hatte, sollte er bis Freitag weitere zehn erarbeiten, die sie nur kurz angespielt hatten. Für Freitag um siebzehn Uhr war die nächste Probe angesetzt.

»Du schaffst das, Tom. Das war ein superstarker Anfang. Wir werden am Samstag Erfolg haben, ganz sicher! Du machst das klasse!« Tanjas dunkelgrüne Augen leuchteten, sie verstärkte ihr Lob noch mit einem breiten Lächeln. Thomas senkte den Blick auf den Boden.

Noch am gleichen Abend rief er bei Andreas an, um ihm von der Probe zu berichten und ihn zu fragen, ob er ihm helfen würde, auch die neuen Songs einzustudieren. Klar, er könne am nächsten Nachmittag kommen. Mit allen neuen Titeln. Sie würden bis zum Umfallen üben und arrangieren.

Am Samstagabend hielt Tanja um achtzehn Uhr mit ihrem alten R4 vor dem Haus der Johannmeyers, Thomas quetschte sich hinten zu Richie auf die Rückbank, das Saxophon und die Notentasche auf dem Schoß. Er hatte wie die drei anderen Jungs eine weiße Hose an, die er in einem Laden für Berufskleidung als Bäckerhose billig erworben hatte. Dazu trug er das typische blaue Hemd der Flippers, das eigentlich Hermann gehörte, der es ihm ausgeliehen hatte. Hermanns weiße Hose war für Thomas allerdings viel zu kurz gewesen. Diese zusätzliche Ausgabe musste sein. Tanja war vom weiß-blauen Dresscode ausgenommen. Sie trug bei den Konzerten fast immer ein enges schwarzes Kleid, ziemlich kurz, und dazu Strümpfe, die ihren Beinen einen cremig goldenen, seidigen Glanz verliehen, den Thomas sehr anziehend fand.

Die Flippers spielten im Kurhotel von Bad Borndorf, einem kleinen Kurort nur fünf Kilometer von Langenheim entfernt und seit kurzem eingemeindet in die Kreisstadt. Borndorf hatte sich in den vergangenen Jahren kräftig entwickelt. Herz, Kreislauf, Orthopädie und Frauenleiden als Hauptindikationen und ein großzügiges Hallenbad mit Solewasser und zwei beheizten Außenbecken sorgten dafür, dass die Belegung stimmte. Auch jüngere Patienten kamen zu orthopädischen Rehamaßnahmen nach Bad Borndorf und vor allem Frauen nach Operationen oder mit Beschwerden zu Beginn der Menopause. Die Tanzabende im Kurhotel waren für die aktiveren Kurgäste eine willkommene Abwechslung.

Vor dem Auftritt probten die vier noch einige Titel im Saal und spielten dann von 20.30 Uhr bis kurz vor ein Uhr. Herr Heumann, der Pächter des Kurhauses, war sehr zufrieden. Schon um zehn Uhr kam er in einer Spielpause zu ihnen und strahlte. »Die Leute sind gut drauf, konsumieren viel. Weiter so, das wird ein guter Abend.«

Thomas atmete erleichtert auf. Seine Schwächen waren wenigstens nur ihm und den anderen in der Band aufgefallen. Es war vor allem der Rhythmus. Die Synkopen, die schnellen Triolen, die ungewohnten Verzögerungen machten ihm Probleme. Vor allem dann, wenn Jojo Gitarre spielte, er gab schnell, präzise, unerbittlich den Rhythmus vor. Da musste er höllisch aufpassen. Tanja und Richie hingegen hatten mehr Einfühlungsvermögen oder schlichtweg mehr Mitleid mit ihm als Greenhorn. Um Mitternacht hatte ein weiblicher Kurgast seinen vierzigsten Geburtstag. Ihr Begleiter, ein weiterer Kurgast, der offenbar ein Auge auf sie geworfen hatte, wünschte sich einen Udo-Jürgens-Titel: »Solang' noch Züge geh'n.« Er war bereit, zwanzig Mark Trinkgeld zu zahlen, wenn die Band dieses Stück spielen würde. Tanja suchte schnell die Noten heraus und das Textblatt. Das Lied gehörte nicht zu den Titeln, die Thomas bisher geprobt hatte.

»Kannst du das singen, Tom?«

»Klar, das wird schon klappen.«

Tanja schaute ihn verdutzt an.

Im Frühjahr hatte Herr Johannmeyer seiner Frau zu ihrem Geburtstag eine Udo-Jürgens-LP geschenkt. Auf der war auch das gewünschte Lied. Bei Thomas zu Hause war die LP in den letzten Wochen sehr oft aufgelegt worden, sodass er die Melodie und auch einen Teil des Textes gut kannte.

Tanja legte los. Dann kamen der Einsatz von Thomas und der Refrain:

»Solang' noch Züge geh'n,
da können Menschen
nicht auseinandergeh'n
für alle Zeit!
Solang' noch Züge geh'n …«

Das Geburtstagskind war überglücklich und sang den Refrain laut mit.

Als Tanja und die drei Männer um kurz vor ein Uhr im Auto saßen, war Thomas hundemüde. Tanja hatte jedem das Tageshonorar ausgezahlt. Mit Trinkgeld waren es fünfundsechzig Mark für jeden. Zu Hause angekommen, ging er sofort zu Bett. Zum Zähneputzen war er zu müde.

Am nächsten Tag war das Hotel Astoria in Bad Westerschledde an der Reihe, Bad Borndorfs Konkurrenzort zehn Kilometer südlich von Langenheim. Das Programm war ähnlich. Sie begannen bereits um neunzehn Uhr mit den ruhigeren Titeln, die das Abendessen begleiteten. Die Saxophon-Soli von Thomas wurden beklatscht. Ansonsten blieb das speisende Publikum eher reserviert. Von einundzwanzig bis dreiundzwanzig Uhr standen Tanzrhythmen auf dem Programm. Viel James Last und Abba. Auf der Tanzfläche gab es nie Gedränge. Wenn Thomas die letzten Takte eines Solos auf dem Saxophon spielte, schloss er manchmal die Augen. Er empfand ein Gefühl der Freiheit und Unabhängigkeit, wie er es bis dahin kaum gekannt hatte. Diese populäre Musik vor den tanzenden Menschen gehörte ihm. Das kannte er nicht aus der Schule, es war nicht Schütz oder Bach, die Andreas so sehr bewunderte, das hatte er sich geschaffen – mit Hilfe von Andreas zwar, aber es würde allein sein Erfolg bleiben. Und es half seiner vorher stets schwachen Finanzlage: Mit Trinkgeld kam jeder der vier an diesem Abend auf achtundvierzig Mark. Herr Berg, der Hotelier, verlängerte das Engagement für den gesamten Juli. Tanja jubelte und gab Thomas einen Kuss, zwar nur auf die Stirn, aber immerhin.

Als Thomas gegen Mitternacht im Bett lag, war er ganz und gar zufrieden mit sich. Sein Debüt als Schlagermusiker hatte geklappt. Er hatte hundertdreizehn Mark an einem einzigen Wochenende verdient.

In der kommenden Woche erweiterte Thomas mit Hilfe von Andreas sein Repertoire um noch einmal zehn neue Stücke. Wieder machte es ihnen am meisten Spaß, für das Saxophon einzelne Schlagerpassagen umzuschreiben, Vor- oder Nachspiele zu komponieren oder auch einmal ein ganzes Lied als Instrumentalstück mit dem Saxophon als Leadstimme zu bearbeiten. Bei diesen Arbeiten war Andreas klar führend, und Thomas musste anerkennen, dass seine Vorschläge den eigenen überlegen waren. Er wusste aber auch, dass seine Stärke in der Ausführung lag, in der Modulation, in der unerwarteten Pause, dem langgezogenen Ritardando, den vielen Timbre-Nuancen dieses Instruments, das er mehr und mehr beherrschte. Und dazu gehörte auch, wie er sich auf der kleinen Bühne bewegte. Das war zunächst sehr sparsam gewesen, rhythmisch und kontrolliert, wurde aber schon am zweiten Wochenende etwas freier. Das Saxophon verführte auf der Bühne geradezu zu wirkungsvollen Gesten. Einige davon übte Thomas auch in der Bibliothek im Hause der Wingerts. Sogar vor den Augen von Andreas, der die Körperarbeit kommentierte: »Das machst du gut, Tom, mit echtem Hüftschwung, das wird alle Frauen im Saal begeistern. Du wirst jede Menge Anträge kriegen!« Thomas lachte, aber es gefiel ihm. Er würde den kleinen Hüftschwung im Kurhotel einsetzen.

Annette reagierte seit ein paar Tagen allerdings mit größter Nervosität auf die umfangreichen Popmusik-Proben im Haus. Sie war äußerst deprimiert von Mallorca zurückgekehrt. Silvie hatte im Hotel in La Palma einen Marco kennengelernt und völlig überreagiert. Die letzten drei Nächte war sie gar nicht mehr im gemeinsamen Hotelzimmer bei Annette erschienen. Auf dem Rückflug hatte sie fast durchgehend geheult. »Ich will doch nur zu Marco! Marco, Marco, Marco!« Jetzt überlegte sie, ab Herbst in Barcelona zu studieren, wo Marco arbeitete. Den geplanten Urlaub mit Annette in Südengland hatte sie schon auf dem Rückflug ersatzlos gestrichen. Annette war außer sich vor Enttäuschung!

Eines Abends Anfang Juni, als Thomas mit seinem Saxophon wieder einmal vor der Tür zur Villa der Wingerts stand, öffnete ihm Frau Wingert. Thomas war verlegen. »Schön, dich wiederzusehen«, sagte Frau Wingert, als sei er und nicht sie ein Jahr lang weg gewesen.

Andreas war an diesem Abend schlecht gelaunt. Bei den Proben zu den neuen Stücken änderte er oft willkürlich die Tempi, sodass Thomas aufpassen musste. Das war zwar eine gute Übung, denn ab Mitternacht schleppte oder beschleunigte auch Jojo manchmal, ohne Rücksicht auf ihn zu nehmen. Doch es war eben auch eine große Quälerei. Warum machte Andreas das? Nach einer halben Stunde schwitzte Thomas so sehr, dass er das Saxophon absetzte.

»So geht das nicht, Andy, ich kann nicht mehr«, sagte er leise und senkte den Kopf. Da drosch Andreas auf den Flügel ein, hämmerte die Akkorde und schrie in den Raum: »Da kommt sie zurück, einfach so, sagt: ›Hallo, ihr Lieben, hier bin ich wieder: Habt mich bitte gern.‹ Das soll also Ehe sein? Du kannst gehen, wenn du willst, und alle im Stich lassen, und du kannst zurückkommen, wenn du willst, und alles ist wieder gut. Ich kann nicht mit ihr reden. Ich will einfach nur hier raus! Ich habe mich viel besser gefühlt, als sie nicht da war. Als sie heute Morgen zu mir gesagt hat: ›Pass bitte auf dich auf‹, hätte ich sie erwürgen können. Eins weiß ich genau, Thomas, Ehe, das ist nichts für mich.« Andreas hämmerte noch ein paar Minuten vor sich hin, hörte dann ganz plötzlich mitten in einer Akkordfolge auf, erhob sich, schaute Thomas geradewegs ins Gesicht, sagte: »Entschuldige, bitte«, und ließ Thomas neben dem weißen Flügel in der Bibliothek allein.

Am kommenden Samstag kam Andreas unangemeldet ins Kurhaus. Thomas erkannte ihn sofort in der Menge. Er ärgerte sich, denn Andreas kam, als er gerade die letzten Takte von Roy Blacks Erfolgslied sang und ins Mikro hauchte: »Du bist nicht allein«. Thomas schämte sich. Warum musste er gerade zu diesem Lied kommen? Andreas würde über den kitschigen Roy-Black-Song lächeln und alle seine Vorurteile bestätigt fühlen. Andreas hatte die drei Bandkollegen noch nie zuvor getroffen und fand Tanjas Keyboardspiel sicher unmöglich. Er blieb hinten im Saal, während sie den nächsten Titel spielten. Erst als Thomas das Saxophon zu seinem Solo am Ende von »Strangers in the Night« ansetzte, kam er nach vorn, holte plötzlich seine Kamera hervor und machte mehrere Fotos von der Band und zwei Nahaufnahmen von Thomas mit dem Saxophon am Mund. In der Spielpause stellte Thomas Andreas den drei Kollegen vor. »Ohne ihn hätte ich das nie geschafft.

Ich möchte, dass ihr das alle wisst. Tanja, Jojo, Richie: Er hat die meisten meiner Sax-Arrangements geschrieben.« Alle drei nickten, schauten Andreas an, wie Schüler einer Klasse den Klassenprimus anschauen, eher etwas befremdet und respektvoll als freundlich oder gar herzlich. Tanja murmelte ein »Na denn, danke«. Dann ging es auch schon auf der Bühne weiter: »Anuschka, bist du heut' für mich da!«

Im Juni begann auch die Philharmonie mit den Proben zum diesjährigen Totensonntagskonzert. Es war Verdis Requiem. Der Unterschied zu den Bandproben hätte für Thomas größer nicht sein können. Nach der zweiten Probe wurden er und Andreas von Herrn Müller abgepasst. »Thomas, wie ich höre, machst du jetzt auf Schlager! Schämst du dich nicht? Deine feine Stimme mit dieser schönen Bandbreite, und du singst: ›Schöne Maid, hast du heut' für mich Zeit?‹«, das passt doch nicht! Wissen deine Eltern davon?«

»Ich helfe in einer Band aus. Der Lead-Sänger hatte einen Motorradunfall. Es ist nur temporär!«

»Da gäb's doch bestimmt auch noch andere. Andreas, kannst du deinem Freund diese Torheit nicht ausreden?«

Noch bevor Andreas antworten konnte, sagte Thomas: »Herr Müller, ich spiele sehr gern in dieser Band, und ich lerne eine ganze Menge bei dieser Musik.«

Mitte Juni erzählte ihm Andreas, dass er in den Sommerferien für drei Wochen nach Cherbourg fahren würde. Er würde dort bei einer Familie wohnen und tagsüber drei Stunden lang Grammatik und Vokabeln in einer Sprachschule pauken. Sein Vater wolle mit seiner Mutter drei Wochen allein an die spanische Costa del Sol verreisen, Annette habe sich einer Gruppe von Abiturientinnen ihrer Schule anschließen können, die einen Entspannungsurlaub an der jugoslawischen Küste gebucht hätten. Ob Thomas denn nach seiner Rückkehr aus Cherbourg Lust auf einen einwöchigen Wanderurlaub hätte, irgendwo im Mittelgebirge, ganz altmodisch, wandern, reden, essen, schlafen und wieder wandern? Thomas wich aus. Er könne sich für einen Wanderurlaub noch nicht entscheiden und müsse wohl auch im August noch bei den Flippers spielen.

Zwei Wochen vor seinem siebzehnten Geburtstag teilte Tanja mit, dass sie an drei Freitagabenden ab Ende Juni in Bad Lippspringe im Paderborner Hof auftreten könnten. Bad Lippspringe stand in der Hierarchie der ostwestfälischen Kurorte weit über Bad Borndorf und Westerschledde. Kein Wunder, dass Tanja strahlte. Eine bekannte Band habe abgesagt, erklärte sie. Für den Abend gäbe es für jeden siebzig Mark, und die Zimmer für die Übernachtung seien frei. Bad Lippspringe war zu weit entfernt, um nachts noch nach Langenheim zurückzufahren. Der erste Auftritt dort sollte am Abend von Thomas' Geburtstag stattfinden. »Unser erster Abend in einem lippischen Staatsbad, Jungs, ich wusste es: 1977 wird unser Durchbruchsjahr. Wir werden noch berühmt!« Tanjas Augen leuchteten. Und Thomas hätte sie am liebsten in den Arm genommen.

»Vielleicht zahlen die da auch bessere Trinkgelder, in einem ›Staatsbad‹«, grummelte Red Richie.

Andreas war enttäuscht, als Thomas ihm sagte, dass er am Abend seines Geburtstages und das ganze anschließende Wochenende über würde spielen müssen. Andreas hätte ihn gern am Geburtstagsabend ins Kino eingeladen. »Das Brot des Bäckers« lief im Gloria, und es hieß, es sei ein ganz guter Film.

»Es geht nicht, Andreas, ich kann die drei doch nicht allein in Lippspringe spielen lassen.«

»Fünf Tage später beginnen die Ferien, Tom, und dann bin ich für drei Wochen weg. Wie sieht es denn mit unserem geplanten Wanderurlaub aus?«

»Nur von Montag bis Freitagmittag. Ich muss das Wochenende frei halten.«

Das Konzert im Paderborner Hof in Bad Lippspringe war anstrengend. Der Saal war groß und sehr voll. Sie hatten im leeren Saal kurz geprobt, bekamen aber Probleme mit der Akustik, als sie kurz vor neun ihren ersten Auftritt hatten. Thomas spielte seine Saxophonstücke am liebsten ohne Verstärker, daran war hier nicht zu denken. Mächtige Boxen standen links und rechts von der Bühne. Das Saxophon hatte einen scheppernden, metallenen Klang, der besonders den ruhigen Songs nicht gut bekam. Im Saal hatte ein Gast Geburtstag. Seine Freunde baten die Band um ein »Happy Birthday!«.

»Das gilt dir«, sagte Tanja, »dir ganz allein, auch wenn es außer uns keiner weiß.«

Um halb eins gab ihnen der Hotelier zweihundertachtzig Mark, zwanzig Mark Fahrgeld und zwei Zimmerschlüssel.

»Zwei, nicht vier?«, fragte Jojo. »Wie soll das denn gehen, Tanja?«

»Ganz einfach. Du teilst dir mit Red Richie ein Zimmer, und Tom kommt zu mir. Es ist schließlich sein Geburtstag. Wenn er sich nicht anständig benimmt, schläft er auf dem Bettvorleger. Das ist doch klar.«

Tanja öffnete die Tür zum Zimmer 408. Es war unter dem Dach und schlecht belüftet.

»Komm rein, Tom, wir müssen hier erst einmal gründlich durchlüften.«

Thomas stellte den Saxophonkoffer und seinen Rucksack ab. Durch das geöffnete Fenster wehte jetzt ein kühler Luftzug ins Zimmer, der nach dem anstrengenden Auftritt in dem heißen Hotelsaal sehr guttat.

Tanja stand in ihrem schwarzen Kleid vor dem großen Doppelbett, ihre schwarzen Haare fielen locker auf ihre Schultern, ihre dunkelgrünen Augen mit den langen Wimpern richtete sie auf Thomas. Dann ging sie auf ihn zu, stellte sich auf die Zehen und gab ihm einen Kuss. »Herzlichen Glückwunsch zum Geburtstag«, sagte sie und lächelte breit und gewinnend. »Jetzt gehe ich erst mal duschen.«

Am nächsten Mittwoch, dem ersten Ferientag, saß Thomas abends am kleinen Schreibtisch in seinem Zimmer. Vor ihm an der Wand hing die Fotografie, die Andreas von ihm vor wenigen Wochen im Kurhotel gemacht hatte. Ein Schwarz-Weiß-Foto, auf dem er mit leicht träumerischen Augen auf seinem Saxophon spielte. Thomas hatte es vergrößern lassen und in einen Rahmen gesteckt.

Er holte Briefpapier hervor und begann zu schreiben.

Lieber Andreas,
weißt Du noch, wie wir uns vor zwei Jahren versprochen haben, uns zu sagen, wann es so weit war?

Ich wollte es Dir schon an den letzten beiden Schultagen vor den Ferien erzählen, aber wir waren ja nie allein, und dann bist Du gleich heute Morgen nach Cherbourg aufgebrochen. Deshalb löse ich mein Versprechen jetzt mit einem kurzen Brief ein:

Am Freitag nach unserem Auftritt hat sich ergeben, dass ich mir mit Tanja ein Hotelzimmer teilen musste. Wir hatten nur zwei Zimmer vom Hotelier bekommen, und sie bestimmte, dass ich mit ihr aufs Zimmer gehen sollte. Tanja ist eigentlich gar nicht so ganz mein Typ, aber als wir dann geduscht hatten und nebeneinander in diesem Hotelzimmer auf einem Doppelbett lagen, ist es geschehen. Sie hat mich ein wenig massiert, ich habe sie massiert, und dann ging es einfach immer weiter. Es war wunderbar. Alles viel leichter, als ich es mir so vorgestellt hatte. Am übernächsten Freitag sind wir wieder in Lippspringe. Ich versuche die ganze Zeit, mir einzureden, dass Tanja mir letzten Freitag ein Geburtstagsgeschenk der besonderen Art gemacht hat und ich ja nicht jede Woche Geburtstag haben kann.

Aber ich hoffe doch sehr, dass wir uns wieder das Zimmer teilen. Um ehrlich zu sein, ich kann es kaum erwarten.

Ich wünsche Dir drei tolle Wochen in Frankreich. Hoffentlich ist Deine Gastfamilie nett. Haben die Töchter?

Sei herzlich gegrüßt
Dein Thomas

P. S. Ich werde nie vergessen, dass ich Dir die Proben und die Arrangements verdanke, ohne die ich bei den Flippers nicht gelandet wäre.

Eine gute Woche darauf lag ein Brief aus Frankreich im Briefkasten der Johannmeyers. Thomas jobbte bei Getränke-Heilmann, nahm Leergut an, trug Wasser- und Bierkästen, tat, als sei er Bierexperte, und beriet unschlüssige Kunden, welches Pils im Sommer das beste sei. Vier Tage in der Woche war er für jeweils sechs Stunden bei Heilmann, und an zweien der vier Tage fuhr er die Getränke mit aus. Das waren die wirklich harten Tage, weil er dann Getränkekisten in Keller und Wohnungen schleppen musste. Für jeden Tag gab es sechsunddreißig Mark plus Trinkgeld. Das Moped rückte in erreichbare Nähe. Frau Johannmeyer machte sich allerdings Sorgen. Sie mochte es nicht, dass Thomas an zwei, manchmal an drei Abenden so hart und lange in der Band arbeitete und jetzt auch noch an vier Tagen im Getränkehandel aushalf. »Du hast mit deinen gerade einmal zweiundsiebzig Kilo bei einem Meter fünfundachtzig nichts zuzusetzen. Musst du da auch noch schwere Bierkisten schleppen?«

Als Thomas nach Hause kam, öffnete er zuerst den Brief von Andreas. Er war kurz:

Mon cher ami!

Gratuliere! Wer könnte jetzt noch zweifeln, dass Popmusik auch für Klassikfans etwas Gutes hat? Tanja scheint ja zu bekommen, was sie will. Erst den besten Sänger und Saxophonisten in der Stadt und dann auch noch einen Liebhaber. Sag es, wenn sie noch einen Pianisten brauchen sollte, ich wünsche dir für kommenden Freitag jedenfalls viel Glück!

Hier in der Familie gibt es leider keine Töchter. Meine Gasteltern sind um die siebzig, beide waren Lehrer, ihre einzige Tochter lebt mit ihrer Familie in Paris. Aber sie sind wirklich sehr nett. Er interessiert sich für Geschichte und kennt jede Schlacht von Napoleon. Ich bald auch. Und er versteht viel von Rotwein. Ich bald auch, denn jeden Abend darf ich zwei verschiedene Lagen oder Rebsorten probieren (nur kleine Gläser). Zu meinem Geburtstag fahren wir gemeinsam für einen Tag nach Paris.

In der Sprachschule pauken wir. Da sind einige Mädchen aus Köln, München, Stuttgart, Bayreuth. Sie sind alle ganz nett, aber es funkt nicht. Ein Teilnehmer, Christian, hat sich an Ulla vom Bodensee rangemacht und sich prompt eine Abfuhr eingefangen. Du wirst also vermutlich noch ein wenig warten müssen, bis ich Dir von ähnlichen Taten berichten kann.

Herzlich,
Andy

P. S. Ich würde mich wirklich freuen, wenn wir noch zum Wandern kämen, falls all Deine neuen Pflichten das noch zulassen!

Thomas hatte Glück. Auch am kommenden Freitag gab es nur zwei Zimmer für die Band, und Tanja und Thomas teilten sich erneut Zimmer 408. Doch auf der Rückfahrt nach Langenheim war Tanja auffallend still. Nachdem sie Richie und Jojo zu Hause abgesetzt hatten, eröffnete sie ihm plötzlich: »Hermann kommt zurück. Schon in zwei Wochen. Wir werden noch einmal gemeinsam in Lippspringe spielen, und das war's dann.« Thomas schluckte. Als er sie dann fragte, ob sie nicht vielleicht auch ohne Hermann und ohne Lippspringe zusammen sein wollten, lachte sie nur.

Das Gute an Hermanns früher Rückkehr war, dass er Zeit haben würde, mit Andreas in der letzten Ferienwoche wandern zu gehen, ohne Rücksicht auf Freitage, Samstage oder Sonntage.

# 16

Er war mit dem Zug von Cherbourg nach Paris gefahren, hatte in einer kleinen Pension an einer lauten Straße in der Nähe des Gare du Nord übernachtet, war dann vormittags von Paris nach Köln weitergefahren, um dort den Nachmittagszug nach Langenheim zu nehmen. Jetzt war es kurz vor sechs Uhr abends, Andreas stand mit seinem Gepäck am Ausgang des Langenheimer Bahnhofs und wartete. Nach einer Viertelstunde versuchte er, von einer Telefonzelle aus jemanden zu Hause zu erreichen. Niemand nahm ab, er wählte die Nummer der Praxis. Sein Vater konnte sich nicht erklären, warum Gitte nicht am Bahnhof war, sie hätten gestern Abend noch besprochen, dass sie ihn abholen würde. Er bat Andreas, mit dem Taxi nach Hause zu kommen, und wollte selbst bald zu Hause sein.

»War die Reise mit Mutter okay?«, fragte Andreas.

»Ich kann dazu jetzt nichts sagen, Andreas, wir sprechen heute Abend. Und bitte, sei nett zu deiner Mutter, wenn du sie gleich triffst. Es ist sicher keine böse Absicht, dass sie dich nicht vom Bahnhof abgeholt hat.«

Als das Taxi bei den Wingerts hielt, schien Andreas das Haus seltsam verlassen. Der Gärtner hatte den Garten zwar gepflegt, aber das Haus mit den geschlossenen Fenstern, die ihn wie leere schwarze Augen begrüßten, wirkte verlassen auf ihn.

In der Diele roch Andreas die Zigarren seines Vaters, ein Geruch, der typisch war für das Wingert'sche Haus, in dem seine Mutter früher allerdings immer kräftig gelüftet hatte. Er rief nach ihr, doch es meldete sich niemand. Ganz offensichtlich war sie nicht zu Hause. In der Diele stand eine nicht ausgepackte Reisetasche, im Spülbecken in der Küche lag das Frühstücksgeschirr seines Vaters, keine Spur von seiner Mutter.

Andreas ging zum Telefon. Sein Vater war überrascht. »Nein, nein, es war nicht alles eitel Sonnenschein in Spanien, aber dass sie jetzt nicht da ist und alles so unberührt wirkt, ist schon seltsam. Ich bin gleich daheim.«

Andreas brachte seinen Koffer und den Rucksack nach oben in sein Zimmer und öffnete die Fenster. Auf dem Weg zum Bad kam er am Elternschlafzimmer vorbei, die Tür stand offen, und er sah den Reisekoffer seines Vaters geöffnet auf der Seite des Doppelbettes liegen, auf der früher seine Mutter geschlafen hatte. Sie musste nach der Rückkehr aus Spanien also im Gästezimmer übernachtet haben. Er ging die Treppe hinauf, überlegte einen Moment, ob er klopfen sollte, und öffnete dann die Tür. Seine Mutter lag auf die rechte Seite gedreht, leicht gekrümmt, mit den Händen am Bauch auf dem Gästebett. Sie trug eine graue Flanellhose und ein kurzärmliges rotes T-Shirt. Auf dem Nachttischchen stand eine leere Weinflasche, ein leeres Wasserglas und eine große geöffnete Tablettenpackung, vor der drei Aluminiumstreifen lagen, aus denen jeweils alle zehn Tabletten herausgedrückt waren. Hinter dem Wasserglas lag ein weißer quadratischer Briefumschlag. Als Andreas wenige Schritte zum Bett hin machte, konnte er auf dem weißen Umschlag die Schrift seiner Mutter erkennen. »An meinen Max«, las er.

Er wusste sofort, was geschehen war. Er beugte sich zu seiner Mutter, legte seine rechte Hand auf ihre Stirn und nickte. Die Stirn war kalt. Er richtete sich wieder auf, sah auf das aschblonde halblange Haar seiner Mutter, betrachtete ihr gebräuntes Gesicht, den langen Hals, das rote T-Shirt. »Mutter ist tot«, sagte er laut und erschrak selbst über seine Worte. Dann ging er langsam wie auf Zehenspitzen zur Tür und aus dem Zimmer hinaus. Noch auf der Treppe zum Erdgeschoss hörte er den Wagen seines Vaters in die

Garageneinfahrt einbiegen. Als er die Haustür öffnete und Andreas ansah, blickte er erst fragend, dann ungläubig, dann verzweifelt. »Das kann doch nicht sein, das kann doch nicht sein! Wo, Andreas?«

»Im Gästezimmer.«

Sein Vater raste die Treppe hinauf und kam schon wenige Minuten später zurück ins Wohnzimmer. »Wir müssen die Polizei holen, Andreas.« Nach ein paar Sekunden fügte er leise hinzu: »Ruf bitte einfach die Notrufnummer an.« Dann ließ er sich in den Sessel fallen und weinte.

Eine halbe Stunde später kamen zwei Polizeibeamte. Herr Wingert erklärte ihnen, dass seine Frau nach ihrer Rückkehr aus Spanien im Gästezimmer geschlafen und ihn ausdrücklich darum gebeten hatte, sie morgens bloß nicht zu stören. »Wäre ich doch heute Morgen nur zu ihr gegangen! Aber sie hat mich eindringlich gebeten, sie nach der langen Rückfahrt ausschlafen zu lassen, und ich Idiot bin heute nicht zu ihr hochgegangen, sondern schon um sieben Uhr in die Praxis gefahren. Nach drei Wochen Urlaub war da wie immer wahnsinnig viel zu tun. Gegen elf Uhr habe ich aus der Praxis angerufen. Sie hat nicht abgenommen, und ich habe mir nichts dabei gedacht, weil Gitte mir erzählt hatte, dass sie heute einen Friseurtermin haben würde. Ich Idiot. Ich habe nichts gemerkt.«

Die Leiche wurde abgeholt und zur Obduktion in die Gerichtsmedizin gebracht. Während die Polizisten mit seinem Vater sprachen, hatte Andreas bei Thomas angerufen, der sich sofort aufs Fahrrad setzte und zu ihnen fuhr. Als er kam, ließen sich die beiden Polizeibeamten gerade von Andreas beschreiben, was er bei seiner Rückkehr vorgefunden und was er getan hatte. Dann verließen sie das Haus. Thomas zog sich in das Zimmer von Andreas zurück, um Vater und Sohn im Wohnzimmer allein zu lassen.

»Ich habe Mutters Brief gelesen, Andy. Es war eine schwierige Reise, so wenige Wochen nach ihrer Rückkehr kam diese Reise viel zu früh. Ich habe mich um sie bemüht, wirklich bemüht, auch wenn ich in Spanien noch einmal schmerzhaft gespürt habe, wie sehr mich ihr Weggang im letzten Jahr verletzt hat. Es war offensichtlich, dass sie noch nicht wieder bei mir, bei uns angekommen war. Aber ich wusste nicht, wie verzweifelt sie war, und ich ahnte nicht, dass dieser Klaus sie noch immer gefangen hielt. Lies selbst.« Er reichte Andreas den Brief, den seine Mutter mit dem Füller in ihrer klaren, leicht leserlichen Schrift geschrieben hatte:

> Lieber Max,
> ich weiß, es ist nicht fair, Dir und den Kindern das anzutun.
>
> Es gibt nicht viel zu erklären. Ich bin unheimlich müde und erschöpft. Ich habe Dich, meinen Max, einmal geliebt, richtig geliebt. Wie glücklich war ich, als wir Eltern wurden. Ich dachte, ich könnte darauf aufbauen, als ich vor ein paar Wochen in unser Haus zurückkehrte. Als ich merkte, dass meine Gefühle nicht zurückkamen, zog es mir den Boden unter den Füßen weg. Ich sah, wie Du Dich ehrlich freutest, aber ich erkannte, dass meine Grundlage, die ich meinte, zu Hause wieder vorzufinden, zerstört war. Alles wurde kalt in mir, und alles fiel mir schwer. Ich versuchte, es zu überspielen, aber ich konnte kaum noch schlafen und schleppte täglich einen überschweren Ballast mit mir herum. Ich wurde immer müder und konnte bald gar nicht mehr schlafen.
>
> Dass Andreas kühl reagieren würde, hat mich nicht verwundert, er geht seine ganz eigenen Wege, und dass Annette belanglose Ausflüchte machte, statt ernst mit mir zu sprechen, hat mich auch nicht überrascht, sie hatte schon immer die Neigung, Probleme zuerst einmal mit guter Laune zu überspielen. Nein, erschrocken

war ich über mich selbst. Ich kannte diese Schwere, diese tiefe Müdigkeit aus einer Phase, kurz bevor ich Klaus damals kennenlernte, und mit ihm war sie vorbei. Jetzt aber wurde mir bewusst, dass ich offensichtlich gar nicht mehr bei Dir, bei Euch andocken konnte. Was hatte ich mir mit meiner Rückkehr nur eingebildet? Wie naiv war ich gewesen? Ich hasse mich! Ich kann nicht anders, ich muss kühl, frostig, unnahbar sein. Ich kann keine Umarmung von Dir ertragen, ich fürchte mich, wenn Du in meine Nähe kommst. Ich will nur Ruhe.

Ich war froh, das Gästezimmer im Haus als meinen Rückzugsort zu haben. Ich gab mir alle Mühe und war dennoch nur eine schlechte Haushälterin, nicht mehr, weit davon entfernt, wieder Deine Frau zu sein. In Spanien teilten wir das Zimmer, aber ich konnte nichts mehr mit Dir teilen. Das würde sich alles noch geben, hast Du mit Deiner ruhigen und besonnenen Arztstimme gesagt. Ich konnte auch diese Zuversicht nicht ertragen. Ich hasste Dich sogar dafür.

Jeder Tag war die Hölle. Bitte verdamm mich nicht, wenn ich Dir jetzt, am Tage unserer Rückkehr aus dem Urlaub, ehrlich schreibe, dass mich bei aller Starre, die ich spürte, in den letzten Wochen immer wieder Träume gequält haben, Träume, die mich glücklich machten, glücklich in den Armen eines anderen Mannes. Ich denke, Du hast das Recht, das zu erfahren, es wird Dich meine Entscheidung leichter annehmen lassen. Aber ich kann mich nicht länger quälen, nachdem ich weiß, dass dieser Traum für immer ein Traum bleiben wird. Ich bin gescheitert, ich habe mich verspielt, dabei war ich mir doch vor zwanzig Jahren so sicher gewesen. Doch ich kann kein Leben führen auf einer nicht mehr vorhandenen Basis. Ich habe verspielt, und Du weißt, wie gern ich alles geordnet habe, alles an seinem Platz, und nun habe ich selbst keinen Platz mehr. Ich bin müde, unheimlich müde. Ich weiß jetzt, man kann nicht einfach weggehen und dann einfach wieder zurückkommen.

Dir und Annette und Andreas alles Liebe

Deine Gitte

# 17

Andreas nahm einen Schluck Tee, während Monsignore Weckmann auf das zweite Thema zu sprechen kam, die von Andreas angesprochene Priesterweihe für homosexuelle Männer. Warum er denn so etwas in seiner Predigt und dann auch noch in einem Zeitungsinterview gefordert habe? Er wisse doch, dass der Priester sakramental Christus verkörpere, den Hirten und Bräutigam der Kirche. Nur wer seine Gefühle im Griff habe und emotional reif sei, könne das Priesteramt in der Nachfolge Christi und im Sinne einer geistlichen Vaterschaft ausüben. Dr. Weckmann sagte noch weitere Sätze über die wahre Hirtenliebe, über korrekte und einfühlsame Beziehungen eines Priesters zu den männlichen wie den weiblichen Mitgliedern einer Gemeinde, die dem Hirten des Herrn anvertraut seien. Aus all diesen Gründen sei ein Homosexueller für ein Priesteramt völlig ungeeignet.

Andreas schwieg. Pater Ludger schaute ihn liebevoll an. Er erwartete eine zustimmende Bemerkung von Andreas, die dieses Gespräch hoffentlich schnell beenden würde. Es waren schwierige, unangenehme Themen, die sie heute behandelten.

»Wenn wir davon ausgehen dürfen, Monsignore, dass Gott seinen Sohn tatsächlich als Menschen zu uns geschickt hat, dass Maria in Bethlehem wirklich einen Menschen zur Welt brachte, dürfen wir uns Christus nicht als asexuellen Mann vorstellen. Auch wenn es keine Überlieferung gibt, nach der Christus mit einer Frau oder einem Mann in Gemeinschaft gelebt hätte, lässt sich daraus doch nicht schließen, dass ihm alles Sexuelle ein Gräuel war und er es daher für seine Jünger, für seine Priester untersagt hätte.«

»Pfarrer Wingert, wir sind uns doch einig: Eine Verbindung von Homosexualität mit Jesus Christus ist ein Witz und wird nur von einschlägigen Kreisen verbreitet, die dann mit Johannes, dem Lieblingsjünger Christi, und ähnlichen vermeintlichen Fundstellen argumentieren. Die Bibel ist eindeutig in ihrer Ablehnung homosexueller Handlungen. Es ist falsch, wenn Sie in Waldenburg fordern, die Katholische Kirche sollte auch schwule Männer zu Priestern weihen.«

»Sie tut es doch schon längst, Dr. Weckmann, das wissen Sie und ich. Es gibt keine Menschen ohne Sexualität, auch keine Priester. Die Unterdrückung von Sexualität, von Hetero- wie Homosexualität, bei den wichtigsten Trägern der Kirche, nämlich bei uns Hirten, ist falsch. Wenn wir doch wissen, dass zum Menschsein auch die Sexualität gehört, darf die Kirche ihre Männer nicht länger zu Lügnern, ja gar zu Krüppeln machen. Und erst recht darf sie nicht dabei zusehen, wie Einzelne sich an Jungen vergehen.«

Dr. Weckmann sah Andreas nun nicht mehr väterlich wohlwollend, sondern skeptisch und fragend an. Er schob die Unterlippe über die Oberlippe und begann, leichte Kaubewegungen zu machen.

»Es ist nicht wahr«, entgegnete der Monsignore, »dass die Missbrauchsfälle von homosexuellen Priestern verübt wurden, die sich deshalb an Jungen vergriffen haben, weil die Kirche ihnen keine reguläre Beziehung zu Männern ermöglicht hätte. Pädophile sind eine andere Kategorie, sie sind kranke Männer, vor denen sich keine Einrichtung vollständig schützen kann.«

Andreas gab zu, dass Weckmann recht hatte. Wäre es nicht dennoch an der Zeit, fragte er weiter, den Ort der Kirche für diese kranke und kriminelle Gruppe so unattraktiv wie möglich zu machen? Und das ginge doch wohl insbesondere dann, wenn man ein breites Spektrum von Männern gewinne, Männer, die auch Väter sein wollten, Ehemänner oder Partner, Männer, denen man eine Familie ermögliche oder eine enge Beziehung, aus der heraus sie täglich Kraft schöpfen könnten für dieses wunderbare Amt des Priesters. Im Kreis solcher Männer würden Fehlgriffe nicht vertuscht und verschwiegen, da würde keiner gedeckt, der sich einmal an Kindern vergriffen hätte, da würde normal reagiert durch Ausschluss und Strafanzeige und nicht durch Beförderung auf eine neue Stelle. Die Zurücknahme des Zölibats könne so vieles zum Guten wenden.

»Gönnen Sie doch den Priestern unserer Kirche ihre Sexualität, Monsignore!«

Dr. Weckmann schaute Andreas lange an, bevor er zu sprechen begann. »Ich darf jetzt einmal ganz vertraulich werden, mein Sohn. Wenn Sie ein persönliches Problem mit der Ehelosigkeit haben, so besteht durchaus die Gelegenheit, hier und jetzt, an diesem Ort, darüber zu sprechen. Gibt es da eine Frau in Ihrem Leben, oder wächst da vielleicht ein Kindchen heran? Wir haben durchaus Erfahrung mit solchen Situationen. Oder ist da gar ein junger Mann, der Sie verhext hat? Sie wären nicht der Erste, der mir so etwas erzählt, Sie können ganz offen mit mir reden, Pfarrer Wingert.«

»Nein, Monsignore, es geht nicht um meine persönliche Lage, da ist keine Frau, kein Kind und auch kein Mann. Es geht mir so wie Ihnen auch, Monsignore, um uns, um die Kirche. Ich bin sehr gern Pfarrer, ich liebe den Beruf. Ich bin mir ganz sicher, dass ich selbst Gott erfahren habe, in der Musik, im Wort, in der Natur. Ich hatte Ideale im Kopf, als ich Priester werden wollte. Dazu gehörte auch, dass ich an einer friedlichen, einer nicht kapitalistischen und nicht materialistischen Welt mitwirken wollte, in der jede Kreatur ihr Lebensrecht hat. Viele dieser Vorstellungen waren naiv, und ich sehe das heute realistischer, aber ich weiß, ich kann Menschen ahnen lassen, wie sehr sie auf Gottes Liebe bauen und vertrauen können. Ich kann ihnen die heilende Wirkung des Glaubens vermitteln, dass sie Vertrauen in Gott finden und Vertrauen zu sich selbst. Ich spüre, dass ich Menschen erreiche. Und ich erlebe immer wieder, wie sehr sie auf der Suche sind. Viele Menschen wollen glauben und fühlen sich doch verloren. Diese Menschen können wir erreichen, Monsignore, wir müssen es nur richtig machen. Wir haben doch so vieles anzubieten! Mitten in einer nicht leichten, aber auch nicht verzweifelten Situation erwischt uns nun diese schreckliche Krise. Laut einer Umfrage haben nur noch sechzehn Prozent der Bevölkerung Vertrauen in katholische Priester, sogar Bankmanager schneiden besser ab als wir. Nur noch hundert neue Priester werden in diesem Jahr geweiht. Und wir sollen weitermachen wie bisher? Wollen wir wirklich zusehen, wie die Katholische Kirche in Deutschland immer weiter marginalisiert wird? Erfüllen wir unsere Verantwortung, wenn wir die Hände in den Schoß legen und den lieben Gott bitten, diese Krise möge an uns vorüberziehen, ohne dass wir gehandelt hätten? Nein, jetzt müssen wir etwas tun, wir müssen innerhalb der Kirche handeln, Monsignore, wir müssen zeigen, dass wir zu Reformen, zu einer Erneuerung fähig sind. Das erwarten die Menschen in meiner Gemeinde von mir und von uns als Kirche. Soll ich mich in dieser Situation wegducken und Menschen mit ihren berechtigten Sorgen über die Kirche alleine lassen?«

Dr. Weckmann rührte lange in seinem Tee, tat zwei weitere Stücke Kandiszucker hinein und rührte erneut. Pater Ludger schaute erwartungsvoll auf den Monsignore.

»Ich kann Ihre Wut gut verstehen«, sagte er endlich, und seine Stimme hatte einen anderen Klang. Er sprach langsamer und leiser, als käme jedes Wort aus einer tieferen Schicht seines Denkens als zuvor. »Auch wir sind hilflos, manchmal denke ich, es ist wie im Alten Testament, und wir warten auf ein Zeichen Gottes.« Weckmann lächelte, aber es war ein trauriges Lächeln, das die Vergeblichkeit seines Wunsches spiegelte. »Ein Gebilde wie die Katholische Kirche mit ihrer langen Tradition hat eine beeindruckende Standfestigkeit. Diese Festigkeit ist ein ganz großer Trumpf. Wer daran rüttelt, muss gut wissen, was er tut. Auch das hätten Sie den

Menschen in Ihrer Gemeinde vermitteln können. Dass wir uns eben nicht nach jedem Windstoß völlig neu erfinden. Dass wir ein standfestes System sind, ist für viele Gläubige der wichtigste Anker ihres Lebens. Erst das ist für sie Kirche. Dass wir an unseren Prinzipien auch bei Gegenwind festhalten, gibt so vielen Gläubigen Halt. In der Politik sehen wir, wohin es führt, wenn konservative Inhalte immer stärker in den Hintergrund rücken und einer scheinbar so notwendigen Modernisierung Platz machen, hinter der sich meist doch nur Populismus verbirgt. Nein, mein Sohn, ich sehe nicht, dass wir vom Zölibat als Regelfall abrücken sollten. Ich kann mir sogar vorstellen, dass wir durch diese Krise jetzt wieder besonders starke junge Männer bekommen, die sich durch das Klima der Verleumdung und Verdächtigung herausgefordert fühlen und sich stolz zum Priesterberuf bekennen. Nein, der Zölibat hat einen hohen Wert für unsere Kirche, und ich muss Sie herzlich bitten, dies zu akzeptieren.«

Weckmanns Stimme hatte wieder den alten Klang und die alte Festigkeit. Das Gespräch war beendet. Die Herren standen auf, Andreas dankte, wünschte Pater Ludger Wohlergehen und nahm den Segen des Monsignore entgegen, der ihn beim Hinausgehen noch einmal ermunterte, Streiter für den Glauben zu bleiben, er habe ja gesehen, aus welchem Holz Andreas geschnitzt sei. Aber er möge kein weiteres Öl ins Feuer gießen, es brenne doch schon zur Genüge.

Andreas nickte kurz und verließ das Erzbischöfliche Generalvikariat. Er ging nicht gleich zu seinem Wagen zurück, sondern betrat den Dom und setzte sich in die erste Reihe vor dem Hochaltar. Hier hatte er vor zwanzig Jahren die Weihe empfangen, hier hatte er vor dem Kardinal gelegen, flach auf den Altarboden ausgestreckt, ein Zeichen seiner Demut. Was war jetzt gefragt? Gehorsam und Demut? Oder Streit und Kampf?

Er ließ das Gespräch noch einmal Revue passieren. Langsam legte sich sein innerer Eifer. Weckmann hatte alles abprallen lassen, aber der Monsignore hatte nicht unrecht mit seinem Hinweis, auf das System und auf Traditionen zu vertrauen. Er selbst hatte darin immer wieder Halt und Sicherheit gefunden. Hier im Dom fühlte er sich im Schoß der Kirche aufgehoben und von Gott geliebt. Warum führte er das große Wort? Er war doch ganz folgerichtig seinen eigenen Weg gegangen, vom heimlichen Kinderaltar in seinem Kinderzimmer bis zum Stadtpfarrer in Waldenburg. Gut, er hielt sich nicht an den Zölibat, aber letztlich ohne schlechtes Gewissen. Bis zu diesen Missbrauchsskandalen an den katholischen Schulen war er doch ein glücklicher Pfarrer gewesen.

Andreas schloss die Augen. Zu viele Gedanken schossen gleichzeitig auf ihn ein. Er würde jetzt erst einmal alles Thomas erzählen, am besten heute noch, gar nicht erst in Waldenburg halten, sondern gleich von Paderborn bis Münster durchfahren und die ganze Nacht hindurch reden. Das würde sicher einiges klären.

# 18

Thomas hatte überall herumtelefoniert, keiner hatte Andreas in den letzten drei Tagen gesehen, Herr Wingert überließ die Praxis seinem angestellten Kollegen und lief voller Sorge ruhelos von einer Ecke des Wohnzimmers zur nächsten. Thomas war nach der Schule zu ihm gefahren. Er hatte ihm angeboten, die Nacht im Haus der Wingerts zu verbringen, und dann kaum geschlafen. Er ging alle Personen noch einmal durch, alle Orte, die Andreas in den letzten Monaten genannt hatte. Am nächsten Morgen, einem Samstag, klingelte es um halb acht. Es war Frau Stratenmeier, die Praxisleiterin, mit frischen Brötchen. Herr Wingert brachte kaum einen Bissen herunter. »Wo steckt der Junge nur, was ist ihm nur passiert?«

Die Polizei suchte ihn schon seit zwei Tagen, Herr Wingert hatte eine Suchanzeige im *Langenheimer Anzeiger* geschaltet, auf die sich bisher niemand gemeldet hatte.

Gegen Mittag erinnerte sich Thomas an ein Gespräch im Sommer des letzten Jahres, als er nach der Beerdigung von Frau Wingert mit Andreas einen Tag im Rothaargebirge gewandert war. Andreas hatte von einem Steinbruch in Klieve erzählt, an dem er zufällig mit seinem Moped vorbeigefahren wäre und in dem er sagenhaft schöne Steinquader entdeckt hätte. Er schwärmte von diesem Steinbruch als einem ganz verrückten Ort, riesig groß, sprach von der Wärme der glatt geschnittenen Steine, von all den Geheimnissen ihrer Entstehung und von ihrem Geschenk an uns, die wir sie seit Jahrhunderten zum Häuserbauen verwenden, bis zum Tod, wenn aus diesen Steinen am Ende unser Grabstein gestaltet würde.

Thomas setzte sich auf seine Hercules, die er sich im letzten September für fünfhundert Mark gebraucht, aber sehr gut erhalten und gepflegt, gekauft hatte. Um drei Uhr stand er vor einem der Steinbrüche in Klieve und fragte den Besitzer nach Andreas. Fehlanzeige. Doch beim dritten Steinbruch antwortete der kleine, dickbäuchige Eigentümer auf seine Frage: »Ja, klar, der war vor drei Tagen hier, saß auf dem platten Stein da oben, und hinterher legte er sich sogar drauf, spreizte die Beine und Arme und lag da auf dem Rücken in der matten Frühlingssonne und schaute zum Himmel. Ist ja mal ein merkwürdiger Kauz, dein Freund, aber ein Terrorist ist er nicht, sicher nicht. Sind ja viele seltsame Typen hier, Bildhauer und so moderne Künstler, die den Dolomit für sich entdeckt haben. Aber wo der Junge dann mit seinem Moped hingefahren ist, das weiß ich nicht.«

Thomas versuchte sich an alle weiteren Gespräche auf der Wanderung zu erinnern. Andreas hatte von Feldsteinen gesprochen, großen weißen Kalksteinbrocken auf den Feldern am Haarstrang, und von Rinkhausen, einem kleinen Fachwerkort, umgeben von kargen, mit Kalkstein übersäten Feldern und mit einem großen, unbewohnten Pfarrhaus neben der Kirche, in dem, so hatte Andreas gesagt, sicher sechs Pfarrerskinder Platz hätten, wenn die Katholische Kirche es nur erlauben würde. Rinkhausen! Das bedeutete für die Hercules eine kleine Anstrengung. Die Landschaft südlich von Langenheim, der Haarstrang, wurde schnell hügelig, immer wieder ging es bergauf, und Thomas musste oft zurückschalten. Einmal verfuhr er sich, er hatte keine Karte dabei, er fragte eine Bäuerin auf dem Feld, die ihm den Weg wies. Er kam an einer Telefonzelle vorbei und rief Herrn Wingert an. Er erzählte ihm, dass Andreas in einem Steinbruch in Klieve gewesen war, völlig gesund und munter, von Entführung oder Unfall keine Spur. Herr Wingert fragte nach, wollte sich gleich in seinen Wagen setzen und mit ihm gemeinsam weitersuchen. Thomas bat ihn, sich doch bitte zu beruhigen. Er fahre jetzt die Dörfer ab und melde sich wieder am Abend. Rinkhausen erwähnte er nicht. Er hörte, wie Herr Wingert weinte.

Als Thomas Rinkhausen schließlich erreichte, schlug es vom Kirchturm der alten Dorfkirche, die aus dem grünlich grauen Stein erbaut war, der in Klieve und den Nachbarorten gebrochen wurde, gerade sechs Uhr. Er erkannte schnell das alte Pfarrhaus mit dem doppelflügligen Tor. Das Haus wirkte verlassen. Alte Gardinen hingen hinter den Fenstern. Lieber Gott, lass ihn bitte hier sein. Er öffnete die rechte Flügeltür, die unverschlossen war. An der hinteren Wand der breiten, zweistöckigen Diele lehnte die blaue Kreidler Junior von Andreas.

Rechts von der Diele führte eine schwere Eichentür, die ein Stück weit offen stand, in einen düsteren Vorraum. Als Thomas ihn betrat, sah er eine alte Garderobe, an der noch ein schwarzer, dicker Wintermantel und eine rote Strickjacke hingen. Neben der Garderobe war ein Spiegel angebracht, der an einigen Stellen schon matt war und aus dem Thomas ein stark verzerrtes Bild seiner selbst entgegenblickte. Er öffnete eine weißgestrichene Tür.

»Herr Schlutenkötter, sind Sie's?«

»Nein, Andreas, ich bin es!«

Andreas saß in einem alten, grüngepolsterten Sessel mit Blick auf die Fenster zum Garten hin. Er drehte sich um. »Du, hier?«

»Andy, wir stehen seit drei Tagen Kopf in Langenheim. Wir machen uns riesige Sorgen, wir dachten, dir wäre was passiert! Und du sitzt hier in einem verlassenen Haus und blickst in einen verwilderten Garten. Ich fasse es nicht!«

Auf einem Tisch in der Mitte des Raumes stand eine Kanne Milch, ein halber Laib Brot, ein Stück Leberwurst, zwei leere Flaschen Bier, ein übervoller Aschenbecher, ein Schreibblock.

»Was machst du hier, Andy?«

Andreas stand auf und ging auf Thomas zu. Als Andreas vor ihm stand, konnte sich Thomas nicht helfen. Er packte ihn an den Schultern, schüttelte ihn und wollte ihn beinahe schlagen. Dann ließ er von ihm ab, und plötzlich löste sich die Anspannung in Tränen auf.

Andreas führte Thomas zum Fenster, und sie schauten lange hinaus in den großen, verwilderten Garten, der erst fünfzig Meter weiter an der Mauer des Seitenschiffs der gotischen Dorfkirche endete. »Ich habe das Haus schon vor einem Jahr entdeckt, als ich mit meiner Kreidler die Gegend erkundet habe. Ich bin dann drei oder vier Mal hier gewesen, die Türen waren immer unverschlossen. Es ist das alte Pfarrhaus. Herr Schlutenkötter kümmert sich darum. Seine älteste Schwester war die Haushälterin des Pfarrers, der hier zuletzt wohnte und vor zehn Jahren mit fast achtzig starb. Seitdem steht das Haus leer. Im Winter war's mir zu kalt, aber seit Ostern geht's wieder. Ich bin gern hier.« Andreas ging zurück zum Tisch, nahm sich eine Zigarette und bot Thomas eine an.

»Und was tust du, wenn du hier bist, Andy?«

»Nicht viel, nachdenken, manchmal lesen, manchmal schreibe ich auch Tagebuch. Und manchmal gehe ich in die Kirche, wenn es dunkel wird, allein. Ich bin nie zuvor über Nacht geblieben. Erst jetzt. Dann trippeln hier die Mäuse!«

»Wo schläfst du denn?«

»Im Nachbarzimmer steht eine uralte Chaiselongue. Vermutlich gehört sie der Kirche. Der alte Schlutenkötter hat mir zwei Decken gebracht. ›Hast sicher was ausgefressen‹, hat er zu mir gesagt. ›Na, hat vielleicht auch was mit 'nem Mädchen zu tun. Weiß schon, wir war'n auch mal jung.‹ Dann hat er mir Brot und Leberwurst gebracht. ›Hat mein Bruder selbst geschlachtet‹, und ist wieder gegangen. Hat mich einfach hier sein lassen, ohne weiter zu fragen.«

»Andy, dein Vater ist ziemlich am Ende. Er hat sich riesige Sorgen gemacht. Er sitzt zu Hause vor dem Telefon, hat gestern Nachmittag in der Praxis alles seinem Kompagnon übergeben und wartet und wartet auf Nachricht von dir. Seit heute sucht dich die Polizei mit einem Großaufgebot. Wir haben eine Suchanzeige im *Anzeiger* aufgegeben, und du sitzt hier und denkst dir nichts dabei.«

»Ich habe hier viel nachgedacht, Thomas, und ich wollte dazu einfach nur meine Ruhe.« Andreas nahm einen tiefen Zug von der Zigarette und senkte die Augenlider.

»Sag mir, wo die nächste Telefonzelle ist, ich muss deinem Vater sagen, dass wir uns völlig umsonst Sorgen gemacht haben. Wir hatten befürchtet, du seist vielleicht mit deinem Moped irgendwo verunglückt, und niemand hätte dich gefunden, oder man hätte dich gekidnappt, man würde dich quälen, oder«, Thomas zögerte einen Moment, »oder du hättest dir was angetan. All das war in unseren Köpfen, und du sitzt hier und denkst nach.«

»Was angetan? Wie meine Mutter?« Andreas schüttelte nur leicht den Kopf. »An der Garderobe hängt ein alter Schlüssel, Thomas. Mit ihm kann man die Tür zur Kirche öffnen. Christi Himmelfahrt war der Priester aus dem Nachbarort hier und hat die Messe gehalten, gerade als ich angekommen war. Ich schlich mich ins Haus, hörte die schrecklich verstimmte Orgel aus der Kirche, den Gesang der alten Männer und Frauen bis hier hinein in diesen Raum. Als der Priester gegangen war und Schlutenkötter die Kirche wieder abgeschlossen hatte, nahm ich mir den Schlüssel von der Garderobe und ging zur Kirchentür. Er passte. Ich ging hinein. In der Kirche roch ich noch den Talkgeruch der gerade verloschenen Kerzen. Es brannte nur das kleine ewige Licht am Altar. Am Abend ging ich wieder hin. Jetzt in der Dunkelheit erschien alles noch viel geheimnisvoller. Es war ähnlich wie in dem Kloster am Lago Trasimeno. Die alte Dorfkirche umhüllte mich, die zwei Heiligenfiguren am Altar schauten auf mich herab, es war duster, aber ich sah ihre Augen, die auf mich gerichtet waren. Es war ganz seltsam.«

»Andy, ich glaube, ich muss mir echte Sorgen um dich machen!« Thomas wollte, dass es lustig klang, aber er spürte deutlich, wie große Wut in ihm aufstieg. All seine Ängste um Andreas, dieses Nachsinnen, diese Unsicherheit, die Suche nach Anhaltspunkten. Dieses unverschämte Abhauen, ohne sich Gedanken zu machen, ohne Rücksicht, das konnte auch nicht durch einen noch so einfühlsamen Bericht über das Eintauchen in einen dunklen Kirchenraum und den Dialog mit Heiligenfiguren aufgewogen werden. Es war gefühllos und unverschämt, eine Frechheit, besonders gegenüber seinem Vater, der ja noch immer unter dem Selbstmord seiner Frau litt. Dieses Gerede von der dunklen Kirche und den Augen der Heiligen, darüber würde er noch einmal mit Andreas reden müssen, nicht jetzt allerdings, sondern wenn diese Phase vorbei wäre, am besten nach einem Rudertraining oder einem ausdauernden Waldlauf. Thomas hörte geduldig zu. Aber er musste sich dazu zwingen, Andreas nicht wenigstens eine heftige Ohrfeige zu verpassen.

Als Andreas seinen Bericht beendet hatte, blieb Thomas lange still. »Ich verstehe dich nicht, doch ich hoffe, du hast nicht die ganzen drei Tage immer nur in der Kirche oder in diesem gottverlassenen Haus gesessen und auf die Dunkelheit gewartet«, sagte er schließlich.

»So gottverlassen ist es nicht. Es war über zweihundert Jahre das Pfarrhaus. Die Leute glauben, nachts würden hier die Heiligen spuken.« Andreas lachte über seinen eigenen Satz, merkte aber dann, dass Thomas sehr ernst und ein wenig verstört war. »Tom, ich weiß, dir kommt das alles ziemlich seltsam vor. Du gehst deinen Weg, ganz beständig und geradlinig. Vor einem Jahr die Band, dann war da Tanja, und danach schon die zweite oder dritte Tanja. Wenn du jetzt irgendwo mit deinem Sax auftauchst, himmeln die Mädchen dich an. Bei mir ist das anders. Ich frage mich oft, was das alles soll. Ich schaue mir von oben zu und lache über mich. Ich langweile mich auf fast jeder Party und meistens auch dann, wenn wir mit einer Clique in der Kneipe sind und nur Unsinn reden. Wenn ich Samstag abends aus dem Haus gehe und mein Vater sagt, ›Amüsier dich schön‹, ist für mich schon alles gelaufen. Da könnte ich gleich zu Hause bleiben. Kein Mädchen, keine Frau reizt mich wirklich, Tom, nur selten ist da einmal ein Funke, der mich genauer hinschauen oder der mich eine Stimme als aufregend wahrnehmen lässt, aber nie mehr. Da sind meine Bücher, und da ist zum Glück die Musik. Und die sagt mir, es geht weiter, immer weiter, und sie sagt, es ist schön und gut, dass es weitergeht. Aber ich habe auch das Gefühl, dass ich auf der Stelle trete, Tom, und unter mir seien Löcher, große, feindliche Löcher.«

Andreas hatte jetzt den Kopf gehoben und sah Thomas geradewegs in die Augen.

»Ich möchte dir ein Geheimnis anvertrauen, etwas, worüber ich hier nachgedacht habe. Dann gehen wir zur Telefonzelle, rufen gemeinsam meinen Vater an und fahren nach Hause.«

# 19

Der Kaffee tat ihm gut. Andreas war kurz hinter der Möhnebrücke an eine Tankstelle gefahren. Als er ausstieg, klebte sein Hemd an seinem Körper. Während er dem Tankwart das Geld für den Kaffee gab, hatte er das Gefühl, seine Hand würde leicht zittern. Er hatte früher nie gezittert, doch seit zwei Wochen erlebte er dieses Zittern immer wieder. Zittern! Er hatte bisher immer gewusst, was er wollte, und nicht gezögert, es umzusetzen. Das Management der großen Gemeinde lag ihm, es machte ihm Spaß, auch als die Arbeit aufgrund des Priestermangels in den letzten Jahren noch belastender und komplexer geworden war. Aber gezittert hatte er nie.

Er verabscheute seine momentane Schwäche. Nein, er würde nicht schwach und ängstlich vor seiner Gemeinde stehen, niemals. Die ganzen Sorgen, die er sich machte, waren doch eine Schimäre, warum quälte er sich nur unablässlich? Er war doch Pfarrer Wingert, Priester an der ältesten Kirche von Waldenburg, und er hatte durchaus von den Gerüchten gehört, dass Paderborn noch mehr mit ihm vorhabe, mit ihm, der zu den herausragenden Köpfen in der Diözese gezählt wurde, der vielleicht an anderer Stelle der Kirche noch wirkungsvoller dienen konnte als ausgerechnet in Waldenburg. Damit war es seit dem Gespräch mit dem Monsignore nun wohl vorbei. Aber er würde um seinen Ruf kämpfen. Mit Kindesmissbrauch hatte er nichts zu tun. Wenn es nötig werden würde, konnte er auch Lisa um Schützenhilfe bitten. Doch diesen Gedanken verwarf er gleich wieder: Eine solche Schützenhilfe würde ihn ja wahrscheinlich sofort um seinen Job bringen. Andreas ging zurück zu seinem Wagen. Als er das Telefon wieder auf den Beifahrersitz gelegt hatte, erinnerte er sich an die verpassten Telefonate im Pfarrhaus. Natürlich, warum hatte er nicht schon längst daran gedacht? Er wählte seine Festnetz-Mailbox. Auf dem Anrufbeantworter waren drei Anrufe gespeichert, die ihn seit heute Nachmittag erreicht hatten und die Frau Bokenkamp nicht mehr angenommen hatte. Der letzte war von Frau Wahnmut. Sie hatte eine Nachricht hinterlassen: »Pfarrer Wingert, hier ist Wahnmut. Ich müsste Sie dringend sprechen. Der Erzbischof hat mich gebeten, nach Paderborn zu kommen. Man nimmt die Vorwürfe dort sehr ernst. Aber in dem Brief des Bischofs hieß es auch, dass sie sicher zuerst mit mir darüber sprechen wollen und dass man sich doch sehr prüfen solle, bevor man solch einen Verdacht äußert. Ich kann wirklich sagen, ich habe mich geprüft, Herr Pfarrer, sogar sehr ernsthaft geprüft. Als Mutter muss ich doch ernst nehmen, was mein Sohn Lukas mir schon damals nach der Freizeit erzählte, und ich habe letzte Woche auch mit Marcels Mutter gesprochen, ob Marcel ihr irgendetwas anvertraut hätte oder auffallend gewesen sei. Sie könne sich an nichts mehr erinnern, hat sie gesagt, er sei so gewesen wie immer, es sei ja auch schon alles ein halbes Jahr her. Na ja, die Mutter von Marcel weiß wohl gar nicht, was da alles auf dem Spiel steht. Ich will Ihnen ja gar nichts Übles, Herr Wingert, Sie dürfen das nicht falsch verstehen, aber nach all diesen Vorfällen muss man die Kinder ja schützen, und dann nach Ihrer Predigt, wo Sie ganz offen Verständnis für Homosexuelle gezeigt haben, da gilt das schon besonders. Ich habe Lukas noch einmal befragt und würde jetzt wirklich gern –« Der Anrufbeantworter brach ab, nachdem die maximal mögliche Aufnahmezeit für eine Nachricht erreicht war.

»Die hat ihren Lukas befragt, mit Marcels Mutter gesprochen und fährt jetzt nach Paderborn. Die will mich fertigmachen«, sagte Andreas laut zu sich selbst, startete dann den Wagen und fuhr auf die Bundesstraße zurück. Er überlegte, das Radio einzuschalten, um sich abzulenken, aber schon hatten ihn wieder die gleichen Gedanken im Griff, die ihn bereits den ganzen Nachmittag über beschäftigten. Lukas war ja noch gar nicht im Zimmer gewesen, als er sich zu Marcel hingebeugt und ihn, rein zufällig, mit den Lippen auf der Stirn berührt hatte. Letzteres hatte er P. P. nicht erzählt, warum auch. Er hatte Marcel im Arm gehalten, als Lukas hereinkam, ja, das würde er auch nicht abstreiten. Dieser heulende Junge, den er seit vielen Jahren kannte, hatte ihm einfach leidgetan. Marcel würde nichts weiter sagen können. Aber sie würden dennoch versuchen, ihn fertigzumachen, sie glaubten, einen Täter in der eigenen Kirche zu haben, nicht irgendwo weit weg in Berlin oder in Bonn oder in Ettal, nein, mitten in Waldenburg. Erst vor einem Jahr hatte ihm Pfarrer Luckner in Langenheim von einem katholischen Pfarrer in der Eifel erzählt, der Urlaub mit einem jungen Mann aus der Gemeinde auf Sizilien machte und dort von einem anderen Gemeindemitglied gesehen worden war. Zurück in der Eifel, streute das Gemeindemitglied dann das Gerücht, der Pfarrer habe auch das Hotelzimmer mit dem jungen Mann geteilt. Der Pfarrgemeinderat holte daraufhin den jungen Mann zu einem Gespräch und nötigte den Pfarrer zu einer Stellungnahme. Es muss geradezu ein Verhör gewesen sein. Der Pfarrer sei schwer krank geworden, erzählte Luckner, und noch immer in einer psychiatrischen Klinik in Behandlung. Sie hatten den Kollegen in der Eifel fertiggemacht, regelrecht fertiggemacht.

Andreas beschleunigte. Er schämte sich schon jetzt dafür, dass er all diese Verdächtigungen, diesen ganzen Mist in zwei Stunden mit seinem Vater besprechen musste und zuvor auch noch mit Lisa. Sie würden vom Eingang der Warsteiner Tropfsteinhöhle aus einen Waldspaziergang machen, der ihm Zeit für längere Erklärungen geben würde. Andreas hasste solche gemeinsamen Spaziergänge, die Lisa so gern unternahm; er musste immer ein paar unverfängliche Erklärungen bereit halten, falls ihnen zufällig jemand aus Waldenburg begegnen sollte. Was würde er dieses Mal sagen, wenn sie jemanden träfen? Lisa würde wahrscheinlich erst einmal kräftig schimpfen, dass er sie nicht schon früher eingeweiht hatte. Sie würde sich zurückgesetzt fühlen, aber das konnte jetzt nicht sein Problem sein.

# 20

Nach dem Abitur und den sechzehn Monaten Zivildienst in einem Behindertenheim für Kinder und Jugendliche in Langenheim konnte Andreas den Studienbeginn an der Universität und an der Musikhochschule in Köln zum Sommersemester 1981 kaum erwarten. Von Silke hatte er sich im Herbst 1980 getrennt. Es war ihm schwergefallen, doch plötzlich war sie wieder da gewesen, diese tiefe Angst vor einer Bindung. Thomas studierte schon seit anderthalb Jahren in Bonn. Sie hatten sich an Weihnachten im »Hahn« getroffen, wo all die alten Justinianer an den Festtagen zusammenkamen, die jetzt irgendwo studierten und nur noch selten in Langenheim waren. Thomas hatte schon vom Ende der Beziehung mit Silke gehört und ihm große Vorwürfe gemacht. Auch der Streit darüber, dass Andreas ihm Silke damals auf einer Radtour ausgespannt hatte, war erneut ausgebrochen. Die beiden betranken sich an dem Abend im »Hahn« so grässlich, dass die ehemaligen Klassenkameraden nur die Köpfe schüttelten. Derart betrunken hatten sie Thomas und Andreas nie zuvor erlebt.

Der Abschied von zu Hause fiel Andreas leicht, nachdem aus Regine Stratenmeier, Vaters erster Kraft in der Praxis, Anfang 1981 Regine Wingert geworden war. Nur Annette tat sich auf dem Standesamt mit dem Lächeln schwer. Sie vermutete bei Regine niedere Beweggründe, womit sie völlig falschlag, und verschwand am Tag nach der Hochzeit gleich wieder zum Studium nach München. An einem regnerischen Märztag wurde Andreas dann von seinem Vater zum Zug gebracht. Sein Vater strahlte ihn an. »Ich beneide dich, Andreas. Mach das Beste draus. Jetzt stellst du die Weichen!« waren seine Worte. Es war Andreas, der seinen Vater beim Handschlag am Bahnhof plötzlich an sich zog und lange drückte. »Ich werd's versuchen!«

Andreas hatte ein großes Zimmer mit kleiner Kochnische und Duschbad in der Nähe des Rudolfplatzes gefunden, das fußläufig zur Philosophischen Fakultät der Universität lag, in deren hässlichem Betonneubau auch das Institut für Germanistik untergebracht war. Zur Musikhochschule nahm er die Straßenbahn. Am 2. April 1981 bezog er seine Wohnung, einige Tage später begann das Studium, und schon Ende April sang er bei Dr. Schmidt vor, der Chor und Orchester des Collegium Musicum leitete. Jochen Schmidt nickte schon nach wenigen Minuten, gab ihm die Hand und freute sich, mit ihm einen offensichtlich stimmlich gut trainierten tiefen Bass aufzunehmen.

Thomas studierte in Bonn, ebenfalls für das Lehramt am Gymnasium, ebenfalls Deutsch, allerdings in Kombination mit Englisch und Amerikanistik. Andreas hatte ihn beneidet, dass er gleich nach dem Abitur im Oktober 1979 mit dem Studium beginnen konnte. Thomas hatte sich dem DRK als Zehnjahreshelfer angeschlossen, das verpflichtete ihn regelmäßig an den Wochenenden und wurde als dem Zivildienst gleichwertig anerkannt. Für Andreas war das keine Alternative, er wollte keine Verpflichtung für einen Zeitraum von zehn Jahren eingehen.

Andreas hatte gehofft, dass der Umzug nach Köln auch zur schnellen und vollständigen Aussöhnung mit Thomas führen würde. Die Biere im »Hahn« zu Weihnachten waren ein erster Schritt in diese Richtung gewesen. Sie hatten im Januar und Februar ein paarmal telefoniert, und Thomas hatte ihm einige Ratschläge zur Wohnungssuche in Köln gegeben. Doch so vertraut wie in den Schuljahren war ihr Verhältnis nicht mehr. Anders als geplant fuhr er im ersten Studiensemester dann nur selten zu Thomas nach Bonn, der sich in der Südstadt eine kleine Dreizimmerwohnung mit zwei Kommilitonen teilte. Als er ihn kurz nach seinem Umzug besuchte, war die Atmosphäre gespannt, sie diskutierten über die geplante Stationierung der Pershing-Raketen in Deutschland, über die Selbstbestimmung der Bundesrepublik, über den Schauspieler Ronald Reagan, den Westernhelden als Präsidenten. Das war zwar alles wichtig, und sie hatten auch in Langenheim schon häufig und gern miteinander politisiert, aber Andreas war doch enttäuscht über den Besuch, als er am nächsten Morgen zurück nach Köln fuhr.

Andreas war an der Musikhochschule gefordert. Doch so gern er dort war, so oft ärgerte er sich über die ständig belegten Proberäume. War einmal einer frei, so konnte er sicher sein, dass es der Raum war, in dem das schwerfälligste Klavier der ganzen Hochschule stand, uralt und schlecht gestimmt. In Gehörbildung und Harmonielehre saß er neben Daniel, der ebenfalls auf Lehramt studierte und zwei Blasinstrumente, Oboe und Klarinette, spielte, was eher selten war. Sie hatten sich schnell angefreundet und arbeiteten schon in der dritten Semesterwoche erstmals zu zweit am ersten Satz von Mozarts Klarinettenkonzert, den sie in der Klavierfassung bei einem Hochschulkonzert im kommenden Semester spielen wollten.

Andreas genoss die Fächerkombination von Musik und Germanistik. Hatte er vormittags lange am Flügel geprobt oder zwei Stunden in Harmonielehre I gesessen, dann tat es ihm gut, am Nachmittag Sprachwissenschaft zu hören oder sich mit Thomas Manns Novellen zu beschäftigen. Der einzige wirkliche Nachteil war, dass er in seinem schönen Zimmer am Rudolfplatz kein Klavier aufstellen konnte. Wie an allen Musikhochschulen der Welt gab es nun einmal auch in Köln viel zu wenige Proberäume für Pianisten. Aber auch dafür fand sich bereits Ende Mai eine Lösung. Auf dem Weg zur Universität war Andreas am Ende der Haydnstraße eine moderne, schmucklose Kirche ohne Kirchturm aufgefallen. Eines Morgens ging er ein wenig früher los und trat in die Kirche. Sie gehörte zu einem kleinen innerstädtischen Dominikanerkloster. Morgens um 8.15 Uhr feierte die kleine Schar der Mönche die Messe mit ein paar älteren Frauen und wenigen Männern aus der Nachbarschaft. Eine Woche nach dem ersten Kurzbesuch feierte Andreas die Messe mit. Als er das zwei Wochen später wiederholte, fing einer der jüngeren Mönche, Pater Petrus, Andreas vor dem Ausgang ab. Sie kamen ins Gespräch. Andreas versprach, auch am Mittwoch der kommenden Woche vor dem Linguistikseminar in den Gottesdienst zu kommen. Pater Petrus stand erneut am Ausgang. Er hatte in einem kleinen Zimmer Kaffee vorbereitet und fragte Andreas, ob er zehn Minuten Zeit hätte. Pater Petrus war ungefähr vierzig Jahre alt, hatte ein sehr asketisches Gesicht mit ganz kurz geschorenem Haupthaar und trug eine schwarzgeränderte, altmodische Brille. Er erzählte, dass er an einer Habilitation in Philosophie arbeiten würde und nebenbei in der Hochschulseelsorge tätig sei. Andreas erzählte ihm von seinem Doppelstudium. Als Pater Petrus am Ende des Gesprächs fragte, ob er irgendetwas für ihn tun könne, musste Andreas lachen und antwortete ohne ernsthafte Absichten, dass es ihm an nichts fehle außer an einem Übungsklavier.

»Da kann ich Ihnen helfen«, sagte Pater Petrus überraschend. »Bei uns sind einige Räume im hinteren Trakt frei, und Klaviere haben wir auch. Ich werde mit unserem Prior darüber sprechen.«

Eine Woche später führte Pater Petrus Andreas einen Flur im zweiten Stock des kleinen Klosters entlang, öffnete die Tür zu einem schlichten, hellen Zimmer, das nach Osten ging, zeigte auf ein schwarzes Ibach-Klavier, öffnete den Deckel und sagte: »Bitte, Ihr Übungsklavier.«

Andreas spielte die Aria aus Bachs »Goldberg-Variationen«. Das Klavier war hörbar neu gestimmt und die Mechanik äußerst leichtgängig. Er bedankte sich, am liebsten hätte er den Pater vor Freude umarmt. »Das Klavier ist wunderbar. Womit habe ich das verdient, Pater Petrus?«

»Ich weiß es nicht! Ich weiß nur, dass Sie die Mittagszeiten einhalten müssen und nicht nach 20.30 Uhr spielen dürfen. Und Sie dürfen niemanden mitbringen.«

Damit übergab Pater Petrus ihm die Schlüssel. »Ich vertraue Ihnen.«

Ab Anfang Juni saß Andreas oft in dem kleinen Zimmer im hinteren Klostertrakt am Klavier. Eines Nachmittags lud Pater Petrus ihn ein, doch einmal die Vesper mitzumachen, die die Mönche weiterhin auf Lateinisch feierten. Ganz anders als in dem Kapuzinerkloster in Umbrien sang die kleine Gruppe der Dominikaner die lateinischen Psalmen wunderbar rein. Andreas war begeistert. Er richtete daraufhin seine Probezeiten so ein, dass er zweimal in der Woche um 17.30 Uhr an der Vesper teilnehmen konnte. Auch ohne Ausbildung in Gregorianik gelang es ihm bald, fehlerfrei mitzusingen.

Ende Juni begann im Sommersemester die Klausurenphase, die für Erstsemester noch viel Freiraum bot. Es war Sommer geworden, und Andreas hatte auf einmal viel Zeit, die er nicht für Proben verwenden musste.

»Wenn es morgen wieder so warm ist, sollten wir die Saison einläuten und zum Baden fahren«, sagte Jutta am Ende des Seminars zur deutschen Novelle. »Kommst du mit, Andreas? Ein Platz in meinem Polo ist noch frei, Horst und Sabine sind in jedem Fall dabei.«

Sie verabredeten sich für fünfzehn Uhr am Albertus-Magnus-Denkmal. Andreas packte Badehandtuch und Badehose in seinen Rucksack und traf sich mit den drei Kommilitonen an dem Denkmal. Sie fuhren Richtung Süden an Brühl vorbei zu den großen Seen, die durch den Braunkohleabbau entstanden waren. Andreas musste an Bölls »Ansichten eines Clowns« denken, hielt es aber für besser, jetzt im Auto nicht darüber zu reden.

Jutta war Kölnerin, in Nippes aufgewachsen und kannte die Gegend gut. Sie war Andreas schon in den ersten Stunden aufgefallen, weil sie sich gern und oft meldete und eine Menge kluger Ideen hatte. Andreas mochte aber auch ihre dunklen Augen, das schwarze krause Haar, das ihr bis auf die Schultern herabfiel, und ihre vollen roten Lippen. Sie war schlank, mittelgroß und attraktiv. Jutta wusste eine Stelle, wo nicht so viele Leute baden würden. In der Tat erreichten sie das Nordufer eines Sees, der hier eine kleine Bucht gebildet hatte, an der verstreut vielleicht fünfzehn Sonnenhungrige lagen. Andreas sah gleich, dass die meisten Badegäste nackt waren. Als er seine Badehose hervorholte, lachte Jutta. »Das sieht dir ähnlich. Diese prüden Ostwestfalen. Du bist hier im Rheinland, Andy. An diesem See brauchst du keine Badehose. Ich trage auch keine.«

Damit zog sie ihr T-Shirt über den Kopf und streifte ihr Höschen herunter. »Nun guck nicht wie ein Hornochse«, sagte sie lächelnd und lief zum See.

Andreas folgte ihr.

Auch Horst und Sabine waren nackt ins Wasser gesprungen. Andreas schwamm weit hinaus. Als er zurückschwamm, kam Jutta auf ihn zu. Sie hatte ihn schnell erreicht, berührte seine Schultern, strampelte ein wenig auf der Stelle und sagte: »Na, du prüder Ostwestfale. Ich gebe dir fünf Meter Vorsprung, wer zuerst am Ufer ist, hat gewonnen.«

»Kölsche Mädchen sollten Ostwestfalen nicht unterschätzen, erst recht nicht beim Schwimmen«, gab Andreas zurück, und die beiden legten los. Andreas hatte keine Chance. Jutta war schnell, schubste ihn von der Seite, tauchte unter ihm durch, fasste plötzlich seine Füße und stieg einige Sekunden später steil vor ihm hoch, um dann wieder unterzutauchen. Andreas tauchte hinter ihr her. Unter Wasser berührten sich ihre Körper, Andreas Hand streifte für den Bruchteil einer Sekunde ihre Brüste, ihren Bauch. Dann musste er auftauchen, um Luft zu holen. Auch Jutta schnappte Luft, steckte den Kopf wieder unter Wasser und streifte mit ihren Haaren seinen Körper, als sie erneut unter ihm durchtauchte.

Andreas war verwirrt und begeistert. Unter Wasser riss er die Augen auf, wenn ihr Körper sich nur wenige Zentimeter vor ihm im Wasser wand.

Als sie beide wieder über Wasser waren, sagte Jutta nur: »Ich geh' raus.« Andreas schwamm hinter ihr her ans Ufer. Sie war eine wunderschöne Frau. Jutta stieg zwei, drei Meter vor ihm aus dem Wasser. Andreas hatte Sorge, sie könnte sich umdrehen, bevor er das Badetuch erreicht hätte. Denn er wusste, dass das kalte Wasser immer einen arg verkleinernden Effekt hatte. Jutta drehte sich um, sah ihn an und sah sein betroffenes Gesicht. »Don't worry, Andreas! Kölsche Mädchen kennen die Wirkung von kaltem Seewasser auf männliche Meisterstücke.«

Jutta und Andreas verabredeten sich auch für den nächsten Tag zum Schwimmen im See. Am Samstag fuhren sie erst am späten Nachmittag hinaus. Horst und Sabine sagten sie nichts von ihrem Ausflug. Um zehn Uhr waren sie zurück in Köln. Andreas hatte eine Flasche Weißwein gekauft und in dem kleinen Kühlschrank in seinem Zimmer kalt gestellt. Jutta blieb über Nacht. Sie hatte in ihrem Rucksack unter dem Badehandtuch eine Zahnbürste eingesteckt.

Den Juli und die erste Augusthälfte verbrachte Andreas trotz Semesterferien in Köln. Jutta machte es Spaß, ihm die Umgebung von Köln zu zeigen. Sie besichtigten den Altenberger Dom und das Brühler Schloss, fuhren mit dem Rheindampfer bis Remagen, erkundeten die Ausgrabungen römischer Zeugnisse in der Voreifel und verbrachten einen ganzen Tag in Düsseldorf, »obwohl man als Kölsches Mädchen dort eigentlich nicht hinfährt«.

Jutta blieb die Woche über mehrmals über Nacht bei Andreas, aber nie am Wochenende. Andreas fragte nicht nach dem Grund.

Am 17. August machte er sich nach Langenheim auf. Der Abschied fiel ihm schwer, aber er hatte dem Behindertenheim in seiner Heimatstadt schon im März zum Abschluss seiner Zivildienstzeit zugesagt, dass er von Mitte August bis Mitte September zwei

Behindertengruppen bei der Sommerfreizeit nach Langeoog begleiten würde. Jutta bat ihn, ihr nicht zu schreiben. Sie würde ihm eine Nachricht zukommen lassen, sobald er Mitte September zurück sei.

Bei seiner Rückkehr lag dann tatsächlich ein Brief von ihr in seinem Briefkasten, in dem sie dem »lieben prüden Ostwestfalen« mitteilte, dass ihr Freund aus den Staaten zurückgekehrt sei und sie die Beziehung zu ihm nicht gefährden wolle.

Damit hatte Andreas nicht gerechnet. Gleich am Wochenende darauf besuchte er Thomas in Bonn. Bei einer Flasche Rotwein, die Andreas mitgebracht hatte, saßen sie im WG-Wohnzimmer auf alten braunen Polstermöbeln, die der älteste Bewohner der Wohngemeinschaft vor vier Jahren auf einem Flohmarkt in der Rheinaue aufgetan hatte. Sie sprachen nur wenig über Pershing-Raketen, kaum über die Auflösungstendenzen der Schmidt-Regierung oder die amerikanische Außenpolitik, aber viel über das Kölsche Mädchen, das Andreas zum Erstaunen von Thomas mit der abrupten Trennung doch sehr verletzt hatte.

Wieder rührte Thomas in der alten gemeinsamen Wunde, Silke. Doch Andreas merkte bald, dass es Thomas jetzt, mit dem Abstand von bald zwei Jahren, nicht mehr so sehr um seine eigene Verletztheit ging. Thomas erzählte ihm, wie verwundert er gewesen war, als er im Herbst vom Ende der Beziehung mit Silke gehört hatte. »Manchmal frage ich mich, ob du jemals eine ernsthafte Beziehung führen kannst, ob du tatsächlich einmal eine Frau an dich heranlässt und dann nicht wegrennst. Vielleicht ist es gut, dass du durch Jutta einmal selbst erfährst, wie es ist, wenn der Partner sagt: Schluss jetzt, das war's. Mir wird's zu eng.«

Thomas musste allerdings zugeben, dass auch seine eigenen Beziehungen nicht gerade von größter Haltbarkeit gewesen waren und dass bei seinen Freundinnen meist er es war, der die Beziehung beendete und eine enttäuschte Frau zurückließ. »Aber ich habe keine Angst vor Selbstaufgabe oder Ähnlichem; manchmal verlöschen halt die Funken wieder, und dann ist es nur fair, konsequent zu sein. An der Bonner Uni gibt es so viele tolle Frauen, und mit meinem Saxophon habe ich ganz gute Chancen.«

Tatsächlich stellte sich an diesem Abend die alte Vertrautheit wieder ein. Thomas holte eine zweite Weinflasche, erzählte von den Bonner Unifesten, seinen Auftritten mit dem Saxophon und mit dem einen oder anderen Schlager aus der guten alten Flipper-Zeit, den er zu später Stunde bei anhaltendem Gejohle zum Besten gegeben hatte. Er berichtete von den schönsten Kinofilmen der letzten Jahre und von seinen Freundinnen. Andreas erzählte von sich und von Pater Petrus, den ersten Seminaren, von Jochen Schmidts Collegium Musicum und immer wieder auch von Jutta. »Kannst du dir das vorstellen, Tommy, die lässt mich einfach sitzen, weil ihr Macker aus den USA zurückkommt. Einfach so.«

»Das ist wirklich unfair, Andy, absolut unfair. Aber wenn sie geblieben wäre, dann hättest wahrscheinlich du sie irgendwann sitzenlassen. Weißt du, ich hab mir gedacht«, Thomas stockte ein wenig, er hatte offenbar wirklich nachgedacht, »du solltest doch mal mit 'nem Psychologen reden, wegen der Mädchen, weil du ja sonst immer abhaust, wenn's enger wird. Ich glaube«, er machte eine längere Pause, weil er sich nach all dem Wein jetzt doch sehr konzentrieren musste, »ich glaube, das könnte was mit deiner Mutter zu tun haben.« Jetzt war's raus. Thomas war erleichtert und schaute Andreas mutig in die Augen.

Andreas fand den Gedanken zu dieser sehr späten Stunde gar nicht so schlecht. Er nickte ein paarmal mit dem Kopf. Es war kein Wein mehr im Glas, sodass ihm für eine richtige Antwort jetzt der Sprit fehlte. Es reichte nur für den Einwurf: »Ich denke mal drüber nach, Tommy, ich denke drüber nach, versprochen.«

Thomas holte eine noch halbvolle Flasche Whisky aus dem Schrank, deren Anblick die Lebensgeister der beiden neu weckte. Sie prosteten sich zu: »Zwei alte Freunde!«

»Vielleicht hattest du doch die älteren Rechte, vielleicht!«, sagte Andreas.

»Tempi passati!«, antwortete Thomas.

Als das zweite Semester im Oktober 1981 begonnen hatte, war Andreas erleichtert, dass er weder im Proseminar zu den Dramen des Sturm und Drang noch im Fontane-Seminar auf Jutta getroffen war. Auch in Sprachwissenschaft gab es außer einer gemeinsamen Vorlesung zur Sprechakttheorie keine Überschneidung ihrer Stundenpläne. Aber noch viele Wochen lang hatte er den Eindruck, es jedes Mal zu spüren, wenn Jutta in seiner Nähe war. Und in der Tat: Wenn ihn dieses Gefühl in der Cafeteria, in der Mensa oder auf einem der Flure überfiel, brauchte er sich nur ein wenig umzuschauen, und schon entdeckte er sie irgendwo in der Menge der anderen Studierenden. Manchmal trafen sich dann ihre Blicke, für einen Moment hielt auch sie inne, dann machte sie weiter, lachte, aß, setzte ihren Weg fort.

An der Musikhochschule hatte Daniel eine Menge Vorhaben, die er mit Andreas umsetzen wollte. Sie einigten sich zunächst darauf, die restlichen Sätze des Konzerts für Klarinette und Orchester von Mozart einzustudieren. Dr. Schmidt nahm die Proben zum »Weihnachtsoratorium« auf, das sie am Ende der Adventszeit drei Mal in Köln aufführen wollten. Für die meisten Chor- und Orchestermitglieder war es längst ein Repertoire-Stück. Andreas hatte bisher nur einige Teile daraus mit der Philharmonie in Langenheim gesungen, einige Choräle bereits vor Jahren als Sopran im Knabenchor. Dieses Mal waren es weniger die Choräle als vielmehr die Pastorale zu Beginn des zweiten Teils, die ihn am meisten faszinierte. Wie sehr doch diese ruhige, fast schlichte Musik einen Menschen öffnen kann, dachte er, öffnen für etwas ganz Großes, das Geheimnis der Geburt Christi, aber auch für anderes Großes. Was würde es bei ihm sein?

Bei der Aufführung der ersten und der letzten beiden Kantaten in St. Pantaleon meinte er, in der fünften oder sechsten Reihe Jutta zu sehen. Er erkannte ihr schwarzes, lockiges Haar. Neben ihr saß ein großgewachsener, kräftiger blonder Typ, mindestens dreißig Jahre alt. Es schien Andreas, als würde dieser Mann während des Konzertes Kaugummi kauen, doch war das vom Altarraum, in dem der Chor stand, und durch den Lettner hindurch nur schwer zu erkennen.

Drei Tage später sangen sie die Kantaten 1 bis 4 und 6 in St. Gereon. Andreas' Vater war mit Regine gekommen. Er war stolz, Andreas in diesem bekannten Kölner Chor auf dem Altar einer der berühmtesten romanischen Kirchen der Stadt zu sehen und zu hören. Am nächsten Tag, einem Samstag, hatten sie ihn zum Abendessen ins Hotel Excelsior am Dom eingeladen, wo sie wohnten. Er könne durchaus »mit Begleitung« kommen, hatte Regine gesagt. Andreas fand die Bemerkung unpassend. Regine hatte wohl gehofft, er käme mit einer Freundin. Er hatte in der Zivildienstzeit Silke ein paarmal mit nach Hause gebracht, und auch Regine hatte sie kennengelernt. Es hätte ihn gereizt, jetzt mit Jutta zu kommen, die ja viel frecher war als Silke. Sie hätte dem gemeinsamen Abendessen eine besondere Note gegeben. Aber das ging ja nicht mehr.

Andreas kam allein ins Excelsior, und auch sein Vater war ohne Begleitung gekommen. Regine habe eine Magenverstimmung, würde sich aber freuen, wenn er nach dem Abendessen mit aufs Zimmer käme.

Es war lange her, dass sie sich allein zum Abendessen getroffen hatten. Schon bei der Suppe stellte Andreas die Frage, die ihn seit dem Sommer 1977 beschäftigte, als seine Mutter zurückgekommen war. Sein Vater aß zunächst ganz ruhig seine Suppe weiter. »Ich hatte meine Liebe zu deiner Mutter nie verloren, so unwahrscheinlich das klingt, wenn dir in einer Kleinstadt, die bei solchen Dingen ja stets sehr genau und gern zuschaut, ein Tennisspieler und Boutiquenbesitzer die Frau ausspannt.«

Vater beendete die Suppe. Es schien Andreas, als sei die Stirn seines Vaters noch ein wenig höher gerückt, die meisten seiner wenigen Haare waren jetzt grau und die Brillengläser dicker geworden, hinter denen seine Augen jedoch ruhig und offenbar unbesorgt auf ihn blickten. Vater schien zufrieden und im Reinen mit sich.

»Eure Mutter war immer eine sehr beherrschte Frau mit klaren Vorstellungen und Grundsätzen. Wenn sie sich einmal entschieden hatte, blieb sie dabei. Birgit und Max Wingert, das war sie, das war ich, und wir waren ein Paar. 1958 kam Annette auf die Welt, zwei Jahre später du. Ich hätte nie geglaubt, dass sie mir einmal untreu werden könnte.«

Der Ober brachte ein Rumpsteak für Andreas und Scholle für seinen Vater. »Ich kenne solche Typen wie Klaus Rosenbach. Für sie ist es das größte Vergnügen, wenn sie eine Frau erobern und dabei gleichzeitig eine Spur der Zerstörung hinterlassen. Ich war mir sicher, dass deine Mutter das alles bald erkennen würde. Und ich wollte nicht, dass dieser Klaus sie fallenlässt und dann zwei zerstörte Menschen zurückbleiben, deine Mutter und ich. Diesen Triumph wollte ich ihm nicht gönnen. Ich liebte Gitte und wusste, eines Tages würde sie nur Scham und Unverständnis für sich übrig haben, wenn sie auf ihre Zeit mit Klaus Rosenbach zurückschaute. Ich hatte fest gehofft, dass sich nach ihrer Rückkehr zwischen uns alles wieder festigen würde.«

Andreas säbelte an seinem Steak.

»Vielleicht kannst du das nicht verstehen, Andreas, aber du hast mich ja leiden sehen, damals, als wir mit Thomas zusammen in Italien waren. Deine Verachtung für deine Mutter konnte man dir an den Augen ablesen, wann immer die Sprache auf sie kam. Es hat mich erschreckt, und ich habe mir große Sorgen um dich gemacht.« Andreas' Vater bestellte für sie beide noch ein Glas Riesling. »Als Gitte ein knappes Jahr später anrief, in der Zeit, als du mit Thomas all die Schlager eingeübt hast, ›Dancing Queen‹ und ›Siebzehn Jahr‹ und wie sie hießen, da war mir klar, dass sie gern zurückkommen wollte. Doch als sie dann wieder zu Hause war, hat sie unglaublich gelitten. Du kennst ja ihren Brief.«

»Ich wollte dich immer schon einmal fragen, Vater, ob du Mutter in Spanien erzählt hast, wie schwer ich mich mit der Situation damals tat, ob du ihr jemals gesagt hast, dass ich sie hasste.«

Sein Vater schien nicht erstaunt über diese Frage. »Nein, das habe ich nicht. Wie Mutter in ihrem Abschiedsbrief schrieb, war für uns beide klar, dass du Zeit brauchtest, weil du nun einmal sehr grundsätzlich warst.«

»Du hast ihr also nie von meinem Hass erzählt?«

»Nie!«

»Das beruhigt mich, Vater.«

»Das ist jetzt über vier Jahre her. Ich habe Mutters Depression damals nicht als so schwerwiegend erkannt. Ich habe mir lange Vorwürfe gemacht, aber vielleicht war ihre Entscheidung sogar richtig.«

Andreas war überrascht. Selbstmord als richtige Entscheidung?

Beide tranken von ihrem Wein. Andreas bot seinem Vater eine Marlboro an. »Du hast die Marke gewechselt«, sagte er, »von Deutsch auf Amerikanisch. Hast du auch deine Meinung zu amerikanischen Westernhelden geändert, die Politiker werden?«

»Sei unbesorgt«, antwortete Andreas, und beide lachten. Als sie zu Ende geraucht hatten, fuhren sie mit dem Aufzug hoch in das Zimmer der Wingerts. Regine schlief.

»Lassen wir sie schlafen, du kommst ja in acht Tagen zu Weihnachten. Ich würde mich freuen, wenn Annette und du Regine wirklich aufnehmen könntet. Sie hat es verdient.«

Andreas verabschiedete sich.

Im neuen Jahr nahmen die Proben zur »Matthäuspassion« viel Platz ein. Die »Matthäuspassion« hatte die Philharmonie in Langenheim nicht gewagt. Hier am Collegium Musicum gehörte sie, wie das »Weihnachtsoratorium«, zum festen Repertoire, was jedem neuen Sänger viel Probenarbeit abverlangte.

Ende März führten sie das monumentale Werk in St. Aposteln auf. In der Generalprobe hörte und sang Andreas erstmals die gesamte Passion einschließlich aller Rezitative und der Soli. Mit welcher Wucht und Ausdrucksstärke sang dieser Christus von Beginn an seine kurzen, prägnanten Einsätze in den Rezitativen. »Wahrlich, ich sage euch: Einer unter euch wird mich verraten.« Andreas hielt die Luft an, spürte die Dramatik, die diese Vorhersage in sich barg und die Bach in die Pause gelegt hatte. Fast vergaß er darüber seinen Einsatz, die Frage des Chores: »Herr, bin ich's, bin ich's, bin ich's?« Würde er Christus verraten können? Was für ein seltsamer Gedanke, aber er ließ ihn nicht los, nicht in der Generalprobe und nicht am nächsten Tag in der Aufführung. Es war ihm in den Proben zuvor gar nicht aufgefallen, wie sehr es in der »Matthäuspassion« um Verrat ging, wie eindringlich Bach Petrus schilderte und dessen Trauer nach seinem Verrat. Noch einmal klang das Weinen in einer langen Pause nach, schmerzhaft nach: »Und weinte bitterlich.« Aber was bedeutete Verrat an Christus, und was bedeutete es, ihm zu folgen? Pater Petrus hatte bei einem längeren Gespräch vor ein paar Wochen mehrfach von innerer Konsequenz gesprochen, der man nicht ausweichen könne. Andreas sang mit aller Überzeugung und ein wenig zu laut, sodass ihn der Blick von Schmidt traf, den nachfolgenden Choral: »Bin ich gleich von dir gewichen, stell ich mich doch wieder ein.« Da hörte er sie wieder, diese kräftige innere Stimme, die ihm noch einmal sagte: »Ich weiche nicht, ich weiche nicht!« Ganz unvermittelt fühlte er sich nach Rinkhausen zurückversetzt, wo er damals, als es schon dunkel wurde, die Tür zur Kirche geöffnet hatte und unter den Blicken der Heiligen auf dem kitschigen Barockaltar durch die kleine Kirche gegangen und auf der obersten Altarstufe stehen geblieben war, auf das kleine Kreuz am Altartisch gestarrt und sich gedacht hatte: Ja, vielleicht ist das der Weg. Diesen Gedanken hütete er seitdem als sein Geheimnis. Nur Thomas hatte er damals davon erzählt, damals vor der Tür des alten Pfarrhauses, kurz bevor sie beide nebeneinander auf ihren Mopeds von Rinkhausen nach Langenheim zurückgefahren waren. Thomas hatte es nicht sehr ernst genommen und wahrscheinlich schon längst wieder vergessen.

Zur Aufführung war Thomas aus Bonn gekommen. Er stand allein vor der Tür der Sakristei, als Andreas nach dem Konzert herauskam. Seine Beziehung zu einer kanadischen Kommilitonin, die in Bonn Politikwissenschaft studierte, war auseinandergegangen, und in den vier Wochen bis zur »Passion« in Köln hatte sich offenbar noch keine neue Begleiterin gefunden.

Die »Matthäuspassion« hatte auch auf Thomas tiefen Eindruck gemacht. Er hörte gar nicht auf, von ihr zu reden, als sie bei Andreas zusammen ein paar Kölsch tranken. »Das Violinsolo bei der Alt-Arie ›Erbarme dich mein Gott‹, Andy, das war großartig. Was für eine Melodie!« Thomas schloss für einen Moment die Augen und summte noch einmal das eingängige Geigenthema. »Die Studentin an der Geige hatte eine ungeheure Ausstrahlung. Wie viel Schmerz, wie viel Flehen, wie viel Wissen, wie viel Melancholie von dieser Arie ausgeht.« Er schloss erneut die Augen, summte aber nicht, sondern hatte offenbar die junge Geigerin im Blick. »Und dann euer Christus, dieser Rantow, der war einfach umwerfend, so einfühlsam, solch eine warme Stimme, so präzise, sein ›Eli, eli, lama, lama asabthami‹ hat mich ungeheuer berührt. Das war wie Fischer-Dieskau. Am liebsten würde ich mitkommen nach Italien.«

»Und die Geigerin verführen, das sähe dir ähnlich«, lachte Andreas, der sich freute, dass er mit Thomas so intensiv über die Aufführung reden konnte. Da war endlich wieder diese Verbundenheit mit dem alten Freund, die er so lange vermisst hatte. Aber konnte er mit ihm auch über sein Verratsthema sprechen? Das war alles noch viel zu unscharf, er würde sich wohl zuerst einmal selbst Klarheit darüber verschaffen müssen, was ihm dabei durch den Kopf ging. »Ich sollte wirklich sehen, dass du mit nach Italien kommen kannst«, sagte Andreas, als es schon auf zwei Uhr zuging, »und die Geigerin wäre wahrscheinlich gar nicht abgeneigt.«

»Ich weiß nicht, Andy, seit Laurie Schluss gemacht hat, bin ich unsicher.« Thomas nahm einen großen Schluck Kölsch

»Funktioniert das alte Rezept nicht mehr, Tom?«

Thomas lächelte und schüttelte nachdenklich den Kopf. »Weißt du, Andy, ich komme jetzt ins sechste Semester, ich habe viele Mädchen in Bonn kennengelernt, einige für länger, einige nur für vier oder fünf Wochen, zwei sogar nur für eine Nacht. Es war alles okay. Manchmal habe ich Schluss gemacht, manchmal sie. Aber jetzt mit Laurie, das hat richtig wehgetan. So wie bei dir letzten Sommer mit Jutta.«

»Das ist inzwischen sieben Monate her, ich habe mich entschieden, dass es nicht mehr wehtut.«

»Als könnte man so etwas entscheiden, Andy. Siehst du sie nicht noch manchmal vor deinem geistigen Auge? Wenn ich an Laurie denke, dann kommt sie gerade aus der Dusche, ich seh' ihr Gesicht, auf dem noch ein paar Tropfen sind, seh' ihre dunklen Augen, die mich anschauen, mich durchdringen, ich seh' ihr Dreieck, das Wasser sitzt in tausend Perlen in ihrem Haar, und sie gibt mir das Badetuch und sagt: ›Could you give me a hand?‹ Es ist zum Verrücktwerden! Und du behauptest: ›Ich habe mich entschieden, es ist vorbei, es tut nicht mehr weh‹! Was fühlst du dabei, Andy?«

»Dass ich mich entschieden habe!«

»So wie früher im Lateinunterricht, wenn du zu Schlüter sagtest: ›Herr Dr. Schlüter, ich habe mich dafür entschieden, den kurzen Mittelteil dieses Abschnittes zum Hauptsatz zu machen, dann kann ich von ihm alle anderen Satzteile abhängig machen.‹ Doch das Leben ist keine Periode von Cicero, wo man so oder so entscheiden und entsprechend richtig und logisch die Konsequenzen ziehen könnte.«

»Was ist es denn, Thomas?«

»Wir leben viel stärker aus dem heraus, was andere für uns

entschieden haben und auf das wir gar keinen Einfluss nehmen konnten.«

»Ja, diese Konsequenzen kenne ich auch, zur Genüge.«

Die beiden zündeten sich eine weitere Zigarette an.

»Ich geh' jetzt nach dem Sommer für ein Jahr nach England, Andy, genau genommen nach Wales, nach Aberystwyth. Es hat geklappt: Ich habe einen Studienplatz und eine Stelle als Assistant Teacher dort bekommen. Meine Eltern waren nicht begeistert, es verlängert mein Studium, aber ich bin mir sicher, es ist das richtige für mich.«

»Glückwunsch, Thomas, ein ganzes Jahr in Great Britain! Ich werde dich besuchen kommen.«

»Mach das, ich habe nämlich ein klein wenig Angst davor, ich könnte dort ziemlich einsam sein. Aberystwyth ist nur eine kleine Stadt.«

Drei Tage später fuhren Chor und Orchester verteilt auf drei große Busse nach Italien. Die erste Aufführung fand in Reggio nell'Emilia statt, im dortigen Stadttheater, einem herrlichen Barockbau. Ein ungewöhnlicher Aufführungsort für eine »Passion«. Das Publikum saß auf rotgepolsterten Sitzen statt auf hölzernen Kirchenbänken. In einer der Logen saß ganz allein eine Dame mittleren Alters mit großem Hut und einer Nerzstola. Andreas bildete sich ein, sie würde ihn beobachten. Er stand wie immer in der letzten Reihe des zweiten Chores, direkt vor ihm stand die Tenorreihe.

Roman Rantow als Christus war nicht nur für das Konzert in St. Aposteln, sondern auch für die Tournee gebucht. Er war wie die anderen Solisten mit dem Flugzeug gekommen, sie würden ab jetzt mit dem Chor und Orchester im Bus mitfahren. Wie Andreas gelesen hatte, war Rantow fünfunddreißig Jahre alt, er hatte ein festes Engagement an der Oper in München, bereits an mehreren Häusern in Italien, Spanien und Frankreich gesungen und seit einigen Jahren eine Vorliebe für die großen Oratorienpartien entwickelt, deren Repertoire er von Jahr zu Jahr erweiterte. Zusammen mit dem erfahrenen älteren Eugen Speck als Evangelisten hatte er in der Kölner Presse schon sehr gute Kritiken bekommen, und auch das Publikum in Reggio spürte, dass Rantows Interpretation des Christus außergewöhnlich war. Das Konzert hatte nach italienischer Sitte erst um einundzwanzig Uhr begonnen, sodass es längst nach Mitternacht war, als der heftige Schlussapplaus auf Solisten, Chor und Orchester niederging. Wenn Rantow sich verbeugte, riefen viele »Bravo, bravo«. Die ältere Dame mit der Nerzstola beugte sich weit über das Geländer ihrer Loge und warf Roman Rantow Kusshände zu. Dr. Schmidt und die Solisten erhielten große Blumensträuße. Der Auftakt der Tournee war geglückt.

Chor, Orchester und Solisten kamen zusammen auf fast hundertfünfzig Personen. Sie waren in Reggio auf drei Hotels verteilt. Alle Studenten mussten sich Doppelzimmer teilen, nur die Solisten und der Dirigent Dr. Schmidt hatten Einzelzimmer. Daniel hatte Andreas gefragt, ob sie sich auf der Reise nicht das Zimmer teilen könnten. Andreas hatte nichts dagegen.

Trotz der Anstrengung der langen Busfahrt von Innsbruck, wo sie Zwischenhalt gemacht hatten, bis nach Reggio, der kurzen Stellprobe im Theater und der anschließenden Aufführung war Andreas noch nicht müde. Aus der Bar hörte er Stimmen. Dr. Schmidt stand dort mit Layne Wharton, der Engländerin, die die Sopranpartien sang. Rechts von ihr stand Roman Rantow im Gespräch mit José Blanco, dem Sänger für die hohen Tenorarien, der einen ganzen Kopf kleiner, aber sehr viel stämmiger war als der schlanke, großgewachsene Rantow. An den zwei Tischen saßen einige Studenten. Andreas gab sich einen Ruck. Er ging auf Roman Rantow und José Blanco zu. »Entschuldigen Sie, wenn ich Sie störe, ich möchte Ihnen nur sagen, wie sehr ich Ihren Auftritt genossen habe, vor allem, als Sie, Herr Rantow, anfingen mit ›Trinket alle daraus, das ist mein Blut …‹, wirklich ungeheuer mitreißend, ebenso diese Stelle, wo Sie enden mit ›so gehe dieser Kelch von mir, doch nicht, wie ich will, sondern wie du willst‹. Das war sehr dicht, sehr berührend.« Andreas stockte für einen Moment. Hatte er nicht schon zu viel gesagt? Dennoch fuhr er fort: »Auch Ihre sehr schwierige Schmerz-Arie im ersten Teil, Herr Blanco, ›hier zittert das gequälte Herz‹, hat mir sehr gut gefallen. Danke.«

Letzteres stimmte zwar nicht ganz, aber er wollte vor José Blanco nicht nur Herrn Rantow loben, hoffte jedoch insgeheim, Rantow würde merken, dass seine Begeisterung allein der Leistung von Rantow galt und nicht der von Herrn Blanco. Dessen Tenor war eigentlich für seine Arien zu schneidend und in der Höhe zu blechern.

Blanco nahm das Lob gnädig auf und wandte sich gleich wieder Rantow zu. Doch Rantow ging einen kleinen Schritt auf Andreas zu, dem erst jetzt die leuchtend blauen Augen von Rantow auffielen. Er hatte dunkles, fast schwarzes Haar, kurz geschnitten. Andreas bemerkte, wie fein seine Gesichtshaut war, noch jetzt am späten Abend wirkte sie wie frisch rasiert. Rantow lachte Andreas freundlich an. »Auch der Chor war heute wieder großartig«, sagte er, »wie schon in Köln. Die Choräle haben das Publikum zutiefst berührt, die Menschen klebten in ihren Sitzen und haben es kaum einmal gewagt, sich auch nur zu rühren. ›Befiehl du deine Wege‹ und all die anderen – großartig! Sie singen Bass?«

»Ja, im zweiten Chor!«

»Studieren Sie das Fach?«

»Nein, ich studiere Klavier, und das auch nur auf Lehramt.«

»Ich höre an Ihrer Stimme aber doch, dass Sie sehr talentiert sind.« Rantows große blaue Augen richteten sich intensiv und überaus freundlich auf Andreas, der diesem Blick nicht ausweichen konnte und sich bemühte, ihm genauso fest und sicher zu entgegnen.

»Oh, danke, ich habe schon als Schüler im Chor gesungen, schon im Sopran.«

»Trinken Sie doch ein Glas Wein mit uns.«

»Nein, ich wollte Sie beide wirklich nicht stören. Gute Nacht.«

»Na, dann vielleicht morgen. Ich würde mich freuen.«

Am nächsten Tag waren sie auf dem Weg nach Rom. Auf dem Programm stand die »Matthäuspassion« in der Kirche Santa Maria Maggiore. In der Kurzprobe nach ihrer Ankunft besichtigten sie den Schatz dieser vatikanischen Hauptkirche, die Krippe, in der, so wurde ihnen von einem jungen italienischen Priester versichert, vor zweitausend Jahren Christus in Bethlehem gelegen hatte. Die Kommentare der Studentinnen und Studenten beim Anblick der goldbesetzten Krippe schwankten zwischen belustigt und spöttisch und beherrschten die Gespräche bei der Rückfahrt zum Hotel.

Das Konzert war erst für den nächsten Abend angesetzt, sodass sie einen freien Abend hatten, an dem Andreas sich mit einigen weiteren Chormitgliedern zu einem Stadtrundgang verabredete. Sie wollten so viel wie möglich sehen, bevor es dunkel wurde. Doch sie hielten sich zu lange in einer Pizzeria auf, sodass sie schon an der Spanischen Treppe nur noch das nächtliche Rom zu sehen bekamen. Zurück im Hotel, zog es Andreas auch jetzt wieder an die Bar. Er trank mit zwei Cellisten, die er von der Hochschule gut kannte, ein Bier, als er plötzlich Rantows Stimme hinter sich hörte. »Da ist ja der junge Bass mit dem großen Klang.«

Andreas drehte sich um und wurde rot. Rantow strahlte ihn an. »Wir haben doch morgen erst um vierzehn Uhr Probe. Kann ich Sie zu einem vormittäglichen Gang durch die Stadt überreden? Ich kenne mich ein wenig aus.« Andreas war völlig überrascht.

»Ja, sicher, gern«, stammelte er.

»Dann bis morgen um zehn Uhr in der Lobby.«

Die beiden Cellisten waren beeindruckt. »Ich wusste gar nicht, dass du den Rantow so gut kennst.«

Als Andreas im Bett lag, konnte er nicht einschlafen. Was sollte das bloß mit Rantow? Warum hatte er ausgerechnet ihn zu einem Stadtspaziergang eingeladen? Warum beschäftigte ihn diese Einladung jetzt überhaupt so sehr, dass er nicht einschlafen konnte? Warum freute er sich nicht einfach darüber, dass der Beste unter den Solisten ihn und keinen anderen gefragt hatte?

Daniel lag neben ihm und schlief schon längst. Sollte er ihn morgen fragen, ob er ihn bei der Stadtbesichtigung mit Rantow begleiten wolle? Daniel würde sofort und mit größter Freude zusagen, da war er sich sicher. Er beschloss, ihn nicht zu fragen, sondern ohne weitere Erklärung allein mit Rantow loszuziehen, und er hoffte, auch Rantow würde allein kommen. Damit schlief er endlich ein.

Andreas hätte sich keinen besseren Führer durch Rom wünschen können. Aber auch Rantow war überrascht, wie viel dieser aufmerksame, höfliche junge Student aus seinem Lateinunterricht noch wusste und beisteuern konnte. Gegen Mittag lud er ihn zu einem kleinen Lunch ins Café Greco ein. Der Platz, an dem angeblich Goethe einst gesessen hatte, war von einem dickbäuchigen Schwaben besetzt, der sich immer wieder von seiner Frau auf diesem Sessel fotografieren ließ. Andreas war sich nicht sicher, ob er die Einladung zum Lunch annehmen konnte. Aber Rantow ließ nichts anderes zu. Beim Essen stellte er viele Fragen, und Andreas war über sich selbst überrascht. Er erzählte viel mehr über sich, als er sonst preisgab, sprach über Emotionen, die Bach, Händel, Verdi in ihm ausgelöst hatten, und von den großen spätromantischen Klavierkonzerten, die ihn immer wieder fesselten. »Manchmal glaube ich, Herr Rantow, Gott spricht zu mir in der Musik.«

Andreas erschrak. Das hatte er noch zu niemandem gesagt, nicht einmal zu Pater Petrus. Und hier im Café Greco in Rom erzählte er es einem Fremden, den er gerade einmal seit drei Tagen kannte.

Rantow kommentierte die Bemerkung von Andreas nicht. Auch er erzählte aus seiner Jugend, von seinen frühen Begegnungen mit den großen Werken, seinen Zielen, die sich jetzt klar auf Wagner richten würden. Er berichtete von seinen Ängsten vor dem Auftritt, von der Plackerei der Proben, von der Ungerechtigkeit und dem Unvermögen so mancher berühmter Dirigenten. Rantow war fünfunddreißig, dreizehn Jahre älter als Andreas, und schon weit herumgekommen, was ihn ungemein selbstsicher gemacht hatte. Trotz seiner Überlegenheit stellte er Andreas immer wieder Fragen, bohrte nach, wenn Andreas von einem Philosophie- oder Literaturseminar erzählte. Als Andreas einmal von einer großen Enttäuschung sprach, hakte Rantow so lange nach, bis Andreas ihm auch die Geschichte von seiner Mutter mit Klaus Rosenbach berichtete. Immer wieder war er berührt von dem intensiven Blick des berühmten Baritons, ein Blick, der ihm schmeichelte. Er war nach einer guten Stunde selbst überrascht, was er diesem Mann alles anvertraut hatte. Es war fast so, als hätte er sich gänzlich vor ihm entblößt. Doch er genoss jede Minute der Unterhaltung. Am Ende bestellte Rantow zwei kleine Gläser Rotwein. »Wir sollten Brüderschaft trinken. Ich möchte Ihnen das Du anbieten!«

Andreas war irritiert, aber auch mächtig stolz, als er das Glas hob. »Roman – Andreas.«

Die akustischen Bedingungen beim Konzert am Abend dieses Tages in Santa Maria Maggiore waren miserabel. Bachs Doppelchörigkeit verwischte zu einem Brei. Chor und Orchester waren schon nach wenigen Minuten unglücklich. Die Solisten hatten Probleme mit dem Hall, vor allem, wenn sie im Duett oder Quartett sangen. Die Instrumentalisten versuchten, so präzise und transparent wie möglich zu spielen. Es half nichts.

Die Stimmung an der Hotelbar nach der Aufführung war entsprechend gedämpft, Andreas und Daniel verabschiedeten sich früh von ihren Kollegen aus dem Chor. Auf dem Weg nach oben in ihr Hotelzimmer trafen sie vor dem Aufzug auf den glänzend gelaunten Roman Rantow. »Cheer up, my friends«, sagte er mit einem herzerwärmenden Lachen, »morgen geht's ab in den Süden, und übermorgen singen wir in Taranto, dann in Napoli, da scheint die

Sonne.« Sie betraten den Aufzug. Als er im zweiten Stock hielt, drückte Rantow Andreas einen gefalteten Zettel in die Hand:

»Andreas, hättest du noch Lust auf ein Glas Wein
mit mir allein? Ich bin in Zimmer 216. Roman«

Andreas überlegte einen Moment, sagte Daniel dann, er möge die Tür nicht verschließen, er würde später zurückkommen. Daniel sah ihn mit großen Augen an. Andreas schloss die Tür und fuhr in den zweiten Stock. Als Rantow ihm öffnete, war er im Bademantel.

## 21

Andreas fuhr langsam auf den Parkplatz an der Tropfsteinhöhle und entdeckte sofort den blauen Polo von Lisa. Er parkte und ging mit schnellem Schritt in Richtung Höhleneingang. Es waren nicht mehr viele Leute unterwegs. Einige gingen noch am Wildpark entlang spazieren, die meisten schlenderten zu ihren Autos zurück. Es war halb sieben, die Familien und auch die meisten Wanderer hier am Höhlengelände zog es um diese Zeit nach Hause. Wie immer, wenn er sich mit Lisa in aller Öffentlichkeit traf, sah Andreas sich zunächst einmal um, in der Sorge, es könnte zufällig jemand aus seiner Waldenburger Gemeinde in der Nähe sein und ihn mit Lisa beobachten.

Das Handy gab zwei kurze Töne von sich, das Signal für eine SMS. Auf dem Weg zum Höhleneingang, an dem er sich mit Lisa verabredet hatte, sah er sich die neue Nachricht an und musste schmunzeln. Dreimal im Jahr meldete sich das Hotel Tamborin von den masurischen Seen, nachdem er beim letzten Urlaub vor drei Jahren unvorsichtigerweise seine Mobilnummer auf ein Formular des Hotels geschrieben hatte. »Buchen Sie jetzt fuer den Spaetsommer«, wurde er da aufgefordert, »Erholung und Entspannung erwarten Sie! Hotel Tamborin.« Seit er mit Lisa zusammen war, hatte er nur noch eine einzige Reise nach Masuren unternommen, aber in den langen Jahren zwischen Simone und Lisa war er manchmal zwei Mal im Jahr dort gewesen. Bei seiner ersten Reise nach Polen 1994 hatte er in der Nähe von Nikolaiken eher zufällig dieses ganz hübsche, mittelgroße Hotel Tamborin entdeckt. Auf seinem Zimmer fand er ein Werbeblatt für Massagen, das er zunächst achtlos beiseitelegte. Nachdem er dann aber den ganzen Nachmittag mit einem Ruderboot auf dem See unterwegs gewesen war, erinnerte er sich an die Werbung und beschloss, dass ihm eine Massage jetzt gerade recht käme. Andreas wählte die angegebene Telefonnummer, nannte das Hotel und seine Zimmernummer und erwartete einen stämmigen Polen, der ihn kräftig durchkneten würde. Kurze Zeit später erschien eine höchstens fünfundzwanzigjährige Frau, die ihn zuerst fragte, ob er »Fullservice« wünsche, was er umstandslos bejahte. Sie war hübsch, etwas zu stark geschminkt vielleicht, und sie trug einen kurzen Rock, massierte seinen Rücken dann aber sehr geschickt. In langen Bahnen zog sie ihre Hände mit sanfter Kraft von den Schultern bis zum Bund der Unterhose. Einige Minuten später zog sie ihm ganz selbstverständlich die Unterhose aus, massierte auch seinen Po und streifte ihn mit ihrem kurzen Rock, unter dem sie offenbar nichts weiter trug. Das verfehlte nicht seine Wirkung. Andreas war verwirrt. »Mein Herr, erst bisschen Entspannung, dann bisschen Sex.« Andreas versuchte noch, ihr klarzumachen, dass er das eigentlich gar nicht wollte, aber es war zu spät. Die Frau hieß Agnieszka, und er rief sie auch am nächsten Tag und an den Tagen darauf. Als er ein gutes Jahr später Simone kennenlernte, beendete er die Reisen ins Hotel Tamborin zu Agnieszka. Erst als die Beziehung zu Simone 2001 in die Brüche gegangen war, nahm er die Fahrten nach Masuren wieder auf, wo Gabriella mittlerweile Agnieszkas Platz eingenommen hatte. 2007 war er zuletzt da gewesen, schon mit schlechtem Gewissen Lisa gegenüber, die er wenige Wochen zuvor kennengelernt hatte.

Erholung und Entspannung. Andreas löschte die SMS, ging am Schild »Einlass nur bis 18 Uhr« vorbei und hatte nach wenigen Metern den Höhleneingang erreicht, einen Tunnel, der mehrere Meter in den Felsen hineinführte, bevor eine Eisentür den Eingang zur eigentlichen Höhle versperrte. Da stand sie, Lisa, ganz allein, mit ihrem wunderschönen halblangen Haar, blond, mit einem ganz feinen Rotstich darin. Sie trug Jeans, ein hellgraues T-Shirt und darüber ein leichtes, schwarzes Leinensacko. Ihre rechte Hand steckte in der rechten Sackotasche, sie lächelte ihm zu, nickte ein-, zweimal mit dem Kopf und kam ihm dann entgegen. Wie gern hätte er ihr jetzt einen Kuss gegeben, aber er traute sich nicht, nicht einmal hier im Schutz des weit vorgewölbten Höhleneingangs. Er wusste, es würde ein schwieriges Gespräch werden, viel schwieriger als ein Gespräch mit Thomas über seine Lage.

# 22

Thomas verbrachte das Osterfest 1982 in Langenheim. Die Zwillinge standen unmittelbar vor den Abiturprüfungen, entsprechend angespannt war die Stimmung zu Hause, da half auch das schmetternde »Oh Mädchen, mein Mädchen, wie lieb ich dich« nicht, mit dem sein Vater den Ostersonntag einklingen ließ. Im Marktcafé traf er überraschend Richie, der ihm von der Auflösung der Flippers berichtete. Tanja hatte die Band bis nach ihrer Referendariatszeit zusammengehalten. Seit sie als Lehrerin in Herford arbeitete, sei er mit seinem Schlagzeug jetzt bei den »Black Devils«, und Tanja würde in wenigen Monaten heiraten: Hermann natürlich. Sie hätten in der Band nie etwas erzählt. Richie zwinkerte mit den Augen.

Zurück in Bonn, gratulierte ihm Professor Dornemann gleich in der ersten Sitzung des Utopie-Seminars zu seinem Studienplatz in Aberystwyth. »Prinz Charles hat dort studiert. Das Studium in Wales wird eine interessante Erfahrung für Sie.«

Thomas absolvierte die Pflichtveranstaltungen, auch in Sprachwissenschaft, in Mittelenglisch und in Althochdeutsch, große Begeisterung kam dabei nicht auf. Doch was ihm wirklich fehlte, war eine Freundin. In den zweieinhalb Jahren in Bonn war er selten lange allein geblieben. Als man ihn jetzt gebeten hatte, sein Saxophon zur Fete des Asta mitzubringen und wie im Jahr zuvor ein paar alte Songs zum Besten zu geben, wusste er schon, dass es auf der Fete ordentlich funken würde. Er stand im Mittelpunkt der kleinen Band und wurde als Sänger und Saxophonist, schwarzhaarig, groß und schlank, besonders angehimmelt. Ein junges schwarzhaariges Mädchen, Gerda, die gerade erst mit dem Studium begonnen hatte, nahm er mit nach Hause und war froh, dass sie ihm am nächsten Morgen beim Frühstück keine Szene machte, als er ihr sagte, sie würden sich nicht wiedersehen. Oft fragte er sich in diesen Wochen, was ihn denn wohl lahmgelegt hätte. Irgendetwas hatte ihm die Freude daran genommen, so weiterzumachen wie bisher. Er war froh über die Aussicht, in weniger als zwei Monaten nach Aberystwyth gehen zu können, wo Ende August die Schule und im September dann die Universität beginnen würden.

Für Mitte Juni hatte er sich bei Andreas in Köln zu einem Besuch übers Wochenende angemeldet. Andreas hatte ihn nach der Rückkehr von der Chorreise im Mai angerufen. Er müsse ihm dringend von der Reise erzählen, sie hätte einiges bei ihm ausgelöst. Er hatte am Telefon ganz aufgeregt geklungen.

Nachdem ein Mitbewohner aus seiner Wohngemeinschaft ihm angeboten hatte, ihn gleich morgens im Auto mit nach Köln zu nehmen, ließ Thomas die Translations-Übung und das Althochdeutsch-Seminar einmal ausfallen und stand am Freitag schon um kurz vor neun Uhr am Rudolfplatz vor dem Mehrfamilienhaus, in dem Andreas wohnte. Er klingelte und hörte kurz darauf ein »Ja?« aus dem Lautsprecher.

»Überraschung! Ich steh' hier mit vier frischen Brötchen. Mach schon auf! «

Oben im fünften Stock stand Andreas an der Tür. Er wirkte verlegen. »Hattest du dich nicht erst für den Nachmittag angekündigt?«, fragte er etwas unwillig.

»Na, das klingt aber nicht gerade begeistert.«

»Ja, nein, ich bin nur ...« Damit ließ er Thomas eintreten, dem sofort klar war, warum Andreas sich so seltsam verhielt. Durch die offene Tür zum kleinen Badezimmer sah er einen jungen Mann in ihrem Alter, dunkelblondes mittellanges Haar, sportlich, schlanker Körper, bekleidet nur mit Shorts, der sich gerade rasierte. Er drehte sich um, nickte Thomas zu und sagte: »Hi, ich bin Christian.«

»Ja«, sagte Andreas, »das ist Christian.«

Thomas blickte zuerst fragend Andreas an, dann Christian, der sich wieder dem Rasieren zuwandte, dann erneut Andreas, dessen Blick Unsicherheit verriet, auch ein wenig Angst, um endlich zu sagen: »Dann hätte ich wohl besser sechs Brötchen mitgebracht.«

»Nein, nein, Christian muss gleich los, er muss um zehn Uhr bei der Lufthansa sein. Wir haben schon Cornflakes gefrühstückt.«

Das große Bett unter dem Fenster war noch aufgeschlagen, sonst war, wie bei Andreas üblich, alles ordentlich an seinem Platz. Über dem Schreibtisch hing Mackes »Seiltänzer« und ein Foto, das Andreas mit Chorkollegen zeigte, sie umringten einen Solisten mit einem großen Blumenstrauß. Thomas erkannte in dem Solisten den Sänger des Christus aus der »Matthäuspassion« in St. Aposteln. An der Tür zum Kleiderschrank hing ein Poster, das auf Italienisch die »Matthäuspassion« ankündigte, die das Collegium Musicum der Musikhochschule Köln in Neapel aufgeführt hatte. Thomas setzte sich an den noch gedeckten Frühstückstisch. Christian kam aus dem Bad, zog sich ganz unbefangen an, wechselte ein paar Sätze mit Thomas und entschuldigte sich, dass er so schnell aufbrechen müsse. Er hatte eine sehr angenehme, wohlklingende Stimme und eine ausgesprochen einnehmende, dem Gegenüber zugewandte Art. Er steckte noch einmal den Kopf durch die Tür, warf Andreas ein »Take care, Andy« zu und ließ die Wohnungstür leise ins Schloss fallen.

»Ich wollte dir eigentlich von Christian erzählt haben, bevor du ihn kennenlernst.«

»Das wäre vielleicht auch besser gewesen. Ich bin, ehrlich gesagt, einfach verblüfft, ich wäre ja noch nicht einmal auf die Idee gekommen, dass du dir deine Wohnung mit einer Frau teilst, aber dass ein Mann hier eingezogen ist, alle Achtung, du bist immer für eine Überraschung gut!«

»Christian ist nicht bei mir eingezogen, er übernachtet nur manchmal hier.«

»Bist du nach Silke und dieser famosen Jutta jetzt mit einem Mann zusammen? Nicht dass mich das stören würde, Andy, aber ich muss es erst begreifen, das kommt nun doch etwas unerwartet.«

»Für mich auch, Thomas!«

Dann erzählte Andreas ausführlich von Rom, wo seine Glücksphase begonnen habe. Und von Roman Rantow, den Thomas ja schon in St. Aposteln in der Christuspartie gehört hatte. Mit Roman habe er etwas ganz Neues erleben können. Thomas hatte einen Reisebericht über Italien erwartet, dazu ein paar neue Einsichten zu Bachs »Matthäuspassion«, aber doch nicht, dass Andreas sich mit einem Solisten einlassen würde. Roman sei jetzt wieder in München, berichtete Andreas, und in Wien und in Salzburg. Er studiere gerade seine erste Wagner-Rolle ein, den Beckmesser in den »Meistersingern«, die im Oktober in München Premiere habe.

»Christian habe ich in der Mensa kennengelernt. Das war kurz nach meiner Rückkehr von der Chorreise. Er macht eine Management-Ausbildung bei der Lufthansa in Verbindung mit einem BWL-Studium. Wir kamen von den ungenießbaren Mensa-Ravioli auf Italien, italienische Küche, Rom. Er ist sehr aufmerksam, kann gut zuhören, sieht alles, spürt alles. Wir verabredeten uns für den übernächsten Abend bei einem Italiener in Lindenthal. Nach diesem Essen kam er ganz selbstverständlich mit zu mir. Ich war froh darüber, denn nach der Italien-Tour wusste ich gar nicht so recht, wohin mit mir. Doch jetzt ist Christian da. Ich bin glücklich, Thomas.«

»Dann kennt ihr euch jetzt seit rund sechs Wochen.«

»Ich weiß, das ist noch nicht lange, aber für den Sommer haben wir eine große gemeinsame Irlandreise geplant.« Andreas erläuterte ausführlich, was sie vorhatten. Den Nachtzug nach London hatte er schon gebucht, ebenso die Fähre von Fishguard nach Rosslare und die Leihräder in Cork, mit denen sie dann Richtung Dingle und Westküste radeln wollten.

»Das hört sich großartig an. Gratuliere, Andreas.«

»Am 26. Juli geht's los.«

Andreas war kaum zu bremsen. Während Thomas langsam an seinem dritten Brötchen kaute, erzählte Andreas voller Begeisterung vom laufenden Semester.

Ganz anders als Thomas hatte er in seinem dritten Semester offenbar alles, was ein Student brauchte: eine Beziehung, auch wenn er diese vor den Kommilitonen verbarg, Erfolge im Proseminar, eine Einladung des Cusanuswerkes zu Vorstellungsgesprächen für ein Hochbegabten-Stipendium, eine begeisterte und begeisternde Klavierlehrerin an der Musikhochschule, Haydns »Jahreszeiten« als Chorprogramm für das Sommerkonzert im Juli und Ferienpläne mit dem neuen Freund für eine dreiwöchige Radtour in Irland. Plötzlich sei alles leicht geworden, erzählte Andreas. »Im Philosophieseminar über Determinismus habe ich alle Versuche, die Vorbestimmung des menschlichen Handels zu postulieren, radikal dekonstruiert, na ja, zumindest relativiert. Ich bin mir jetzt ganz sicher, Thomas: Wir bestimmen unser Handeln, wir folgen nicht, wir tun.«

Thomas wusste nicht so recht, worauf Andreas mit seinem Bericht über das Determinismus-Seminar hinauswollte. Er war auch gar nicht so scharf darauf, das gemeinsame Frühstück mit einer philosophischen Diskussion abzuschließen, und froh, als Andreas nur noch kurz von der Dozentin berichtete. Sie habe ihm mit tollen Formulierungen philosophisches und rhetorisches Talent in ihrem Gutachten für das Cusanuswerk attestiert, und jetzt hoffe er auf ein Stipendium.

Thomas hatte wenig zu berichten. Keine neue Frau, nur Erinnerungen und Träume, aber Aberystwyth rücke näher, diesen Hochschulort habe er bewusst gewählt, es sei doch ein ganz eigener Menschenschlag, dieses keltische Volk der Waliser.

Andreas nickte, doch Thomas merkte, dass sein Freund mit den Gedanken ganz woanders, wahrscheinlich schon in Irland war.

»Von allen Colleges of Wales hat das akademische Angebot in Aberystwyth den besten Eindruck auf mich gemacht. Da habe ich diesen Ort mit dem schwierigen Namen gewählt, und die King George Secondary Comprehensive School hat mich als Assistant Teacher angenommen. So bin ich unabhängig von Vater und kann mein Studium und den Aufenthalt selbst finanzieren. Ich bin sehr gespannt auf die Küste dort, ich wollte immer schon einmal am Meer wohnen.«

Thomas zündete sich eine Zigarette an. »Als Kind war ich mit meinen Eltern zwei- oder dreimal in Cuxhaven-Duhnen. Seitdem liebe ich es, wenn ich das Meer rauschen höre, wenn Möwen kreischen. Mein Zimmer ist in der Lewellyn Pier Road, mit Blick aufs Meer. Vielleicht steigt ja eines Tages dort genau die Frau aus dem Wasser, die ich suche.«

Sie verabredeten, dass Andreas und Christian auf der Rückreise von Fishguard, dem Hafenort, an dem die Fähren aus Irland in Wales anlegen, zu ihm nach Aberystwyth kommen würden. Zwei Tage später würden Christian und er dann mit dem Zug von Aberystwyth nach London und von dort weiter mit dem Zug und der Fähre zurück nach Köln fahren.

Am Samstagabend hatten sich Thomas und Andreas mit Christian auf dem Neumarkt verabredet. Sie gingen ins Kino und sahen »Jenseits von Afrika« mit Robert Redford und Meryl Streep. Nach der Vorführung diskutierten sie noch lange über den Film und darüber, was Heimat für den Einzelnen bedeutete.

»Heimat ist kein Ortsbegriff, sondern immer da, wo ich mit den Menschen zusammen bin, die ich liebe und die mich lieben«, sagte Christian.

»Dann kannst du Heimat möglicherweise an vielen Orten empfinden, denn lieben und geliebt werden kann man hier und dort, sogar morgens hier, nachmittags dort und abends ganz woanders«, warf Thomas ein.

»Heimat ist ein Gefühl der Wärme, der Geborgenheit, aber auch der Erinnerung, ganz wie in ›Jenseits von Afrika‹ ist es ein großes, allumfassendes Gefühl und das Wissen: Hier gehöre ich hin!« Andreas pfiff noch einmal leise die aufwühlende, leicht kitschige Filmmusik und schaute dabei Christian an. Thomas lächelte, als er seinen alten Freund Andreas so sichtlich unbeschwert erlebte, und verabschiedete sich kurz darauf von den beiden, um den letzten Zug nach Bonn zu bekommen. Sie konnten ja schlecht zu dritt im Studentenzimmer von Andreas übernachten.

»Wir sehen uns dann in Wales!«

Am Ende des Semesters hatte Thomas dann doch noch ein unerwartetes Erlebnis, das ihn aus seiner Lethargie riss. Professor Dornemann bat ihn zu sich in die Sprechstunde. Thomas hatte eine fünfzehnseitige Hausarbeit über den Utopie-Begriff in der Literatur und das Umschlagen in die Anti-Utopie geschrieben.

»Ich habe Ihre Arbeit, Herr Johannmeyer, mit viel Vergnügen gelesen.« Professor Dornemann legte seine Pfeife in den großen gläsernen Aschenbecher. »Wir sollten überlegen, ob wir aus dem Utopie-Thema nicht mehr machen können. Ich denke an ›Utopie und Fin de siècle‹ oder ein ähnliches Themengebiet, und – um es gleich vorwegzusagen – ich denke dabei nicht an die Zulassungsarbeit zum Staatsexamen, sondern an Ihre Promotion. Ich glaube, Sie wären für eine Dissertation zu einem derartigen Thema sehr gut geeignet.« Thomas war wie vom Donner gerührt.

»Wenn Sie aus Wales zurück sind«, Dornemann nahm die Pfeife aus dem Aschenbecher, brachte den Tabak mit einem langen brennenden Streichholz wieder auf die richtige Temperatur und zog zwei-, dreimal kräftig, »dann beginnen Sie hier Ihr siebtes Fachsemester, das aber bereits Ihr neuntes Studiensemester sein wird. Sie müssen sich nach der Rückkehr zügig um das Staatsexamen kümmern, dann kann ich Ihnen für 1985 eine Stelle am Institut anbieten, mit der Sie Ihre Promotionszeit finanzieren können.«

»Das hört sich großartig an, Herr Dornemann. Vielen Dank für das Vertrauen, das Sie mir entgegenbringen«, stammelte Thomas und strahlte seinen Lehrer an.

»Überlegen Sie doch schon einmal, ob Sie für das Thema – sagen wir, als Arbeitsbegriff – »Utopie und Anti-Utopie im englischen Roman des Fin de siècle« nicht schon in Wales einen ersten Problemaufriss schreiben und eine Literaturliste zusammenstellen könnten. Die Literatur dazu können Sie sich ja in Aberystwyth peu à peu aneignen. Wir könnten dann nach genauerem Einblick in die Forschungslage und nach Ihrer Lektüre das letztlich gültige Thema festlegen, sobald Sie wieder zurück sind.« Herr Dornemann zog erneut kräftig an seiner Pfeife. »Es kann gut sein, dass Sie in Wales zumindest in den ersten Monaten recht viel allein sind, und wer einsam ist, hat immer viel Zeit zum Forschen und Lesen und Sortieren. Nutzen Sie das, Herr Johannmeyer, dann geht die Dissertation hinterher umso schneller.«

Thomas hätte Professor Dornemann bei der Verabschiedung vor Freude umarmen können. Stattdessen stammelte er noch einmal Dankesworte, wurde rot dabei und war froh, als er Dornemanns Tür hinter sich geschlossen hatte.

Nur wenige Wochen darauf traf Thomas mit großem Gepäck in Aberystwyth ein, nach einer langen Fahrt mit dem Zug von London. Er hatte in Shrewsbury umsteigen müssen und den Rest der Fahrt in einem Bummelzug angetreten, der sich sehr langsam an der Ostflanke der walisischen Berge hochwand bis auf vielleicht sechshundert oder siebenhundert Höhenmeter. Dann kamen wieder lange Strecken durch tiefgrüne Täler, denen man ansah, dass es hier viel regnete. Seine Vermieterin Mrs. Owen, eine freundliche Witwe von circa sechzig Jahren, holte ihn mit ihrem alten, klapprigen Austin Minor 1000 am Bahnhof ab. Für die beiden Koffer und seinen Rucksack fand sich in dem kleinen Auto erst ausreichend Platz, nachdem Thomas sich entschlossen hatte, zu Fuß zur Llewellyn Pier Road zu gehen und der Beifahrersitz für Gepäck frei war.

Kurz vor seiner Ankunft war ein Regenschauer niedergegangen, doch jetzt, wo er durch die kleine Stadt ging, kam schon wieder die

Sonne durch. Es dampfte leicht auf den feuchten Straßen, und Thomas hatte den Eindruck, jeden seiner Atemzüge zu spüren. Jedes Haus, das er sah, brannte sich für immer in sein Gedächtnis ein, jeder Geruch eines Gemüse- oder Fischstandes blieb intensiv in seiner Nase. Menschen, die ihn anschauten, Blicke, die er wechselte, waren auf eine Weise einprägsam, wie er das nie zuvor erlebt hatte. Das Haus, in dem er nun ein Jahr lang wohnen sollte, war ein schmales Reihenhaus, ein Terrace House, wie sie in England und Wales in den Innenstädten üblich waren. Es lag an der Llewelyn Pier Road, die direkt am Meer entlangführte und nur zur Stadt hin bebaut war. Im Erdgeschoss des Hauses wohnte Mrs. Owen mit ihrer Katze, im Obergeschoss befanden sich zweieinhalb Zimmer und eine sehr kleine Küche. In dem nach hinten gehenden Zimmer übernachtete höchstens dreimal im Jahr, wie Mrs. Owen versicherte, ihr Sohn, wenn er sie besuchen kam. Thomas hatte das große, vordere Zimmer mit Meerblick und zusätzlich das kleine Nachbarzimmer, in dem nur ein Bett und ein schmaler Schrank Platz fanden. Als er die Fenster öffnete, hörte er das Meer, dessen auslaufende Wellen sich etwa fünfzig Meter entfernt und rund zwanzig Meter tiefer als die Llewellyn Pier Road an großen Felsbrocken und Kiessteinen brachen. Thomas atmete zweimal tief durch. Vielleicht war das hier ja tatsächlich das Paradies.

Am nächsten Tag ging Thomas schon am frühen Morgen durch die Stadt zur Universität und zu seiner Schule. Die Universität war in einem respektablen Altbau aus massiven dunklen Granitsteinen untergebracht, errichtet im ersten Jahrzehnt des Jahrhunderts, die King George Secondary Comprehensive School bestand aus einem modernen Zweckbau. Vom Postamt aus rief Thomas bei seinen Eltern an.

»Es ist wunderschön hier. Macht euch keine Sorgen.«

Am Nachmittag machte er sich zu einem Spaziergang entlang des Cliff Path auf, von dem Mrs. Owen ihm vorgeschwärmt hatte. Er wanderte vier Stunden über die Klippen am Meer entlang, blieb immer wieder stehen, schaute aufs Meer, auf die hoch aufragenden Felsen links und rechts neben ihm, auf die kleinen Buchten und staunte über die riskanten Sturzflüge der Möwen. Thomas war angekommen.

Am 15. August mittags stand Andreas dann vor seiner Tür. »Ich erkläre es dir später« war alles, was er dazu sagen wollte, dass er allein und nicht, wie verabredet, mit Christian zusammen unterwegs war. Andreas war braun geworden und hatte durch das Radfahren offenbar noch ein oder zwei Kilo verloren, obwohl er schon immer sehr schlank gewesen war. Sie liefen noch am gleichen Nachmittag auf die Klippen, während er ausführlich von seiner Reise berichtete. Bei seinen Radtouren hatte er immer wieder Amerikaner, Kanadier, Australier und Neuseeländer kennengelernt, die auf der Suche nach ihren Vorfahren waren und wie er von Dorf zu Dorf radelten. Fast immer traf er sie auf oder an Friedhöfen. Die Kirchengebäude in den kleinen Dörfern waren meist in schlechtem Zustand. Andreas erzählte Thomas von einer Messe, die er in einem kleinen Ort sonntags besucht hatte und in der der Pfarrer von der Kanzel eine Predigt hielt, die er nicht mehr für möglich gehalten hätte: Es wimmelte nur so von Sünde und Schuld, von Qualen, Fegefeuer, Teufel und Hölle. »Ich wäre am liebsten nach der Messe zu dem Pfarrer gegangen und hätte ihn geschüttelt. Wie kann man der Bevölkerung eines Dorfes, den Jugendlichen wie den alten Leuten, die in ihrem kargen Leben doch kaum Gelegenheit zu schweren Sünden haben, so viel Angst machen! Kirche ist doch kein Angstapparat. Glauben heißt Vertrauen, Vertrauen zu sich selbst und Vertrauen auf Gott, doch nicht Furcht und Schrecken.«

Thomas nickte nur mehrfach. Er wusste, dass Andreas sich bei solchen Themen sehr ereifern konnte.

Am Abend gingen sie ins The Sailor's Inn. Auch hier musste Thomas noch lange warten, bevor Andreas kurz vor den »last orders« endlich auf Christian zu sprechen kam. Er berichtete zuerst bei »Steak and Kidney Pie« ausführlich von einzelnen Touren, von der langen Zeit, die er auf dem Fahrradsattel verbracht hatte und nachdenken konnte, und dass er dabei auch wieder theologische und kirchliche Fragen gewälzt habe. Als sie das zweite Pint of Bitter tranken, stieß Andreas ihn plötzlich mit dem Ellbogen an und lachte. »Ich muss dir noch etwas ganz Verrücktes erzählen«, begann er, »du wirst es nicht glauben. Ich komme gar nicht direkt von der Fähre in Fishguard, sondern aus Lampeter, einer kleinen Stadt, etwa vierzig Meilen von hier im Landesinneren.«

Andreas nahm einen großen Schluck Bier und steckte sich eine Zigarette an. »Ich habe gestern um elf Uhr die Fähre nach Fishguard genommen. Die Überfahrt war heftiger, als ich dachte, es war bewölkt und stürmisch. Ich stand am Heck, schaute aufs Wasser, fühlte mich mies, so richtig saumies. Ich ließ die Reise Revue passieren und diese verrückte Episode mit Christian, während das Boot so heftig schwankte, dass mir fast das Frühstück wieder hochgekommen wäre. Kurz, es war ein beschissener Morgen, bis mir eine Frau aufgefallen ist, die einen Meter von mir entfernt am Heck der Fähre stand. ›It's a rather unpleasant day, isn't it?‹, fragte sie mich, als sie meinen Blick bemerkt hatte. Sie war etwa fünfunddreißig Jahre alt, hatte ganz helle Haut, Sommersprossen, rotblonde kurze Haare, ganz so, wie man sich eine Irin oder eine Waliserin vorstellt, nicht gerade hübsch, aber ungeheuer nett. Wir kamen ins Gespräch. Übers Wetter, über Irland und das Radfahren. Als das Schiff etwas weniger schaukelte, gingen wir in die Cafeteria, tranken Tee. Sie stellte einige kurze Fragen, und ich habe zu erzählen begonnen. Gut, ich habe aus Christian eine Christeen gemacht, um die Dinge zu vereinfachen. Dann hat sie von sich erzählt, davon, dass sie seit fünf Jahren von ihrem Mann getrennt lebt und die beiden Kinder gerade für zwei Wochen zu ihm nach Waterford gebracht hat. Sie ist nach der Scheidung mit den Kindern in ihrem alten gemeinsamen Haus in Lampeter wohnen geblieben, wo sie als Lehrerin an einer Primary School arbeitet.«

Nun zündete sich auch Thomas eine der irischen Zigaretten an, die Andreas mitgebracht hatte. »Sag nur, sie hat dich mit nach Hause genommen.«

»Ja, hat sie tatsächlich. Sie hat viel erzählt, ich glaube, es hing damit zusammen, dass sie in Waterford nicht nur ihren Mann, sondern zum ersten Mal auch die Frau getroffen hat, mit der er jetzt zusammenlebt. Sie war ziemlich fertig. Ich fand sie immer sympathischer. Weißt du, sie ist geschieden, sie hat die beiden Kinder, ihre alte Arbeitsstelle in der Primary School, lebt in einem kleinen Ort und dort auch noch etwas einsam in einem sehr schönen Bauernhof am Stadtrand. Die kann nicht am Wochenende mal eben nach Cardiff oder London fahren, um einen Mann kennenzulernen, sich zu verlieben und ein neues Leben zu beginnen. Die sitzt an ihrem Ort und in ihrem Leben mit den Kindern fest.«

»Und dann hat sie dich mit in ihr Bett genommen?«

»Nicht so direkt natürlich. Sie hat mir zuerst einen Platz auf dem Sofa angeboten, weil es schwierig gewesen wäre, noch am Abend nach Aberystwyth zu kommen. Sie kochte uns eine Kleinigkeit, ich hörte ihr zu, dann wollte sie mehr von mir wissen, von früher, von meinen Plänen. Als es Schlafenszeit war, sagte sie, ich bräuchte nicht aufs Sofa, ich könne auch zu ihr kommen. Es war sehr schön mit ihr, Thomas, richtig schön.«

»Wahnsinn, Andy! Du hattest Glück, dass du alleine unterwegs warst, zusammen mit Christian hättest du das nie erlebt. Und heute Morgen?«

»Katerstimmung. Sie hat nur immer wieder ›how stupid‹ und ›how silly it was‹ gesagt und war wohl froh, als ich mich auf den Weg gemacht habe, um den Bus nach Aberystwyth zu nehmen.«

Sie bestellten ein drittes Pint. Erst jetzt begann Andreas, von Christian zu erzählen. Doch so viel gab es da gar nicht. Christian hatte die gemeinsame Reise, nur einen Tag bevor es gemeinsam losgehen sollte, einfach abgesagt. Als Erklärung dafür hatte Andreas nur aus ihm herausgebracht, dass er in München einen

Steward der Lufthansa wiedergetroffen habe, mit dem er am 1. August für eine Woche nach New York fliegen wollte.

»Last orders, gentlemen, last orders!«

Fünf Tage später brachte Thomas Andreas zur Bahn. Als sie auf den Bahnsteig kamen, war gerade der Zug aus Shrewsbury eingefahren. Direkt vor ihnen öffnete sich die Waggontür, und eine junge Frau in einer engen Jeans und einem beigen, eng anliegenden Sweatshirt stieg aus, beladen mit zwei schweren Koffern und einem Rucksack. Thomas fragte sie, ob er ihr helfen könne. Aus ihrer Antwort meinte er einen leichten deutschen Akzent herauszuhören und fragte sie: »Sind Sie Deutsche?« Die junge Frau kam aus Münster. Inge Duvenhorst. Sie sollte für ein Jahr an einer privaten All Girl's School in Aberystwyth als Assistant Teacher arbeiten.

»Dann sind wir ja Kollegen. Ich bin Thomas, Thomas Johannmeyer aus Bonn, eigentlich aus Langenheim, aber ich studiere seit 1979 in Bonn.«

Auch Andreas stellte sich vor.

Inge war groß, mindestens einen Meter fünfundsiebzig, und sie hatte eine kräftige Oberweite. Ihr dunkelblondes, lockiges Haar trug sie offen. Sie lachte nicht etwa verlegen, sondern herzlich. »Dass ich in Aberystwyth von zwei deutschen Männern empfangen werde, stand in meinem Schulprospekt gar nicht drin!«

»Für uns beide ist es leider nur ein kurzes Kennenlernen«, sagte Andreas, »ich fahre jetzt zurück nach Deutschland.« Als Andreas eingestiegen war, hatte Thomas nur noch Gelegenheit, ihm zuzuflüstern, dass das genau sein Typ Frau sei: »Inge Duvenhorst. Wahnsinn!«

»Das kann ja ein aufregendes Jahr werden, Thomas.«

Der Zug setzte sich in Bewegung. Thomas nahm Inges Koffer, winkte Andreas noch einmal zu und ging dann gemeinsam mit Inge zum Taxistand vor dem Bahnhof.

# 23

»Es scheint fast so, als hättest du etwas ausgefressen, Andy«, sagte Lisa, als sie sich vom Höhleneingang aus aufmachten und dem schmalen Pfad folgten, der um den Felsen herum und in den Wald führte. Lisa ging voran. Sie war nicht gerade groß, vielleicht einen Meter fünfundsechzig, machte aber stets lange resolute Schritte. Nach einigen Minuten hatten sie den Wald erreicht, der Weg wurde breiter, sie konnten wieder nebeneinandergehen. Niemand kam ihnen entgegen.

»Ach was, ich habe natürlich nichts ausgefressen, aber man jagt mich.« Andreas erzählte ihr von Frau Wahnmut und von dem geheimnisvollen Mann mit den Fotos. Er bemühte sich, nur die Tatsachen darzustellen, möglichst emotionslos und ohne eine persönliche Bewertung.

Lisa unterbrach ihn nicht. Nachdem er auch von der Nachricht erzählt hatte, die er erst vor zwanzig Minuten im Auto von seinem Anrufbeantworter abgehört hatte, blieb Lisa plötzlich stehen, griff ihn am rechten Arm und zog ihn zu sich heran.

»Wie nahe bist du diesem Marcel denn gekommen?« Lisa fragte ganz sachlich. Er hörte die Stimme der erfahrenen Jugendpsychologin, die solche Situationen vermutlich kannte und schon öfter derartige Interviews geführt hatte, um die Wahrheit bei Missbrauchsanschuldigungen zu ermitteln.

Andreas gab eine ehrliche Antwort. »Aber auch wenn mein Mund tatsächlich seine Stirn berührt haben sollte, dann war das rein zufällig. Ich habe nichts mit Knaben, ich empfinde nichts für sie.«

»Berührst du deine Messdiener oft? Hat sich schon einmal einer beklagt?« Der Ton ihrer Stimme blieb ganz professionell. Andreas schaute sie im Gehen von der Seite an. Ihre feine, zarte Haut, die im Sommer stets von zahlreichen hellen Sommersprossen bedeckt war, ihre sehr schmale, kleine Nase, die ganz am Ende einen leichten Stups hatte, der ihrem Gesichtsausdruck stets etwas Keckes, Munteres verlieh. Er war noch immer in diese Frau verliebt.

»Ich habe die Tendenz, Menschen, die mir sympathisch sind, denen ich helfen möchte, zu berühren. Und das ist bei Kindern und Jugendlichen noch ausgeprägter als bei Erwachsenen. Wenn sich bei einer Freizeit ein Mädchen oder ein Junge verletzt hat oder irgendwie traurig war, dann habe ich dieses Kind bis vor drei Monaten ganz selbstverständlich in den Arm genommen um es zu trösten. Du denkst jetzt vielleicht, dass dieses Verhalten mit meinem unerfüllten Wunsch nach eigenen Kindern zusammenhängt, und vielleicht hast du recht damit. In den letzten Wochen habe ich mich mit Berührungen allerdings völlig zurückgehalten. Du bist die Einzige, der ich noch nahegekommen bin.«

Andreas ging schweigend weiter.

»Aber es hat sich noch nie ein Kind über Berührungen von dir beklagt?«

»Aber nein. Ich habe immer wieder Kinder in meiner Jugendgruppe, die nach Wärme, Zuneigung und auch Berührungen geradezu lechzen, weil sie das zu Hause nicht bekommen. Da ist dann der Vater seit langem weg, die Mutter überfordert, manche Kinder kommen aus einfach lieblosen Familien. Für diese Kinder war es eine gute und wichtige Erfahrung, dass sie auch mal jemand getröstet hat, wenn es Streit gab oder sonst irgendwas schiefgelaufen war. Jetzt muss ich denen sagen, geh zu deiner Mutter oder deinem Vater, wenn du in den Arm genommen werden willst.«

»Du hättest wirklich Vater werden sollen, Andy, und am besten gleich von fünf Kindern.« Lisa lächelte. »Warum verbietet die Katholische Kirche ihren Pfarrern nur das Natürlichste auf der

Welt, die Freude an eigenen Kindern, die Erfahrung mit ihnen, das Glück und die Sorgen?«

Andreas zuckte nur mit den Schultern. Sie gingen eine Zeit lang schweigend weiter.

»Was soll ich tun, Lisa, ich bin ziemlich verunsichert. Jetzt ist auch noch Thomas krank. Er liegt nach einem schweren Herzinfarkt in Münster in der Uniklinik. Von dort komme ich gerade, und morgen fahre ich gleich wieder hin. Mit ihm wollte ich das eigentlich alles besprechen.«

»Ach so, mit Thomas. Da bin ich nur der Ersatz, nicht wahr? Wir kennen uns zwar seit drei Jahren, Andreas, doch wenn es schwierig wird, bin ich wohl nicht die Richtige für dich. Wir gehen so etwa alle drei Wochen miteinander ins Bett, wenn es geht, auch häufiger, manchmal warte ich auch länger auf deinen Anruf. Ich erzähle dir von mir, von den Kindern und Jugendlichen in den Heimen und von den externen, die ich betreue, von neuen Therapieansätzen, berichte dir von meinen eigenen Töchtern, doch wenn du nicht gerade eine mutige Predigt hältst, erfahre ich von dir nur Oberflächliches und sonst nichts. Seit drei Jahren. Hättest du einen Konflikt wie den mit der Wahnmut nicht vielleicht einmal etwas früher mit mir besprechen können?«

Andreas hatte solche Fragen erwartet. Lisa fühlte sich zurückgesetzt, und das völlig zu Recht. »Lisa, es tut mir leid. Aber versteh mich doch bitte, ich empfinde es als großartiges Geschenk, dass du überhaupt mit mir, einem katholischen Pfarrer, eine Beziehung eingegangen bist. Ich möchte nur, dass wir die wenige Zeit, die wir gemeinsam haben, zusammen genießen können, ich will dir doch nicht auch noch meine Probleme auftischen.«

Das war nicht viel mehr als eine Ausrede, und auch Andreas hatte das bemerkt. Damit würde sich Lisa nicht zufriedengeben.

»Du wirst fünfzig und hast noch immer nicht begriffen, was es heißt, eine Beziehung zu haben. Das ist bei einem Priester offenbar eine ›déformation professionelle‹. Was weiß ich denn wirklich von dir, Andreas? Dass du gern mit mir schläfst und dass dir dein Beruf viel bedeutet. Und dann? In diesen drei Jahren haben wir ein einziges Mal eine Wanderung gemeinsam mit deinem Freund Thomas und seiner Frau gemacht, und dabei warst du die ganze Zeit angespannt und hast ihnen immer wieder eingeschärft, dass sie sich bloß nie bei einem Gespräch verheddern und unsere Beziehung verraten dürften. Aber ich habe wenigstens ein Mal deine wichtigsten Freunde gesehen. Du hast nur wenige Male von Susanne erzählt und davon, wie gern du deine Patentochter magst, aber zusammengebracht hast du uns nie. Als du damals kamst, und Julia und Sophie waren da, hast du dich aufgeführt wie ein Irrer, dabei sind meine Töchter absolut vertrauenswürdig. Die laufen doch nicht durch die Gegend und erzählen: Meine Mutter schläft mit einem katholischen Priester. Danach bist du kaum noch zu mir nach Hause gekommen, wir haben uns stattdessen in möglichst unpersönlichen Hotels getroffen.«

Andreas kickte mit aller Kraft einen Kieselstein, der über dreißig, vierzig Meter den Waldweg hinunterfegte.

Lisa blieb stehen. »Was weiß ich denn schon von dir? Du erzählst mir von der Musik, deiner Musik, von den Klavierstücken, an denen du gerade sitzt, von den Philip-Roth-Romanen, die du zuletzt gelesen hast, und ich frage mich, was dich ausgerechnet an dieser Lektüre begeistert, am Sex alter Männer mit jungen Frauen. Wenn ich dich dann danach frage, weil ich etwas von dir und über dich erfahren möchte, weichst du aus, sprichst über die Selbstsetzung im ›Menschlichen Makel‹, und ich denke mir, aha, das ist es wohl, sich selbst zu setzen, sich aus eigener Kraft eine eigene Identität zu geben. Wenigstens darüber haben wir mehrmals ausführlicher gesprochen. Aber auch da hatte ich schnell den Eindruck, dass du dich nie ganz auf mich einlassen willst, dass du mir ausweichst, sobald ich dir zu nahe komme. Deine Sehnsüchte kann ich, außer denen, die uns dann flott ins Hotelbett führen, nur erraten. Deine Sorgen muss ich auch erraten, abgesehen von dieser großen Sorge, ein wackerer Katholik aus deiner Gemeinde könnte uns entdecken und verraten. Ich war glücklich, dass du mir im Mai von deiner Predigt erzählt hast und wir darüber diskutiert haben, aber versteh doch, Andreas, das reicht mir nicht. Wenn Thomas nicht im Krankenhaus liegen würde, dann hättest du dich heute nicht mit mir getroffen, um mit mir über diese Verdächtigungen und den möglicherweise heraufziehenden Skandal zu sprechen, nein, dann säßest du jetzt mit ihm zusammen und würdest das alles mit ihm beraten. Mir wäre allein der Part als dein persönliches Betthäschen geblieben.«

# 24

Von der St. James Church schlug es vier, als sie das Haus in der Llewellyn Pier Street verließen und den Weg zum Küstenpfad einschlugen. Sie hatten das Gatter am Beginn des Pfades kaum wieder hinter sich geschlossen, als Andreas das Gespräch mit dem Satz eröffnete: »Ich habe mich entschlossen, Priester zu werden. Ich kann nicht anders, Thomas, ich möchte auch nicht anders. Ich werde im Oktober von Köln nach Paderborn wechseln, dort ins Priesterseminar eintreten und Theologie studieren.«

Thomas war überrascht, aber ganz unvorbereitet traf ihn diese Nachricht dann doch nicht. Schließlich hatte Andreas schon in seinen Briefen von zwei Theologieseminaren berichtet, die er bereits im Wintersemester in Köln belegt hatte. Er kannte seine Liebe zu allem Liturgischen, zur geistlichen Musik, zu religiösen Riten, seine immer wiederkehrende Beschäftigung mit theologischen Fragen und der Kirchengeschichte. Er wusste, dass Andreas betete und nicht nur an Feiertagen zum Gottesdienst ging. Er erinnerte sich auch an das Geheimnis, das Andreas ihm damals im verlassenen Pfarrhaus von Rinkhauen anvertraut hatte, als er erstmals davon sprach, er könne sich vorstellen, einmal Priester zu werden. Dennoch hatte Thomas nicht erwartet, dass Andreas nun tatsächlich einen solchen Beruf ergreifen wollte. Im letzten Jahr hatten sie nur einige Briefe gewechselt, vor allem über die Geschichte mit Christian, deren abruptes Ende Andreas doch länger beschäftigt hatte. Dann war auch Jutta noch einmal aufgetaucht, und Andreas schien kräftig verwirrt. Als zwei Tage vor Ostern die kurze Nachricht von ihm eingetroffen war, dass er an Gründonnerstag die

Nachtverbindung von Köln nach London nehmen und am Karfreitag um 15.10 Uhr in Aberystwyth ankommen würde, um etwas Wichtiges mit ihm zu besprechen, vermutete Thomas ein Beziehungsproblem.

»Und du glaubst wirklich, Andy, mit dieser Entscheidung für ein Leben als Priester kannst du glücklich werden?«

»Es wird nicht immer einfach sein, aber das ist mein Weg.«

»Ich glaube das einfach nicht. Ich sehe dich nicht als Lonesome Rider, als einsamen Mahner in einer immer gottloseren Welt. Ich sehe dich in einer Gemeinschaft, in einer Beziehung, beschützt und beschützend. Du brauchst jemanden an deiner Seite, Andy!«

Thomas blieb auf dem schmalen Klippenpfad stehen und drehte sich zu Andreas um, der nur einen Schritt hinter ihm war. »Aber vielleicht ist es ja die viel zitierte Berufung, die dich ereilt hat.«

Sie hatten die erste Klippenspitze erreicht. Andreas war dicht hinter ihm auf dem engen Pfad. Sie schauten beide auf das Meer hinaus, das fünfzig Meter unter ihnen beständig gegen den Felsen brandete. »Andy, warum studierst du nicht Theologie als Lehrfach, das könntest du doch zusätzlich zu Musik und Deutsch? Priester zu werden ist eine Entscheidung für die Einsamkeit, eine Entscheidung für ein striktes Regelwerk. Du entscheidest dich ein Mal dafür, aber fortan wirst du entschieden. Andy, das hältst du doch gar nicht aus. Ich kann gut verstehen, dass du dein Leben in den Griff kriegen willst, das will ich auch, ich will nicht getrieben werden, aber pass du mal auf, dass sie dich nicht in den Griff kriegen.«

»Das klingt ja so, als hätte ich mich bei der Fremdenlegion als Soldat verpflichtet. Es war und ist meine eigene Entscheidung, Thomas, nicht die Kirche hat mich berufen, ich war es selbst! Es ist eine mutige Entscheidung, aber ich spüre, dass ich das kann. Ich will Priester werden.«

»Andy, sei mir nicht böse, aber ich glaube, diese Entscheidung hat weniger mit Mut und mehr mit Angst zu tun. Mir scheint, du läufst vor Enttäuschungen davon und meinst, du könntest sie damit für immer bezwingen. Das ist doch Schwachsinn.« Thomas hatte in Aberystwyth dank Inge zu einem ganz neuen Selbstbewusstsein gefunden. Die Bonner Jahre, in denen er von einer hübschen Frau mit Po und viel Busen zur nächsten wechselte, waren in der Sicherheit aufgegangen, in Inge die Richtige gefunden zu haben. Sie waren eine Gemeinschaft, die ihn stark machte. Dieses neue Selbstbewusstsein hatte Andreas sehr schnell bei Thomas wahrgenommen, und er wusste, dass er es ihm nicht leicht machen würde.

»Ich habe erst gedacht, dass ich mit meinen Beziehungen riesiges Pech hatte, aber jetzt scheint mir, ich hätte alles in allem Glück gehabt. Ich habe lange mit P. P. darüber gesprochen, ich fühle mich mit meiner Entscheidung, da wirst du lachen, Thomas, ich fühle mich gerettet. Dafür bin ich dankbar, und jetzt will ich auch konsequent sein und meine Entscheidung umsetzen.«

»Dankbarkeit, Rettung, Gespräche mit deinem Pater Petrus, darauf kannst du doch nicht dein Leben aufbauen.«

»Doch, Thomas, das kann ich. Ich gebe ja zu, dass diese Entscheidung auch etwas mit einem Rückzug zu tun hat. Ein gesellschaftlich anerkannter, genehmigter, sogar hoch respektierter Rückzug. Ich hoffe, einen Kreis Gleichgesinnter um mich herum aufzubauen. Wir werden alle möglichen philosophischen und theologischen Fragen diskutieren. Und wir werden unsere Ruhe dazu haben! Ruhe zum Denken. Schließlich ist es Aufgabe eines Priesters, Gott immer wieder zu suchen, nie mit dieser Suche aufzuhören. Andererseits habe ich als Priester die Möglichkeit, tatsächlich eine Alternative zu leben, an einer Welt mitzuwirken, die nicht von Wettbewerb, Konsum und Geschäftssinn geprägt ist, sondern in der echte Werte eine Rolle spielen. Je länger ich darüber nachdenke, desto mehr weiß ich, dass dieser Schritt nicht nur zu schaffen, sondern genau richtig ist. Thomas, ich freue mich darauf, ich brenne darauf. Ich suche Gott seit Jahren, und ich weiß, ich habe einen Zugang zu ihm, den ich auch anderen vermitteln kann.«

»Dann solltest du bei mir anfangen. Ich weiß einfach nicht, ob ich dich um deinen Glauben an Gott beneiden oder deshalb bemitleiden soll. Aber den Zugang zu Gott finde ich nicht.«

»Ein Weg dahin ist bei mir die Musik, das weißt du. Halte mich nicht für blöd, Thomas, aber oft, wenn ich am Klavier sitze oder Musik höre, ist mir, als spräche ich mit dem Unendlichen.« Andreas war sich nicht sicher, wie er den zweiten entscheidenden Zugang erklären sollte. Am Anfang war das Wort, der Logos, der Verstand. Andreas nahm das wörtlich. »Mir erscheint die Fähigkeit, sich selbst zum Objekt seiner Gedanken zu machen, über sich selbst zu sprechen, zu richten, als ein Beweis für die göttliche Herkunft des Menschen.« Eines Tages würde er diesen für ihn zentralen Gedanken klarer fassen und Thomas besser erklären können, was er damit meinte. »Und der dritte Zugang ist, an der Utopie einer besseren Welt mitwirken zu wollen.«

»Andy, sei mir nicht böse, aber fahr das ruhig alles einmal eine Nummer zurück. Lass es uns doch beim Namen nennen: Das alles hat sehr viel mehr mit diesem Christian und deiner Enttäuschung über diese Beziehung zu tun, mit Jutta, die sich einfach aus dem Staub gemacht hat, mit Silke und den anderen, bei denen du auf einmal diese Sperre spürtest. Es hat halt bislang nicht so richtig geklappt mit deinen Beziehungen, und jetzt willst du dein Leben völlig umkrempeln. Silke, diese wunderbare Frau, die hättest du nie wegschicken dürfen, sie hätte aus dir einen anderen Menschen gemacht.«

»Du weißt, dass das Unsinn ist. Ich will gar kein anderer Mensch sein, begreif das doch bitte! Nein, ich sehe mich tatsächlich in einem Pfarrhaus wie dem von Rinkhausen, du erinnerst dich?«

»Ein Pfarrhaus, Andy, in dem eine große Familie mit vielen Kindern Platz hätte und in dem du sehr einsam sein wirst.«

Andreas schwieg. Es ging auf fünf Uhr zu. Dunkle Wolken trieben auf die Küste zu. Nur mit etwas Glück würde es trocken bleiben, doch wie Thomas aus seiner Erfahrung mit Wales wusste, war ein Regenschauer wahrscheinlicher.

»Ich habe mich getestet, Thomas, ich habe mich wie im Alten Testament in Versuchung führen lassen.«

»Wie hast du das denn angestellt? Hat dich der Teufel besucht?«

»Erinnerst du dich an meine Karte aus München?«

»Ja klar, du warst in München in der Oper und hast mir eine Karte geschickt.«

»Ich habe dir damals nicht alles geschrieben. Ich wollte mich von niemandem beeinflussen lassen, auch nicht von dir.«

»Das klingt ja spannend.«

»Rantow hat mich Anfang September angerufen. Er hat von den ›Meistersinger‹-Proben in München erzählt, von seinem Beckmesser-Part, den der Regisseur völlig neu interpretieren wollte, eine großartige Chance für ihn, und er hat von unserer gemeinsamen Tournee geschwärmt, von Rom und Neapel. Er hat mir Komplimente gemacht und dann gesagt, dass er mit Sawallisch gesprochen habe: Ich könne zum Vorsingen nach München kommen und den großen Chor am Beginn des dritten Aktes bei ›Wach auf, es nahet gen den Tag‹ verstärken. Sie würden das in der neuen Münchner Inszenierung mit hundertvierzig Sängerinnen und Sängern singen und müssten den Opernchor entsprechend um Stimmen ergänzen. Premiere sei am 10. Oktober. Ich müsste mich für die ersten sechs Aufführungen verpflichten. Er sei sicher, ich würde das Vorsingen packen.«

»Das klingt ja irre, du als Sänger an der Münchner Staatsoper?«

»Na ja, als Mitglied im Verstärker-Chor.««

»Aber immerhin, in einer Wagner-Oper und das in München.« Thomas strahlte Andreas geradezu an. Er wusste, dass er die Sache herunterspielte, aber mit Sicherheit sehr stolz auf diese Auftritte war. Sie gingen weiter, der Klippenpfad ging steil nach oben. Thomas ging voraus.

»Ich bin nach München gefahren, obwohl ich wusste, dass Rantow mich nicht nur zum Vorsingen eingeladen hatte, und habe vorgesungen. Der Chorleiter hat ein paar Stimmübungen mit mir gemacht, ich musste noch ein paar Intervalle singen, und er hat mich aufgenommen. Ich konnte mit einem der feinsten Chöre der Welt proben, und wir waren eine großartige Truppe, die Stammsänger und die Verstärker. Die meisten der zusätzlich engagierten Sänger kamen vom Münchner Bach-Chor, junge Leute wie ich, super Stimmen. Das war ein anderes Niveau als im Collegium Musicum. Ich hätte die Welt umarmen können.«

»Das musst du mal Orgel-Müller erzählen, der wäre vielleicht stolz, wenn er wüsste, dass es einer seiner alten Sängerknaben bis auf die Bühne der Münchner Staatsoper gebracht hat.«

»Während der Chorproben habe ich für fast drei Wochen bei Rantow gewohnt, und wir haben uns prächtig verstanden. Ich stand im Zentrum seiner Aufmerksamkeit. Es war einfach großartig. Er arbeitete hart an seinem Beckmesser-Part, und ich freute mich, ihm helfen zu können. Wenn er von den Stimmproben nach Hause kam, gab es einen Tee, und dann habe ich mich ans Klavier gesetzt, wir haben einzelne Partien immer wieder geübt, er mit halber Stimme, aber voller Präsenz. Ein echter Profi.«

»Das Einarbeiten von neuen Sängern, das Einüben von neuen Stücken mit ihnen, damit hast du ja beste Erfahrung, Andy, das hast du schon früh trainiert.« Thomas lachte.

»Ja, ich habe in diesen Momenten oft an uns gedacht, Thomas, nur dass es jetzt nicht mehr ›Let it be‹ war, sondern Wagners Sixtus Beckmesser. Wenn wir mal einen freien Tag hatten, fuhren wir in die Alpen, stiegen auf die Kampenwand oder schwammen im Tegernsee. In unseren freien Stunden zeigte mir Rantow München, die beiden Pinakotheken, das Haus der Kunst. Er stellte mich einmal ganz selbstverständlich nach einer Probe, als ich ihn abholte, dem berühmten Siegfried Reinkel vor, der den Stolzing sang. Es waren wunderbare drei Wochen. Dann war ich zwischendurch für eine Woche in Köln, es ging ja aufs Wintersemester zu. Ich habe mich in Köln selten so allein gefühlt wie in dieser Woche und war froh, als ich wieder im Zug zurück nach München saß. Es kamen die Kostümproben, die Generalprobe und dann die Premiere. Ein voller Erfolg. Die B-Premiere einen Tag später: wieder ein voller Erfolg. Die *Süddeutsche*, der *Merkur*, die *Frankfurter Allgemeine*, die *Welt*: alle voll des Lobes. Doch das Wichtigste war, dass jeder auch den Beckmesser pries. Rantow hatte es geschafft, die Tragik dieser Person rüberzubringen, nicht wie gewohnt das Lächerliche, das Beckmesserische, sondern den Mann, der lieben will und der geliebt werden will, aber bei Eva überhaupt keine Chance hat, abgewiesen wird, auch bei den Meistern, ein Mann, der in dieser Männergesellschaft keine Anerkennung findet.«

Andreas blieb stehen. Ginsterbüsche in voller gelber Osterblüte säumten hier den Klippenpfad und verströmten einen feinen, säuerlichen Geruch. »Ich war auf Wolke sieben, Thomas. Der Chor bekam Bestnoten von der Kritik, von Sawallisch, von Everding. Das Einzige, was mich traf, war, dass ich kein Stammsänger war. Denn nur die Stammsänger singen auch all die anderen Chöre im ›Meistersinger‹, auch diesen herrlichen allerersten Choreinsatz im ersten Akt gleich nach dem Vorspiel ›Der du mir den Heiland gabst‹. Da sind diese zwei völlig verrückten Solostimmen im Cello und in der Bratsche, die im völligen Gegensatz zu dem getragenen, schlichten Choral stehen, und jedes Mal hörte ich hier die zwei Welten, Cello und Bratsche für Stolzing und Eva, das ist die Liebe, der Sex, das Gegenstück zum Choral, der Geborgenheit im Glauben. Ja, du lachst, Thomas, ich weiß, es klingt unwahrscheinlich, aber auch in diesen Wochen, in denen ich so glücklich war wie nie zuvor, gab es diese religiösen Gedanken. Wenn ich diesen Chor auf der Hinterbühne bei den Proben und bei den Aufführungen zur Taufszene hörte, war es mir, als klopfe jemand bei mir an, jemand aus einer anderen Welt, der eine Entscheidung von mir erwartete.«

Die beiden gingen weiter. Thomas schwieg. Es war ihm fremd, dass Andreas an derart glücklichen Tagen das Anklopfen Gottes gespürt haben wollte. Er wusste aber auch, dass er die Kraft eines derart starken religiösen Impulses bei Andreas nicht leichtfertig anzweifeln konnte. Andreas war es ernst.

Ein leichter Regen setzte ein. Sie stülpten sich ihre Kapuzen über den Kopf. Der Klippenpfad führte nun steil bergab bis zum Strand. Der Atlantik peitschte das Wasser gegen drei hohe, solitäre Felsen, die dreißig Meter vor ihnen aufrecht aus dem Wasser ragten und dieser Bucht den Namen Three Cliffs gegeben hatten.

»Nach der zweiten Aufführung feierten Rantow und ich wie wild. Ich war zum ersten Mal nur von Champagner betrunken. Es war eine Wahnsinnsstimmung zwischen uns. Dann musste ich nach Köln zurück, ich hatte mich für das Wintersemester zum ersten Mal auch für theologische Veranstaltungen eingeschrieben und wollte nicht gleich am Anfang fehlen. Die dritte Aufführung der ›Meistersinger‹ war dann zehn Tage nach der zweiten, die vierte vier Tage später. Als ich wieder in München war, erwartungsvoll und begeistert, war Rantow jedoch distanziert. Es musste in den acht Tagen, die ich in Köln verbracht hatte, irgendetwas passiert sein. Rantow wurde ungeduldig, wenn ich nachhakte, er schmollte, schob sein Verhalten auf die Anstrengung der letzten Wochen, sprach von Katerstimmung. Nachvollziehbar war das nicht, denn ich bekam ja mit, wie Agenten anriefen, die ihn für die Beckmesser-Partie in Zürich, in Berlin, in Glyndebourne unter Vertrag nehmen wollten. Für Rantow war diese Aufführung der Durchbruch und für Katerstimmung eigentlich gar kein Platz. Ich musste wieder nach Köln zurück. Von den Höhen Wagners ging es zu den Höhen des Matthäus-Evangeliums und der Theologie Karl Rahners, meinen beiden Proseminaren in der Theologischen Fakultät. Ich war hin- und hergerissen. Noch hatte ich es ja in der Hand, noch hätte ich meine ganze Energie auf die Musikhochschule lenken und, so malte ich mir aus, Gesang zusätzlich zum Klavier als Hauptfach belegen und nach München an die Musikhochschule wechseln können. Doch war das wirklich eine realistische Alternative?«

»Vielleicht hättest du ja doch einmal mit jemandem, vielleicht sogar mit mir darüber sprechen können, Andy? Das wäre durchaus angebracht gewesen. Warum willst du denn nur immer alles allein entscheiden?«

»Nein, Thomas, sei mir nicht böse, aber ich war mir so sicher, dass ich das allein mit mir ausmachen musste. Du kannst dir wahrscheinlich denken, was passierte. Zwei Wochen später standen die fünfte und sechste Aufführung an. Ich hatte ein paarmal mit Rantow telefoniert, er klang verhalten und gekünstelt, und ich war verunsichert. Ich wollte Rantow nicht verlieren. Vielleicht war er ja wirklich nur total erschöpft? Als ich in München ankam, stand er überraschenderweise am Bahnsteig. Wir hatten uns eigentlich in seiner Wohnung verabredet, für die ich sogar einen Schlüssel hatte. In der Taxe teilte er mir mit, dass er ein Zimmer in einer Pension für mich gebucht hätte, ich solle ihm nicht böse sein, es wären wunderschöne Wochen mit mir gewesen, aber glückliche Tage sollte man beenden, wenn sie noch glücklich sind und bevor sie tragisch werden.«

»Was für ein egoistischer Quatsch.«

Thomas erinnerte sich, dass er in den Bonner Jahren durchaus die eine oder andere Beziehung mit ganz ähnlichen Sätzen beendet hatte, an die er heute nicht mehr denken wollte. Es tröpfelte nur noch wenig. Der Wind hatte die dunkelsten Wolken schon ins Inland getrieben. Der Himmel klarte noch einmal auf. Sie gingen langsam weiter, nebeneinander, wieder bergauf.

»Ich habe den Schlüssel zu seiner Wohnung aus meinem Portemonnaie genommen und ihn ihm wortlos zurückgegeben. Er würde nie vergessen, was ich ihm bedeutet hätte und dass ich ihm mit all den zusätzlichen Proben am Klavier so sehr geholfen hätte, aber er habe mir ja auch eine große Chance geboten. Dann hielt die Taxe vor der kleinen Pension in der Amalienstraße gegenüber der Universität. Ich stieg aus und versuchte, so kühl wie nur irgend möglich zu bleiben. Ich sagte etwas wie ›Das war's dann wohl‹, nahm meinen Rucksack aus dem Kofferraum und betrat die kleine Pension, ohne mich umzuschauen. Am nächsten Abend, nach der fünften Aufführung, sah ich, wie ein junger schwarzhaariger, unverschämt gutaussehender Südeuropäer oder Südamerikaner den Flur zu Rantows Garderobe entlangging und vor seiner Garderobentür den Schritt verlangsamte. Ich bin einfach weitergegangen.«

Andreas hielt in seiner Erzählung inne. Thomas war sich nicht sicher, ob das dem steiler werdenden Anstieg des Klippenpfades oder der Erinnerung geschuldet war. Der Pfad wurde enger. Thomas ging langsam voran, ohne sich umzuschauen. Nach ein paar Minuten bat Andreas ihn, stehen zu bleiben. Er schaute aufs Meer hinaus.

»Ich hatte noch zwei freie Tage in München, bevor die sechste Aufführung der ›Meistersinger‹ anstand. Zwei Tage für meine Trauer und für meine Entscheidung. Innerhalb von vier Monaten hatte ich zwei Mal die gleiche Geschichte erlebt, dieselbe Erfahrung gemacht. Ich lief durch den Englischen Garten, betrat die Ludwigskirche, stellte mich vor den Altar, sprach mit meinem Gott, fragte ihn. Ich ging in die Universität, schaute in das Vorlesungsverzeichnis und entdeckte für den nächsten Vormittag eine Vorlesung von einem Professor Biser am Guardini-Institut, dem früheren Lehrstuhl von Karl Rahner. Da ich ja in Köln gerade mit einem Rahner-Seminar begonnen hatte, ging ich einfach hin. Es war eine Vorlesung zu Theologie und bildender Kunst. Biser zeigte ein Dia von Rubens' großem Wandgemälde aus dem Dom von Antwerpen. Er konzentrierte sich auf die Person des Johannes, des Lieblingsjüngers Christi. Er interpretierte ein weiteres Bild mit Johannes, dieses Mal ein Gemälde von van Dyck, auf dem Johannes im roten Gewand hinter dem toten Christus hervorragt, der gerade vom Kreuze abgehängt wurde. Johannes ist mit einem klaren, selbstsicheren Lächeln dargestellt, ein Zeichen des Optimismus trotz der schrecklichen Trauersituation, eine Aufmunterung an alle: Es geht weiter, ja, jetzt nach der Hinrichtung Christi geht es erst richtig los. Nun ist es an uns. Johannes zeigt auf die Wunden und sagt: Habt Vertrauen. Das hat mir Mut gemacht, Thomas. Ich kam da raus und dachte nur: Weiter, es geht weiter.«

»Und damit war die Entscheidung gefallen?«

»Nicht ganz. Doch ich hatte den Eindruck, dass ich die große Versuchung geschafft hatte. Es kam allerdings noch eine weitere, ich habe dir ja von Juttas plötzlichem Besuch am dritten Advent geschrieben.«

»Vielleicht kam diese Versuchung nicht vom Teufel, sondern vom lieben Gott. Wahrscheinlich wollte er dich auf den rechten Weg zurückführen!«

»Mach dich nur lustig, Thomas, aber für mich war es kein Spaß.« Andreas erzählte, wie Jutta ihn eines Nachmittags im Dezember vom Ende ihrer Beziehung mit Rodney berichtet habe. Sie hatten sich nach dem Heine-Seminar in die Cafeteria der Philosophischen Fakultät gesetzt. Nach dem unglücklichen Ende seiner Zeit mit Rantow in München sah Andreas sich selbst als idealen Gesprächspartner für Jutta, hörte ihr mit größtem Verständnis zu und ließ durchblicken, dass er durchaus wusste, worüber sie sprach. Einige Tage später hatte Jutta unerwartet vor der Tür gestanden. »Am liebsten würde ich mit dir schwimmen fahren, du prüder Ostwestfale«, hatte sie zur Begrüßung gesagt. Sie gingen gemeinsam ins Kino. Andreas bat sie, über Nacht zu bleiben. Auch dieses Mal hatte sie in ihrem Rucksack eine Zahnbürste.

»Doch schon im Januar, vier Wochen nach dem Gespräch in der Cafeteria, war der Zauber verflogen. Ich war über mich selbst erschrocken, Tom. Plötzlich störte mich ihr Kölscher Dialekt, die Direktheit, mit der sie alle Dinge anging. Ihre Weitschweifigkeit im Seminar hatte mir nie gefallen, jetzt ärgerte ich mich, wenn sie den Mund aufmachte. Plötzlich stand all das auch dann zwischen uns, wenn sie aus der Dusche kam und auf mich zuging. Sie war ziemlich getroffen, als ich ihr sagte, es ginge nicht. Doch ich fühlte mich nur bestätigt, dass ich einfach nicht der Mann für eine Beziehung bin. Und als das Semester im Februar zu Ende ging, hatte ich Klarheit. Dabei spielen diese Beziehungsgeschichten gar nicht die Hauptrolle. Nein, ich habe schon seit unserer Zeit auf dem Gymnasium darüber nachgedacht. Die Entscheidung ist jetzt endgültig gefallen.«

Die beiden gingen weiter. Der Klippenpfad wand sich in Serpentinen erneut zu einer Bucht hinunter.

»Andreas, ich weiß, dass du mich auf dem Gebiet der Religion und der Kirche nicht ernst nimmst. Wir haben das letzte Mal zusammen gebetet, als wir zwölf Jahre alt waren. Die Kirche hat für mich seitdem eine geringe, ja eigentlich gar keine Rolle gespielt, und wahrscheinlich hast du überhaupt auf mich herabgeguckt, spätestens, als das mit der Band und mit Tanja lief und ich ›Du bist nicht allein‹, ›Theo, wir fahr'n nach Lodz‹ und ähnlich großartige Sachen gesungen habe.«

»Du weißt, dass das nicht stimmt, Thomas, ich habe nie auf dich herabgesehen.«

»Doch, doch, Andreas. Ich war eher für das Normale zuständig, du für das Besondere. Das war so wie jetzt auch: Du willst in den Dienst der Kirche, genauer – und das ist hier ja sehr wichtig –, in den Dienst der römisch-katholischen Papstkirche. Ich möchte Inge heiraten, ein ganzes langes Leben mit ihr verbringen.«

Thomas hatte Andreas schon auf dem Weg vom Bahnhof zur Llewellyn Pier Street erzählt, dass Inge nach der Rückkehr aus Aberystwyth Münster verlassen und zu ihm nach Bonn ziehen wollte. Sie hatten beschlossen, zusammenzubleiben, ihr Studium konnte Inge auch in Bonn fortsetzen.

»Gratuliere, Thomas, ehrlich, ich bewundere dich! Solch ein klarer Entschluss! Denkt ihr an Heirat?«

»Wir haben vor ein paar Tagen erstmals auch über Heirat gesprochen!«

»Das ist beneidenswert. Ihr werdet eine eigene Familie gründen!«

Thomas hatte den Wechsel im Tonfall nicht überhört. Er setzte gleich nach: »Es geht noch nicht gleich um Familie. Aber denk daran, dass dir genau das ebenso offen steht, wenn du nur nicht deinen Priesterwunsch umsetzt.«

»Jetzt kommst du mir wieder mit Beziehungen, aber du weißt, das ist bei mir nun einmal nicht so einfach. Da war ja nicht nur Jutta, da waren auch Roman und Christian, und das hat auch nicht geklappt.«

Thomas blieb kurz stehen, nahm dann die nächsten Stufen auf der in den Felsen gehauenen Treppe, die wieder auf die Höhe der Steilküste führte. Die Klippen waren hier bereits mindestens vierzig Meter hoch.

»Darf ich dich übrigens darauf hinweisen, welchen Standpunkt deine Katholische Kirche, dein zukünftiger Arbeitgeber, zu deinen beiden letztgenannten Partnern einnimmt?«

»Das brauchst du mir natürlich nicht zu sagen.«

»Doch, Andreas, das muss ich, und das tue ich auch. Denn du magst es wohl wissen, aber du willst es für dich, auf dich bezogen, offensichtlich nicht sehen. Inge ist katholische Münsteranerin, dort zur Nonnenschule gegangen. Sie hat mir einiges über die katholische Morallehre erzählt. Was der Papst von vorehelichem Geschlechtsverkehr, von homosexuellen Lebensgemeinschaften, wilden Ehen, von Kondomen oder der Antibabypille hält, ist allgemein bekannt. Aber weißt du auch, dass nach strenger dogmatischer katholischer Auslegung ein homosexueller Mensch an sich als Sünde gilt? Nicht nur der, der diese angeblich abartige Sexualität auslebt, sondern auch der, der sie schlicht in sich verspürt, ohne überhaupt Sex zu praktizieren. Kein Bischof fragt sich in der Katholischen Kirche offenbar, warum derselbe Gott dem einen diese und dem anderen jene Sexualität auferlegt, dem einen die gute, dem anderen Menschen die schlechte. Gott schenkt dem homosexuellen Menschen laut katholischer Lehre eine Bestimmung, eine Gabe, die ihn von seiner schieren Existenz her sündig macht. Begreifst du das? Ich bin mir sicher, der liebe Gott schüttelt über eine derartige Lehre seiner Kirche nur den Kopf. Das ist widersprüchlich und menschenfeindlich.«

Thomas hatte sich in Rage geredet. »Alles, was jenseits der Norm ›Sexualität gleich Fortpflanzung‹ liegt, wird verteufelt, mit dem Bannstrahl der Sünde belegt. Kannst du wirklich in solch einem System leben, kannst du es durch deine eigene Tätigkeit unterstützen und am Leben erhalten?«

»Thomas, willst du wirklich Leben mit Sexualität gleichsetzen?«

»Nein, aber Sexualität bedeutet Leben, ohne sie würde es uns nicht geben. Und aus deiner Erzählung über Jutta und jetzt über Rantow in München habe ich schon herausgehört, dass dir Sex nicht unwichtig ist. Du wirst dein sexuelles Verlangen vielleicht unterdrücken können, aber du wirst einen Preis dafür zahlen.«

Thomas verharrte für einen Moment. »Hast du einmal ein ehrliches Gespräch mit einem Pfarrer dazu gehabt?«

»Ich habe viel mit Pater Petrus gesprochen. Ganz ehrlich war ich dabei allerdings nicht. Ich habe von sexuellen Anfechtungen gesprochen.«

»Und was hat er gesagt?«

»Dass Askese, Demut und Disziplin der Königsweg zu Erkenntnis und innerer Ruhe seien und niemand eine Vorstellung davon haben könne, der diesen Weg nicht seit Jahren konsequent gegangen sei.«

»Klingt ziemlich nach Buddhismus und dem indischen Poona.«

Die beiden hatten den höchsten Punkt des Klippenpfades südlich von Aberystwyth erreicht. Vor ihnen lag das Meer. Es ging nur ein leichter Wind. Hinter ihnen lag eine grüne, geschwungene Hochebene mit den üblichen Steinmauern und Hecken, die die Ebene in große Beete aufteilte, auf denen hier und da vereinzelt Bäume standen und Schafe weideten.

Thomas setzte noch einmal an. »Inge nimmt jetzt seit November erstmals die Pille. Sie hat sie hier ohne weiteres verschrieben bekommen, ohne Stirnrunzeln, ohne Ermahnung, ohne Vortrag. Sie hat sich in Münster nie getraut, ihren Frauenarzt darum zu bitten. Sie hätte in der Apotheke ihres Vaters auch ohne Arzt Zugriff zur Pille gehabt, aber nie gewagt, das Gespräch darauf zu bringen. Sie kennt viele Mädchen, die ungleich jünger als sie sind und schon lange die Pille nehmen. Ihr damaliger Freund benutzte zum Glück zuverlässig Kondome, doch Inge hatte beim Sex immer Angst, sie würden reißen. Als wir über die Pille diskutierten, brachte sie noch einmal all die Argumente aus dem Unterricht der Nonnen vor. Da lernte ich von ihr, dass kein einziges Mal im Unterricht oder in Gesprächen das Wort Freude, Freude an Sex, Freude am Körper gefallen war. Wahrscheinlich war das bei der Irin dasselbe, mit der du letzten Sommer geschlafen hast und die dich am nächsten Tag fast rausgeworfen hat, weil sie ihre Schuld nicht mehr aushielt. Kein einziges Mal war bei Inge in der Schule der Gedanke aufgekommen, dass der Schöpfer den Menschen mit Lust ausgestattet hat, damit er Lust empfindet. Lust und Freude soll es – so habe ich Inge verstanden – in der Entsagung, im Verzicht geben, allenfalls in der abstrakten Gotteserwartung und in der Freude auf die Fortpflanzung. Du wirfst also ein Geschenk Gottes einfach weg, du schmeißt es ihm vor die Füße und hoffst, durch dieses Verhalten sein Wohlwollen zu erringen. Andy, das ist absurd.«

»Der Verzicht auf Sexualität ist ein Opfer, sicher, Thomas, das lässt sich nicht leugnen, aber es ist ein Opfer, das eine große Kraft in sich birgt.«

»Das glaube ich nicht. Es mag dir für eine kurze Zeit das Gefühl der Überlegenheit geben. Aber ich bin mir sicher, die Trauer über den Verlust ist ganz schnell stärker als jede Arroganz.«

»Sind das deine Hauptargumente gegen meinen Schritt?«

»Ich persönlich habe auch große Probleme mit der Lehre vom Leben nach dem Tod. Und ich habe nie so rechte Freude an der Abendmahlvorstellung gehabt: ›Das ist mein Leib‹ erscheint mir heidnischer Natur. Dass ich mir die Kraft Gottes einverleibe, indem ich vom Leib Christi esse, hat mir schon bei meiner Konfirmation Übelkeit verursacht. Ich verstehe erst recht nicht die Unfehlbarkeit des Papstes in der Katholischen Kirche. Das ist für mich nichts anderes als menschliche Überheblichkeit.«

»Hast du einmal das Vertrauen und die Geborgenheit erfahren, die die Verbindung zu Gott in sich birgt? Die Kraft, die aus diesem Gefühl heraus erwächst?«

»Ja, Andy, das habe ich, als wir damals für meine Mutter gebetet haben. Ich weiß, das ist ein hohes Gut. Doch dieses Vertrauen, diese Zuversicht wird für mich nicht dadurch gefährdet, dass die Pfarrer in meiner Kirche Ehepartner oder, wenn sie unverheiratet sind, Partnerinnen oder Partner haben. Ich frage mich ernsthaft, wie unterstützenswert ein System ist, das einem Priester das Recht auf eine Beziehung verwehrt. Für mich ist solch eine Kirche nicht lebenswert.«

»Kein Verständnis für meinen Schritt?«

»Nein, ich wage sogar vorherzusagen, dass du scheitern wirst. Doch jetzt lass uns umkehren. Bald wird es dunkel.«

# 25

Andreas kickte keinen Kieselstein mehr. Nur sein zusammengekniffener Mund verriet, dass es in ihm arbeitete. Sie gingen eine Zeit lang still nebeneinander her.

»Entschuldige«, sagte Lisa schließlich, »ich weiß, es ist unfair von mir, gerade jetzt mit diesen Dingen zu kommen. Du willst von mir eine Einschätzung und einen Rat, aber keine Klagen.«

Lisa fand zurück zu ihrer sachlichen Art, mit den Dingen umzugehen. »Was den Jungen, diesen Marcel, angeht, ist es unvorhersehbar, wie er mit seinen dreizehn Jahren in einer Befragung vor einem Psychologen reagieren wird. Sollte diese Wahnmut vorab Kontakt zu ihm aufgenommen und ihn mit Suggestivfragen schon ein paarmal in die Enge getrieben haben, wäre das gefährlich für dich. Du musst also zuerst klären, ob Frau Wahnmut schon mit Marcel gesprochen hat. Wenn ja, mach bitte sehr deutlich, was das für seine Aussage bedeuten kann. Vermeide das Wort Kuss, sprich nie von Anfassen, auch nicht von Streicheln. Du hast ihn aufrichten wollen, deine Hand zur Bekräftigung an seine Schulter gelegt. Da es keine Akte mit früheren Auffälligkeiten oder Verdächtigungen über dich gibt, würde man die Sache in normalen Zeiten sicher schnell beilegen, aber die Zeiten sind nicht normal. Sogar diese völlig harmlosen Fotos können noch einmal für Verwirrung sorgen. Aber ich denke, es wird genügend Zeugen geben, die damals dabei waren und die unabhängig voneinander belegen können, dass das im Harz eine harmlose Rallye war.«

Wirklich beruhigend klang das nicht. Sie gingen schweigend weiter. Lisa hatte beide Hände in die Blazertaschen gesteckt, Andreas hätte jetzt gern ihre Hand genommen, doch so behielt auch er seine Hände in den Hosentaschen. »Ich denke manchmal, ich sollte alles hinschmeißen«, sagte er nach einer längeren Pause.

»Das wundert mich, Andreas. Trotz dieser nicht ungefährlichen Anschuldigungen bist du nicht der Typ, der einfach sein ganzes Leben hinwirft. Ich will dir etwas gestehen: Ich habe dich Anfang Juni an einem Sonntag in deiner Kirche besucht. Schon als ich durchs Hauptportal schritt, hörte ich, wie zwei Frauen voller Respekt von dir sprachen, wie sie dich lobten. Dass du dich für deine Gemeinde aufreiben würdest, sagte die eine, und was für eine tolle Jugendarbeit du machst, sagte die andere. Ich habe mich ganz hinten hingesetzt. Du hast mich nicht bemerkt, und ich bin hinterher einfach wieder gefahren. Ich war beeindruckt von dir. Es war ein wunderbares Hochamt, du hast die Liturgie gesungen, deine schöne Stimme füllte den Raum, du hast sehr gut gepredigt, alle waren ganz still. Ich war stolz auf dich. Das ist mein Mann da vorn am Altar und am Predigtpult, habe ich mir gesagt. Mein Mann! Da ist mir aufgefallen, wie aberwitzig das alles ist. Ich, eine Witwe von siebenundvierzig Jahren mit zwei erwachsenen Töchtern, katholisch, ohne sehr gläubig zu sein, bin die Geliebte eines katholischen Pfarrers, nicht mehr. Die Geliebte eines Pfarrers, der allerdings sehr gläubig ist, geradezu eine Säule seiner Kirche, dabei kritisch und mutig. Ich habe mich also noch in der Kirche korrigiert und aus meinem Mann meinen Liebhaber gemacht. Andreas, als ich dich dort am Altar erlebte, wusste ich auf einmal, dass meine Tage gezählt sind, dass du irgendwann nicht mehr anrufen würdest oder ich in unserem Hotelzimmer in Kassel oder in Dortmund vergeblich auf dich warten würde. Ich wusste, dass du mich verlassen wirst. Ich weiß ja, dass ich eine Vorgängerin hatte, der genau das passiert ist.«

Andreas schloss für einen Moment die Augen. Musste ihm Lisa jetzt mit diesem Endzeit-Gerede kommen? Er wollte sie doch nicht verlieren.

Wäre er nicht in dieser vertrackten Situation gewesen, die alles in Frage stellte, hätte ihm dieses Gespräch in seiner Wut nur noch einmal bewiesen, dass es für sie tatsächlich nur einen gemeinsamen Ort geben durfte, das Bett, ein frisch gemachtes weißes, duftendes Hotelbett. Denn was konnte ein Pfarrer mit einer Geliebten, die aufrichtig mehr wollte, sonst tun? Was konnte er ihr denn mehr bieten als ein verborgenes Bett? Aus der Pfarrerperspektive musste das Gespräch auf diesem Waldweg geradewegs ins Chaos führen mit all diesen Gefühlen, die da wachgerufen wurden, all den Zurücksetzungen und Verletzungen auf ihrer und der Wut auf die Kirche auf seiner Seite.

Was war das auch für ein Arbeitgeber, der von seinen Angestellten erwartete, dass sie ihre Frauen verleugneten? Wie konnte es sein, dass er der Frau, die er liebte, eines Tages würde große Schmerzen zufügen müssen, weil die Nähe doch zu groß geworden war, weil aus Sex Liebe geworden war und Liebe zu einer Frau mit seiner Entscheidung für das Kirchenamt nicht vereint werden durfte. Ausgerechnet er, ein Pfarrer, sollte nicht den Weg der Liebe gehen, sondern sich gefühllos und kalt abwenden.

Doch gab es nicht auch eine andere Möglichkeit? Hatte der Gesprächsverlauf nicht deutlich gezeigt, wie sehr Lisa ihn liebte? Da war sie sogar von Brilon nach Waldenburg gefahren, nur um ihn heimlich in einer Messe zu erleben! Konnte er es vielleicht mit Lisa wagen? Würde sie es sein, die seinen Ausstieg als Priester zu einem Einstieg in ein neues Leben machen konnte? Konnte er denn diesen Einstieg mit ihr vor sich und vor ihr verantworten? Hatte er ihr wirklich mehr zu bieten als nur ein schönes Bett? Wenn er sich ganz ehrlich fragte, dann war die von der Kirche erzwungene Regelung der letzten drei Jahre für ihn persönlich gar nicht so schlecht gewesen. Bei einem völligen Neustart mit Lisa, so vage das alles in seinem Kopf herumschwirrte, war die nächste Katastrophe vielleicht schon vorprogrammiert.

Andreas kickte zwei, drei weitere Kieselsteine über den Waldweg, die Anspannung in seinem Gesicht lockerte sich nicht. Dann nahm Lisa plötzlich ihre linke Hand aus der Jackentasche, um ihn an der Hand zu nehmen. Andreas schaute nach vorn und zurück. Es tat gut, ihre warme Hand in der seinen zu spüren. Sie gingen schweigend weiter. Er spürte ihre warme, weiche Haut, er betastete die feinen Fingerspitzen, verschränkte seine Hand mit der ihren, drückte sie, lockerte sie, wölbte seine Hand über ihre und verschränkte die seine erneut mit ihrer.

Der Waldweg führte in einem Bogen um den Höhlenfelsen herum. Bald würden sie an eine Gabelung kommen, an der der rechte Weg geradewegs zum Parkplatz zurückführte, der linke Weg ging wieder Richtung Wildgatter.

»Wenn die Wahnmut und dieser Fotomensch mich tatsächlich öffentlich beschuldigen und ich plötzlich am Pranger stehe, verhöhnt von den Leuten in Waldenburg, könnte ich dich dann als Beweis meiner Normalität nennen?«

Lisa blieb stehen und schaute Andreas ungläubig an. »Wenn du das machst, bist du deinen Job los, Andreas. Dieser Wahnmut würde das sicher den Wind aus den Segeln nehmen, und die Menschen in Waldenburg hätten eine ganz andere herrliche Geschichte, über die sie tratschen könnten. Aber ganz seriös betrachtet schließt eine aktive Beziehung zu einer Frau, auch wenn ich noch so betonen würde, wie aktiv du bist, gar nicht aus, dass du deinen Ministranten missbraucht hast. Der Staatsanwalt müsste erst einmal weiter ermitteln.«

»Würdest du denn in solch einem Fall für mich aussagen und dich zu unserer Beziehung bekennen?« Andreas' Stimme war ganz leise geworden.

»Ich würde alles für dich tun, Andreas, alles.«

Sie hatten die Gabelung erreicht. Lisa steckte ihre Hand wieder in die Jackentasche. Andreas war verstört, er fühlte sich wie ein völlig verunsicherter Teenager, der zum allerersten Mal ein Liebesgeständnis erhielt. Er murmelte undeutlich noch ein paarmal »Danke, Lisa, danke«. Sie verabredeten, dass Andreas sich morgen früh bei ihr melden würde. Dann ging er, ohne sich noch einmal umzusehen, zum Parkplatz.

# 26

»Für Sie, Herr Wingert.« Herr Morgenrot, der Pförtner, reichte Andreas den Hörer und nahm schwerfällig wieder auf seinem Sessel hinter dem Tresen Platz. Andreas wusste, dass Morgenrot die Ohren spitzte, um jedes Wort mitzubekommen.

Thomas war am Apparat. »Andreas, ich möchte, dass du es zuerst erfährst: Inge und ich haben beschlossen zu heiraten.«

»Das sind ja großartige Neuigkeiten, ich gratuliere dir. Es muss schon ein Wink des Schicksals gewesen sein, dass du mich damals in Aberystwyth zum Zug gebracht hast, du hättest sie ja sonst nie getroffen.«

»Schon klar, ich verdanke natürlich dir mein ganzes Glück, Andreas, wie könnte ich das je vergessen!« Thomas lachte. »Schon im Oktober soll es so weit sein. Wir heiraten übrigens nur standesamtlich, weil …«

»Thomas, ich rufe dich heute Nachmittag von der Uni aus an. Hier im Priesterseminar ist gerade unglaublich viel los, ich muss jetzt auflegen. Gib Inge einen Kuss von mir und sag ihr bitte, dass du eine so wunderbare Frau gar nicht verdient hast. Also, bis heute Nachmittag!«

Andreas gab den Hörer zurück. Herr Morgenrot war enttäuscht. »Sie hätten ruhig noch etwas länger telefonieren können, Herr Wingert, so viel ist heute doch gar nicht los hier im Seminar. Also, da hätten Sie schon noch mit Ihrem Freund sprechen können. Mich hätte es nicht gestört.«

Andreas hob kurz die Schultern und ging nach oben auf sein Zimmer. Thomas würde heiraten, eine Familie gründen, Kinder haben. Andreas schluckte. Natürlich freute er sich über das Glück seines besten Freundes, zugleich wurde ihm aber auch schmerzhaft bewusst, dass er selbst sich für einen ganz anderen Weg entschieden hatte, er würde keinen Sohn und keine Tochter haben, die er aufwachsen sehen und begleiten konnte. Er würde keine Inge an seiner Seite wissen. Wahrscheinlich würde Thomas, spätestens, wenn die beiden Kinder hätten, auch weniger Zeit für ihn haben. Thomas hatte wirklich Glück. Inge passte sehr gut zu ihm, das war Andreas bei seinen Besuchen in Bonn klar geworden. Mit ihr hatte Thomas eine pragmatische Frau an seiner Seite, bei der er ganz zu Hause sein konnte und die ihm viel beruflichen Spielraum gönnen würde. Thomas war angekommen! Und wo stand er, was war aus ihm geworden?

Andreas legte sich auf sein Bett. Das Paderborner Priesterseminar lag in einem ruhigen kleinen Park, einen halben Kilometer vom Domareal entfernt. Achtundzwanzig junge Männer in unterschiedlichen Phasen des Theologiestudiums und des Vorbereitungsdienstes wohnten hier zusammen. Gut die Hälfte war noch im Studium an der Theologischen Fakultät der kleinen Universität Paderborn, wohnte und lebte aber bereits hier im Konvikt, dem Collegium Leoninum. Die andere Hälfte hatte das Studium abgeschlossen und bereitete sich jetzt im Priesterseminar ganz auf die kommende Tätigkeit als Kaplan und Pfarrer vor. Andreas hatte im Seminar ein schönes Zimmer nach Süden zum Garten hin im dritten Stock. Sein Schreibtisch stand direkt unter dem Fenster, links vom Fenster hing Mackes »Seiltänzer«, rechts »Die Kreuzigung Petri« von Rubens, das im Original in St. Peter in Köln hing und das Pater Petrus ihm zum Abschied von Köln geschenkt hatte. Das Badezimmer teilten sich immer vier Kollegen. Die Küche unter der Regie von Frau Morgenrot versorgte sie dreimal am Tag mit Mahlzeiten.

Es war ein geregeltes Leben, in das Andreas vor zwei Jahren mit Beginn des Wintersemesters im Oktober 1983 eingetreten war. In wenigen Monaten würde er schon sein drittes Jahr im Paderborner Seminar und damit sein viertes Jahr im Theologiestudium beginnen. An der Universität hatten sie ihm aus den Kölner Studienjahren einige Philosophiescheine und das komplette Sommersemester 1983 für die Theologie angerechnet.

Andreas galt unter den Seminaristen als akademisch-philologischer Kopf. Er hatte sich an der Universität mit großem Eifer auf Griechisch gestürzt, auch ein wenig Hebräisch belegt und hatte große Freude an diesen philologischen Fächern. Er hörte auch viel Kirchengeschichte.

Er vermisste das Germanistikstudium nicht, die Musikhochschule jedoch schon. Dass sein Bass für eine Solistenausbildung letztlich nicht gut genug war, wusste er, auch wenn er in München mit einer Karriere als Sänger geliebäugelt hatte. Dass er nie ein großer Pianist werden würde, hatte er sich schon vor Beginn des Musikstudiums eingestanden. Dafür hatte er zu spät mit dem Klavierspiel begonnen und verfügte nicht über die notwendigen allerfeinsten technischen Fähigkeiten. Aber er hatte an der Hochschule so viel über die Analyse von Werken gelernt, dass sich seine Art zu spielen in den zwei Kölner Jahren doch sehr verändert hatte. Diese Weiterentwicklung im Sommer 1983 abzubrechen, empfand er selbst als Opfer. Seine Klavierlehrerin Frau Professor Laschet hatte dafür überhaupt kein Verständnis. »So viel Talent, junger Mann, so viel im Kopf, so viel in den Fingern, es ist eine Schande, dass Sie das einfach aufgeben.«

Zum Abschied aus der Klavierklasse spielte er Beethovens »Appassionata« und begleitete sich selbst am Flügel mit dem ersten Lied aus Schuberts »Winterreise«: »Fremd bin ich eingezogen, fremd zieh' ich wieder aus«.

Im Collegium Musicum hatten sie im Sommersemester 1983 zwei Bach-Motetten und kleinere Werke von Gesualdo einstudiert, die sie Anfang Juli in St. Ursula aufführten. Andreas verkündete seinen Abschied nach der letzten Probe. Allein Dr. Schmidt erzählte er, dass er nicht nur den Studienort, sondern auch die Studienfächer wechseln würde. »Da bleibt Ihnen die geistliche Musik ja erhalten«, hatte Schmidt gesagt und ihm auf die Schulter geklopft.

Pater Petrus, den Andreas, wie alle seine Studenten und Freunde, nur P. P. nannte, hatte mit Pater Ludger, dem Seminarvorsteher in Paderborn, telefoniert und erreicht, dass auch dort für Andreas in einem Extrazimmer etwas abseits vom Wohntrakt ein erstklassiges Klavier stehen würde. »Sonst hätte ich das Ibach-Klavier auf einem Hänger selbst nach Paderborn gebracht. Aber so kann es jetzt hierbleiben, und du kommst hoffentlich oft zu uns auf Besuch.«

Andreas war seit dem Umzug nach Paderborn vor zwei Jahren in der Tat häufiger nach Köln zu P. P. und auch nach Bonn zu Thomas und Inge gereist. Erst vor drei Wochen war er wieder für ein verlängertes Wochenende in Köln gewesen, allerdings nicht bei P. P., sondern bei Christian. Das Klavier in Paderborn benutzte er oft.

Andreas hatte seine Entscheidung für die Theologie und die Ausbildung zum Pfarrer bisher nicht bereut. Am meisten geärgert hatte ihn seine Schwester, die ihn im Sommer 1983, als er von seinem Vorhaben erzählte, fragte, ob er mit diesem Beschluss etwas wiedergutmachen wolle. Als Andreas sie entgeistert fragte, was sie denn damit meine, sagte sie nur: »Na ja, Mutters Selbstmord, du hast sie deinen Hass ja deutlich fühlen lassen.«

Andreas war wie gelähmt. Voller Zorn entgegnete er nur: »Du spinnst ja total, das ist oberflächlich und respektlos gegenüber Mutter und hat mit meinen Motiven nun wirklich nicht das Geringste zu tun.«

Sein Vater zuckte nur mit den Schultern, als Thomas ihn unterrichtete: »Ich hoffe, du hast dir das gut überlegt. Du bist begabt, Andreas, die Kirche wird dir enge Schranken setzen. Aber du musst selbst wissen, was du tust. Verstehen kann ich es nicht.«

Im Konvikt herrschte unter den Studenten und Seminaristen eine Art Internatsatmosphäre. Mit den meisten Kollegen verstand er sich gut. Man versuchte, die zum Teil albernen Hausregeln zu umgehen, und spielte Pater Ludger, einem herzensguten promovierten Kirchenhistoriker, den sein Benediktinerkloster schon vor achtzehn Jahren an das Paderborner Priesterseminar ausgeliehen hatte, so manchen Streich. Einige der Seminaristen waren schon um die dreißig, hatten nach dem Abitur gearbeitet oder bereits ein anderes Studium abgeschlossen, bevor sie sich für das Theologiestudium und das Priesteramt entschieden hatten. Manche Kollegen kamen aus einfachen, bäuerlichen Verhältnissen, kämpften sich mühsam durch das Mindestmaß an Latein, das schon auf dem Gymnasium ihren Notendurchschnitt regelmäßig gesenkt hatte, und waren auch in exegetischen Übungen eher still. Sie brachten aus ihren Heimatdörfern im südlichen Münsterland und im Sauerland eine sehr lokale Note in das Seminar ein, die sich auch in der dialektgefärbten Sprache spiegelte. Um Streiche und Späße war die Gruppe nie verlegen. Erst vorgestern hatten sie Toni Brüggemann aus Delbrück massiv irritiert, als er seinen roten Fiat 500 nicht mehr auf dem kleinen Parkplatz vor dem Seminar wiederfand. Er hätte schwören können, dass er ihn vor drei Tagen dort abgestellt hatte. Niemandem hatte er den Wagenschlüssel gegeben. Jetzt war der Wagen plötzlich verschwunden und Toni den Tränen nahe. Die Kollegen waren sich einig: Der Teufel selbst musste den Wagen geholt haben und fuhr jetzt wild mit Tonis Fiat durch die Hölle. Toni Brüggemann wollte schon Herrn Morgenrot bitten, die Polizei für ihn zu verständigen, als einer der Mitseminaristen ihm den Tipp gab, doch einmal im Garten nachzusehen. Und tatsächlich stand der rote Fiat 500 dort in einem kleinen ungenutzten Anzuchtbeet, das ganz von einer niedrigen Buchsbaumhecke umgeben war. Der völlig überraschte Toni fragte nur, wie denn sein Auto da hineingekommen sein konnte. Es musste eine Tat des Heiligen Geistes selbst gewesen sein, der Teufel kam dafür laut Toni nicht in Frage. Und wie würde der Fiat da wieder herauskommen? Am Ende waren es sechs sehr stämmige, kräftige junge

Männer aus Ostwestfalen, alles angehende Priester der Erzdiözese Paderborn, die den Wagen aus dem Buchsbaumgefängnis durch Hochhieven und Wegtragen befreiten. Es waren die gleichen sechs, die den Wagen zwei Tage vorher in diese unmögliche Situation hineingehoben hatten und die natürlich niemand verriet.

Andreas rief wie versprochen am Nachmittag von der Universität aus bei Thomas an. Er hatte zuerst Inge am Telefon. »Inge, ich wünsche dir alles Glück dieser Welt und freue mich sehr mit euch.«

»Andy, es ist alles noch ein Traum. Thomas hat die Stelle bei Dornemann, eine volle Assistentenstelle, er ist jetzt ganz unabhängig von den Eltern. Dazu kommt, was mein Vater mir überweist. Davon können wir leben, davon könnten wir sogar eine Familie gründen.«

Da war er also schon, der Gedanke an Kinder. Ja, Thomas und Inge bauten sich ein Nest.

Dann kam Thomas an den Apparat. Die Hochzeit war auf den 12. Oktober festgelegt.

»Wir warten mit der kirchlichen Heirat natürlich, bis du so weit bist. Wer wie ich einen angehenden katholischen Priester zu seinem besten Freund hat, der muss eben warten, bis dieser Freund einen trauen darf. Also beeil dich bitte mit deiner Primiz.«

Sie verabredeten sich für Ende August in Langenheim. Thomas und Inge hatten ein paar Tage für die Eltern und Schwiegereltern eingeplant und wollten anschließend von Langenheim aus zu Inges Eltern weiter nach Münster fahren.

Ende August gab es noch ein paar heiße Tage. Das Thermometer an der Terrassentür der Wingert'schen Villa zeigte zweiunddreißig Grad. Andreas holte sein altes Fahrrad aus der Schulzeit aus der Garage und radelte hinüber zu den Johannmeyers. Wann immer er in den letzten sechs Jahren als Student nach Langenheim gekommen war, wurde er nach wenigen Minuten in seiner Heimatstadt wieder zum Gymnasiasten. Für einen Moment war es ihm, als seien die sechs Jahre noch gar nicht vergangen, als läge alles noch offen vor ihm. Hier in Langenheim stellte sich die Frage, ob seine Entscheidung für das Priesteramt richtig war, immer wieder neu. Thomas heiratete, wie oft hatte er diesen Gedanken gewälzt, Thomas und Inge würden Kinder haben, eine unverbrüchliche Gemeinschaft bilden. »Wohin du gehst, dahin gehe ich auch«, so hieß es im Buch Rut im Alten Testament. Diesen Satz hatte er ihnen gleich nach dem Telefonat in Paderborn geschrieben. Er, Andreas, hatte einen Bund mit der Kirche geschlossen, und er wusste sehr gut, dass es kein ungefährlicher Bund für ihn war.

Als er das Gartentörchen bei den Johannmeyers öffnete, hörte er aus dem Haus eine Tenorstimme: »Erst ein Kuss, dann ein Du, Du, Du, Du immerzu! Erst ein Kuss, dann ein Du, Du, Du, Du immerzu!«

Zum ersten Mal hörte Andreas Vater Johannmeyer eine seiner so heißgeliebten Operettenarien singen. Inge war offenbar, anders als er, so akzeptiert im Hause Johannmeyer, dass in ihrer Gegenwart sogar gesungen wurde. Das war ein Privileg, in dessen Genuss er selbst in all den Jahren nie gekommen war. Inge gab Andreas einen Kuss zur Begrüßung. Die weiße Sommerbluse stand ihr gut, sie hatte die oberen drei Knöpfe geöffnet, ihr lockiges Haar fiel bis auf die Schultern. Thomas hatte eine wirklich attraktive Frau für sich gewonnen. Und klug war sie auch. Nein, sie wolle lieber bei der Familie im Garten bleiben, Thomas möge doch mit Andreas alleine zum Baggersee radeln. Sie habe ohnehin keinen Badeanzug dabei.

Die beiden radelten los. Etwa fünfzehn Kilometer entfernt war ein kleiner Baggersee, der mit dem Wagen kaum zu erreichen war und keine Parkmöglichkeiten bot, sodass ihn Radler fast ganz für sich hatten.

»Alles in Ordnung bei dir, Andy?«

Andreas zögerte. »Weißt du, Thomas, hier bin ich wieder achtzehn, unerfahren, unschuldig, unentschieden.«

»Zweifel, Andy?«

»Ehrlich gesagt, ich beneide dich schon ein wenig um deine

Zukunft mit Inge und werde wahrscheinlich richtig leiden, wenn ihr mir eines Tages euer erstes Kind zur Taufe in die Kirche bringt.«

»Andy, du hast alle Möglichkeiten, deinen Weg noch zu verändern. Denk an Monopoly: Rücke vor bis auf Los!«

»Aber auch bei Monopoly bleiben dir die Häuser und Hotels auf deinen Straßen als Gewinn oder als Belastung erhalten. Wir fangen alle nur einmal ganz von vorne an, Thomas.«

»Du hast dir Gott als Lebenspartner gewählt.«

»Damit habe ich kein Problem. Gott ist nach meinem Verständnis Lebenspartner von uns allen, dazu kommt bei mir nun aber auch die Kirche als Lebenspartnerin, und die ist viel zickiger, strenger, wahrscheinlich sogar unberechenbarer als alle, mit denen ich mich vorher zusammengetan habe, einschließlich Christian.«

»Gibt's von dem etwa Neues?«

Andreas erzählte, dass er ihn im Juni wiedergesehen hätte. Absichtlich.

»Bist du über Nacht bei ihm geblieben?« Andreas nickte. »Andy, das kann doch wohl nicht wahr sein, der Typ lässt dich einen Tag vor einer gemeinsamen Reise im Stich, kommt dann wieder an, entschuldigt sich, und zwei Jahre später ruft er, und du hast nichts Eiligeres zu tun, als dich gleich wieder zu ihm aufzumachen. Was soll das? Wie oft habt ihr euch denn nach der geplatzten Reise noch getroffen?«

»Ich glaube, drei Mal. Aber es ist nicht so, wie du denkst. Christian ist ein herzensguter Mensch, ich mag ihn und verstehe mich gut mit ihm, trotz seiner Sprunghaftigkeit. Das alles hat nicht viel mit Liebe zu tun und auch wenig mit Sex. Das weiß ich inzwischen. Er hatte mir nach Langenheim geschrieben, und ich habe mich gefreut, von ihm zu hören. Als ich im Juni dann für ein verlängertes Wochenende frei hatte, habe ich mich in Köln mit ihm getroffen.«

»Andy, das ist verrückt. Dieser Christian benutzt dich doch nur.« Thomas war wütend. Sie hatten den Baggersee erreicht. Es waren tatsächlich nur wenige Radfahrer dort, die sich um den See verteilten. Thomas zog sich aus und sprang ins Wasser. Er achtete nicht auf Andreas, sondern schwamm einfach los. Das Wasser war dunkel, trüb, aber angenehm warm. Thomas kraulte in schnellen Zügen, und als er nach zwanzig Minuten ans Ufer zurückkehrte, saß Andreas noch immer dort, hatte die Beine angewinkelt, den Kopf auf die Knie gelegt und genoss die Sonne.

»Andreas, du weißt, dass ich deine Entscheidung für das Priesteramt nicht richtig fand, obwohl ich durchaus verstehe, warum du, gerade du diesen Beruf gewählt hast. Wenn es dir als Priester erlaubt wäre, mit einer Frau oder meinetwegen auch mit einem Mann an deiner Seite zu leben, wäre es alles viel einfacher. Aber so sind die Verhältnisse bei euch Katholiken nun einmal nicht eingerichtet. Dass du dich wieder mit Christian getroffen hast, zeigt doch, wie wenig du mit einem Leben im Zölibat klarkommst. Ich erinnere mich auch noch gut an die Begegnung mit dieser Frau aus Lampeter, von der du mir damals in Aberystwyth erzählt hast. Du hast keineswegs entsagungsvoll nein gesagt, als sich die Gelegenheit zum Sex bot. Oder sehe ich das so falsch?«

»Natürlich habe ich ganz menschliche Bedürfnisse, Thomas, zu denen auch Sex gehört. Das hindert mich aber nicht, diesen Beruf zu wählen. Für dich mag das nur schwer nachvollziehbar sein, doch für mich ist dieser tief empfundene Wunsch, Priester zu werden, völlig unabhängig von meinen bisherigen Erfahrungen, meinem Glück oder Unglück in der Liebe und Sexualität. Für Christian würde ich übrigens niemals meine Berufswahl ändern. Er ist ein netter Kerl und nicht mehr. Doch dich, Thomas, dich beneide ich um deinen Bund mit Inge und diesen ersten Schritt hin zu einer eigenen Familie. Vielleicht würde ich die Kirche für eine Familie tatsächlich verlassen. Nur stellt sich diese Frage ja gar nicht.«

Andreas wartete keine Antwort von Thomas ab, stand auf, sprang ins Wasser und schwamm in ruhigen Bahnen einmal durch den ganzen See. Danach fuhren sie nach Langenheim zurück, ohne das Thema noch einmal aufzugreifen.

Zwei Monate später war Andreas Trauzeuge bei der Hochzeit von Thomas und Inge in Bonn. Inges Vater, der in Münster in zweiter Generation die ehrwürdige Dom-Apotheke führte, war schon in den Sechzigern. Er hatte Tränen in den Augen, als der Standesbeamte die Eheformel sprach. Auch Inges älterer Bruder und ihre Schwester, die sich Inge als Trauzeugin gewünscht hatte, waren gekommen und natürlich die Zwillinge Uschi und Wolfgang gemeinsam mit Vater und Mutter Johannmeyer. Am Nachmittag zeigten Thomas und Inge den Gästen stolz ihre neue Wohnung in Bad Godesberg, in die sie im November einziehen würden. Inges Mutter und Frau Johannmeyer stellten beide zufrieden fest, dass die Wohnung ja auch für ein Kind groß genug sein würde.

Herr Johannmeyer hielt beim Abendessen eine kleine Rede, was ungewohnt für ihn war, aber sein Stolz auf die elegante Schwiegertochter aus bester Münsteraner Familie hatte ihn wahrhaft beflügelt. Inges Vater und Mutter behandelten Andreas als angehenden Priester mit besonderer Höflichkeit, ja Achtung, was Andreas sehr unangenehm war. Zum Glück waren die Zwillinge Uschi und Wolfgang weit entfernt davon und machten Witze mit ihm über die vom Standesbeamten vorgetragenen ehelichen Pflichten.

# 27

Andreas kannte diese Männerstimme nicht. Sie klang nicht nach dem Oberarzt aus Münster, dessen Rückruf ihm ja angekündigt worden war. Es war wahrscheinlich jener Mann, der ihm die Fotos zugeschickt und heute mit Frau Bokenkamp gesprochen hatte. Er wollte ja am Abend wieder anrufen. Andreas musste unbedingt seinen Namen erfahren.

»Warten Sie, ich bin im Auto, Sie erreichen mich gerade auf dem Handy. Ich fahre eben rechts ran, dann sprechen wir.« Andreas versuchte, so gelassen wie möglich zu klingen. Er spürte jedoch, wie sein Herz heftig zu schlagen begonnen hatte, und er wusste, dass bei großer Aufregung seine Stimme leicht flattern konnte, was hoffentlich jetzt nicht passieren würde. Er stoppte den Wagen in der Bucht einer Bushaltestelle.

»Mit wem spreche ich?«

»Ich bin der Mann, der Ihnen die Kopien von den Fotos zugeschickt hat, die Fotos aus dem Zeltlager.«

»Sagen Sie mir bitte Ihren Namen? Ich halte nichts von anonymen Anrufen und nichts von anonymen Fotoversendern.«

Der Mann am anderen Ende lachte, aber das Lachen klang unsicher.

»Mein Name ist Decker, Herr Pfarrer. Ich weiß, es war nicht fair, Ihnen die Fotos anonym zuzusenden. Ich schäme mich auch für den Satz, den ich dazugeschrieben habe. Aber ich war so verärgert, als ich diese Fotos gefunden habe, und sowieso schon sauer auf alles, was mit der Kirche zusammenhängt, seitdem dieser Mist da aufgeflogen ist. Ich bin der Vater von Wolfgang Decker, vielleicht erinnern Sie sich, er war damals im Harz dabei und auch ein Jahr vorher bei der Freizeit an der Ostsee.«

Das klang ja ganz anders als befürchtet, durchaus vernünftig, gesprächsbereit. Andreas war erleichtert. Er hatte keine unmittelbare Erinnerung an einen Wolfgang Decker und sagte nur: »Ah, ja, Wolfgang Decker.«

»Unser Wolfgang ist vor drei Wochen zu Hause ausgezogen, er wohnt jetzt bei seiner Freundin, na ja, er wird ja auch bald dreiundzwanzig. Jedenfalls habe ich sein Zimmer ausgeräumt, und dabei ist mir ein Karton mit Fotos in die Hände gefallen. Da waren auch Fotos vom Zeltlager drin. Er hat uns diese Fotos nie gezeigt, vermutlich, weil er sich geschämt hat, denn er war ja einer von denen, die sich damals völlig ausgezogen haben.«

Jetzt erinnerte sich Andreas an Wolfgang. Ein aufgeweckter, etwas leichtfertiger Knabe, auf den man aufpassen musste, weil er seine Kräfte gern überschätzte. Er sah ihn wieder vor sich. Es hatte ihn schon damals kaum überrascht, dass gerade Wolfgang nicht gezögert hatte, auch noch die Unterhose vors Zelt zu legen, damit seine Gruppe siegen konnte.

»Jedenfalls habe ich gestern dann mit Wolfgang telefoniert und ihm erzählt, dass ich diese Fotos gefunden habe, auf einem stehen Sie neben ihm und reichen ihm ein großes Ahornblatt, und die anderen Fotos mit der ganzen Gruppe und den beiden anderen nackten Jungs. Ich fragte ihn, was denn damals passiert sei und ob sie häufiger mal nackt rumgeturnt seien. Bei dem, was man heute so in den Zeitungen liest, musste man da ja alarmiert sein. Wolfgang hat nur gelacht. Das sei alles ganz harmlos gewesen. Alle hätten einen Riesenspaß gehabt. Er hätte uns die Fotos damals nur nicht zeigen wollen. Wer würde seinen Eltern denn schon ein Nacktfoto von sich zeigen?«

»Ah, ja«, sagte Andreas und hoffte, dass Herr Decker ihm nicht anhörte, wie erleichtert er war. Vielleicht hat sich ja doch nicht die ganze Welt gegen mich verschworen, dachte er. »In der Tat, Herr

Decker, es war ein Spaß, wie Ihr Sohn sagt, er und zwei andere wollten unbedingt gewinnen, ich war damals selbst sehr überrascht, wie sich die Sache entwickelt hat.«

»Ich wollte nur sagen, ich habe da überreagiert. Ich hatte von Ihrer Predigt in der Zeitung gelesen, und als ich die Fotos gesehen habe, war ich mir nicht sicher, ob Sie sich nicht mit Ihrem Interview einen Freibrief für schmutzige Sachen ausstellen wollten.«

»Wie konnten Sie so etwas nur denken?«

»Na ja, Sie wissen schon, was man heute so überall liest. Ich gehe ja schon lange nicht mehr in die Kirche, nur zu Weihnachten, meine Frau allerdings häufiger, und sie mag Sie gern. Nach all dem, was in den letzten Monaten passiert ist, dachte ich nur, die sind in der katholischen Kirche doch alle verlogen und verkommen, und jetzt will der Herr Wingert auch noch Perverse auf der Kanzel. Als ich dann die Fotos mit unserm Wolfgang entdeckt habe, na, da bin ich so richtig in Rage geraten und dachte mir, Hannelore, meine Frau, findet Sie ja immer so toll und so vorbildlich, aber vielleicht haben Sie damals mit den Jungen ja auch«, Decker stockte für einen Moment, »Mist gemacht. Also habe ich Ihnen die Fotos geschickt und diesen Satz dazugeschrieben. Ich möchte mich jetzt entschuldigen, Herr Pfarrer.«

Andreas lehnte sich im Fahrersitz zurück. Wenigstens war dieses Problem nun aus der Welt. Keine Fotos ans *Waldenburger Tageblatt*, keine Fotos an den Erzbischof, die er dann Dr. Weckmann hätte erklären müssen, keine Fotos vergrößert und auf Plakate geklebt im Eingangsbereich von St. Laurentius.

»Ihr Brief hat mir schon zu denken gegeben, Herr Decker.« Andreas war ungemein erleichtert, aber er konnte sich jetzt nicht zurückhalten. Gar so einfach wollte er nicht Absolution erteilen. »Wie schnell, Herr Decker, kann man einen Menschen unter einen völlig falschen Verdacht stellen. Ich war nur froh, dass ich einfach drüber lachen konnte, weil ich wusste, es war ein simpler Scherz damals im Zeltlager. Aber Sie hätten einen sensiblen, unsicheren

Mann in arge Schwierigkeiten bringen können, in Angst und Panik, denn solche Vorwürfe wiegen schwer.«

»Es ist ja auch schon einiges passiert in der Kirche, Herr Pfarrer. Da sind doch viele, von denen man inzwischen weiß, dass sie Dreck am Stecken haben, und auch bei denen gab es zuerst nur einen Verdacht oder eine Vermutung. Und die Fälle, von denen wir jetzt hören, sind ja auch alle schon so alt, doch die Kinder leiden heute noch und kriegen keine Hilfe. Aber wie gesagt, Wolfgang hat ja erklärt, es war alles nichts, und es hat ja auch, soweit ich weiß, noch niemand in Waldenburg jemals irgendetwas gesagt, was Sie, Herr Pfarrer, belasten könnte. Wenn da noch was anderes hinzugekommen wäre, ja, dann … aber Sie haben ja nichts mit diesen Schweinereien zu tun, das weiß ich jetzt.«

»So ist es, Herr Decker, und deshalb seien Sie in Zukunft vorsichtig mit ungeprüften Anschuldigungen.«

»Ich möchte mich noch einmal entschuldigen, Herr Pfarrer, das ist mir inzwischen alles sehr peinlich, meine Lore hat mir sogar angedroht, dass sie kein Wort mehr mit mir spricht, bevor Sie mir nicht verziehen haben.« Deckers Stimme verriet, dass es ihm ernst war.

»Ist jetzt in Ordnung, Herr Decker, es ist jetzt aus der Welt. Grüßen Sie mir Ihre Frau und kommen Sie doch einfach mal wieder zur Messe.«

»Das mache ich, Herr Pfarrer, vielleicht schon am Sonntag zusammen mit Lore. Guten Abend dann noch, Herr Wingert.«

Andreas ließ den Wagen wieder an und lenkte ihn auf die Straße. Überstanden war die Sache nach diesem Gespräch noch nicht. Dieser Decker musste doch nur einen Satz von der Wahnmut oder von irgendwelchen anderen irrsinnigen Vorwürfen hören, schon wäre sein Verdacht wieder geweckt.

# 28

»Otto, komm mal schnell in die Küche, schnell, mit dem Herd stimmt was nicht, Otto, jetzt komm doch endlich.« Frau Morgenrot stand in einer weißen Schürze in der Küchentür und winkte aufgeregt nach ihrem Mann.

»Aber ja doch, Himmelherrgott noch mal.« Herr Morgenrot stand auf, seufzte und sagte laut, dass man sich mit diesen Frauen noch versündige, bevor er sich endlich auf den Weg in die Küche machte. Wenigstens würde Morgenrot jetzt nicht mehr jedes Wort mitbekommen. Aber frei zu reden galt dennoch als gefährlich, im Seminar wurde gemunkelt, dass der Regens in seinem Arbeitszimmer einen Telefonapparat hätte, mit dem er sich in den einzigen allgemein zugänglichen Apparat am Empfang einschalten und unbemerkt jedes Wort mithören konnte. Es war jedoch unwahrscheinlich, dass Pater Ludger zu dieser Zeit in seinem Arbeitszimmer saß, er nahm mittags im sogenannten Prälatenzimmer allein oder mit Gästen das Mittagessen ein.

»Was bedeutet diese Krankheit denn für dich?« Er hörte, wie Christian am anderen Ende schluchzte.

»Das fragst du, Andreas? Auf welchem Stern lebst du denn, hast du noch nichts von AIDS gehört? Ich werde sterben.«

Andreas blieb stumm. Christian und sterben, das passte nicht zusammen. Er war das reine Leben, unbekümmert, fröhlich, begeisterungsfähig und selbst begeisternd. In seiner Gegenwart wurde alles leichter, Christian konnte einen grauen Wintertag zum Leuchten bringen. Der Tod war da sehr weit weg!

»Es ist dieses teuflische AIDS, Andreas. Sie haben es erst vor einigen Jahren entdeckt. Das ist«, Christian heulte wieder einmal laut auf, »das weißt du doch, das ist diese Krankheit, an der in Amerika schon so viele Männer gestorben sind, hier geht es jetzt auch los.« Andreas hörte Christian laut schluchzen.

»Christian, es kann sein, dass gleich der Pförtner zurückkommt. Gib mir bitte deine Nummer, ich rufe dich heute Nachmittag aus der Stadt von einer Telefonzelle aus an, dann können wir in Ruhe reden.«

»Nein, Andreas, du wirst mir jetzt zuhören. Du musst nämlich zum Arzt. AIDS ist sehr ansteckend, und ich musste mich verpflichten, jeden zu benachrichtigen, mit dem ich in den letzten zwei Jahren geschlafen habe, jeden. Es kann sein, dass ich ganz viele angesteckt habe. Andy, es ist fürchterlich. Ich bin am Ende.«

Andreas schüttelte den Kopf, um sich zu vergewissern, dass dieser Anruf Realität und kein Albtraum war. AIDS, natürlich hatte er davon gehört, aber das war doch alles ganz weit weg, in Amerika, in Kalifornien. Und er hatte ja schon lange keinen Kontakt mehr zu Männern, von einer einzigen Ausnahme im letzten Sommer abgesehen, als er sich mit Christian getroffen hatte, der jetzt am Telefon so verzweifelt war. Christian und AIDS, unvorstellbar.

»Andreas, du musst zum Arzt gehen, du musst diesen Test machen, vorher darfst du mit niemandem ins Bett, auch nicht mit Frauen, die können das nämlich auch bekommen. Und du musst mir schreiben, was der Test bei dir ergeben hat.«

»Wie merkt man das denn, Christian?«

Christian weinte. »Ich hatte erst nur Durchfall und Fieber, immer wieder, dachte aber, es sei halt eine schwere Magen-Darm-Grippe, die einfach nicht aufhört. Dann sind meine Lymphdrüsen angeschwollen, und ich bin zu einem Internisten gegangen. Der dachte erst auch nur, es sei halt eine sehr hartnäckige Grippe, der hatte vorher noch nie einen AIDS-Patienten. Dann habe ich so seltsame Hautflecken bekommen, dunkle Flecken am Oberarm und am Hals. Mein Arzt hat mich daraufhin in die Klinik überwiesen, und die haben dort einen Test gemacht. Es ist so beschissen, Andreas, so ekelhaft. Ich ekle mich vor mir selbst. Ich werde sterben.«

Christian begann erneut, leise zu weinen. Wie hätte Andreas ihm seine Verzweiflung nehmen oder auch nur lindern können? Als Herr Morgenrot aus der Küche zurückkam, bat er Christian noch schnell um seine Telefonnummer und versprach, sich wieder bei ihm zu melden.

»Danke, dass Sie gleich aufgelegt haben, Herr Wingert. Ich muss nämlich sofort bei Klockners Küchen anrufen. Stellen Sie sich vor, der Herd ist wirklich kaputt. Meine Frau ist schon ganz fertig. Und wenn die mit den Nerven runter ist, hält das kein Mensch aus, das kann ich Ihnen sagen.«

Andreas ging schweigend an Morgenrot vorbei auf sein Zimmer.

Er hatte Fotos von AIDS-Kranken vor Augen, die er vor einiger Zeit im *Stern* oder im *Spiegel* gesehen hatte, als er beim Zahnarzt warten musste. Die Männer auf den Fotos sahen zum Fürchten aus, abgemagert, mit eingefallenen Wangen, bleich, mit dunklen Flecken auf der Stirn, er hatte schnell weitergeblättert. Jetzt ärgerte er sich, dass er den Artikel nur überflogen hatte und nichts Genaues wusste über die Zeit zwischen Ansteckung und Ausbruch der Krankheit. Wie man sich ansteckte, das hatte er schon gelesen, davor wurde seit einiger Zeit ja immer häufiger gewarnt. Hatte Christian nicht gesagt, dass er jeden informieren musste, mit dem er in den letzten zwei Jahren geschlafen hatte? Zwei Jahre. Es konnte also sein, dass er selbst diese Krankheit schon seit Monaten hatte und es nicht wusste. Er war im vergangenen Jahr im Juni mit Christian zuletzt zusammen gewesen, das war jetzt neun Monate her. Er hatte keine Flecken am Körper, nur am Hals das Muttermal, und das unverändert seit seiner Geburt. Er fühlte sich auch nicht schlapp. Er war sich sicher, dass er nichts hatte. Er doch nicht! So wenige Male, wie er mit Christian zusammen gewesen war!

Sein Zimmer drehte sich in seinem Kopf. Er legte sich auf sein Bett und schloss die Augen. Er durfte jetzt keinen Fehler machen, in Paderborn würde er nicht zum Arzt gehen können, die Gefahr, dass man im Priesterseminar von dem Test erfahren konnte, war zu groß. Und in Langenheim ginge es erst recht nicht, weil dort jeder Mediziner seinen Vater kannte. Köln oder Bonn kämen in Frage. Thomas musste ihm in Bonn einen Termin besorgen, am besten in der Uniklinik, Thomas war ja selbst Universitätsangestellter, da würde es wahrscheinlich kein Problem mit einem Termin geben.

Andreas stand auf und ging in die Stadt. Von einer Telefonzelle am Domplatz erreichte er Thomas, der in den Semesterferien meistens zu Hause an seiner Dissertation arbeitete. Andreas bat ihn, Inge nichts von dem Gespräch zu erzählen. Thomas versprach es ihm und sagte sonst nicht viel dazu. Er hatte von AIDS gehört und auch davon, dass es tödlich endete, er wusste von den Tests, die seit einigen Monaten in allen größeren Kliniken angeboten wurden.

»Thomas, bitte sag denen in der Klinik, dass ich den Test selbst bezahle, ich will nicht, dass irgendetwas meiner Krankenkasse gemeldet wird. Hinterher geben die das weiter ans Generalvikariat. Mein Vater hat mir ein kleines Konto ›für alle Fälle‹ eingerichtet. Davon nehme ich das Geld dafür.«

Thomas versprach, sich sofort in der Uniklinik um einen Termin zu bemühen. Andreas sollte in zwei Stunden wieder anrufen. Im Übrigen sei er ganz sicher, dass Andreas nichts habe. Wenn er seit Juni nicht mehr mit Christian zusammen gewesen sei und keinerlei Symptome habe, könne doch gar keine Gefahr bestehen.

Das tat Andreas gut. Doch konnte Thomas wirklich so genau Bescheid wissen? Andreas setzte sich in ein Café in der Nähe des Bahnhofs. Er blätterte alle Illustrierten durch auf der Suche nach Artikeln über AIDS. »Über 200 Todesfälle in Deutschland durch AIDS im letzten Jahr«, titelte eine der Zeitschriften und beschrieb die Verunsicherung unter homosexuellen Männern in deutschen Großstädten. Der Artikel warnte davor, dass sich das Virus in Deutschland ähnlich schnell verbreiten könnte wie in den letzten vier Jahren in den USA. Verhindern ließe sich das nur durch den konsequenten Gebrauch von Kondomen. Und schließlich galt eine harsche Kritik der Katholischen Kirche, die ihren Mitgliedern jeden Gebrauch von Kondomen untersagte. Wo bleibt die Verantwortung für den Nächsten?, fragte der Journalist am Schluss.

Nach knapp zwei Stunden rief Andreas wieder bei Thomas an. »Morgen um dreizehn Uhr, Andy, es ist alles geklärt. Bezahlen kannst du auch selbst, das muss nicht über die Krankenkasse laufen. Am Montag bekommst du das Ergebnis. Wenn es positiv sein sollte, müssen sie es dem Gesundheitsamt melden. In allen anderen Fällen, und so wird es bei dir sein, erfährt niemand etwas davon.«

Andreas erzählte Pater Ludger, dass ein sehr guter Freund seinen Beistand bräuchte, weil sein Vater schwer an Krebs erkrankt sei und nur noch wenige Tage zu leben habe. Am nächsten Morgen fuhr er mit dem Zug nach Bonn. Der Arzt in der Universitätsklinik war sehr freundlich. Nur als Andreas zu Beginn sagte, er schäme sich, wurde der Arzt zornig. Es gäbe nichts, wofür er sich schämen müsse, rein gar nichts. Wahrscheinlich stünde man weltweit vor der epidemischen Ausbreitung dieser Infektion. Das sei die wahre Katastrophe. Der Arzt untersuchte Andreas, stellte ihm viele Fragen. Dann beruhigte er ihn: Es gäbe äußerlich keinerlei Anzeichen für die Infektion bei ihm, »symptomatisch alles völlig unauffällig«, aber erst der Test sei definitiv. Das dauere leider ein paar Tage, Andreas müsse am Montag um siebzehn Uhr wiederkommen.

Er fuhr noch am gleichen Nachmittag zurück nach Paderborn. So intensiv wie in diesen Tagen hatte er Gott noch nie um Hilfe für sich selbst gebeten. Er versuchte, auch Christian mit einzuschließen, doch ganz schnell kreiste das Gebet wieder allein um sein Leben. Er war doch erst fünfundzwanzig. Wenn er schon fünfzig wäre, aber so? Er bot Gott ein Geschäft an.

Am Sonntag sagte er Pater Ludger nach der Rückkehr aus dem Hochamt, dass der Vater seines Freundes gestorben sei und der Freund ihn gebeten habe, doch für zwei Tage zu kommen. Pater Ludger gab ihm Urlaub. Am Montag um 17.30 Uhr saß er dem freundlichen Arzt wieder gegenüber. »Sie können aufatmen, Herr Wingert, kein Virus, kein AIDS. Glück gehabt. Aber nie wieder ohne Kondom! Versprechen Sie mir das.« Andreas nickte still.

Vor dem Sprechzimmer saß Thomas und wartete auf ihn. Andreas konnte die Tränen nicht zurückhalten, als er Thomas das Ergebnis des Tests berichtete. Vor dem Sprechzimmer fiel langsam die ganze Anspannung der letzten Tage von ihm ab. Thomas nahm ihn in den Arm, und Andreas weinte wie ein Kind. »Glück gehabt«, »Ich wusste es doch«, murmelte er immer wieder. Auf dem Weg zum Ausgang bat er Thomas, kurz auf ihn zu warten, er wolle in die Klinikkapelle.

»Wenn du nichts dagegen hast, komme ich mit«, sagte Thomas. Beide standen vor dem Altar in der kleinen Kapelle, in der die vielen Kerzen vor der Statue der Mutter Gottes und vor einer Christus-Ikone eine muffige Luft erzeugten.

»Lieber Gott! Der Deal gilt«, sagte Andreas laut.

Thomas flüsterte: »Weißt du, Andy, was ich gestern Abend gemacht habe? Wie damals, als wir klein waren, als meine Mutter Krebs hatte, habe ich gebetet. Für dich. Wie damals, als du abgehauen warst, wir dich suchten und ich vor dem Pfarrhaus in Rinkhausen stand. Sag es aber bitte keinem weiter. Beten passt eigentlich gar nicht zu mir.«

»Aber es hilft, beten hilft, Thomas.«

Andreas wischte sich die Tränen aus den Augen, nahm eine der weißen Kerzen aus dem Ständer, entzündete sie, warf eine Mark durch den Schlitz und steckte die Kerze zu den zwanzig oder fünfundzwanzig, die schon vor der Muttergottesstatue brannten.

Als sie in der Straßenbahn saßen und in die Wohnung von Thomas und Inge nach Bad Godesberg fuhren, fühlte sich Andreas von Minute zu Minute besser. Nach fast einer Woche endlich Entspannung. Alles, was er sah, erfüllte ihn mit Freude, mit Dankbarkeit. Das Gekreische der Schulkinder, das Rumpeln der Bahn, das Grün der Rheinaue, die alten Godesberger Villen, das Blau-Weiß des wolkendurchsetzten Himmels. Er durfte weiterleben, durfte sehen, hören, riechen, empfinden, ohne dass das Ende nahe war. Welch ein Glück, hier zu sein und leben zu dürfen.

Thomas erzählte ihm, dass er erst nach seinem Anruf überhaupt nachgesehen hatte, was diese neue Krankheit denn tatsächlich genau bedeutete und wie sie verlief. Hundeelend sei ihm geworden.

»Ich bin wahnsinnig glücklich, Andy, dass du gesund bist, es ist eine fürchterliche Krankheit. Man magert völlig ab, hat keine Abwehr mehr, überall kommen Flecken, und es gibt keine Rettung. Grässlich!«

Andreas nickte. »Ich weiß, Thomas, ich habe mich auch nach dem Krankheitsverlauf erkundigt, ganz heimlich in Buchläden in Paderborn nach Büchern über AIDS geschaut, hab mir beim Gesundheitsamt eine Broschüre mitgenommen, alles ganz unauffällig, damit die im Seminar nichts merken. Und ich habe noch zweimal mit Christian telefoniert. Diese Krankheit ist eine Katastrophe.«

Andreas sah Christian vor seinem geistigen Auge, sah ihn abgemagert, bleich, eingefallen, voller Pusteln, ohne Haare, sah seine Augen, traurige, den Ekel und das Entsetzen widerspiegelnde Augen. Unvorstellbar, dass dieser sportliche, durchtrainierte, hübsche Mann so enden sollte.

»Es gibt Leute, Thomas, die gerade diese Krankheit für richtig halten, von Gott selbst gesandt, sagen sie, als Anti-Schwulen-Krankheit.«

»Das ist pervers! Wenn du dich infiziert hättest, Andy, wäre das furchtbar gewesen, nicht nur für dich, auch für uns, für alle, die du kennst. Wie kann nur jemand denken, eine so scheußliche Krankheit sei von einem Gott gesandt? Das ist doch blankes Heidentum.

Wir sollten Gott aus dem Spiel lassen, wenn es um Krankheiten geht. Krankheiten sprechen eher gegen ihn als für ihn.«

Andreas widersprach Thomas nicht, obgleich er schon dachte, dass Gott auch bei Krankheiten nicht aus dem Spiel sein konnte. Schließlich hatte er ihn um Hilfe für sich gebeten und hatte diese Hilfe bekommen.

In der Wohnung in Bad Godesberg machte Thomas eine Flasche Sekt auf. »Die kleine Feier gilt nicht nur dir, Andreas, wir haben doppelten Grund zu feiern. Inge ist schwanger!«

# 29

Inges Vater hatte darauf bestanden, dass er zur Geburt des ersten Kindes einen Gebrauchtwagen für die junge Familie spendieren dürfe. Inge sollte auch mit dem Kind beweglich sein. Thomas durfte den Wagen aussuchen und hatte sich für einen sehr gut erhaltenen weißen R4 entschieden, der erst achtzehntausend Kilometer gelaufen war. »Etwas größer hätte er schon sein dürfen«, sagte Vater Duvenhorst, als er das Auto sah, aber Thomas war froh, dass er sich für ein kleines Auto entschieden hatte, das den Schwiegervater »nur« 2100 DM kostete und in dem man Susanne in der Babytragetasche einschließlich Kinderwagen gut transportieren konnte.

Zu Hause war alles gut vorbereitet. Die Wickelauflage hatte er von einem Kollegen aus dem Anglistischen Institut bekommen, der bereits drei Kinder hatte und der Meinung war, das reiche. Thomas hatte ein Wachstuch gekauft und die Wickelauflage mühsam neu bespannt. Susannes süßer Po sollte auf einem Wachstuch liegen, das noch von keinem anderen Kinderpo zuvor berührt worden war. Thomas war über sich selbst überrascht, als er im Supermarkt für die Rückkehr von Inge mit Susanne aus der Klinik Babycreme, Puder und Badezusatz einkaufte. Er war so stolz, diese Sachen in den Einkaufskorb zu legen, dass er um sich schaute. Müssten nicht alle anderen Kunden im Supermarkt merken, dass er nun Vater sei, mit sechsundzwanzig Jahren ein eigenes Kind hatte, die tollste Tochter der Welt, dass er eine eigene Familie hatte? Als Thomas sechs Tage nach der Geburt Inge und Susanne aus der Klinik abholte, wartete zu Hause in der Wohnung in Godesberg schon Inges Mutter auf die junge Familie. Inge war noch geschwächt von der Geburt und freute sich auf die Unterstützung. Für Frau Duvenhorst war es selbstverständlich, ihrer Tochter mindestens für die ersten zehn Tage zur Seite zu stehen. Für sie war Susanne das fünfte Enkelkind, sowohl Inges älterer Bruder als auch die Schwester hatten jeweils zwei Kinder. So schlief nun Mutter Duvenhorst im dritten Zimmer, dem Gästezimmer, das demnächst Susannes Zimmer sein würde. Susanne hatte eine sehr schöne und zweckmäßige Wiege, die in einem Gestell mit Rollen aufgehängt war, gefertigt aus hellem Lindenholz. In dieser Wiege hatten schon Inge selbst sowie Joachim, Inges Bruder, und Waltraut, Inges Schwester, wie auch die beiden Söhne von Waltraut als Baby gelegen.

Die Wiege stand direkt neben dem Bett von Inge und Thomas, und Thomas bestand darauf, dass sie an seine Seite des Bettes gestellt wurde, er wollte sich gleich kümmern können, sobald Susanne nachts aufwachen würde. Nur hatte er dabei nicht berücksichtigt, dass er einen sehr viel tieferen, festeren Schlaf hatte als seine Frau. Wenn er dann durch Susanne geweckt wurde, war Inge meist schon um das Bett herumgegangen und stand an der Wiege. Nach vier Nächten kam die Wiege an Inges Seite des Bettes. Susanne wachte häufig nachts auf, Inge legte sie mit zu sich in das große Bett, gab ihr die Brust oder versuchte, sie durch Wiegen und Streicheln zu beruhigen. Thomas bekam derartige Aktionen schon nach einiger Zeit gar nicht mehr mit.

Inges Mutter blieb drei Wochen. Thomas wusste zwar, dass das richtig war, denn Inge kam nur langsam wieder zu Kräften. Aber es war auch eine Belastung für ihn.

Er hätte gern mit jemandem über diese Situation gesprochen. Einerseits war er der glücklichste Mensch der Welt, Vater einer gesunden Tochter, Ehemann einer attraktiven Frau, Doktorand in Literaturwissenschaft mit voller Stelle, andererseits fühlte er ein wenig Trauer. Er war für Inge offenbar gar nicht wichtig. Wenn sie einmal lachte und sich deutlich freute, dann nur im Zusammenhang mit Susanne. Berührungen blieben äußerst reduziert, schon seine Erwartung eines Kusses schien für Inge eine Belastung zu sein. Ein Blick von ihm auf ihren wunderschönen großen Busen quittierte sie ausgesprochen unwirsch.

Mit Andreas über solche Dinge zu sprechen, hatte keinen Sinn. Für ihn waren diese Sorgen weit weg, und Thomas hatte bei seinem letzten Telefongespräch deutlich gemerkt, wie sehr es Andreas, bei aller Freude über Susanne, schmerzte, dass ihm dieses Glück nicht vergönnt sein würde. Warum musste dieser Mann auch unbedingt Priester werden? Wie oft hatte sich Thomas diese Frage schon gestellt! Und er hatte ja auch Andreas nicht selten mit dieser Frage konfrontiert.

Andreas und er hatten in den Monaten vor Susannes Geburt häufiger telefoniert. Wenn Andreas nicht aus dem Priesterseminar, sondern von einer Telefonzelle aus anrief, ging es allerdings schon nach einigen Minuten weniger um Inge und das bevorstehende Ereignis als um Andreas selbst. Was hatte er für ein Glück gehabt, dass Christian ihn nicht angesteckt hatte! Seit Andreas' erstem Anruf im März hatte Thomas sehr viel genauer in der Presse verfolgt, was zu dieser neuen Krankheit AIDS geschrieben wurde. Überhaupt hatten die Nachrichten über den AIDS-Erreger HIV, den man gerade erst identifiziert hatte, in jüngster Zeit ständig zugenommen. Hätte er sich angesteckt, wäre Andreas jetzt ein sicherer Kandidat für einen baldigen Tod. Nicht auszudenken, wie es gewesen wäre, wenn Inge und er hätten erleben müssen, wie ihr bester Freund über mehrere Monate, vielleicht über ein oder zwei Jahre qualvoll zugrunde ging. Und welch grausame Isolation die AIDS-Erkrankung mit sich brachte! Hätten sie ihn mit dieser hochgradig infektiösen Erkrankung überhaupt noch bei sich zu Hause aufnehmen können? Hätte Inge ihn neben Susanne gesetzt? Hätte er gewagt, ihn noch einmal zu umarmen, wenn jetzt schon vor der Spucke von AIDS-Kranken gewarnt wurde? Welch ein Glück, dass ihnen all das erspart geblieben war. Aus den Telefongesprächen entnahm Thomas aber auch, dass Andreas selbst sämtliche Informationen über AIDS sammelte. Als sie einmal wieder länger darüber sprachen, fragte Thomas, ob sich Andreas nicht aus dem Seminar heraus dafür einsetzen könnte, dass die katholische Kirche mit Verständnis für die Erkrankten reagierte. Er habe den Eindruck, der Kirche käme das Virus als Keule gegen den vermeintlichen Verfall der Sitten gar nicht so ungelegen. Andreas war still geworden.

»Meinst du nicht, dass du knallhart dagegenhalten solltest?«, hatte Thomas gefragt.

»Du möchtest, dass ich kämpfe«, hatte Andreas geantwortet, »aber ich würde meine ganze Zukunft aufs Spiel setzen. Die würden sofort vermuten, dass ich betroffen bin. Das kann ich nicht machen.« Thomas wiederholte seine Forderung daraufhin nicht mehr.

Am Ende des Studienjahres, im Sommer 1987, würde Andreas das reine Grundlagenstudium der Theologie abschließen und sich anschließend ganz auf den Vorbereitungsdienst im Priesterseminar konzentrieren können. 1990 sollte er zum Priester geweiht werden. Dann wollten Thomas und Inge die kirchliche Trauung nachholen, mit der kleinen Susanne als ihrem Blumenmädchen. Thomas rechnete für sich selbst mit knapp drei Jahren für die Dissertation und das Promotionsverfahren. Was er nach der Promotion Ende 1988 beginnen würde, war ihm noch völlig unklar, wobei ihm – wenn er ganz ehrlich war – eine Laufbahn als Hochschullehrer als das schönste Ziel erschien.

Ob er mit dem einen oder anderen Doktorandenkollegen einmal über seine seltsame Unzufriedenheit reden sollte? Er merkte erst jetzt so recht, dass er nach der Rückkehr aus Aberystwyth doch sehr wenig Energie in neue Freundschaften in Bonn investiert hatte. Er war zusammen mit Inge zurückgekommen, als Paar, sie waren sich selbst genug, da blieb nicht sehr viel Zeit für neue Freunde, und für wichtige Dinge hatte er die Telefonate und gelegentliche Treffen mit Andreas. Aber jetzt fehlte ihm doch ein Freund, ein Gesprächspartner vor Ort.

Nach Annemaries Abreise hatte seine Mutter darum gebeten, für ein paar Tage aus Langenheim kommen zu können, um mit anzupacken. Das verschlechterte die Stimmung in der Wohnung noch mehr, doch Margot Johannmeyer blieb zum Glück nur vier Tage, wie sie es zuvor schon angekündigt hatte. Fast vier Wochen waren vergangen, bis Inge und Thomas endlich allein – das heißt gemeinsam mit Susanne – in der Wohnung waren. Drei Tage später rutschte Inge zu Thomas ins Bett und flüsterte ihm zu: »Nimm mich in deine Kuhle und drücke mich ganz fest.«

Am 2. Advent war Susannes Taufe. Andreas war schon am Freitag aus Paderborn gekommen. Als am Samstag Inges Eltern in Godesberg eintrafen, machten sich Andreas und Thomas auf einen längeren Spaziergang am Rhein entlang bis Mehlem, setzten mit der Fähre über, gingen am rechten Rheinufer zurück bis zur Rheinallee, setzten wieder über und kamen ein wenig erschöpft erst abends in die Wohnung zurück. Thomas hatte Andreas auf der langen Wanderung auch von den Enttäuschungen berichtet und Andreas von seinem Neidgefühl auf Thomas' Vaterschaft: »Vater würde ich auch gern einmal werden.« Es hatte Andreas gutgetan, dass Thomas nicht nur von seinem Glück mit Susanne gesprochen hatte.

Am Sonntagmorgen kamen die Johannmeyers aus Langenheim und Waltraut, Inges Schwester, mit ihrer Familie und den Eltern Duvenhorst aus Münster. Waltraut war Susannes Patentante und somit an diesem Sonntag Andreas' Kollegin. Kurz vor Beginn des Gottesdienstes am Nachmittag erschienen auch Thomas' Schwester Uschi mit Freund Gregor und Thomas' Bruder Wolfgang.

Der Pfarrer, der den katholischen Taufgottesdienst zelebrierte, wusste, dass Andreas als Patenonkel zum Ende des Gottesdienstes gerne sprechen wollte. Und da er in Andreas den zukünftigen Priesterkollegen sah, erlaubte er es ihm gern.

Andreas nahm sein Patenkind vorsichtig aus der Hand der Mutter, hielt es noch einmal über das Taufbecken und legte es dann für alle überraschend Thomas in den Arm. Er stellte sich schützend vor den Säugling, schaute voller Liebe auf Susanne in ihrem weißen Taufkleid, die ganz still geworden war, und sagte:

»Kein Tag soll vergehen, an dem du sagst, da ist niemand, der mich trägt.
Kein Tag soll vergehen, an dem du sagst, da ist niemand, der mich schützt.
Kein Tag soll vergehen, an dem du sagst, da ist niemand, der mich liebt!
So hilf uns Gott, so behüte er dich und uns und so sei er mit uns auf allen unseren Wegen!«

# 30

Andreas ließ das Seitenfenster herunter. Die Uhr im Auto zeigte halb neun, es war kühler geworden, die ersten Autos fuhren schon mit Licht, obwohl die Abendsonne noch immer wieder durchkam. Decker hatte nicht fanatisch geklungen, keineswegs hysterisch oder zerstörungswütig, aber Andreas war sich sicher, er würde die Fotos sofort wieder hervorholen, sollte die Wahnmut ihren Verdacht in die Öffentlichkeit tragen. Und ihr traute er alles zu.

Die kühle Luft tat ihm gut. Es tröpfelte jetzt leicht, einige wenige Tropfen fielen auch durch das geöffnete Fenster auf seinen linken Hemdsärmel. Vielleicht sollte er tatsächlich seinen Kollegen aus dem Seminar in Gerleve anrufen und fragen, ob in seinem Altersheim noch eine Stelle als Animator frei war. Andreas konnte über diesen Gedanken nicht mehr lächeln. Er fragte sich, was der Arbeitsamtsleiter in Waldenburg wohl antworten würde, wenn ein katholischer Priester vor ihm stünde und sagte: »Ich bin jetzt fünfzig, ich suche einen neuen Job, ich habe Glauben, Beten, Predigen gelernt, ich kann Sakramente austeilen, trösten, zuhören, beraten. Was hätten Sie denn da für mich?«

Aber war er wirklich so weit? Sollte er sich ausgerechnet jetzt zurückziehen? Alle würden mit dem Finger auf ihn zeigen und sagen, der Wingert musste gehen, mit einer Versetzung war es bei ihm offenbar nicht getan, wer weiß, was der alles angestellt hat! Und was dann? Würde er mit Lisa oder ohne Lisa weit wegziehen, nie wieder nach Waldenburg zurückkehren? Aber das wäre ja nur noch mehr Wasser auf die Mühlen seiner Waldenburger. Ich kann doch die Menschen gerade jetzt nicht enttäuschen, Menschen, die ich in Verbindung mit Gott gebracht habe. Wenn ich davonrenne, sind sie nicht nur von mir enttäuscht!

Aber brächte er es überhaupt fertig, die Kirche, seine Kirche zu verlassen? Aus einem Haus für immer auszuziehen, das seit fünfundzwanzig Jahren seine Heimat war? Sein Schutz, seine Familie? Er war sich sicher, dass Thomas ihm helfen würde, einen Neuanfang zu finden, sobald er wieder gesund war. Und wenn er sich ganz für Lisa entscheiden könnte, hätte er wohl auch sie an seiner Seite. Wahrscheinlich würde sein Vater ein solches Vorgehen ebenfalls mit Sympathie, wahrscheinlich auch finanziell unterstützen. Das waren schon einmal drei Menschen, und sie waren die wichtigsten Menschen in seinem Leben! Und auf was konnte er bei einem Neustart mit fünfzig Jahren sonst noch bauen? Zuerst einmal auf Gottes Hilfe, auf sein Selbstvertrauen, auf seine innere Stimme, die ihm in so vielen Situationen bisher ein so verlässlicher Wegweiser gewesen war.

Wieder stieg dieser Groll in ihm auf. Groll auf eine Kirche, die solche Situationen, solche existenziellen Einschnitte bei ihren Priestern hätte vermeiden können, wenn sie nur die Anzeichen ernst genommen hätte, statt wegzugucken, zu beschwichtigen, zu versetzen und alles unter der Decke zu halten, bis es nun 2010 gekracht hatte.

Nein, der Anruf von Decker war keine wirkliche Erleichterung. Die könnte nur ein Gespräch mit der Wahnmut bringen, so wie sie es ja selbst vorgeschlagen hatte. Er überlegte, ob er sie nicht einfach zurückrufen sollte, ob er nicht durch einen Anruf bei der Auskunft oder bei Frau Bokenkamp die Telefonnummer erfragen sollte, um dann gleich ausführlich mit ihr zu sprechen. Am besten in den nächsten Minuten, noch bevor er Meschede und den Hennesee erreichte. Er überlegte, wie er das Gespräch beginnen und führen könnte. Bat er zu sehr um Verständnis, würde die Wahnmut wahrscheinlich triumphieren, weil sie es als sein schlechtes Gewissen interpretieren würde. Trat er zu forsch auf, würde sie sich verteidigen, die besorgte Mutter hervorkehren, die sich in die Enge gedrängt fühlte und nun erst recht meinte, es müsse jetzt einmal alles auf den Tisch. Auf den Tisch des Erzbischofs oder sogar auf den des Staatsanwalts. Ungefährlich war solch ein Gespräch nicht. Andreas spürte, er war in der Falle.

# 31

»Ich denke nicht, dass Shakespeare hier dem blanken Nihilismus das Wort redet. Wir dürfen nicht vergessen, wir haben es bei ›King Lear‹ zwar nicht wie bei ›Henry IV‹ mit einem Fürstenspiegel zu tun, aber es geht natürlich auch hier immer um das gute, das richtige Regieren, um den Herrscher als Vorbild.«

»Ich halte dagegen, Herr Johannmeyer. ›As flies to wanton boys, are we to the gods. They kill us for their sport‹, das ist existenziell, da geht's ans Eingemachte, nicht mehr ums Regieren, da geht es um Sein oder Nichtsein, um Gottes Gleichgültigkeit uns gegenüber, da ist niemand mehr aufgehoben!«

Malte Petersen hatte sich richtig in Rage geredet. Cornelia Bruns meldete sich: »Der Satz ›they kill us for their sport‹ zeigt doch auch, welch geringe Bedeutung das Individuum damals für die Herrschenden hatte. Ich lese das als eine Mahnung an die Herrschenden.«

»Nein, nein, Conny«, rief Petersen dazwischen, »Gott hat kein Interesse am Menschen, er tötet uns, wie wenn man Fliegen tötet. Vielleicht hat er die Menschen wie auch die Fliegen und alles andere erschaffen, aber dann lässt er sie allein, spielt mit ihnen, tötet sie.«

»Meine Damen und Herren, wir werden diese Passage heute nicht auflösen. Wir sind am Ende unseres Seminars, wir sehen uns in einer Woche wieder. Bitte bereiten Sie auch ›Richard II‹ und ›Henry IV‹ als Folie für ›King Lear‹ vor. Vielen Dank für die rege Beteiligung. Ich wünsche Ihnen einen schönen Abend, bis nächste Woche.«

Die Studenten klopften mit ihren Fingergelenken auf den

Tischen und erhoben sich langsam, packten ihre Bücher und Hefte in die Taschen oder Rucksäcke und gingen alleine oder in kleinen Grüppchen aus dem Seminarraum. Andreas hatte in der letzten Bank gesessen, beobachtete, wie Thomas die Tafel abwischte, an die er während des Seminars zentrale Begriffe der Dramenanalyse geschrieben hatte, und ging erst nach vorn, als die letzte Studentin den Raum verlassen hatte. »Das war sehr interessant, Herr Dr. Johannmeyer. Mich würde interessieren, was Sie wirklich von Shakespeares Fliegenvergleich halten.«

»Der Herr Kaplan möchte mich testen?«, gab Thomas zurück. »Das machen wir lieber zu Hause.«

Sie fuhren von der Universität in der Innenstadt zu Thomas, der nun schon seit bald fünf Jahren in der geräumigen, hellen Dreizimmerwohnung in Godesberg wohnte. Susanne war noch keine vier Jahre alt, sie hatte das schwarze Haar des Vaters und seine dunklen Augen, mit denen sie so verschmitzt in die Welt blickte wie ihre Mutter. Sie war der lebhafte Mittelpunkt der jungen Familie. Inge hatte ein kleines Abendbrot vorbereitet.

Andreas war erleichtert, sie fröhlich und optimistisch vorzufinden, hatte Thomas ihn doch vor zwei Monaten abends angerufen, um ihm noch ganz aufgelöst mitzuteilen, dass Inge soeben am Ende des sechsten Schwangerschaftsmonats eine Fehlgeburt erlitten hätte. Es hätte Inge sehr mitgenommen, ein Kind, einen kleinen Jungen, zu gebären, der im Mutterleib gestorben war. Es war das zweite traurige Ereignis für Thomas in diesem Frühjahr gewesen, das für die Menschen in Deutschland allgemein von so viel Euphorie und Überschwang durch die Wiedervereinigung geprägt war. Herr Johannmeyer war Ende Februar gestorben, ganz plötzlich und mit nur einundsechzig Jahren an einem Herzinfarkt. Er hatte nie zuvor Beschwerden geäußert. Noch am Abend hatte er beim Hinaufgehen ins Schlafzimmer ein unbekümmertes »Immer nur lächeln und immer vergnügt« gesungen. Frau Johannmeyer fand ihn morgens in der Küche. Er hatte ein Glas Wasser vor sich auf dem Küchentisch stehen und war im Küchensessel, seinem Lieblingsplatz im Haus, zusammengebrochen.

Andreas war zur Beerdigung nach Langenheim gefahren. Thomas war froh, dass Uschi noch zu Hause wohnte, sodass seine Mutter jetzt nicht ganz allein in dem Reihenhaus lebte, in dem es auf einmal so still geworden war.

Als Andreas jetzt in Godesberg gemeinsam mit Thomas das Geschirr in die Küche trug und sie mit dem Abwasch begannen, während Inge die kleine Susanne bettfertig machte, nahm Andreas das nachmittägliche Gespräch aus dem Literaturseminar wieder auf. »Dein Seminar war für mich ein schöner Ausflug in die alte Kölner Zeit als Germanistikstudent. Wie vertraut das alles klang. Aber mir ist vor allem wieder aufgefallen, wie sehr Literaturwissenschaftler innerhalb eines Systems interpretieren und argumentieren. Wie sehr du versucht hast, alles stimmig zu machen. Mir hat der junge Student gut gefallen, der sich nicht einlullen ließ, der die Brüche suchte!«

»Das macht der Petermann nur zu gern«, lachte Thomas. »Aber du hast recht, Andy: In der Literaturwissenschaft bewegen wir uns in einer Welt, in der einzelne Dinge in deutlichem Bezug zueinander stehen, wo einzelne Teile eines Romans oder eines Dramas immer schlüssig auf ein Ziel zusteuern.«

»Damit erschaffst du am Ende für alles im Text einen Sinn. Nichts steht mehr unverbunden da. Alles bezieht sich aufeinander und ergibt ein rundes Ganzes. Schön, dass es das noch gibt! Das mag intellektuell befriedigen, aber spiegelt es die Welt, Thomas? Spiegelt es wirklich unsere Lebenserfahrung?«

»Na, hör mal, das finde ich ja spannend, Andy! Du bist Vikar, wirst in einigen Jahren Pfarrer sein, und mir wirfst du vor, ich würde durch die Interpretation literarischen Texten fälschlicherweise Zusammenhang und Sinn verleihen! Was tust denn du? Du bist Sinnstifter von Beruf!«

»Ja, du hast recht, Thomas, vielleicht machen wir beide etwas ganz Ähnliches. Nachdem sich der Sinn des Lebens in unseren säkularen Zeiten nicht mehr so einfach erschließen lässt, kommst du mit deinen Texten und sagst: Leser, beruhigt euch, hier kommt jetzt der Sinn!«

»Du weißt besser als ich, Andy, dass sich mit dem Sinndefizit nicht gut leben lässt und dass Literatur wohl schon immer eine ihrer Aufgaben darin sah, den Menschen zu stabilisieren, denn in einem Drama oder in einem Roman wächst zu einem sinnvollen Ganzen zusammen, was im wirklichen Leben fast immer unverbunden stehenbleibt. Da Literatur diese Erfahrung vermittelt, kommt sie der Religion in der Tat nahe. Aber im Gegensatz zu euch Kirchendienern entwickeln wir uns weiter: Was du heute Nachmittag erlebt hast, war noch einmal eine ganz traditionelle Textinterpretation, auf die viele Kollegen längst herabschauen. Du weißt es ja selbst aus deinem Germanistikstudium: Wir sind längst beim Dekonstruktivismus angelangt. Seit mehr als zwanzig Jahren jagt eine innovative Methode der Textanalyse die nächste.«

»Glaubst du denn, Thomas, dass es sich dabei tatsächlich um Innovationen handelt? Ist es nicht eher so, dass – wenn überhaupt – nur die Kunst selbst ein System aufbrechen und Neues schaffen kann? Kunsthistoriker oder Literaturwissenschaftler aber bleiben Interpreten, bleiben nachgeordnet, wollen einen sinnvollen Zusammenhalt gemäß ihrer klugen Interpretation und stülpen ihn über. Doch schaffen sie damit nichts wirklich Neues. Ich war letzte Woche mit meinem Vater in München, und wir haben Mahlers ›Sechste‹ gehört. Da war nichts mehr mit hergebrachten Strukturen, keine altbekannte Sonatenhauptsatzform, da konntest du die meisten Kompositionsprinzipien vergessen, da wurden nur noch Fragen gestellt, lauter Fragen. Doch es würde mich nicht wundern, wenn die Kollegen aus der Musikwissenschaft diese Brüche erklären und zu einem runden Ganzen führen könnten. Aber bei Mahler hört man die Innovation in der Kunst, die zu lauter Fragen, zu Skepsis, zu Zweifeln führt! Da ist nichts Rundes mehr, da ist der Abgrund!«

»Andreas, soll ich aus deiner Sicht auf die Literaturwissenschaft den großen Sinn-Skeptiker heraushören oder eher die Überlegenheit des Theologen? Höre ich etwa das selbstgefällige Besserwissen der von Gott Berufenen, oder bist du selbst in der Sinnkrise?«

»Wenn die Theologie eines lehrt, Thomas, dann ist es Vorsicht gegenüber dem angeblich umstürzend Neuen, weil wirklich Neues für die grundsätzlichen Fragen des Menschseins doch nicht passiert. Was ist der Sinn meines Lebens? Warum bin ich hier? Kannst du aus der Literatur die Antworten finden?«

»Eher aus dem ganz alltäglichen Leben selbst. Doch was antwortest du, Andreas, auf das große beunruhigende Wozu?«

»Früher hätte ich mit Gottfried Benn geantwortet:

Das ist eine Kinderfrage.
Dir wurde erst spät bewusst,
es gibt nur eines: ertrage
– ob Sinn, ob Sucht, ob Sage –
dein fernbestimmtes: Du musst.«

»Und was sagst du heute?«

»Ich habe mich für ein System entschieden. Es war ein bewusster Akt. Erinnerst du dich an unser Gespräch an Ostern in Aberystwyth? Ich fühle mich wohl in meinem christlichen Sinn-System, obwohl ich es ständig hinterfrage, das tue ich jetzt als Vikar und werde es auch in einigen Jahren als Pfarrer tun! Aber ich bin mir sicher: Es bleibt meine Welt! Es hilft mir nicht, Thomas, ein Sinn-System gegen ein anderes zu tauschen, das mir nach kurzer Zeit noch viel brüchiger erscheinen wird. Der Glaube ist mein Sicherheitsnetz, das unter dem Seil aufgespannt ist, auf dem ich gehe. Ich weiß, ich kann fallen, aber ich falle nicht zu tief, ich werde aufgefangen.«

»Andy, ich beneide dich. Ich weiß, dass es für mich kein derartiges Netz gibt. Ich werde in ein paar Wochen dreißig, seit Jahren bin ich dabei, mir selbst kleine eigene Netze zu stricken, Inge ist solch ein Netz, die Liebe, die mich trägt, die mich begeistert, die mir ein erfülltes Leben schenkt, die mir Verantwortung für andere verleiht. Da ist Susanne, die mich täglich spüren lässt, dass ich wichtig bin, dass ich eine Aufgabe habe, dass ich etwas an die nächste Generation weitergeben kann. Und da bist du, da ist unsere Freundschaft, sie ist ein weiteres kleines, privates Netz. Wenn du, Andy, von dem Seil aus, über das du gehst, nach unten schaust, siehst du ein großes, göttliches, dichtes Netz, ein ganzes Netzsystem. Überall Sinn! Wenn ich nach unten schaue, sehe ich lediglich selbstgestrickte kleine Netze. Und ich muss mich fragen: ob die wohl bei Belastung halten?«

Andreas schaute ihn eindringlich an. Thomas' dunkelbraune Augen hatten einen Schimmer von Melancholie, den Andreas nur selten bei ihm gesehen hatte. »Thomas, ich denke oft genau andersherum. Du erscheinst mir mit deiner Familie sehr viel abgesicherter als ich. Das ist kein kleines Netz, sondern eines, auf das du zuverlässig und beständig bauen kannst.«

»Ich bin mir nicht so sicher. Frau und Kind machen verletzlich, sehr verletzlich sogar. Ich darf da gar nicht weiterdenken, Andy, es macht mir Angst. Immer, wenn mich solche Gedanken überfallen, bin ich froh, wenn Susanne morgens an mein Bett kommt, sie ihren Teddy dabeihat, mit mir spielen will und ein ganz kleines, zartes Kitzeln an ihrem Bäuchlein für dieses Kind das große Glück bedeutet. Dann vergesse ich all die dunklen Gedanken wieder und lebe einfach.«

Andreas schwieg. Nun hatte die Melancholie ihn selbst erreicht.

»Ich war vielleicht etwas zu euphorisch mit dem Kinderglück. Ich wollte dir damit nicht wehtun. Kinder sind nun einmal mein Netz für die Zukunft.«

»Tom, auch ich kenne die Angst, dass mein Netz einmal Löcher bekommen könnte. Ich wüsste dann nicht, wie ich das kompensieren und mir eigene Netze schaffen könnte. Ich habe keine Familie, kein Kind. Wenn mein Netz wirklich einmal wegfallen sollte, ich glaube, dann wäre ich verloren.«

»Nein, Andreas, dann werde ich dich an das Proseminar heute Nachmittag an der Universität Bonn erinnern und dass man im Lesen all den Sinn konstruieren kann, den man im Leben meint, verloren zu haben.«

# 32

Andreas hatte in Höxter den Zug genommen. Es war Anfang März, die Bundesstraßen von Höxter nach Münster waren zwar leidlich frei, aber es war Schnee und Glätte vorhergesagt worden, weshalb er es vorgezogen hatte, mit der Bahn zu fahren. Dazu kam, dass die Trauer ihn mehr und mehr lähmte. Andreas versuchte immer wieder, Notizen für seine Ansprache in der Kirche aufzuschreiben, aber es gelang ihm nicht. Pfarrer Hüsemann, dem Andreas als Vikar in Höxter unterstellt war, hatte sofort zugestimmt, als Andreas ihn um den Sonderurlaub gebeten hatte.

»Dass diese schöne junge Frau tatsächlich sterben musste! Im Herbst erst ist sie noch hier gewesen! Blühend, Herr Wingert, blühend! Eine so schöne Frau. Ich hatte wirklich gehofft, sie könne mit Gottes Hilfe den Krebs besiegen! Aber die Wege des Herrn sind unergründlich. Unterstützen Sie Ihren Freund, so gut es geht, Herr Wingert, und das kleine Mädchen. Das ist doch Ihr Patenkind. Ich mach das hier. Möge die Frau in Frieden ruhen!« Pfarrer Hüsemann schlug das Kreuzzeichen.

Andreas hatte Pfarrer Hüsemann schon nach dem Anruf von Thomas kurz vor Heiligabend von Inges schwerer Erkrankung berichtet und ihm gesagt, man müsse wohl mit dem Schlimmsten rechnen. Der Krebs sei sehr aggressiv. »Wir müssen für Sie beten, Herr Kollege!«, hatte Hüsemann damals gesagt. Gut zwei Monate waren Inge und Thomas noch geblieben, um sich gemeinsam mit dem nahen Tod auseinanderzusetzen. Zwei Monate, in denen Thomas und Andreas fast täglich miteinander telefonierten und in denen Andreas jede zweite Woche für zwei Tage zu Thomas, Inge und Susanne gefahren war.

Zwei Tage vor Weihnachten hatte mittags das Telefon in der Vikarswohnung geklingelt. Es war Thomas, der ihm sagte, sie hätten einen schrecklichen Befund nach der Untersuchung von Inge im Krankenhaus bekommen. »Inge hat Krebs, Andreas, Brustkrebs im fortgeschrittenen Stadium. Die Lymphdrüsen auf beiden Seiten sind angeschwollen. Jetzt muss man ganz schnell handeln. Gleich nach Weihnachten will man ihr beide Brüste abnehmen und mit der Therapie beginnen. Eine große Überlebenschance geben ihr die Ärzte trotzdem nicht.«

Als Thomas das am Telefon sagte, brauchte er lange, bis er wieder sprechen konnte. »Stell dir vor, Andy, was das für sie bedeutet, sie müssen ihr die Brüste abnehmen!« Andreas setzte sich, fand keine Worte, wischte sich die Tränen aus den Augen, schnäuzte sich und hielt, nachdem er aufgelegt hatte, das laute Heulen nicht länger zurück. Inge war dreiunddreißig Jahre alt und Mutter einer fünfjährigen, lebhaften Tochter, ausgerechnet sie sollte sterben? »Welcher Herrgott kann so etwas zulassen?«, hatte Thomas ihn gefragt. Was hätte er darauf sagen können?

Andreas ging in die Küche. Er sah sich zu, wie er eine Tasse aus dem Schrank holte, sich einen Kaffee machte, einen Löffel Zucker nahm, sich an den Tisch setzte. Es war, als säße er irgendwo unter der Zimmerdecke und beobachte sich selbst. Nach einer Stunde, in der er keinen klaren Gedanken fassen konnte, ging er in die Kirche, die völlig dunkel war. Er machte kein Licht. Er wusste, die Kirche war bereits für die Gottesdienste an Heiligabend geschmückt. Da stand eine Krippe links am Altar, und eine lebensgroße Puppe, Maria, beugte sich über sie. Eine weitere Puppe, Josef, stand aufrecht an der anderen Seite der Krippe. Nur die kleine Puppe fehlte noch, sie lag in der Sakristei und würde erst morgen das Bild einer glücklichen Familie vervollständigen. Einer glücklichen Familie!

In den anderthalb Jahren als Vikar in Höxter hatte Andreas oft

Krankheit und Tod in seiner Gemeinde erfahren und begleiten müssen, viel häufiger, als er es erwartet hatte. Wenn ein junger Vater oder eine junge Mutter oder gar ein Kind starben, war es kaum möglich, den geballten Schmerz der Angehörigen aufzufangen oder ihn zu mildern. Es traf ihn jedes Mal selbst mit voller Wucht, es war so ganz anders, als den Trauergottesdienst für einen Verstorbenen zu zelebrieren, der achtzig oder fünfundachtzig oder noch älter geworden war. Jetzt war die Todkranke nicht nur jung, sondern die Frau seines besten Freundes, sie war die Mutter seiner Patentochter Susanne, sie war eine Frau, mit der er viel zusammen unternommen, mit der er viele Abende diskutiert, die er seit Jahren in sein Herz geschlossen hatte. Was für eine Freude war es, nach einer Radtour Inges zartrote Wangen leuchten zu sehen und ihre blauen Augen, die so viel Wärme ausstrahlten. Inge war eine wunderbare Frau. Und diese Frau sollte jetzt Krebs haben, sollte jetzt zerfressen werden von dieser grausamen Krankheit?

»Lieber Gott, wie kannst du das zulassen?«

Andreas hatte auf dem Priesterstuhl am Altar Platz genommen, blickte auf den schlichten Tisch mit seinen weißen Tüchern, in dessen Mitte ein schwarzes kleines Holzkreuz stand. Morgen würden sie hier Heiligabend feiern, zwei Messen und davor um fünfzehn Uhr einen Kindergottesdienst. Dann um Mitternacht die Christmette und am ersten Feiertag das volle Programm einschließlich Messe in der Krankenhauskapelle in Höxters Kreiskrankenhaus. Es war unmöglich für Andreas, an solchen Tagen den alten Hüsemann allein zu lassen. Aber vielleicht ließ Hüsemann ihn schon am zweiten Weihnachtsfeiertag mittags ziehen. Dann wäre er abends bei Thomas und Inge, einen Abend bevor sie ins Krankenhaus käme. Ob das so günstig wäre? Vielleicht wollte sie diesen Abend ganz allein mit Thomas verbringen? Er würde Thomas fragen.

Inge hatte Thomas nach der Fehlgeburt im Frühjahr 1990 sehr bedrängt, von Bonn nach Münster zu ziehen. Zwei Dinge hatten sich 1990 ergeben, die Inge zu diesem Wunsch veranlasst hatten. Ihr Bruder war nach langen Streitigkeiten mit dem Vater aus Süddeutschland nach Münster zurückgekehrt und hatte die Arbeit als Apotheker in der väterlichen Dom-Apotheke wieder aufgenommen. Er machte das sehr erfolgreich, sodass für Vater Duvenhorst schnell klar war, dass sein Sohn, entgegen seiner früheren Meinung, seine Nachfolge antreten sollte. Dieser wünschte sich Inge zurück. »Mit ihr als PTA in der Dom-Apotheke sind wir unschlagbar«, erklärte er Thomas.

Inge hatte nach der Geburt von Susanne 1986 die letzte Prüfung für das erste Staatsexamen abgeschlossen, sich aber nie für das Referendariat und das zweite Staatsexamen angemeldet. Thomas brauchte Ruhe für den Abschluss seiner Dissertation und begann gleich anschließend mit einem Habilitationsthema, wozu er das literarische Genre wechseln und viel lesen musste. Die Betreuung von Susanne in Bonn lag damit in den ersten Jahren weitgehend in Inges Händen, die oft bedauerte, dass keine Mutter oder Schwiegermutter am Ort war, die sie wenigstens ein- oder zweimal in der Woche für ein paar Stunden entlasten konnte. Als ihr Bruder nun vorschlug, Inge könne in ihren alten Beruf und in die väterliche Apotheke in Münster zurückkehren, ganz flexibel fünfzehn, zwanzig oder fünfundzwanzig Stunden dort arbeiten, war Inge begeistert.

Wie es der Zufall wollte, war Inge in den Wochen darauf eine Stellenanzeige in der *ZEIT* aufgefallen, die Fachhochschule Münster schrieb eine Professur für Englisch und englische Landeskunde im Fachbereich Wirtschaft aus. »Ich wusste gar nicht, dass du Stellenanzeigen für mich studierst«, war der einzige Kommentar von Thomas, als Inge ihm die Anzeige vorlegte.

Es kam zur ersten größeren Belastungsprobe für die Ehe der beiden, in deren Verlauf Inge mehrfach bei Andreas angerufen und um seinen Rat und seine Vermittlung gebeten hatte. Doch für Andreas war das ein heikles Gebiet. Er wusste, wie sehr Thomas an seiner Habilitation an der Universität hing, die sich mit der Rezeption des frühen Skeptizismus im elisabethanischen Drama beschäftigen sollte. Er wusste ebenso, wie gern Inge nach Münster umziehen und Unterstützung bei der Erziehung von Susanne von ihrer Mutter annehmen und in der Apotheke arbeiten würde. Die Fehlgeburt im Frühjahr 1990 hatte sie immer ganz ihrer Überlastung und inneren Unausgeglichenheit zugeschrieben. Andreas bestand darauf, dass sie beide ohne sein Zutun zu einer Entscheidung finden müssten. Schließlich legten Inge und Thomas die Entscheidung in die Hände der Berufungskommission für die Fachhochschulprofessur, für die Thomas am letzten Tag vor Bewerbungsschluss seine Unterlagen eingereicht hatte. Thomas bekam die Stelle und nahm sie an.

»Es ist wohl auch für dich eine ganz vernünftige Entscheidung«, bemerkte Andreas, als Thomas ihm am Telefon mitteilte, dass er zum 1. Januar 1991 an der FH in Münster als Professor anfangen würde. »Du wirst mehr Geld verdienen als bisher auf deiner Assistentenstelle in Bonn, und du wirst die Sorge los, was nach Ablauf der Stelle mit euch passiert, wenn die Habilschrift nicht fertig oder keine Professur in Aussicht ist.«

»Ich habe das für Inge gemacht, Andreas, das weißt du ganz genau, für sie ist das sehr wichtig. Aber für mich ist es nicht richtig, das weißt du nur zu gut. Inge hat schon eine Wohnung für uns gefunden, schön groß und ganz in der Nähe der Promenade gelegen. Sie kann mit dem Rad zur Apotheke fahren und freut sich jetzt darauf, die Kunden beraten und ihnen Pillen verkaufen zu können. Sie erwartet ernsthaft, dass sie bald wieder schwanger wird. Ihr Glück ist durchaus ansteckend. Ich weiß, das wird mir helfen, wenn ich in wenigen Wochen vor zukünftigen Betriebswirten und Sozialarbeitern stehe und Englisch und Englandkunde unterrichten muss.«

Weihnachten 1990 feierten die drei bereits in der neuen Wohnung in Münster. Zwei Tage später kam Andreas dazu, völlig erschöpft von den vielen Weihnachtsmessen in Höxter. Er besuchte sie in den Monaten nach dem Umzug nach Münster häufiger als zuvor in Bonn. Thomas schien sich mit der neuen Situation anzufreunden. Die Unterrichtsverpflichtung an der FH machte ihm nicht zu viel Arbeit, obgleich er vierzehn Semesterwochenstunden abdecken musste. Er hatte Kontakt zur Universität Münster aufgenommen, die ihm einen Lehrauftrag für ein Literaturseminar am Institut für Anglistik erteilte, und es bestand Grund zu der Annahme, dass der Lehrauftrag von Semester zu Semester verlängert würde. Inge lebte sichtlich auf. Als Andreas im Frühling und Sommer mehrmals kam, machten sie gemeinsame Radtouren um Münster herum. Inge fuhr vor, Andreas in der Mitte, Thomas mit Susanne im Kindersitz am Schluss. Im Sommer trug Inge gern einen weiten Rock, auch bei ihren Radtouren. Wie Silke früher. Wenn Andreas sie vor sich radeln sah, wusste er deutlich, worauf er verzichtet hatte. Wenn sie an einem Spielplatz Rast machten und er Thomas und Inge mit Susanne an der Wippe oder an der Schaukel spielen sah, musste er oft schlucken. Wie oft schon hatte er sich eingestanden, dass er sehr gern einmal Vater geworden wäre.

Thomas hatte jetzt in Münster mehr Zeit für Inge und Susanne als in den Jahren in Bonn. Der einst so beständige Druck der zu verfassenden Habilitationsschrift war weg. Nur im Juni wurde die heitere Stimmung für ein paar Wochen getrübt. Inge war wieder schwanger geworden, hatte aber zu Beginn des vierten Schwangerschaftsmonats unerwartet einen Abgang. Inge war traurig und verunsichert. Im Jahr zuvor in Bonn die Fehlgeburt am Ende des sechsten Monats, jetzt der Abgang. Ihre Ärztin fand keinen Grund dafür, auch im Krankenhaus, in dem die Ausschabung vorgenommen wurde, konnten die Ärzte keine Erklärung finden. »Nächstes Mal wird das alles gut gehen, Frau Johannmeyer, Sie sind völlig gesund«, sagten die Gynäkologen, ein Satz, den Thomas am Telefon am Tag vor Heiligabend noch einmal gegenüber Andreas wiederholte.

»Und ein halbes Jahr später, Andy, nur ein halbes Jahr später sagen sie, der Krebs habe schon gestreut. Das kann doch nicht wahr sein!«

Andreas starrte auf das schwarze Kreuz in der Mitte des Altars. »Warum lässt du das zu? Was kann der Grund dafür sein, dass du so viel Leid zufügst, ein junges Glück so mutwillig zerstörst? Du willst ein gerechter Gott sein? Komm mir nicht damit, dass du selbst deinen einzigen Sohn hingegeben hast. Das war dein Plan, dein selbstgewählter Schmerz, das ist nicht unser Leiden. Das macht Inges Tod nicht zu einer gerechten Sache!« Andreas schloss die Augen. »Wir sind nicht in deiner Hand, wir sind Fliegen, die eine tötest du, und die andere lässt du noch ein wenig länger leben. Du hast keinen Plan mit uns, mit deinen Geschöpfen, du hast nur Willkür für uns übrig. Vielleicht hast du uns geschaffen, aber danach hast du uns alleingelassen. Hast du Freude daran, dabei zuzuschauen, wie deine Geschöpfe leiden, wie sie trauern? Freust du dich an den Tränen von Thomas, an Susannes Einsamkeit? Dann will ich doch lieber ein Stoiker sein als ein Christ und ertragen, still ertragen, aber einen Sinn kann ich in diesem Elend nicht sehen!«

Andreas stand auf, ging die wenigen Schritte zum Altar, nahm das hölzerne Kreuz, umfasste die beiden Seiten des Querbalkens mit seinen Händen und zerbrach es. Die Holzstücke fielen auf das schneeweiße Altartuch. Sogar in der Dunkelheit konnte man die schwarzen Holzsplitter auf dem weißen Tuch deutlich erkennen.

An Heiligabend feierte ein sehr ernster Vikar Wingert den Kindergottesdienst, die zweite Messe und die Christmette. Der Küster verlor auf Anweisung von Pfarrer Hüsemann kein Wort über das zerstörte Kreuz und stellte ein Metallkreuz aus der Sakristei auf den Altartisch. Pfarrer Hüsemann, dessen stets abrufbare Bibel- und Spruchweisheiten Andreas oft ärgerten, zeigte nach Weihnachten und in den folgenden Wochen großes Verständnis für Andreas und übernahm viele seiner Dienste.

Anfang Februar war Andreas wieder einmal zu Besuch in Münster. Thomas war mit Susanne zu einer Veranstaltung des Kindergartens gegangen, Andreas allein mit Inge zurückgeblieben, die im Wohnzimmer in einem Krankenhausbett lag, das auf die Bitte von Thomas hin dort aufgebaut worden war. Inge konnte so am Tagesgeschehen teilhaben und musste auf die Erleichterungen eines leicht heb- und senkbaren Krankenhausbettes nicht verzichten. Andreas saß auf dem Stuhl vor Inges Bett, versuchte zu lächeln und fand kein Wort, mit dem er ein Gespräch beginnen könnte.

»Andy, ich möchte dir etwas Wichtiges mit auf den Weg geben«, sagte Inge schließlich. »Ich weiß, dass die Chemotherapie nichts bringen wird. Im Grunde mache ich sie nur für Thomas.« Sie stockte, schluckte. Andreas reichte ihr ein Taschentuch. »Ich werde in den nächsten Wochen sterben. Und ich bitte dich: Sieh zu, dass Thomas so schnell wie möglich wieder heiratet. Er braucht das dringend. Er kann nicht lange allein sein!« Wieder stockte sie, schluckte, schaute Andreas mit großen Augen an.

»Bitte versprich mir, dass du ihn darin bestärkst, nicht lange zu warten, wenn da eine Frau ist, die zu ihm passt. Thomas ist einunddreißig, er braucht bald wieder eine Frau. Bitte hilf ihm dabei!«

»Ich verspreche dir, Inge, dass ich Thomas unterstützen werde!« Er drückte ihre Hand.

»Es ist mein Wunsch, Andy.« Damit drehte sie ihren Kopf zur Seite.

Wenige Tage später wurde sie in die Universitätsklinik eingeliefert. Es war nicht mehr sinnvoll, sie mit ihren Schmerzen ohne ärztliche Aufsicht zu Hause zu lassen.

»Sie hat in ihren Tod eingewilligt«, sagte Thomas in einem Telefongespräch mit Andreas. Drei Tage später war er verzweifelt. »Sie bäumt sich auf. Sie will nicht sterben. Sie will leben. Aber wir können gar nichts tun. Ich denke so oft daran, wie wir beide damals, als meine Mutter vor ihrer Krebsoperation stand, gebetet haben. Ganz viele Vaterunser. Eins nach dem anderen. Bei dir im Zimmer.

Du hattest einen Altar aufgebaut und warst dir ganz sicher, dass Beten helfen würde. Ich habe dir damals geglaubt, und Mutter hat ja auch alles überstanden, sie lebt noch heute, ist putzmunter. Doch jetzt kann ich nicht beten, Andy, ich kann es nicht. Ich kann es einfach nicht.« Fast schrie Thomas, als er das sagte. »Für Inge gibt es keine Hoffnung mehr, nur noch die Chance auf einen nicht ganz so schmerzvollen Tod.«

Eine Woche nach diesem Gespräch kam Inge auf die Palliativstation. Andreas fuhr nach Münster. Am Nachmittag darauf bat Inge, dass Thomas zusammen mit Susanne, ihren Eltern und Andreas zu ihr kommen möge. Sie wollte Abschied nehmen, bevor die Morphiumdosis weiter angehoben werden musste. Thomas ging als Erster in ihr Zimmer. Susanne saß still auf dem Schoß ihrer Großmutter im schlichten Stationszimmer. Nach zehn Minuten kam Thomas zurück. »Sie ist heute sehr schwach. Sie bittet dich, Andreas, zunächst alleine zu ihr zu kommen.«

Andreas war erschrocken, als er Inge sah. »Du weißt, was du mir versprochen hast«, sagte sie, »ich zähle auf dich!«

»Du kannst dich auf mich verlassen, Inge.«

»Thomas hat mir erzählt, wie sehr du mit Gott haderst. Ich bin dir dankbar, dass du mir nie eine billige Erklärung angeboten hast.« Ihre Stimme wurde schwächer. Sie schaute ihn lange an. Ihre Augen waren matt. Andreas meinte, er müsse aufschreien vor Schmerzen und Wut.

»Ich will nicht sterben, Andy, aber es geht nicht anders. Ich habe beim Beten des Vaterunser immer Angst vor dem Satz gehabt, ›Herr, dein Wille geschehe‹.« Jetzt weiß ich, dass ich zu Recht Angst hatte.« Wieder wurde ihre Stimme schwächer. Wieder brauchte sie Zeit, schaute ihn nur an, versuchte zu lächeln, aber es gelang nicht mehr. »Bete ein Vaterunser mit mir, und dann hol bitte die anderen herein!«

Andreas tat, worum Inge ihn gebeten hatte.

Als Susanne vor dem Bett ihrer Mutter stand, fragte sie immer wieder: »Was ist mit dir, Mama? Musst du sterben?« Inge nahm sie in den Arm. Sie konnte nicht sprechen.

»Susanne, deine Mutter wird dein Schutzengel sein«, sagte Andreas. »Du wirst den mächtigsten Schutzengel der Welt haben. Deine Mutter wird dich immer beschützen!« Damit führte er Susanne aus dem Zimmer und ließ Inge mit Thomas und ihren Eltern allein.

Fünf Tage später, am 28. Februar 1992, starb Inge.

Der Pfarrer in St. Josef in Münster und Herr Duvenhorst hatten Andreas gebeten, als engster Freund der Familie ein paar Worte bei der Trauerfeier in der Kirche zu sprechen. Erst als auch Thomas ihn darum bat, willigte er ein. Noch im Zug nach Höxter hatte Andreas versucht, sich ein paar Notizen zu machen, doch schon nach kurzer Zeit war alles wieder durchgestrichen, die Zettel zerknüllt und weggeworfen. Als er dann neben Thomas und seiner Mutter und Frau Duvenhorst mit Susanne an der Hand die Treppe zur Kirche hinaufschritt, wusste er noch immer nicht, was er gleich sagen sollte. Thomas hatte ihn nur gebeten, neben ihm zu sitzen.

Ein Quartett spielte in einer Instrumentalfassung die »Erbarme dich«-Arie aus Bachs »Matthäuspassion«, die sich Inge für diesen Tag gewünscht hatte. Diese Arie mit dem ergreifenden Violinsolo war das Lieblingsstück von Inge und Thomas aus Bachs monumentalem Werk gewesen, das sie oft losgelöst von den anderen Teilen der Passion gehört hatten. Andreas fand es in dieser Situation unerträglich und wäre am liebsten laut schreiend aus der Kirche gerannt. So harrte er aus und ließ den Tränen freien Lauf. Der Pfarrer versuchte, passende Worte zu finden, aber Andreas merkte, dass der Münsteraner Kollege trotz all seiner Erfahrung mit den Worten rang. Nachdem er ihm ein Zeichen gegeben und ihn der Gemeinde als Vikar in Höxter und langjährigen Freund der Familie Johannmeyer vorgestellt hatte, ging Andreas die fünf Stufen zum Altar hinauf, kniete kurz vor dem Sarg und stellte sich dann ans Sprechpult:

»Lieber Thomas, liebe Susanne, liebe Eltern, liebe Verwandte, liebe Gemeinde, in solch einer Stunde weiß ich keine Antwort. Ich glaube sogar, Gott wüsste keine Antwort. Da steigt eine junge Frau aus dem Zug in Aberystwyth in Wales, und mein Freund Thomas sagt zu mir: Das ist sie, das ist die Frau, die ich gesucht habe, das ist die Frau, derentwegen ich ein Studium in Wales und nirgendwo anders auf mich nehmen wollte, das ist meine Frau. Und wenige Jahre später wird sie seine Frau. Dann kommt Susanne zur Welt, weitere Kinder sollen folgen. Doch dann kommt der Krebs. Er kommt und fragt nicht nach Gottes Gerechtigkeit oder nach einem Sinn. Er ist da und zerstört. Alle sind verzweifelt. Was sage ich als Priester dem Freund, den ich seit über zwanzig Jahren als meinen engsten Begleiter habe? Ich kann ihn nicht trösten, denn ich weiß selbst keinen Trost. Er aber hat vor fünfzehn Jahren als junger Solist im Totensonntagskonzert in Langenheim selbst die Worte gesungen, die allein uns in dieser Situation bleiben.

›Nacket bin ich vom Mutterleibe kommen,
nacket werde ich wiederum dahin fahren!
Der Herr hat's gegeben, der Herr hat's genommen,
der Name des Herrn sei gelobet.
Herr, Gott, Vater im Himmel,
erbarm Dich, erbarm Dich über uns.‹

Es sind die Worte Hiobs aus dem Alten Testament, der unmenschliches Leid erfahren hat und dann diese Sätze sprach. Gott wird verstehen, wenn wir heute die Zeile mit dem Lob kaum aussprechen können. Wir sind eben nicht Hiob, nach Lob steht niemandem der Sinn.

Ich verneige mich vor Inge, die so früh von uns Abschied genommen hat. Ich bete für sie, für Thomas und Susanne! Bitte haben Sie Verständnis, liebe Gemeinde, dass ich mehr nicht sagen kann.«

# 33

Noch einmal machte sich sein Handy mit Beethovens »Fünfter Sinfonie« bemerkbar. Andreas erschrak. War es die Klinik in Münster? Der Oberarzt hätte längst schon zurückrufen müssen. Andreas schaute in den Rückspiegel und nahm das Handy vom Beifahrersitz, nachdem er keinen Streifenwagen hinter sich entdeckt hatte. Auf dem Display wurde Lisas Mobilnummer angezeigt. Er nahm das Gespräch an.

»Es tut mir leid, Andreas, ich habe bei unserem Spaziergang nicht ganz fair reagiert. Es tut mir wirklich leid. Ich war gekränkt und habe nicht gleich erkannt, in welchem Dilemma du steckst.«

»Du hast mir etwas ganz Wunderbares gesagt, Lisa, etwas, das mich wirklich beschäftigt.«

Lisa zögerte, als müsse sie sich erst einmal daran erinnern, was sie vor einer halben Stunde gesagt hatte. »Andy, bevor du irgendwelche Entscheidungen triffst, lass uns bitte alles in Ruhe besprechen!«

War das ein Rückzug von dem Blankoscheck, den sie ihm erteilt hatte? Hatte Lisa Angst bekommen?

»Ich habe gerade Nachrichten im Auto gehört, Andy. Ich kann verstehen, dass du dir Sorgen machst. Es ging noch einmal um Bischof Mixa, der nicht einsehen will, dass er gefehlt hat, und jetzt mit dem Papst über einen Rücktritt vom Rücktritt verhandeln will. Absurd!«

»Das wird der Papst schon verhindern, aber eine Schmach ist es dennoch.«

»Die Kirche verspielt ihr Vertrauen, Andreas. Ihre Vertreter werden unglaubwürdig! Du bist zwar nicht der Bischof, aber auch bei dir geht es letztlich um Vertrauen, das alle dir entgegenbringen, die dich seit Jahren als Priester kennen und lieben. Wenn du jetzt plötzlich alles hinschmeißt, wird das eine große Enttäuschung für die Katholiken in Waldenburg sein, die doch fest an dich glauben.«

Vertrauen! Er hatte oft in seinen Predigten über Vertrauen gesprochen, wie wichtig es sei in einer Partnerschaft, zwischen Eltern und Kindern, zwischen Arbeitgeber und Arbeitnehmer, für die ganze Gesellschaft und für das Verhältnis zwischen Mensch und Gott. Er hatte selbst erlebt, welch einen hohen Wert Vertrauen bedeutete. Und damit meinte er nicht etwa Gottes Bund mit den Menschen, sondern etwas viel Schlichteres wie sein Verhältnis zu seiner Patentochter, die Beziehung seiner Eltern, der plötzlich seine Mutter das Vertrauen entzogen hatte, und natürlich seine Freundschaft mit Thomas. Er hatte sich längst eingestanden, dass ihn vor dreißig Jahren nichts so sehr getroffen hatte wie der Vorwurf von Thomas, er habe das Vertrauen zwischen ihnen gebrochen, als er mit Silke davonzog. Über ein Jahr hatten sie gebraucht, um diese Kluft zu überwinden. Sie hatten es geschafft und waren nie wieder fahrlässig mit dem Vertrauen aufeinander umgegangen. In seinen Predigten nahm er gern konkrete Beispiele, um zu demonstrieren, wie sehr Vertrauen den Kitt für eine Gesellschaft bildete, wie wichtig Glaubwürdigkeit für das Verhältnis untereinander war. Jetzt stand in Deutschland das Vertrauen in eine ganze Institution auf dem Spiel. Vor zwei Jahren waren es die Banken, jetzt eine Institution, die wie keine andere auf Werten, Moralvorstellungen, Haltungen gegründet war. Wie würden die Menschen im Land das verkraften? Es gab viele, die sich wünschten, dass diese Bastion endlich fallen würde. Aber es gab viel mehr, die sich Orientierung für ihr Leben wünschten und auf den Rat der Kirche vertrauten.

»Andy, ich frage mich, wie eine vertrauenslose Gesellschaft miteinander umgehen will. Ich denke nicht, dass Misstrauen stark macht! Ich glaube eher, unsere Gesellschaft wird sehr verletzlich werden. Du wirst diese Entwicklung allein nicht aufhalten können, aber ich wollte dir das noch sagen, bevor du vielleicht einen totalen Bruch mit der Kirche ins Auge fasst.«

»Und wenn ich nicht hinschmeiße, und die Wahnmut geht an die Presse, verliere ich doch erst recht das Vertrauen aller!«

»Nur wenn die Wahnmut mit ihren Vorwürfen am Ende recht behält, aber das wage ich zu bezweifeln. Eine ordentliche Vertrauensbasis ist durchaus belastbar!«

»Und du meinst, ich sollte solch ein monatelanges Spießrutenlaufen auf mich nehmen? Ich brauche Anerkennung, Lisa, ich bin nicht der Held des Alten Testaments, der in der Isolation noch stärker wird, seinen Glauben stählt und siegreich besteht. Ich brauche die Anerkennung meiner Gemeinde, wenn ich die nicht habe, bin ich verloren!«

»Ich weiß, Andreas, ich brauche auch die Anerkennung meiner Patienten. Wir sind als Menschen so gestrickt.«

»Die Vorstellung, ich stehe am Altar, und alle im Kirchenschiff zeigen mit dem Finger auf mich, sind wütend oder lachen mich aus, würde mir das Genick brechen!«

Lisa blieb still. Da fasste Andreas den Mut zu der Frage, die ihm seit Beginn dieses Telefongesprächs auf dem Herzen lag. »Bedeutet dein Anruf auch eine Abkehr von dem, was du am Ende unseres Spaziergangs gesagt hast?«

»Nein, Andy, aber wenn ich bei dieser Entscheidung eine so wichtige Rolle einnehme, dann möchte ich, dass wir sie gemeinsam bedenken und gemeinsam treffen.«

»Okay, Lisa, ich melde mich morgen. Wie verabredet.«

# 34

Ein kräftiger Regen trommelte gegen die Fenster des Wohnzimmers im Pfarrhaus. Doch am Horizont war schon wieder ein blauer Streifen zu sehen. Aprilwetter, das bald dem Mai weichen würde.

Andreas hielt den Telefonhörer dicht an den Mund, es war ihm wichtig, dass Thomas jedes Wort verstand. »So wie ich Merle erlebe, liebt sie dich sehr. Ich weiß auch, dass du sie liebst, und Susanne und Merle verstehen sich gut. Du lachst darüber, aber mir scheint, der Himmel habe sie dir geschickt.«

»Würdest du uns denn trauen?«

»Aber sicher!«

Zwei Wochen nach diesem Anruf fuhren Thomas, Merle und Susanne nach Waldenburg. Andreas war erst vor einem Vierteljahr zum Pfarrer von St. Antonius in Waldenburg bestellt worden. Die Antonius-Kirche, eine dieser typischen schlichten Nachkriegskirchen, war der Mittelpunkt einer ab 1952 erbauten Siedlung von einfachen, meist dreigeschossigen Mietshäusern, in die überwiegend katholische Flüchtlinge aus den ehemaligen deutschen Ostgebieten einzogen, die sich nach dem Krieg in Waldenburg ansiedelten. Als Andreas sein Amt 1995 antrat, hatte sich die ehemals recht homogene Bevölkerung beträchtlich gewandelt. Die Menschen kamen jetzt aus sehr vielen Ländern und brachten sehr unterschiedliche kulturelle Vorstellungen ein, doch noch immer war der Anteil der katholischen Bevölkerung groß, und die Messen an den Samstagabenden und am Sonntag waren gut besucht. Der große Joker war die Antonius-Gemeinde für Andreas wahrlich nicht, aber der für Neueinsetzungen und Versetzungen zuständige Prälat

Westerkamp hatte im Gespräch mit Andreas in Paderborn durchblicken lassen, dass um die Jahrtausendwende die Stelle des Pfarrers an St. Laurentius, der Hauptkirche Waldenburgs, frei würde. Man wüsste ja nie, aber wenn er bis dahin in St. Antonius gute Arbeit geleistet hätte, wäre das sicherlich kein Nachteil. St. Laurentius brauche in fünf Jahren dringend einen sehr viel jüngeren Pfarrer als den jetzigen. Andreas sei dann vierzig, das würde doch passen.

Dieser Floh saß. Andreas freute sich nun noch mehr auf seinen Einsatz in Waldenburg, das zudem nur knapp sechzig Kilometer von Münster entfernt lag, sodass er Thomas, Susanne und Merle häufiger sehen würde. Und auch Langenheim war nur gut zwanzig Kilometer entfernt, worüber sich sein Vater und Regine freuten.

Merle hatte sich mit Susanne in den kleinen Garten des schlichten Pfarrhauses begeben und spielte mit ihr Fangen unter den ersten kräftigen Sonnenstrahlen im Mai. Thomas nutzte die Gelegenheit, um Andreas noch einmal und ganz ernsthaft nach seinem Eindruck von Merle zu befragen. Fast zwei Jahre waren die beiden jetzt schon zusammen. Merle hatte zwar noch immer ihr Zimmer in der Studenten-WG in Münster, aber die meisten Nächte verbrachte sie schon seit über einem Jahr in der Wohnung von Thomas, der seitdem sichtlich entspannter, sichtlich ausgeglichener war. Er hatte langsam zu seinem Lachen zurückgefunden und unternahm viel mit Susanne, die ein aufgewecktes Mädchen war, in der er immer wieder Züge von Inge entdeckte. Aber diese Entdeckungen taten auch weh. Seine Schwiegermutter half ihm sehr. Susanne hatte im Haus der Familie Duvenhorst ein eigenes kleines Zimmer, wo sie zweimal in der Woche übernachtete, wenn Thomas an der Fachhochschule Abendtermine wahrnahm. Es war einst Inges Zimmer gewesen. Merle hatte vor einem Jahr das Magister-Examen gemacht und arbeitete jetzt für einen kleinen Münsteraner Verlag, der sie schlecht bezahlte, den sie aber dennoch über alles liebte. Sie war Anfang Januar fünfundzwanzig

Jahre alt geworden, hatte strohblondes langes Haar, war schlanker, als Inge es gewesen war, hatte keine so beeindruckende Oberweite und einen flachen, aber – wie Thomas ganz vertraulich feststellte – sehr festen, knackigen Po. Thomas hatte sie in seinen Literaturseminaren an der Universität stets als sehr kommunikativ erlebt. Kein Wunder, dass sie schon bald Susannes anfängliche Zurückhaltung und ihr Zögern überwand. Susanne war regelrecht bockig gewesen bei den ersten Treffen zu dritt, als hätte sie Angst, ihre Gefühle zu zeigen oder einer fremden Frau gegenüber Gefühle zu entwickeln. Merle signalisierte Ruhe, beständiges Interesse und Geduld. Dann war nach einigen Wochen plötzlich das Eis gebrochen.

Mittlerweile genoss es Susanne, wenn sie zu dritt etwas unternahmen. Merle genoss es ebenso. Wie Thomas im Garten des Pfarrhauses erzählte, hatte Susanne bei einer Maifeier in ihrer Grundschule vor wenigen Tagen ihren Freundinnen Merle mit den Worten vorgestellt: »Das wird bald meine Mutter.«

»Also du meinst, wir sollten es tun?«

»Thomas, wenn du Merle liebst, dann tu es.«

»Ich liebe Merle, ich kann nicht mehr ohne sie sein.«

»Dann gratuliere ich euch!«

»Aber ich habe Angst, Andy, schreckliche Angst. Ich würde ein zweites Schicksal wie das mit Inge nicht mehr durchhalten. Liebe macht so ungeheuer verletzlich!«

»Doch Liebe macht auch so ungeheuer stark, lässt uns so viel tun, wozu wir sonst nie die Kraft, nie den Mut fänden.«

Thomas horchte auf. War das nur auf ihn gemünzt oder auch auf Andreas selbst? Er würde bei Gelegenheit noch einmal nachhaken müssen.

»Aber jede Bindung bedeutet zugleich die Aufgabe von Souveränität, von eigener Lebensgestaltung. Du weißt, dass ich Inge zuliebe einen Fehler gemacht habe, unter dem ich leide und mein Leben lang leiden werde. Ich hätte für die FH-Professur niemals meine Habilitation aufgeben dürfen.«

»Du hast verzichtet, Thomas, du hast den Menschen, den du liebtest, über dich und deine beruflichen Ambitionen gestellt.«

»Und das war falsch, Andy.«

Dass Thomas neben seiner FH-Professur regelmäßig einen Lehrauftrag am Institut für Anglistik an der Universität Münster wahrnahm, hatte ihm in all den Jahren nur wenig geholfen, die von ihm so tief empfundene Schmach zu überwinden, kein richtiger, kein C4-Professor mit einem eigenen Lehrstuhl zu sein, sondern nur ein kleiner FH-Professor, der für ein Literaturseminar pro Semester an der traditionsreichen Münsteraner Universität geduldet wurde. Es half ihm wenig, dass seine Proseminare Jahr für Jahr zu den beliebtesten Seminaren des Instituts gehörten, für die sich oft mehr als sechzig Studenten anmeldeten und nur dreißig zugelassen werden konnten.

Die Anglistik-Professoren an der Universität bestanden nach zwei Jahren darauf, dass sein Namenseintrag im Vorlesungsverzeichnis geändert wurde. Stand dort zunächst »Dozent: Professor Dr. Thomas Johannmeyer«, so hieß es ab dem Sommersemester 1994 »Dozent: Dr. Thomas Johannmeyer, Professor (FH), Lehrbeauftragter der Universität«.

Thomas hatte darüber gelächelt, aber es hatte ihn zugleich tief getroffen. So sehr, dass er auf einer Wanderung mit Andreas am Weserufer unterhalb von Höxter einen halben Nachmittag über die Eitelkeit deutscher Hochschullehrer dozierte und dabei mehr als dreißig Kieselsteine flach in die Weser schleuderte, von denen nur zwei ihm die Freude machten, auf der Wasseroberfläche noch ein- oder zweimal zu springen.

Er mochte es nicht, wenn irgendjemand dieses Thema ansprach. Er hatte damals klein beigegeben, hatte versagt, sich nicht genügend zugetraut. Er wusste, dass es nicht ganz fair gegenüber seinem Arbeitgeber war, die FH-Tätigkeit so herunterzuspielen. Erst recht, seit er Merle im Sommersemester 1993 in einem seiner Proseminare an der Universität kennengelernt hatte, erzählte er nur noch von der Arbeit an der Universität. Er konnte Andreas gegenüber seinen Stolz nicht verbergen, wenn literaturwissenschaftliche Aufsätze von ihm publiziert wurden oder die hoch angesehene Görres-Gesellschaft oder die Thyssen-Stiftung ihn zu Vorträgen einluden. Von den FH-Seminaren gab es dagegen nichts zu berichten.

Thomas war nach dem Tod von Inge auch dem Münsteraner Universitätschor beigetreten, der dringend Männerstimmen suchte und dessen Chorleiter in seiner Verzweiflung auch bei den jüngeren Lehrbeauftragten nachgefragt hatte, ob sie denn nicht den Chor verstärken könnten. Nachdem Merle im April 1993 in sein Proseminar eingetreten war, erinnerte er sich, dass er diese Studentin ja schon vergangenen Oktober, bei den Proben für Bachs »Weihnachtsoratorium«, kennengelernt, doch nie mehr als ein Hallo mit ihr gewechselt hatte. Nach dem »Messias« im Sommer 1993 hatte ein Kollege des englischen Seminars Thomas mit den Worten empfangen: »Ich sehe, Sie singen jetzt auch schon bei uns im Chor!« Lange hatte Thomas anschließend darüber nachgedacht, was wohl die beste, die intelligenteste Antwort auf diese Unverschämtheit gewesen wäre. Er fand keine.

»Ich habe die Habil aus Liebe aufgegeben. Manchmal aber denke ich, Egoismus macht langfristig glücklicher als Liebe.«

»Das glaube ich nicht. Liebe verdoppelt eher, was du sonst nur allein erleben kannst. Ein einsames Erlebnis zählt wenig, ein geteiltes lebt weiter, wächst, wird größer.«

»Ich habe dir zwar viel erzählt, aber du hast es nicht selbst erlebt, Andy, was ich in Inges letzten zwei Monaten mitgemacht habe und was ihr Tod in mir angerichtet hat.«

»Mir hat ihr früher Tod gesagt: Carpe diem! Nutze den Tag, lebe, knüpfe Kontakte, liebe, lese, lerne, genieße!«

»Und das machst du?«

»Auf meine Weise schon, Thomas.«

»Und was ist mit der Liebe?«

»Das ist für einen katholischen Pfarrer nun einmal schwieriger als für einen Literaturprofessor, der Semester für Semester vor jungen Frauen doziert, die ihn anhimmeln.«

»Aber diese Schwärmerei verliert sich doch schnell, Andy, und dann zählen haltbarere Werte. Merle sieht mich bereits ziemlich realistisch und sagt, dass sie mich dennoch liebt. Auch wenn sie erst fünfundzwanzig ist, ist sie eine ernste und auf jeden Fall ernst zu nehmende, kluge Frau. Wenn sie bei mir ist, fühle ich mich so viel sicherer, so viel stärker. Sie ist einfach wunderbar und wird eine gute Mutter für Susanne sein. Sie meint, ich soll mich wieder an die Habilitation setzen. Viele hätten doch erst mit fünfunddreißig die Habilitationsschrift begonnen und seien dann mit vierzig berufen worden. Aber bis ich so weit bin, sind auch die Lehrstühle in den neuen Bundesländern alle mit jungen Leuten besetzt, da kommt dann erst einmal wieder ein großer Stau.«

»Ich glaube, sie hat recht. Du solltest wirklich versuchen, neben deiner FH-Professur an deiner Habilitation zu arbeiten. Du wirst das schaffen, Thomas. Wenn Merle das mitträgt, sie dir die Zeit dafür einräumt, kannst du nichts falsch machen.«

»Vielleicht gefährde ich mit solch einem Plan die Ehe und bin am Ende einmal verwitwet und einmal geschieden.«

»Thomas, was du brauchst, ist wieder mehr Zuversicht!«

»Du fühlst dich in Gottes Schoß, Andreas, doch ich habe erlebt, wie sehr er einen zappeln lässt. Wir sind in keiner wohlmeinenden Hand. Wir binden uns und sind am Ende doch wieder ganz allein.«

Zwei Monate später kamen Thomas, Merle und Susanne erneut zu Andreas. Alle Bedenken waren verschwunden. Thomas strahlte vor Glück. Das Aufgebot beim Standesamt in Münster war bereits bestellt. Im Garten des Pfarrhauses legten sie Samstag, den 23. September für die kirchliche Hochzeit in St. Antonius fest. Von dort würden alle Gäste anschließend zurück nach Münster fahren, wo sie in einem Lokal vor den Toren der Stadt mit den Freunden und der Familie feiern wollten.

Andreas hatte Jürgen Peters, den jungen Organisten von St. Antonius, gebeten, alle Register der kleinen Orgel zu ziehen. Er spielte zum Einzug des Brautpaares eine Bearbeitung der Arie »Ich will dir mein Herze schenken, senke dich mein Heil hinein« aus der »Matthäuspassion«, was alle sehr ungewöhnlich für eine Hochzeit fanden, aber es war Thomas' und Merles Wunsch gewesen, die Zeremonie mit einem Werk zu beginnen, das einen Bogen zu Inge und zu ihrer Trauerfeier schlagen würde. Annemarie und Joseph Duvenhorst verstanden das sofort. Auch Waltraut war mit ihrer Familie erschienen, Joachim, Inges Bruder, war allein gekommen.

»Wir leben alle mit unserer Vergangenheit, und zur Vergangenheit von Thomas und Susanne wird für immer und für alle Zukunft Inge gehören«, sagte Merle nach dem Gottesdienst, als sie zur Auswahl des Eingangsstückes befragt wurde. Annemarie drückte Merle besonders herzlich.

Merles Eltern, die aus Osnabrück angereist waren, hatten ihre Reserviertheit gegenüber dem zehn Jahre älteren Witwer aufgegeben. Hier war es vor allem Susanne gewesen, die Merles Eltern schnell begeistert hatte. Merle selbst war ein spätes Kind gewesen und Einzelkind geblieben. Durch ihre Hochzeit mit Thomas gewannen die Eltern nun gleich ein Enkelkind hinzu, das sie schon beim ersten Besuch in ihr Herz geschlossen hatten.

Andreas begann seine Ansprache vor der eigentlichen Trauungszeremonie mit einer Frage: »Was ist Liebe? Nun die meisten würden sagen: ein Gefühl. Liebe ist der berühmte Schmetterling im Bauch, diese ungeheure Kraft, die alle Wege ebnet. Liebe lässt uns über uns hinauswachsen. Vielleicht ist sie das größte Geschenk, das Gott den Menschen gemacht hat. Der Apostel Paulus hat die Liebe in seinem 1. Korintherbrief unvergleichlich schön beschrieben. Schon der erste Satz in seinem dreizehnten Kapitel setzt den richtigen Ton: ›Wenn ich mit Menschen- und mit Engelszungen redete und hätte die Liebe nicht, so wäre ich ein tönendes Erz oder eine klingende Schelle. Und hätte ich alle Erkenntnis und allen Glauben, sodass ich Berge versetzen könnte, und hätte die Liebe nicht, so wäre ich nichts.‹

Liebes Brautpaar, liebe Gemeinde, das sind starke Worte! Nur durch die Liebe bin ich wer! Was macht dann der, der nicht liebt? Was macht der, der keine Gelegenheit zur Liebe erhält, der sich nicht öffnen kann oder sich nicht öffnen will oder sich nicht für die Liebe öffnen darf? Was macht der Mann, der keine Frau für sein Leben findet, was macht die Frau, die nach enttäuschenden Erfahrungen keinen Mut mehr hat, es noch einmal zu wagen? Was sagt uns Paulus, wenn er sagt, ›und hätte ich die Liebe nicht, so wäre ich nichts‹?

Was für eine aktuelle Beschreibung von Liebe gibt er uns, wenn er ferner schreibt:

›Die Liebe ist langmütig und freundlich, die Liebe eifert nicht, die Liebe treibt nicht Mutwillen, sie bläht sich nicht auf, sie erträgt alles, sie glaubt alles, sie hofft alles, sie duldet alles.‹

Hier wird deutlich, welch ungeheure Fähigkeiten die Liebe hat, und zugleich erkennen wir, wie zerbrechlich etwas sein muss, das alles erträgt, alles glaubt, alles hofft, alles duldet. Eine Kraft, die all das kann, müssen wir schützen, wir müssen sie gut behüten, denn sie ist gefährdet. Solch einer Kraft kann man auch Schaden zufügen. Wer alles hofft und alles duldet, kann auch getäuscht und hintergangen werden.

Was nun – und so endet Paulus – in unserer so ganz und gar eingeschränkten Erkenntnisfähigkeit überhaupt bleibt, ist Glaube, ist Hoffnung, ist Liebe. Mehr bleibt uns nicht, kein Wissen, keine Erkenntnis, keine unumstößlichen Fakten, sondern – ich zitiere noch einmal Paulus –: ›Glaube, Hoffnung, Liebe, diese drei: aber die Liebe ist die größte unter ihnen‹.«

Drei Wochen später, im Oktober, trafen sich Thomas und Andreas zu einer zweitägigen Wanderung im Tecklenburger Land. Andreas erzählte, dass er in München gewesen sei. Roman Rantow habe ihn zur Premiere von Wagners »Götterdämmerung« eingeladen. Er habe den Gunther gesungen. »Er war wahnsinnig gut, Thomas!« Thomas schaute Andreas ganz erschrocken von der Seite an.

»Nein, nein, nicht, was du denkst«, lachte Andreas. »Das war 1982 und nie wieder! Aber irgendwann bekam ich von ihm einen Brief, den mir mein Vater nach Paderborn nachsandte. Ich schrieb zurück, wir telefonierten, und vor fünf Jahren habe ich ihn erstmals wiedergesehen, in Hamburg, wo er den Holländer sang. Es hat sich eine Freundschaft entwickelt. Er lebt in einer festen Beziehung mit einem Münchner Cellisten und ist sehr glücklich. Es macht Spaß, sich mit ihm auszutauschen. Meist reden wir über Musik.«

»Und schwingt da noch etwas mit?«, wollte Thomas dann doch wissen.

»Nein, schon längst nicht mehr, das kannst du komplett vergessen!«

»Wie ist es denn dann bei dir mit der Liebe, Andy? Du hast ja starke Worte gefunden zu dem Paulus-Brief bei unserer Hochzeit, aber was bedeuten sie dir für dein eigenes Leben? Wir glauben doch beide nicht, dass Paulus nur an ›caritas‹ gedacht hat, wenn er von Liebe schreibt. Da ist auch ›amor‹ gemeint, ganz sicher. Vom Segen der Enthaltsamkeit schreibt Paulus jedenfalls nichts. Und dass du nur die Kirche lieben sollst, steht auch nicht im Korintherbrief.«

Andreas erzählte ihm vom Hotel Tamborin, das er vor einem Jahr entdeckt hatte, und von Agnieszka und ihren ungewöhnlichen Massagekünsten. »Ich war absolut ahnungslos. Als nach meinem Anruf eine hübsche junge Frau erschien, die viel mehr mit mir vorhatte, als mich nur ordentlich durchzukneten, war es zu spät, um noch nein zu sagen.«

Thomas schaute ihn mit großen Augen an.

»Ich hatte ja nach der Sache mit Christian einen ganz privaten Deal mit Gott geschlossen: ›Wenn du mich rettest und ich nicht infiziert bin, verspreche ich dir, keinen Sex mehr, absolut keinen Sex mehr, dann lebe ich tatsächlich zölibatär!‹ Acht Jahre habe ich mich daran gehalten, Thomas, acht Jahre hatte ich mein ganzes Sexualleben nur mit mir selbst gelebt. Bevor das Mädchen ging, gab sie mir ihr Kärtchen: Agnieszka und die Telefonnummer, die auch auf der Massagekarte gestanden hatte. Schon am nächsten Tag war mir wieder nach Massage zumute. Ich hatte ein unbändiges Verlangen nach Massagen! Ich schämte mich, Thomas. Ich habe über zwei Stunden mit mir gerungen und dann angerufen und nach Agnieszka gefragt. Damit war endgültig Schluss mit dem Deal. Ich hatte gedacht, dass ich von fürchterlichen Selbstvorwürfen gepeinigt würde. Aber nichts. Es ging mir gut. Ich paddelte im Rekordtempo auf dem See, ich joggte wie ein Weltmeister, ich war wie befreit. Bis zum Ende meiner Reise kam Agnieszka jeden Nachmittag.«

»Oh, oh, Andy, du bist doch immer wieder für eine Überraschung gut. Musst du das eigentlich beichten?«

»Das tu ich doch gerade. Ende Februar war ich wieder dort. Im Hotel waren nur sehr wenige Zimmer besetzt. Ich habe gar nicht versucht, auch nur an einem Tag meiner Urlaubswoche auf Agnieszka zu verzichten. Nach Allerheiligen fahre ich wieder hin. Die Gefahr, dass ich im November dort einem Gemeindemitglied über den Weg laufe, ist gering. In dem Hotel weiß keiner von meinem Beruf, und das wird auch so bleiben.«

Einige Minuten lang gingen beide still den Wanderweg weiter Richtung Süden. Andreas spürte, wie der Gedanke an Agnieszka ihn gleich wieder beflügelte. An sie zu denken hatte ihn schon so manches Mal gerettet, wenn eine junge Frau ihm aufgefallen war und plötzlich seinen Kopf besetzt hielt. Bis vor zwei Monaten, da half auch der Gedanke an Agnieszka nicht mehr, und die Zeit bis zum kommenden November erschien ihm auf einmal unerträglich lang.

»Andy, auf der einen Seite freue ich mich für dich, auf der anderen Seite finde ich das alles auch sehr traurig. Es gibt ja gar keine Perspektive für dich, sie kommt, du zahlst, irgendwann ist sie weg, dann kommt eine andere, du zahlst, dann verschwindet auch sie.«

»Bitte, Thomas, lass es so, wie es ist. Du hast gefragt, ich habe geantwortet, ich möchte nichts rechtfertigen.«

»Hat es auch etwas gegeben, das mehr mit Liebe und weniger mit Sex zu tun hat? Du hast in der Kirche so eindringlich über die Kraft der Liebe gesprochen, dass ich stutzig wurde.«

Andreas lehnte sich an das Hockende Weib. Thomas hatte einfach ein feines Ohr für diese Dinge.

»Hast du mal eine Zigarette?« Und Andreas begann, ihm von Simone zu erzählen, einer Krankenschwester, die er vor zwei Monaten bei einem Seminar in Waldenburg kennengelernt hatte, das die Begleitung Schwerkranker auf Palliativstationen thematisierte und bei dem er über Sterbebegleitung gesprochen hatte. Simone war ihm gleich aufgefallen. Sie saß in der ersten Reihe, trug eine rote Bluse zur schneeweißen Hose, hatte ihre Lippen mit dezentem Rot nachgezogen, strich sich mit der rechten Hand häufig über ihr halblanges, dichtes braunes Haar und sah ihn aus großen, dunkelgrünen Augen an. Simone war ein Hingucker und weckte alle Lust in ihm. Er dachte an Agnieszka und das Hotelzimmer in Masuren und hoffte, die Regung mit dieser Erinnerung kompensieren zu können. Es half nichts. Simone ging ihm nicht aus dem Kopf. Sie saßen abends beim Abendessen zusammen. Simone war dreiunddreißig, hatte eine Scheidung hinter sich, arbeitete seit zwei Jahren im Pflegedienst eines Krankenhauses und Altersheimes in Bad Borndorf und nahm ihre Aufgaben offenbar sehr ernst. Schon ihr erstes persönliches Gespräch an jenem Abend im Speisesaal des Schwesternwohnheims machte Andreas deutlich, dass diese

Begegnung gefährlich werden konnte. Eine Woche später, nach der zweiten Fortbildung, vereinbarten sie ein Treffen zu einem Abendessen in einem Lokal in der Nähe von Münster. Die Nacht verbrachten sie in einem kleinen Hotel in Telgte. Andreas hätte sich am liebsten einen dichten blonden Bart angeklebt und eine Sonnenbrille aufgesetzt. Er hatte solche Angst, entdeckt zu werden, aber es ging alles gut. Zwei Mal schon hatten sie sich seitdem wiedergetroffen.

Thomas hatte aufmerksam zugehört. »Ich habe das kommen sehen, Andreas, der Zölibat ist nichts für dich.«

»Ich habe das Gefühl, dass seit Agnieszka der Damm gebrochen ist. Seit ich mein Gelübde in Masuren habe platzen lassen, klappt es nicht mehr mit der Enthaltsamkeit. Ich weiß nur nicht, wohin das führen soll. Ich denke, ich werde das Verhältnis mit Simone noch in diesem Jahr beenden. Es ist zu gefährlich, es hat keine Zukunft. Masuren ist viel ungefährlicher.«

»Hattest du auch noch mal was mit Männern?«

Thomas wusste nicht, ob Andreas diese Frage peinlich war, und bedauerte schon, sie gestellt zu haben, denn Andreas war nachdenklich geworden und antwortete erst nach einiger Zeit.

»Nein, Tom, seit Christian nicht mehr. Das war damals ein Ausprobieren. Bei Rantow fühlte ich mich sehr geschmeichelt, und Christian hatte mich irgendwie in seinen Bann gezogen. Aber nach der AIDS-Geschichte wollte ich damit nichts mehr zu tun haben. Im letzten Jahr allerdings hatte ich ein Erlebnis, das mich ein wenig verunsicherte.«

»Magst du es mir erzählen?«

»Im Sommer letzten Jahres war ich eine Woche in Beuron im Kloster. Bei den Messen war ich Konzelebrant, ansonsten hielt ich mich weniger bei den Mönchen als vielmehr bei den anderen Gästen im Kloster auf. Eines Morgens in der Frühmesse bemerkte ich einen jungen Mann. Er wohnte nicht wie wir im Klausurbereich des Klosters, sondern im Gästehaus, wo Gruppen untergebracht sind und Einzelgäste, die zu Exerzitien kommen. Er ließ den ganzen Tag über keines der Stundengebete aus. Auch im Komplet saß er wieder da. Ich wollte ihn kennenlernen. Ich dachte, ihn im Eingangsbereich der Klosterkirche abfangen zu können, aber es gelang nicht.

Am nächsten Tag war er wieder da. Groß, schlank, blond, eine runde Nickelbrille, vielleicht zweiundzwanzig Jahre alt, ich sah ihn nie singend, immer nur sitzend, nachdenklich, mit wachem Blick das Geschehen verfolgend und dann wieder ganz für sich, in sich gekehrt. Geheimnisvoll und gerade deshalb anziehend. Am Nachmittag machte ich eine Wanderung an der Donau entlang. Da kam er mir entgegen. Ich sprach ihn an, sagte ihm, er sei mir in der Kirche aufgefallen, wie lange er denn im Kloster Urlaub machen wolle? Seine Antwort: ›Bitte entschuldigen Sie, ich habe ein Schweigegelübde für diese Klosterwoche abgelegt und möchte es gerne einhalten.‹ Ich habe mir dann unter einem Vorwand vom Gästebruder den Anmeldezettel des jungen Mannes besorgt: Er war tatsächlich gerade zweiundzwanzig Jahre alt geworden, studierte Geschichte in München, war Mitglied in zwei großen Chören und schrieb in seinem Anmeldebrief, er überlege, von Geschichte zu Theologie zu wechseln, schloss auch das Priesteramt nicht aus und hatte das Kloster gebeten, ihn für zwei Wochen aufzunehmen, damit er in Ruhe über die nächsten Schritte nachdenken könne, er sei wahrscheinlich an einem Wendepunkt in seinem Leben. Das kam mir doch recht bekannt vor. ›Warum ist solch ein Gast nicht bei uns im Klausurbereich?‹, habe ich Bruder Benedikt gefragt, der für die Gäste zuständig ist. ›Solch ein Gast könnte doch von unserem Rat und unserer Erfahrung immens profitieren.‹

›Dieser Junge wollte nicht in die Klausur. Er hat mir am Telefon ausdrücklich gesagt, er wolle nicht beeinflusst werden, sondern seine Entscheidungen selbst treffen‹, sagte Benedikt. Ich habe kein Wort mit diesem jungen Mann gewechselt, Thomas, aber ich habe mich mit ihm beschäftigt und mich immer wieder gefragt, was ich ihm raten könnte, wenn er sein Schweigegelübde brechen und mich fragen würde.«

»Denkst du, dass das, was du für ihn empfunden hast, Liebe war?«

»Nein, aber ich fand diesen jungen Kerl anziehend, und ich hätte mich gern mit ihm zusammengesetzt, das war alles.«

»Du hast dich in ihm gesehen, Andreas, eigentlich wolltest du mit dir sprechen.«

# 35

Bevor er das Haus seines Vaters erreichte, stoppte Andreas den Wagen auf einem kleinen Parkplatz direkt am Seeufer. Der letzte Schauer war vorüber, bald würde die Abenddämmerung heraufziehen, doch noch zeigte sich die Sonne mit einigen Strahlen. Ein Regenbogen lag über dem Hennesee, auf dem noch ein paar unentwegte Segler unterwegs waren. Gottes Bund mit den Menschen, dachte Andreas, als er den Regenbogen betrachtete, dessen Farben immer blasser wurden. Dann verschwand die tiefstehende Sonne hinter einer Wolke, der Regenbogen verlosch, der Hennesee plätscherte weiter gleichmäßig an die Steinmauer, die den Parkplatz vom Wasser trennte.

Andreas gab sich einen Ruck. Er würde Vater alles erzählen, oder zumindest fast alles, auch über Lisa, falls das Gespräch auf sie kommen sollte. Andreas war erleichtert, als er spürte, dass er Vaters Reaktion gar nicht mehr fürchtete, sondern geradezu neugierig auf seine Antworten war.

Nach fünf Minuten parkte er den Wagen vor dem »Haus am See«.

Vater öffnete die Tür. »Was ist mit Thomas?«, war seine erste Frage. Andreas musste lächeln, als er seine Reaktion auf diese gutgemeinte und allzu verständliche Frage seines Vaters bemerkte. Er reagierte auch jetzt wieder mit einem Gefühl von Zurücksetzung und Neid auf Thomas, wie er schon als Jugendlicher oft reagiert hatte, wenn Vater nach Thomas fragte und seine Sympathien für Thomas deutlicher zum Ausdruck brachte als seine Gefühle für ihn, seinen Sohn. Heute hätte es ihm gutgetan, wenn Vaters erste Frage ihm gegolten hätte.

Andreas berichtete von der Diagnose im Krankenhaus, von seinem Eindruck und dass er auf die Nachricht des Chefarztes wartete, der einen Rückruf auf dem Handy zugesagt hatte. Vater nickte, fragte nach den Namen der Ärzte, es könnte ja vielleicht der Sohn oder die Tochter eines früheren Kollegen dabei sein, und gab ein paar Erklärungen über die Behandlungsmöglichkeiten. Vater hatte ein paar Brote gemacht und auf den Tisch gestellt, von denen Regine sich bediente, die ansonsten still auf einem Sessel saß und immer wieder auf ein Bild an der Wand starrte, auf Nolde-Blau und Nolde-Gelb. Ihre Demenz hatte sich seit dem letzten Besuch von Andreas noch einmal verschlimmert.

»Und was ist mit dir, Andreas? Du klangst nicht gut am Telefon, und du wirkst nervös. Ich habe noch gar nicht gewusst, dass ein kleiner Tremor deine Hand begleitet, wenn du ein Glas Wasser zum Mund führst.«

Andreas ärgerte sich über das Zittern der Hand, das er selbst zum ersten Mal vor zwei Wochen an sich entdeckt hatte. Dann erzählte er von der Reaktion auf seine Predigt, von den Gesprächen mit dem Monsignore, von den Vorwürfen der Wahnmut, vom Auftauchen alter Fotos, seiner Angst, er könne erpresst, ja regelrecht fertiggemacht werden, dass man ihn vor allen Menschen in Waldenburg erniedrigen und aus dem Amt werfen könnte. Er erzählte von der unheimlichen Wut, den die Vorwürfe in ihm hervorgerufen hätten, von den Schlafstörungen seitdem, dem Zittern der Hand. Zu all dem sei die ganz generelle Frage gekommen, warum er das alles ertragen solle, wo es doch offenbar keine Entwicklung in der Kirche gebe, die ihm Hoffnung machen könne.

»Seltsam, Andreas, ich habe diesen Tag kommen sehen. Ich dachte nur, ich müsste nicht so lange auf ihn warten.«

Vater schenkte sich ein Glas Wein ein und sah seinen Sohn freundschaftlich an. »Ich habe verstanden, wie du so langsam in den Schoß der Kirche gelangt bist, da waren die Musik, die Rituale, die Liturgie, die Bilder, der Zauber der Gewänder, der Zauber der

Passionen, des ›Weihnachtsoratoriums‹ und der Requien, da waren die Geheimnisse, das Latein der alten Messe, die ganze abgehobene Welt. Dieses Spirituelle hat dich ja schon auf dem Gymnasium angesprochen.«

Vater nahm eine Zigarre aus dem alten ledernen Zigarrenetui, das ihn schon in all den Jahren in Langenheim ständig begleitet hatte. Er holte den Anspitzer aus der Tasche, sägte sorgfältig ein kleines spitzes Dreieck an das Mundende der Zigarre, steckte sie in großer Ruhe an und zog langsam und mit sichtbarer Genugtuung an ihr. »Nur noch zwei am Tag«, murmelte er, »mein Arzt will es so.« Andreas sah seinem Vater den Genuss geradezu an. Er war immer noch eine imposante Erscheinung, der große Kopf mit der hohen Stirn, die markante Hornbrille, die großen Falten links und rechts des Mundes und die sehr beweglichen dunklen Augen, die jedem verrieten, dass er noch immer hellwach war und ihm nichts entging.

»Mir war damals schon bewusst, dass du mir fremd wurdest, Andreas, aber ich hatte nach Mutters Tod so viel mit mir selbst zu tun. Ich habe mich oft gefragt, was da schiefgelaufen war, als sie von Klaus zurückkam, warum ich diese Depression nicht in ihrer Schwere erkannt habe, ich als Arzt!«

Vater stockte wieder, er wurde still, nahm einen langen Zug an seiner Zigarre. Nach einiger Zeit goss er Regine Mineralwasser ins Glas und schaute sie ermunternd an. »Du musst viel trinken, Regine, das tut dir gut!« Er nahm selbst einen Schluck Wein, und Regine lachte und trank ihr Wasser.

»Du bist deinen eigenen Weg gegangen. Ich hätte mich gefreut, wenn du damals bei der Musik geblieben wärst. Was letztlich den Ausschlag gab für die Theologie, weiß ich immer noch nicht.« Vater sprach langsam. Andreas konnte ihm ansehen, dass in seinem Kopf ein Film ablief, den er mit keinem Einwurf stören wollte.

»Ich erinnere mich an die Diskussionen, die wir hatten, als ihr aufs Abitur zugingt, diese Gespräche über Gewaltfreiheit und die friedliche Gesellschaft der Zukunft, diese Abende bei uns im Haus gemeinsam mit Thomas und diesem Mädchen, das er damals hatte. Ich war überrascht, als ihr plötzlich so politisch argumentiert habt. Dieser geballte antiamerikanische Reflex und deine Tiraden gegen den Kapitalismus waren damals schon beeindruckend.« Vater lachte. »Der arme Herr Johannmeyer hat das alles so furchtbar ernst genommen. Wie oft hat uns Thomas erzählt, dass er sich mit seinem Vater wieder total zerstritten habe über die Friedensbewegung oder die Pershings oder »Atomkraft – Nein, danke« und was es damals alles so gab. Dann bist du zum Studium nach Köln gegangen, und ich habe noch weniger mitbekommen, was dich wirklich bewegte. Regine und ich heirateten, und ich war so glücklich, als sie am Hochzeitstag zu mir zog. Ich erinnere mich an deine Erzählungen von Pater Petrus, der dich wohl sehr beeinflusst hat. Ich höre auch noch, wie du an einem Weihnachtsabend mit Regine und mir über die Friedensbewegung und die Kirche diskutiert hast. Diese Verbindung sei doch die natürlichste Koalition der Welt, sagtest du. Gewaltfreiheit, der Ausstieg aus dem Kapitalismus, die Bewahrung der Schöpfung, die Verantwortung vor Gott und den Mitmenschen, das waren die Themen, mit denen du ankamst, ich weiß nur nicht mehr, ob vor oder nach dem Wechsel von Köln nach Paderborn.«

Jetzt, dachte Andreas, müsse er wohl doch etwas richtigstellen und Vater unterbrechen. »Diese Hoffnungen von damals, diese ganzen Gespräche erscheinen mir schon seit Jahren recht naiv, Vater, fast schäme ich mich heute dafür. In meiner eigenen Erinnerung spielen sie kaum eine Rolle für meinen Entschluss, ins Priesterseminar zu wechseln. Aber das mag 1982 durchaus anders gewesen sein, da hatte ich mit der Kirche schon noch eine weltliche Utopie vor Augen, die mir einen Freiraum zugestehen würde für eine bessere Welt. Für diese wollte ich mich einsetzen, frei und unabhängig, nur ethischen Grundsätzen, Gott und meinem Verstand verpflichtet, so dachte ich damals. Aber ich sehe schon seit Jahren viel stärker die Macht und die damit verbundene Erstarrung der Kirche als den Freiraum, den sie uns für solche Utopien bietet.«

»Du brauchst dich nicht zu schämen, Andreas. Ich wusste ja, dass es neben meinem feinsinnigen, idealistischen Sohn, der sich von einer Bruckner-Sinfonie oder ein paar Takten Gregorianik vollständig überwältigen ließ, auch einen ganz normalen, zupackenden Andreas gab. Ich habe mich damals oft gefragt, wie du diesen Konflikt wohl mit dir ausmachen wirst. Deshalb war ich dann auch gar nicht so erschüttert, als du ein Mann der Kirche geworden bist, weil ich mir dachte, die Kirche heute braucht genau diese Verbindung von Geist und Gefühl mit Umsetzungskraft und Managementgeschick.«

Andreas war überrascht. Er hatte nie gedacht, dass sich sein Vater so viele Gedanken über ihn und seinen Beruf gemacht hatte. Vater hatte nie sehr intensiv nachgefragt, und die Diskussionen, die sie hatten, bewegten sich meist auf einem unpersönlichen Feld, das konnte der Historikerstreit sein oder die nachträgliche Bewertung der Ostpolitik oder der Niedergang Amerikas unter Bush. Wenn Vater dann doch einmal fragte, »Wie geht's denn beruflich?«, hatte Andreas immer nur lakonische, ja nichtssagende Antworten gegeben und sich dagegen gesperrt, ihn mit Problemen zu behelligen. Über die hinter all seinen Problemen lauernde Sinnfrage hatte er erst recht nie mit ihm gesprochen, das ging nur mit Thomas.

»Als du Pfarrer in Waldenburgs wichtigster Kirche wurdest und du plötzlich ein stark geforderter Kirchenmanager sein musstest, habe ich gesehen, wie dieses praktische in dir wieder da war, wie es vielleicht sogar die Oberhand bekam. Ich traue dir viel zu, Andreas. Das Interview mit dir im *Waldenburger Tageblatt* hat mir deutlich gemacht, dass deine Sorge um die Kirche echt ist und dass die Kirche gut daran tun würde, solche Leute wie dich nach vorn zu holen, den Laden mit dir zu reformieren.«

Andreas wäre am liebsten aufgestanden und hätte seinen Vater umarmt. Solch ein Lob aus seinem Mund hatte er nicht für möglich gehalten. Er spürte auf einmal Wärme in seiner Brust. Es war nach Lisas Eingeständnis das zweite Mal an diesem Tag, dass Andreas sich glücklich fühlte.

Er schenkte sich ein wenig Wein ein und sagte nur: »Danke, Vater.«

»Doch was jetzt, Andreas? Ich gehe davon aus, dass die gesamten Anschuldigungen keine Basis haben.«

Andreas hatte das leichte Fragezeichen hinter diesem Satz nicht überhört. »Ich habe nichts mit Knaben, Vater, das alles ist frei erfunden.«

»Aber da war mal was mit Männern, nicht wahr?«

Andreas war verdutzt. Er hatte nie von Roman erzählt, auch nicht von Christian, und war erstaunt, dass Vater jetzt diese Frage stellte.

»Ja, aber das ist sehr lange her, Vater, ich war einundzwanzig oder zweiundzwanzig, ich habe was ausprobiert, wie man das so tut, aber das bedeutet nichts für die Anschuldigungen heute.«

»Was sagt Thomas?«

»Das ist es ja, Vater, ich wollte mit ihm diese Woche intensiv darüber sprechen, aber nun liegt er im Krankenhaus.«

»Er kennt dich am besten, er hat dich all die Jahre begleitet und kann dir am besten raten, was zu tun tun ist, er weiß, was du aushältst.« Vater nippte noch einmal an seinem Glas, prostete Regine zu, die wieder lachte und ihr Wasserglas an den Mund führte. »Mir fällt es schwer, weil ich nicht absehen kann, wie verheerend sich diese Missbrauchsgeschichten auswirken. Da werden einige Menschen in Verdacht geraten, denen nichts vorzuwerfen ist, und sie werden schrecklich darunter leiden. Doch die Leute vor dem Fernseher wollen Schuldige sehen, die öffentlich vorgeführt werden können. Viele der Täter sind ja schon verstorben oder alt, dement und kurz vor dem Tod. Wenn die Kirche nicht in der Lage ist, einen wirklichen Strich unter diese fürchterliche Situation zu ziehen, indem sie nichts mehr vertuscht, nichts mehr verheimlicht oder unter den Teppich kehrt, sondern den ganzen Mief auslüftet und Reformen durchführt, wenn sie all das nicht schafft, wird es über die geschädigten Missbrauchsopfer hinaus weitere unschuldige Opfer geben.«

»Und die Kirche wird einer generellen Verachtung ausgesetzt sein, Vater, meine Kirche.«

»Noch immer deine Kirche?«

In diesem Moment klingelte das Handy. Beethovens »Fünfte« ließ Regine über das ganze Gesicht breit lächeln, und sie summte die Anfangstöne laut mit. Andreas schaute auf das Display. »Es ist Susanne, Vater«, damit nahm er das Handy ans Ohr. Schon vom ersten Wort an hörte er, wie besorgt Susanne war.

»Ich bin jetzt hier in Münster in der Klinik und habe vor ein paar Minuten mit Vaters Arzt gesprochen. Das klingt alles gar nicht gut, Andreas. Ich mache mir Sorgen. Ich bin zwar noch lange keine ausgewiesene Internistin, aber ich habe viele Patienten wie Vater in Gießen gesehen, und das kann so oder so ausgehen.«

Susanne, die gerade ihr achtes Semester Medizin in Gießen abgeschlossen hatte, erklärte Andreas noch dieses und jenes, doch er verstand nur, dass es eine große Unsicherheit gab und Thomas in Lebensgefahr schwebte. Der Arzt in Münster hatte ihn fälschlicherweise beruhigt. Während Susanne ihm erklärte, was ihr an den Koronararterien, am Systolendruck, an der Herzklappentätigkeit und am Herzrhythmus von Thomas alles nicht gefiel, kam Andreas nicht umhin zu sehen, wie fröhlich Regine hin und her wippte. Sie sah ihn mit leeren, aber sehr lieben Augen an und summte weiterhin die ersten Takte von Beethovens Sinfonie.

Ihm war sofort klar, dass er noch heute nach Münster zurückfahren musste. Es war schade, denn solch ein Gespräch wie jetzt mit seinem Vater hatte er nie zuvor mit ihm geführt. Doch er musste zurück in die Klinik und zu Thomas. Merle war offenbar sehr besorgt, Susanne sagte, sie hätte ein Beruhigungsmittel für sie besorgen müssen, sonst wäre sie zusammengebrochen. Sie gingen jetzt erst einmal nach Hause, auch um die beiden Kleinen zu beruhigen, doch Susanne wollte danach noch einmal zu Vater auf die Station kommen.

»Susanne, ich bin bei meinem Vater am Hennesee, ich mache mich jetzt aber gleich auf den Weg, wir treffen uns in der Klinik. Als Pfarrer lassen die mich da zu jeder Zeit rein.«

»Das ist gut, Andreas. In seinen Wachphasen reagiert Papa deutlich auf Besuch. Ich glaube gar, er versucht zu sprechen. Er hört und unterscheidet Stimmen. Er spürt, wenn wir da sind. Das weiß ich auch von unseren Patienten, die später von solch einer Situation erzählt haben. Er wird sich freuen, wenn du kommst. Es wird ihm guttun.«

»Dann bis gleich!« Andreas hatte nur einen Gedanken, den er voller Inbrunst, aber lautlos für sich formulierte: »Lieber Gott, ich habe eine große Bitte, lass Thomas jetzt nicht sterben. Bitte lass ihn nicht sterben!«

Sein Vater nickte mit dem Kopf. »Ich verstehe, Andreas, du musst los. Wir sollten unser Gespräch bald fortsetzen. Ich hoffe, die Sorgen um Thomas sind unbegründet.«

Vater stand auf, behielt die Zigarre im Mund und ging voraus in den Flur. Der große, noch immer schlanke Mann, der da vor ihm herging, ließ Andreas für einen ganz kurzen Moment die Sorge um Thomas vergessen. Er erinnerte sich an viele solcher Situationen, in denen sein Vater mit der Zigarre im Mund vor ihm hergegangen war, und er war ihm nachgefolgt, in seiner Kindheit, Jugend und frühen Erwachsenenzeit so wie jetzt wieder, den Geruch der Zigarre einatmend und wissend, das ist Heimat, hier bin ich zu Hause.

Andreas stieg in seinen Golf. Sein Vater beugte sich noch einmal zu ihm. »Ich glaube, Andreas, du könntest es wagen, noch einmal etwas Neues zu beginnen. Es würde mich beruhigen. Ich habe Angst, diese ganze Situation, dein Aufbegehren gegen den Apparat und die falschen, aber mächtigen Vorwürfe könnten dich am Ende zermalmen! Warum musstest du nur unbedingt Priester werden?«

Andreas zuckte mit den Achseln und fuhr los. Im Rückspiegel sah er seinen Vater unter der Laterne stehen, er winkte ihm nach. Andreas hupte kurz und gab dann Gas. Es war schon kurz nach zehn, vom Hennesee bis nach Münster würde er auch bei ganz freier Strecke sicher zwei Stunden brauchen. »Warum bist du eigentlich Priester geworden?« Diese Frage hatte ihm vor wenigen Jahren auch Susanne gestellt, und er war um die Antwort nicht verlegen gewesen. Andreas bog auf die Bundesstraße ein und beschleunigte den Wagen.

# 36

Susanne sah großartig aus. Sie hatte ihr dichtes schwarzes Haar, das sie von ihrem Vater geerbt hatte, schulterlang wachsen lassen und trug es heute offen. Das »kleine Schwarze«, das Merle mit ihr ausgesucht hatte, betonte ihre schlanke, hohe Statur. Andreas bemerkte wohl, wie so mancher Mann im Foyer der Wiener Staatsoper stutzte, wenn er die beiden erblickte. Vater und Tochter? Mann und junge Geliebte? Ehemann und junge Frau?

Andreas hatte durchaus Freude an diesen stummen Fragen. Sie waren eine schöne Abwechslung von den distanzierten, hochachtungsvollen Blicken, die ihm entgegenschlugen, wenn er mit seinem steifen weißen Priesterkragen Veranstaltungen besuchte. Andreas trug heute einen neuen schwarzen Anzug mit einem weißen Einstecktuch und eine violette Fliege zum weißen Hemd. Susanne sprach auf ihn ein. Warum Tannhäuser nicht einfach bei der Venus geblieben sei, warum er unbedingt zurückwollte, das schien ihr überhaupt nicht plausibel.

Andreas lenkte sie zu der kleinen Bar im Foyer. Er hatte Lust auf ein Glas Sekt und genoss es, Susanne an seiner Seite zu haben, er genoss die Heftigkeit ihrer Kritik, die Aufmerksamkeit, mit der sie die ersten beiden »Tannhäuser«-Akte verfolgt hatte, und die Ernsthaftigkeit, mit der sie das Gespräch mit ihm führte. Er genoss auch, wie sie ihn hin und wieder berührte, seinen Arm festhielt, ihn zu sich zog, um ihm eine Bemerkung über einen auffallend gekleideten Operngast, einen allzu schrillen Hut oder ein schrecklich überzogenes Make-up ins Ohr zu flüstern. Und wie befreiend und ansteckend sie anschließend lachte! Ein Außenstehender hätte wahrlich denken können, dass sich da wieder einmal ein gut Vierzigjähriger ein sehr junges, auffallend attraktives Mädchen geangelt habe.

Andreas bestellte zwei Gläser Sekt, mit denen sie sich an einen runden Bistrotisch zu zwei älteren Wienerinnen stellten, die ihre Kritik an der soeben erlebten, reichlich unverblümte Darstellung der Venusnacht unterbrachen und mit offensichtlich großem Wohlwollen die hinzugekommene Dame betrachteten. Der mehr als doppelt so alte Herr aber wurde mit einer Spur von Misstrauen oder gar Verachtung begutachtet, die Andreas durchaus genoss. Andreas und Susanne stießen die Gläser an:

»Auf deinen Geburtstag, Susanne.«

»Auf unsere gemeinsame Wien-Reise!«

Und zur Bestätigung ihrer guten Stimmung fügte Susanne einen Kuss hinzu, den sie Andreas auf die Wange drückte.

Die beiden älteren Damen wandten sich mit einem deutlichen »Tja, tja« wieder einander zu und diskutierten jetzt die stimmliche Leistung des Tannhäusers, an der es bislang nur wenig auszusetzen gab.

»Ich fand übrigens die Musik ganz toll, wo Tannhäuser wieder in den Kreis der Ritter aufgenommen werden soll.«

»Ist dir aufgefallen, dass Wagner da die Geschichte vom verlorenen Sohn variiert? Das kommt immer gut an, geht aber hier nicht gut aus.«

»Vielleicht sollte ich auch mal verlorengehen, um mit so viel Freude und Beachtung wieder aufgenommen zu werden.«

»Fehlt es dir an Beachtung, Susanne?«

»Das war doch nur ein Scherz, Andreas.«

Andreas hatte sich sehr gefreut, als Susanne vor vier Wochen gleich begeistert ja gerufen hatte, als er sie fragte, ob er sie nicht zu ihrem siebzehnten Geburtstag für vier Tage nach Wien einladen dürfe. Sie hätte ja in der Woche unmittelbar nach ihrem Geburtstag Herbstferien, und er könne sich von Montag bis Freitag frei nehmen. Sie hatten schon zu Susannes fünfzehntem und sechzehntem Geburtstag eine ähnliche Kurzreise unternommen, und wieder hatte Andreas zuvor mit Merle gesprochen, um sicherzugehen, dass sie und Thomas nichts gegen seinen Plan hätten.

»Papa hat übrigens zu meinem Geburtstag das Saxophon rausgeholt. Das sollte er viel häufiger tun. Weißt du, was er gespielt hat?«

»Lass mich raten. Wahrscheinlich ›Siebzehn Jahr, blondes Haar, so stand sie vor mir‹, einen alten Udo-Jürgens-Song.«

»Richtig! Woher wusstest du das? Er hat aber wirklich ganz toll gespielt.«

»Dein Vater war einmal Spezialist für solche Lieder.«

»Ich weiß, er hat im Kurhotel von Bad Borndorf gespielt. Da hätte ich ihn gern einmal erlebt. Erinnerst du dich denn noch an den Robbie-Williams-Song vom letzten Jahr?«

»Aber natürlich erinnere ich mich! Soll ich ihn dir vorsingen?«

Im Jahr zuvor hatte Susanne den Wunsch geäußert, mit ihm nach München zu einem Robbie-Williams-Konzert zu fahren, das wenige Tage nach ihrem Geburtstag dort stattfand. Andreas wusste nicht so recht, worauf er sich einließ, als er am Telefon zusagte. Die junge Frau im Waldenburger Reisebüro schaute allerdings etwas seltsam, als er die beiden Konzertkarten zusammen mit der Bahnfahrkarte und der Hotelreservierung abholte. »Ich geh' mit meiner Patentochter in das Konzert«, beeilte sich Andreas zu erklären.

»Robbie Williams ist der Schwarm aller Teenies, Herr Pfarrer, da werden Sie von lauter Jugendlichen umgeben sein, und Ihre Messdiener werden Sie glühend beneiden. Aber dieser Robbie Williams ist wirklich ein toller Sänger und sieht richtig gut aus. «

Es war dann so, wie die Frau im Reisebüro es vorausgesagt hatte. Natürlich hatte Andreas alle Anzeichen seines Berufes in Waldenburg gelassen, er trug eine schwarze Jeans und ein dunkles Sweatshirt und fühlte sich im Konzert seltsam berührt. Nicht nur vom Glanz in Susannes Augen, nicht nur von der elektrisierenden Spannung in der ausverkauften Olympiahalle, sondern auch von den Liedern selbst, die Susanne teilweise auswendig kannte und leise mitsang. Die eingängigen Melodien, die teils sanfte, teils fordernde Stimme, die Ausstrahlung des Sängers, dessen Show von der Bühne auf große Leinwände übertragen wurde, berührten ihn. Er war Susanne dankbar, dass sie ihn zu diesem Konzert überredet hatte. In der Olympiahalle hatte es ihnen besonders ein Lied angetan, das Robbie Williams auf dieser Tournee 2002 erstmals sang. Andreas hatte sich sogar nach der Rückkehr aus München in Waldenburg die CD gekauft. Als Susanne dies erfuhr, schrieb sie ihm den Liedtext ab und schickte ihn ihm zu.

Die beiden Wienerinnen am Bistrotisch trauten ihren Ohren nicht, als der Herr mit der hübschen jungen Dame an seiner Seite leise zu singen begann:

»Come on, hold my hand,
I wanna contact the living.
Not sure I understand,
This role I've been given.

I sit and talk to God
And he just laughs at my plans,
My head speaks a language
I don't understand.«

»Pst, Andreas, leise, aber es ist wunderschön.«

Die Pausenklingel der Wiener Staatsoper rief zum letzten »Tannhäuser«-Akt.

Nach dem Ende der Oper fanden sie ein kleines Restaurant am Opernring, in das sie einkehrten. »Weißt du, Andreas, irgendwie finde ich es blöd, dass der Tannhäuser keine wirkliche Liebe bekommt. Vielleicht wäre er doch besser bei der Venus geblieben. Warum müssen diese Männer es sich immer so schwer machen?

Wenn sie Liebe finden, entsagen sie ihr aus irgendeinem Grund, wenn sie keine Liebe finden, leiden sie darunter und sind auch gescheitert.«

»Meinst du mit diesen Männern die Helden in Wagners Opern, meinst du Männer überhaupt, oder meinst du einen ganz bestimmten Mann?«

Susannes Gesicht füllte sich mit einer zartroten Farbe. »Ich denke vor allem an Wagner, Andreas«, sagte sie etwas zu entschieden.

»Hat der junge Mann auch einen Namen?«

»Das tut hier nichts zur Sache, aber sag du mir doch bitte, warum so viele Männer an der Liebe scheitern.«

Der Ober brachte den Salat, schenkte beiden aus der Flasche Weißwein nach und gab Andreas ein paar Sekunden Zeit, sich seine Antwort zu überlegen.

»Ich glaube, man muss für die Liebe kämpfen. Es hört sich wahrscheinlich ziemlich kitschig an, aber man muss tatsächlich einen hohen Einsatz leisten, nämlich sich selbst einbringen, sich öffnen. Damit macht man sich sehr verletzlich. Man kann zum Spielball eines anderen Menschen werden, man kann sich verlieren. Dann zahlt man einen sehr hohen Preis. Viele haben Angst davor.«

»Hast du dich einmal verliebt, Andreas?«

»Aber ja, schon mehrmals, Susanne.«

»Und hast du es gewagt? Hast du dich so geöffnet, wie du gerade gesagt hast?«

»Ich habe wohl den letzten noch sicheren Punkt nie ganz verlassen. Ich habe mich nie ausgeliefert.«

Andreas sah für einen Moment Simone vor sich sitzen. Vor fast drei Jahren, an einem kalten Tag im Januar, kurz nachdem er Pfarrer an St. Laurentius geworden war, hatten sie ihre Beziehung beendet. Er hatte endgültig Schluss gemacht. Es ging nicht mehr. Fast sechs Jahre lang hatten sie sich getroffen, mehrmals hatten sie die Beziehung aus Vernunftgründen für beendet erklärt und es doch nicht durchgehalten. Kurz nach ihrem achtunddreißigsten Geburtstag hatte Simone dann den Wunsch geäußert, ein Kind zu bekommen. Sie würde es allein aufziehen, alles allein managen, er brauche keine Verantwortung für das Kind zu übernehmen, sagte sie, sie würde niemandem sagen, wer der Vater sei. Simone hatte gar nicht mehr aufgehört, darüber zu reden. Es war plötzlich ihr allergrößter Wunsch, Mutter zu werden. Sie bekniete ihn geradezu. Ein paar Tage hatte er darüber nachgedacht, doch dann war ihm klar geworden, dass er die Beziehung beenden musste.

»Papa sagt, du hättest immer die Kontrolle über dich behalten, immer selbst entscheiden wollen. Und du hättest auch kein Risiko gescheut, solange es eben nur dein ganz selbstgewähltes Risiko gewesen wäre. Sogar als du Priester wurdest.«

»Da hat er nicht unrecht.«

»Ich frage mich immer, wie ein Priester mit seinen Gefühlen umgeht, wenn er überall in seinem Kopf Stoppschilder sieht. Ich könnte das nicht!«

»Wenn ich dir jetzt darauf antworte, sagst du mir dann aber auch, wie dieser junge Mann heißt, den du mit Wagners Helden verglichen hast.« Susanne nickte und stocherte ein wenig in ihrem Salat. Andreas nahm einen Schluck Wein.

»Weißt du, Andreas, wenn ich mit dir zusammen bin, frage ich mich immer wieder, warum ausgerechnet du solch einen altmodischen Beruf gewählt hast? Ich würde gern mal wissen, woran du wirklich glaubst.«

Andreas war überrascht. Eine derart großangelegte Befragung hatte er an diesem Abend nicht mehr erwartet. »Ich denke nicht, dass es ein altmodischer Beruf ist, Susanne. Wir meinen, so viel zu wissen, so viel zu können, wir bilden uns so viel auf unsere analytischen Fähigkeiten, auf unsere Erkenntnis ein, dass für Gott scheinbar kein Platz mehr ist. Aber wer sagt uns denn, ob nicht noch sehr viel mehr jenseits unserer heutigen menschlichen Erkenntnis liegt? Die Welt, die wir kennen, ist so klein, die Erfahrungen, die wir machen, sind so begrenzt.«

Andreas nahm sich ein Stück Weißbrot aus dem Brotkorb, pickte eine Olive auf die Gabel und führte sie ganz mechanisch zum Mund. »Ich habe den Glauben immer als große Kraft erlebt, als unversiegbare Quelle von Vertrauen, als Urvertrauen schlechthin, das mich zuversichtlich für die Welt, optimistisch für die Menschen, positiv für unser tägliches Leben einnimmt. Dein Vater besitzt diese Zuversicht, diesen Optimismus einfach, auch wenn er bei Inges Tod einer harten Prüfung ausgesetzt war. Ich aber brauche für meinen Optimismus den Glauben. Er gibt vielen Dingen, die ich tue, erst einen Sinn. Das ist für mich ungeheuer wichtig. Das möchte ich gern an viele Menschen weitergeben.«

»Das tust du auch, Andreas, aber muss man dazu Pfarrer sein? Du wärst sicherlich auch ein guter Lehrer geworden und hättest dann ebenfalls viele Menschen erreicht. Ich sage dir ganz ehrlich: Ich kann nicht glauben. Ich habe im Religionsunterricht wirklich gut aufgepasst, aber an einen lieben, gütigen Vater im Himmel zu glauben, der auf uns herabschaut und einst über uns richten wird, sorry, das klappt bei mir nicht.«

»Vielleicht solltest du das Gericht nicht so sehr in den Vordergrund stellen. Gott verspricht uns eine Bedeutung nach unserem Tod, ein Weiterleben, etwas, das über unsere leibliche Existenz hinausweist.«

»Damit kann ich gar nichts anfangen, Andreas. Ich denke oft, der Glaube ist nur eine Erfindung des Menschen. Er beruhigt sie. Und für die Kirche ist er praktisch, denn mit dem Hinweis auf das Gewissen und die Sünde kann man die Menschen gut in Schach halten. Woran können wir denn erkennen, dass es diesen Gott überhaupt gibt?«

»Das ist eine so alte Frage, dass man sie geradezu biblisch nennen kann, und ich stelle sie mir auch immer wieder. Zeigt sich Gott in der unbegreiflichen Liebe, in Bach oder Mozart, in Mutter Teresa oder im Zweiten Weltkrieg und im Massaker von Srebrenica? Ich glaube, er zeigt sich darin, dass er uns Menschen die Fähigkeit gegeben hat, über uns nachzudenken, uns selbst wie ein Objekt zu betrachten, uns in Frage zu stellen. Wir haben die Gabe der Selbstreflexion – das ist für mich der göttliche Funke, der uns von allen anderen Lebewesen, von allem anderen, das wir kennen, unterscheidet.«

Andreas schob den Salatteller endgültig zur Seite. Er nahm einen großen Schluck Mineralwasser und schenkte Susanne ein wenig Wein nach. »Dieser göttliche Funke der Selbstreflexion zeigt sich paradoxerweise am deutlichsten darin, dass wir uns selbst töten können. Ich darf das als Kirchenmann eigentlich nicht sagen, denn der Selbstmord passt nicht zur kirchlichen Doktrin. Du weißt, dass meine Mutter sich das Leben genommen hat, und ich habe sie gefunden. Ich habe immer wieder über ihren Schritt nachgedacht, der aus einer schweren Depression heraus geschehen ist. Ich bleibe dabei, so frei hat uns die Gottesgabe der Reflexion über uns selbst gemacht, dass wir zur Selbsttötung fähig sind, diese Reflexion ist eine Fähigkeit unseres Geistes, ein Sprung, den die Evolution allein nicht erklären kann. Aber zitiere mich nicht, ich darf so positiv gar nicht über die Selbsttötung reden.«

»Es gibt so vieles, was du als Pfarrer nicht darfst, Andreas. Ach, du wärst sicher ein prima Ehemann und ein wunderbarer Vater geworden.«

»Danke für die Komplimente, Susanne. Ich kann auch deine Zweifel am Glauben und am Christentum nachvollziehen. Doch das Christentum ist eine Utopie, ein Ideal, für das sich einzusetzen lohnt. Ich bin immer noch davon überzeugt, dass ich als Pfarrer an einer besseren, gerechteren Welt mitwirken kann, in der Werte zählen und nicht der Mammon. Die Kirche ist das Instrument, um dieses Ideal umzusetzen.«

»Sorry, Andreas, aber die Kirche ist doch nicht irgendein Instrument, sondern ein streng hierarchisch organisierter Machtapparat.«

»Ich bin überrascht, Susanne, dass du dir überhaupt so viele

Gedanken zu diesem Thema machst. Hinter deiner Skepsis verbirgt sich ein richtiger Gedanke: Wir in der Kirche müssen tatsächlich aufpassen, dass wir nicht wegen Eigenheiten unserer Geschichte den Anschluss an die Menschen verlieren. Es besteht die Gefahr, dass wir uns selbst marginalisieren.«

»Was heißt das, Andreas?«

»Das heißt, dass die Kirche und der Glaube letztlich immer weniger Bedeutung für die Menschen haben. Ich bin aber davon überzeugt, dass der Mensch eine religiöse Basis braucht, eine über ihn selbst hinausweisende Grundlage für sein Tun und Handeln. Unser Glaube verpflichtet uns zur Verantwortung für all unser Tun und unser Nichttun. Er gebietet uns die höchste Achtung vor allen Menschen, vor allen Lebewesen. Er ist ein so moderner Glaube, der die Caritas, die Liebe zum Mitmenschen, über alles stellt, der den Wert des Lebens, die Bedeutung des Individuums und seiner Würde als Gottes Ebenbild in den Grundlagen verankert hat. Da tut es mir weh, wenn all das nicht mehr gesehen wird.«

Andreas war selbst überrascht, zu welchen Sätzen ihn dieses Gespräch mit Susanne brachte. Er erschrak über seine eigene Analyse. Jetzt sah er auf seine hübsche Patentochter, die ganz am Anfang stand, offenbar verliebt war, eher unglücklich als glücklich verliebt, und wie so viele Siebzehnjährige viel lieber zweifelte als glaubte. Und erst recht kein Zuhause in der Kirche finden wollte.

»Vielleicht fehlen euch die richtigen Leute, Andreas, weil ihr sie nicht bekommt mit eurem Zölibat, eurem Gehorsam, euren Regeln, eurer Distanz zu den Menschen!«

Andreas trank einen weiteren Schluck Wein. Wusste sie, wie nahe ihm ging, was sie da aussprach?

»Ja, Susanne. Da hast du wohl recht. Wir müssen uns in der Kirche für Menschen öffnen, die wir bislang nicht oder nicht mehr erreichen. Für starke Männer als Priester, auch wenn sie verheiratet sind oder verheiratet sein wollen, eine Freundin, einen Freund oder Kinder haben.«

»Nur für Männer, Andreas?«

»Natürlich nicht, ebenso für Frauen. Wir haben eine Botschaft, und es liegt auch an uns in der Kirche, wenn sie nicht mehr gehört wird.«

»Was willst du tun, Andreas?«

»Es hat wohl keinen Sinn, wenn ich dem Papst einen Brief schreibe. Aber ich will sehen, dass ich ein paar Kollegen zusammenbekomme, die ähnlich denken. Vielleicht muss die Katholische Kirche erst in eine richtige, eine für alle deutliche Krise geraten, bevor sie sich tatsächlich erneuert.«

»Glaubst du an ein Wunder?«

»Ich bin nicht ganz verzweifelt. Schau mal, auch Tannhäusers Stab grünt am Ende, obgleich der Papst ihm keine Absolution erteilt hat.«

»Ich glaube, du solltest kämpfen, Andreas, so richtig kämpfen!«

Kämpfen, als kleiner Pfarrer in Waldenburg?

»Ich bin müde, Andreas, lass uns austrinken.«

»So kommst du mir nicht davon, Susanne. Du hattest mir den Namen des Jungen versprochen, der dieses ganze Gespräch ausgelöst hat.«

»Er heißt Tobias und geht in die Parallelklasse.«

»Und was ist das Problem?«

»Er traut sich nicht, er weiß nicht, ob es richtig ist, ob er mit mir gehen soll. Er ist ein so toller Mann, er weiß viel, er kann gut zuhören, er sieht sehr gut aus, ich war bei seinem letzten Basketballspiel. Du müsstest ihn mal sehen, aber er ist so zurückhaltend, hat immer noch Bedenken, nimmt alles sehr ernst.«

»Das wird sich vermutlich ganz schnell legen, Susanne. Gib ihm und dir ein wenig Zeit. Und wenn es nicht klappt, gibt es andere, die ebenso toll sind.«

»Ich werde um ihn kämpfen, wie du es mir geraten hast!«

# 37

Zu dieser späten Stunde waren nur wenige Autos unterwegs. Andreas fuhr schneller als erlaubt. Er hatte Meschede hinter sich gelassen, den »Stimmstamm« passiert und würde schon bald die Lichter der großen Brauerei am Stadtrand von Warstein sehen. Erst jetzt fiel ihm ein, dass er auch die Autobahn über Unna hätte nehmen können, die ihn sicher schneller nach Münster gebracht hätte als die Bundesstraße. Ihr war er aus alter Gewohnheit gefolgt, weil er sie immer nahm, wenn er aus Waldenburg kommend zu seinem Vater fuhr. Jetzt war es zu spät umzukehren. Schnell waren seine Gedanken wieder bei Thomas. Warum nur hatte Thomas die Warnung nicht ernst genommen, als sein Vater 1990 mit gerade einmal einundsechzig Jahren an einem Herzinfarkt gestorben war? Warum hatte er selbst ihn nie auf die Krankheit des Vaters angesprochen, ihn gewarnt, dass da vielleicht eine familiäre Belastung vorläge, dass er sich regelmäßig untersuchen lassen müsse? Thomas hätte doch sicher etwas tun können, um einen Herzinfarkt mit fünfzig zu vermeiden. Doch auch jetzt gab es ja noch Stents, Dilatationen, Bypässe, Herz-Lungen-Maschinen, sogar Herztransplantationen, da würde man doch einen Herzinfarkt in den Griff bekommen.

Für einen Moment schob sich wieder das Bild von der Friedhofskapelle in Waldenburg vor sein inneres Auge. Wieder sah er die Szene mit der alten Frau Strate, die sich nach dem fehlenden Pfarrer umschaute, doch dieses Mal stand da ein offener Sarg vor dem Altartisch, und in ihm lag Thomas. Andreas schüttelte heftig den Kopf, schüttelte dieses fürchterliche Bild aus seinem Kopf. Er hasste sich für diese seltsamen Phantasien, die ihn mitunter so ungefragt und plötzlich überfallen konnten.

Sie hatten ihn allerdings an die Beerdigung von Frau Strate morgen Vormittag erinnert. Er griff zum Handy und wählte die Nummer des Kollegen Senger von St. Antonius. Wieder ärgerte er sich, dass die Vikarstelle an seiner Kirche schon seit zwei Jahren unbesetzt war, sodass er nicht einfach seinen Vikar zum Friedhof schicken konnte. Friedrich Senger musste ihn also morgen um elf Uhr bei der Beerdigung vertreten. Er jagte den nächsten Bergkamm hoch. Senger war zum Glück da, hatte auch keinen eigenen Termin am nächsten Vormittag und sagte die Vertretung ein wenig wortreich zu. Ein wenig allzu wortreich und bemüht, woraus Andreas schloss, dass sein Kollege zum Abendessen bereits die erste Flasche Moselriesling genossen hatte und jetzt um halb elf wahrscheinlich vor der zweiten saß. Die Vorliebe des jungen Pfarrers für das Getränk aus seiner Heimatregion um Bernkastel war nicht nur ihm aufgefallen. Man sprach darüber. Doch das war jetzt unwichtig. Senger übernahm den Termin, und Andreas würde den ganzen Vormittag frei haben, um bei Thomas zu sein, Merle zu beruhigen, mit Susanne den Verlauf der Krankheit zu besprechen, die Heilung, die Reha.

Er hatte den Bergkamm erreicht und fuhr jetzt in zahlreichen Schleifen nach Warstein hinein, als erneut Regen einsetzte. Das Gespräch mit seinem Vater hatte ihn überrascht. Er spürte eine große Zärtlichkeit für den alten Mann, der so viel mehr von ihm wusste, als Andreas vermutet hatte, und der mit seiner Regine sicherlich sehr einsam war. Mit wem sprach er tagsüber, mit wem unterhielt sich Vater über Kultur, über Politik, über all die Themen, die ihn doch immer interessiert hatten? Vater hatte ihn an Dinge erinnert, die er fast vergessen hatte. Wie sehr er damals den Nachrüstungsbeschluss verdammt, wie sehr er in Reagan nichts als einen dummen Kriegstreiber gesehen, wie sehr er die Ausbeutung der Dritten Welt angeprangert hatte und wie sehr er glaubte, dass er als Priester der Katholischen Kirche Gegengewichte dazu würde aufbauen können. Jetzt musste er darüber lächeln.

Er hatte Warstein hinter sich gelassen und näherte sich von Süden dem Haarstrang. Gar nicht weit von hier war Rinkhausen, wo Thomas ihn damals aufgestöbert hatte. Tränen hatte er in den Augen gehabt, und er war wütend auf ihn gewesen, weil sie sich alle große Sorgen um ihn gemacht hatten, weil sie alle Angst gehabt hatten, er hätte das Selbstmord-Virus seiner Mutter geerbt. Ob es das alte Pfarrhaus noch gab?

Andreas überholte einen langsamen Ford, dann einen schwer beladenen Bierlastwagen. Er überquerte den ersten der vier Bahnübergänge, die die Bundesstraße hier kreuzten. Damals in Rinkhausen, noch vor dem Abitur, hatte er von sich selbst wissen wollen, was richtig für ihn sei, wie er sein Leben in den Griff bekommen könne. Und er hatte Thomas als Einzigem von den noch ganz unreifen Vorstellungen erzählt, die ihm für die Zukunft durch den Kopf gingen. Ein Amt in der Kirche!? Thomas hatte ihn am Ende in den Arm genommen und nur gesagt: »Warten wir doch einmal ab. Was kommt, das kommt. Und wir bleiben Freunde!« Es hatte geklungen wie in einem billigen Jugendbuch, aber es hatte ihn damals sehr beruhigt. Vater war in dieser Zeit in der Tat vor allem mit Mutters Selbstmord, seinen Selbstvorwürfen und seiner beginnenden Beziehung mit Regine beschäftigt. Da war nicht viel Platz für ihn. Fünf Jahre später kam dann die Entscheidung für das Priesteramt, und wieder war Thomas der Erste, dem er davon erzählte, damals in Aberystwyth.

War es die richtige Entscheidung gewesen? Er versuchte, die Geschehnisse in der Kirche in den letzten Monaten einmal beiseitezulassen und fragte sich dann erneut. Doch die letzten Monate konnte er nicht beiseitelassen, sie hatten die Kirche zu sehr beschädigt, sie war am Boden, er selbst mit Vorwürfen belastet. Hatte er sich richtig entschieden? Er sah den jahrzehntelangen Verzicht, der mit dieser Entscheidung verbunden war, er gestand sich ein, dass es ihn immer noch und immer wieder schmerzte, wenn er junge Väter beobachtete, wie sie mit ihren Kindern spielten, oder Väter, die ihre hübschen Töchter und heranwachsenden Söhne ins Konzert oder ins Theater führten, sie für einen Moment berührten, wie nur Väter ihre Kinder berühren, scheinbar flüchtig, aber doch bewusst: »Du bist mein Fleisch und Blut!« War es richtig, dass er sein Sexualleben auf verschwiegene Tage mit Lisa in Hotels beschränkte oder sich zweimal im Jahr mit Massagemädchen in Masuren austobte, um all den Druck loszuwerden und um das Gefühl zu genießen, eine Frau glücklich zu machen und sich selbst an den Rand der vollkommenen Erschöpfung zu bringen? War es richtig, bei all dem immer darauf zu achten, dass bloß keine großen Gefühle entstanden, weil sie zu gefährlich waren? In Masuren war diese Gefahr gering, aber bei einer Frau wie Lisa waren große Gefühle eben nicht auszuschließen. Das hatte er vor über zehn Jahren mit Simone erlebt, und er hatte ihr am Ende sehr wehgetan. Lisa hatte vor ein paar Stunden die Konsequenz aus großen Gefühlen, aus echter Liebe auf den Punkt gebracht: Um seine Existenz nicht zu gefährden, musste er verletzen, immer wieder verletzen.

Und erneut setzte sich die gleiche Gedankenspirale in Bewegung, die ihn schon den ganzen Nachmittag über beschäftigt hatte. War es richtig, dass er, der seit Jahren einen so hohen Preis zahlte, nun ertragen musste, dass die Wahnmut ihn mit unsäglichen Vorwürfen traktierte, mit Vorwürfen, die ihn demütigten und ihm alles nehmen konnten, was er sich über all die Jahre in seiner Gemeinde aufgebaut hatte, all die Achtung der anderen, all die Selbstachtung? Der Tanklastzug auf der entgegenkommenden Fahrbahn hupte, und seine Lichthupe blinkte, ja, ja, er war zu weit auf die Straßenmitte gekommen, schon gut. Das laute Hupen verklang. War das die Demut, die Gott von seinen Jüngern verlangte, dass am Ende nur der Glaube blieb, aber alles Irdische verlorenging? Wollte Gott, dass er jetzt wirklich ganz passiv würde, jetzt, wo der ganze katholische Klerus als Zielscheibe von Spott und Verdächtigungen herhalten musste? War es richtig, dass er erst so spät, so zaghaft begonnen hatte, sich zu wehren? Hätte er seine schöne kritische Predigt nicht schon vor Jahren halten müssen? Warum hatte er erst so spät aufbegehrt gegen eine von oben vorgeschriebene Lebensform, die zu Heimlichkeiten und Lügen führte, die viele charakterlich verbog, sie zu Krüppeln machte statt zu Jüngern Christi, die selbstbewusst von sich sagen konnten: So bin ich, so bin ich von Gott gesegnet, und dies ist meine Frau, meine Freundin, mein Freund, meine Familie, die stattdessen allein waren, wie Friedrich Senger mit der Flasche Moselriesling auf dem Tisch? Hatte diese Lebensform nicht auch ihn selbst schon längst charakterlich verbogen? Andreas bremste. Der Lastwagen vor ihm rumpelte langsam über den zweiten Bahnübergang. Als auch Andreas den Bahnübergang passiert hatte, setzte er gleich zum Überholen an. Der entgegenkommende BMW blinkte mehrmals auf, der Fahrer zeigte ihm einen Vogel.

Plötzlich war es ihm, als würde das Sicherheitsnetz reißen, das seit dreißig Jahren unter ihm aufgespannt war. Hatte er bei seiner Entscheidung damals geahnt, wie sehr er bei seinem Beruf auf dem Seil tanzen würde? Er hatte nicht gekämpft, hatte lediglich dann und wann einmal etwas kritischere Worte gefunden, aber die Kirche brauchte jetzt mehr Mut, Mut, den er nicht hatte. Mut zu großen Veränderungen, zu einem Abschied von Restriktionen, die ihre Priester so viel Kraft kosteten und sie an den Rand der Gesellschaft stellten. Nein, es brauchte jetzt Priester, die aus der Mitte des Lebens agierten, mit einer Frau oder einem Partner an ihrer Seite, mit eigenen Kindern in ihrem Gefolge, Priester, die die Kraft der Liebe kannten und die Macht der Sexualität, einer offen gelebten, nicht heimlichen, verklemmten Sexualität. Andreas begann zu schwitzen, Schweißperlen standen ihm auf der Stirn. Nein, er hatte nicht aufbegehrt, sondern sich abgefunden. Jetzt, wo Thomas auf Leben und Tod lag, überfiel ihn das Gefühl, er selbst sei stets den Weg des geringsten Widerstandes gegangen. Er hatte ja damals zu Thomas gesagt, er würde den Rückzug für sich wählen, einen gesellschaftlich akzeptierten Rückzug, um nachdenken zu können, um den Glauben erfahren und weitergeben zu können, um in einer gerechteren friedlicheren Welt zu leben. Doch reichte das? Hätte er nicht für eine gerechtere Welt kämpfen müssen? Und wenn er schon die eigene Welt der Kirche als nicht mehr gerecht, als nicht mehr richtig erkannt hatte, musste er dann nicht den Kampf auch in die Kirche tragen? Konnte man Mutlosigkeit und Feigheit vor sich selbst verantworten? Konnte man sie vor Gott verantworten? Heute, wo die Kirche vor so großen Herausforderungen stand, wo sie unbedingt einen Weg zu den Gläubigen finden musste, die verunsichert waren von der zunehmenden Wertelosigkeit, von einem aggressiven Islam, von den Priesterskandalen, von der wachsenden Bindungslosigkeit der Menschen, von den massiven Zeichen eines sich ständig weiter ausbreitenden Atheismus. Er hatte gemeint, es wäre ausreichend, sich all dem als Vorbild entgegenzustellen. Doch dieses Vorbild wurde jetzt lächerlich gemacht, an den Pranger gestellt, demontiert. Hatte er versagt? Hatte er fünfundzwanzig Jahre lang versagt? »Ich muss das alles mit Thomas besprechen.«

Andreas hatte den Kamm des Haarstrangs fast erreicht, er fuhr schnell, hatte häufig überholt und jagte jetzt den allerletzten Höhenzug hoch. Danach würde er in die Münsterländer Bucht hinunterfahren und dort, ohne große Kurven, auf der Bundesstraße an Langenheim und Waldenburg vorbei schnell nach Münster gelangen. Auf dem Armaturenbrett seines Golfs sah er, dass es schon fast dreiundzwanzig Uhr war. Vor dem nächsten Bahnübergang hatten zwei Wagen gestoppt, als das Warnlicht leuchtete und die Halbschranke sich senkte. Der Lieferwagen vor ihm bremste ab. Andreas schaute in den Rückspiegel. Kein Wagen war zu sehen. Es war völlig verkehrswidrig, aber schließlich befand er sich in einer besonderen Situation und wollte so schnell wie möglich nach Münster in die Uniklinik. Er musste Thomas in dieser Situation beistehen und ihm möglichst bald die Gretchenfrage stellen, ob er denn wirklich ganz neu beginnen sollte. Ganz von vorn, so wie Vater es ihm geraten hatte. Andreas fuhr auf die Straßenmitte, um die Lage überblicken zu können. Es war die gleiche Situation wie bei der Hinfahrt, nur dass er dieses Mal von Süden kam. Auf der anderen Seite des Bahnübergangs, an der die Halbschranke ebenfalls bereits geschlossen war, stand ein Lastwagen, doch ein weiteres Auto konnte er nicht erkennen.

Andreas scherte auf die Gegenfahrbahn aus, fuhr vor bis zum Warnlicht und schlug die Lenkung so ein, dass er den Bahnübergang nunmehr schräg von links nach rechts passieren konnte. Er gab ganz langsam Gas, um sich an den Halbschranken vorbei hindurchzulavieren. Aus der Ferne hörte er den tiefen Bass der laut hupenden Diesellok.

# 38

Thomas sitzt im Bus neben seiner Mutter. Er sitzt am Fenster. Der Bus biegt gerade in die Bahnhofstraße ein. Thomas sieht aus dem langsam fahrenden Bus, wie ein junger Mann, vielleicht sechzehn oder siebzehn Jahre alt, die Stufen zum Eingang des Langenheimer Hauptbahnhofs herunterkommt und dann zu den Bushaltestellen geht. Der Bus fährt langsam an dem Mann vorbei.

Thomas ist zwölf Jahre alt, er hat so einen Mann noch nie zuvor gesehen. Er trägt einen dunkelgrauen Schlapphut, unter dem langes schwarzes Haar hervorschaut. Er hat einen schlichten Holzstab in der Hand. Seine dunkle Hose ist einige Zentimeter unterhalb der Knie abgeschnitten. Er trägt Sandalen und auf dem Rücken einen dunkelgrünen Leinenrucksack, der nur wenig gefüllt ist.

Der Bus hält. Als Thomas mit seiner Mutter aus dem Bus steigt, ist er nur wenige Meter von dem jungen Mann entfernt, der mit gekreuzten Beinen vor einem Lampenmast steht und einen Fahrplan liest. Da wendet sich der junge Mann zur Seite und sieht Thomas an. Für einen Moment glaubt Thomas, dass der junge Mann ihn mit den Augen und seiner rechten Hand auffordert, zu ihm zu kommen, ihm zu folgen. Dann wird es dunkel.

# Danksagung

Ich danke Frau Dr. Kerstin Schüßler-Bach, Leitende Dramaturgin der Hamburger Staatsoper, für ihre fachkundigen Repliken zu meinen »Meistersinger«-Überlegungen. Meiner Tochter M. danke ich für ihre kritische und unterstützende Begleitung, Jürgen Abel für das konstruktive Lektorat.